Jorge Semprún
Zwanzig Jahre und ein Tag

Roman

Aus dem Spanischen
von Elke Wehr

Suhrkamp Verlag

Die Originalausgabe erschien 2003 unter dem Titel
Veinte años y un día
bei Tusquets Editores, Barcelona.
© Jorge Semprún, 2003

© der deutschen Ausgabe Suhrkamp Verlag
Frankfurt am Main 2005
Alle Rechte vorbehalten, insbesondere das des öffentlichen Vortrags
sowie der Übertragung durch Rundfunk und Fernsehen,
auch einzelner Teile.
Kein Teil des Werks darf in irgendeiner Form
(durch Fotografie, Mikrofilm oder andere Verfahren)
ohne schriftliche Genehmigung des Verlages
reproduziert oder unter Verwendung elektronischer Systeme
verarbeitet, vervielfältigt oder verbreitet werden.
Satz: TypoForum GmbH, Seelbach
Druck: GGP Media GmbH, Pößneck
Printed in Germany
Erste Auflage 2005
ISBN 3-518-41680-4

1 2 3 4 5 – 09 08 07 06 05

Zwanzig Jahre und ein Tag

I

Michael Leidson erreichte La Maestranza gegen Ende des Vormittags.

Er wurde erwartet von Mayoral, dem Gutsverwalter, der ihn begrüßte und ihm Kaffee, irgendeine Erfrischung anbot, was er wünschte. Leidson sagte, vielleicht etwas zu trinken, ein Glas kaltes Wasser, warum nicht? Sonst nichts? Nein, nichts, ein Glas Wasser ist gut.

Mayoral lud ihn ein, gleich dort Platz zu nehmen, unter dem großen Vordach des Hauses, während man seine Reisetasche in das Zimmer brachte, das für ihn bestimmt war. Es gab einen Tisch, mehrere Korbsessel; er setzte sich.

Es war heiß, er fühlte etwas wie leichte, vage Beklemmung.

Eine Stunde zuvor hatte Leidson am Eingang des Dorfes, von der Landstraße her kommend, den Laden von Eloy Estrada betreten, um nach dem Weg zur Maestranza zu fragen. Natürlich wußte er nicht, daß der Besitzer Eloy Estrada hieß; so weit reichten die Angaben nicht, die man ihm für diese Reise geliefert hatte. Er hatte das Ladenschild gesehen, LA PROSPERIDAD, und dachte, hier könne man ihm den kürzesten Weg zum Gut weisen; er ging hinein; das ist alles.

Drinnen war es kühl.

Der Raum war groß, gewölbt, halbdunkel. Nicht nur Laden oder Geschäft, auch Wirtschaft, vielleicht Gasthaus. Diverse Gerüche mischten sich: nach exotischen Gewürzen, nach Gemüse und Obst, nach dem Leder von Zaumzeug und Riemen, nach frischgeröstetem Kaffee, nach kräftigem Rotwein. Und andere, die Leidson nicht sogleich bestimmen konnte.

Er trat an die Theke, bestellte beim Wirt einen kleinen Milchkaffee und eine Flasche Mineralwasser.

Eloy Estrada – besser gesagt, jener Mann, der noch keinen Namen hatte, wohl aber körperliche Präsenz, äußere Erscheinung; der nur das war, was er zu sein schien, sonst nichts: ein Mann von mittlerer Größe, mager, aber, wie man sehen konnte, kräftig, von dunkler Gesichtsfarbe, die Augen von einem blassen, erstaunlichen Grün – schaute ihn an, ohne etwas zu sagen, trat von der Theke zurück, bereitete den Kaffee.

Dann, während Leidson den ersten Schluck nahm, fragte er ihn unvermittelt:

»Amerikaner, nicht?«

»Merkt man das so deutlich?«

Eloy Estrada schüttelte den Kopf.

Von nun an werden wir ihn bei seinem Namen nennen, ohne Umschweife, ohne erzählerischen Aufwand, obwohl Michael Leidson – bislang der einzige Zeuge seiner Existenz – ihn noch nicht kennt. Wir werden zur Bequemlichkeit des Lesers so verfahren, dem ebenfalls an der Lesbarkeit der Erzählung gelegen sein muß. Außerdem ist Leidson nicht der Erzähler dieser Geschichte, wie man sehen wird; es macht also nichts, daß ihm der Name der Person, die ihm gerade einen Kaffee serviert und die Flasche Mineralwasser aufgemacht hat, noch unbekannt ist; jemand wird es wissen, vermutlich, so wie er auch alles andere weiß, da jemand diese Geschichte erzählt und, wenn er ihn weiß, ihn nennen kann, wenn es ihm beliebt, sogar willkürlich, im Vorgriff auf das, was Leidson selbst zu diesem Zeitpunkt sich vorstellen mag.

Eloy Estrada verneinte mit einer Kopfbewegung.

»Am Akzent nicht«, sagte er. »Kennen Sie Hemingway, den Schriftsteller?«

Leidson fand weder Zeit, sich über eine derartige Frage zu wundern, noch zu antworten, er kenne Hemingway in der

Tat, er habe ihn vor Jahren lange, ausführlich, mit geradezu genießerischer Langsamkeit interviewt, als er an einem Essay über den Spanischen Bürgerkrieg und die amerikanischen Autoren schrieb (in Wirklichkeit hatte er seinen ursprünglichen Plan im Lauf der Arbeit erweitert und schließlich sämtliche englischsprachigen Schriftsteller einbezogen, vor allem Orwell; es wurde sein erstes Buch zum Thema des Bürgerkriegs, der ihn seitdem nicht mehr losgelassen hatte).

Aber er fand keine Zeit zu sagen, daß er Hemingway nicht nur kannte, sondern daß dieser sogar, zumindest indirekt, dafür verantwortlich war, daß er sich an diesem Vorabend des 18. Juli hier befand. Denn Eloy Estrada redete weiter, ohne eine Antwort auf das abzuwarten, was in Wirklichkeit vielleicht gar keine Frage war.

»Er war vor einigen Monaten im Dorf, im vergangenen Herbst, auf dem Landsitz der Familie Dominguín. Dem anderen großen Gut der Gegend. Hier hat er abends manchmal ein paar Gläser getrunken. Einmal hat er sich auf eine Partie Karten mit irgendwelchen Händlern aus Murcia eingelassen. Sie waren auf der Durchreise von oder zu einem Viehmarkt. Das machen sie gewöhnlich zweimal im Jahr. Sie setzen große Summen Geld beim Poker. Sie haben Hemingway den letzten Pfennig abgenommen, und der Alte lachte sich halbtot darüber. Das mußte mir noch passieren in diesem Scheißleben, daß mir ein paar Marktschreier aus Murcia das Hemd ausziehen! Halbtot vor Lachen. Auch ziemlich betrunken. Na ja, betrunken auf seine Art, Herumtorkeln war nicht seine Sache. Aber was ich sagen wollte: Ihm merkt man den Yankee-Akzent an, obwohl er ziemlich flüssig spanisch spricht. Ihnen nicht, ganz und gar nicht. Es ist was anderes. Etwas Äußeres, die Art der Kleidung, diese Schuhe, die hier nicht üblich sind, so was eben... Wie im Kino...«

»Unser Krieg«, hatte Hemingway gesagt. »Alle sagt ihr das gleiche. Als wäre er das einzige, zumindest das Wichtigste, das ihr teilen könnt. Euer täglich Brot...«

Er murmelte es in den Bart, im Selbstgespräch.

Und er hatte wirklich einen unverwechselbaren Yankee-Akzent.

Das war vor zwei Jahren gewesen. So lange schon? Ja, es ließ sich leicht nachrechnen: Ende Mai 1954. Vor etwas mehr als zwei Jahren. In El Callejón, einem Restaurant in Madrid.

Leidson hatte mit Hemingway und Leuten aus dem Stierkampfmilieu zu Mittag gegessen. Er erinnert sich an Domingo Dominguín. Nicht nur, weil er denkwürdig war; er war es auch, der zum ersten Mal von jenem alten Tod gesprochen hatte.

Sie unterhielten sich nach dem Essen, es wurde ziemlich viel getrunken. Der Kichererbseneintopf, wie gewöhnlich, nach Madrider Art. Michael Leidsons Leidenschaft galt der spanischen Geschichte, nicht nur der jüngeren. Aber nicht der spanischen Küche. Besser gesagt, sie schmeckte ihm normalerweise, aber sie schlug ihm auf den Magen. *Cocido* für alle, er konnte sich nicht entziehen: der Nachmittag würde der Siesta und den Blähungen gehören.

Hemingway hatte gerade eine Anekdote über seine erste Rückkehr nach Spanien, nach dem Bürgerkrieg, erzählt. Sie hatten gelacht. Einige Jahre später, als Leidson *Gefährlicher Sommer* las, ein Buch aus Don Ernestos Nachlaß, stieß er auf die gleiche Geschichte, anders erzählt. Weniger interessant. In dem Buch, das sich mit der Stierkampfsaison 1959 befaßt, mit der wechselseitigen Herausforderung, dem von unvermeidlichem Blutvergießen begleiteten ständigen Duell zwischen Antonio Ordóñez und Luis Miguel Dominguín, wird die Geschichte jener Reise nach Spanien in der Tat leicht feierlich dargestellt. Sogar mit einem Anflug von Größenwahn.

Der gedruckten Fassung zufolge, die für den Erzähler natürlich schmeichelhafter ist, hatte der Grenzpolizist in Irún Hemingway sofort erkannt und war aufgestanden, um ihn zu begrüßen und zu seinen Romanen zu beglückwünschen, die er gelesen hatte, wie er versicherte. Schwer zu glauben. Nicht eben wahrscheinlich, daß im Jahre 1953 ein Polizist der Diktatur das Romanwerk von Ernest Hemingway gelesen und goutiert hatte.

Im Mai 1954 jedenfalls, in El Callejón, erzählte Hemingway eine andere Version dieser Geschichte. Eine andere Version seiner Rückkehr nach Spanien. Sie war nicht nur wahrscheinlicher, sondern als Erzählung auch gelungener.

In El Callejón, bei ihrem langen Gespräch nach dem Essen, hörte Leidson die erste Version dieser Geschichte von der Rückkehr. Ihr zufolge äußerte der Polizist, als er Hemingways Paß überprüfte: »Na so was! Sie heißen ja wie dieser Amerikaner, der in unserem Krieg bei den Roten war...« Bei diesen Worten hatte er den Blick gehoben. Und Hemingway antwortete: »Ich heiße wie er, weil ich genau der Amerikaner bin, der in eurem Krieg bei den Roten war...« Der Polizist zuckte zusammen. Sein Blick füllte sich mit wütender Schwärze. Doch er war machtlos. Ein Yankee war ein Yankee, unantastbar, ob er nun bei den Roten, bei den Weißen oder beim leibhaftigen Teufel gewesen war.

Sie lachten, einer erzählte eine weitere Anekdote aus jenen Zeiten.

Später kam Hemingway wieder auf den Bürgerkrieg zurück.

»Unser Krieg«, murmelte er. »Alle sagt ihr das gleiche. Als wäre er das einzige, zumindest das Wichtigste, das ihr teilen könnt. Euer täglich Brot. Der Tod, das ist es, was euch verbindet, der alte Tod des Bürgerkriegs.«

Leidson war kurz davor, Hemingway zu sagen, daß es

vielleicht nicht nur der Tod war, den die Spanier in der womöglich eucharistischen Erinnerung an den Krieg, ihren Krieg, teilten. Auch die Jugend: das Feuer. Obwohl vielleicht der Tod nur eines der Gesichter der feurigen Jugend ist.

Aber damals sagte er nichts. Die anderen wohl. Die Spanier, die an dem Mittagessen teilnahmen, hatten alle etwas zu sagen. Der Krieg, unser Krieg: ihre Jugend. Alle hatten sie gekämpft in diesem Konflikt, vor achtzehn Jahren. Wenn auch nicht alle im selben Lager. Doch weder die einen noch die anderen schienen heute in gleicher Weise von der Vernunft oder der idealistischen Unvernunft ihrer Gründe überzeugt zu sein, wie sie es zweifellos 1936 gewesen waren: überzeugt genug, um ihr Leben aufs Spiel gesetzt zu haben.

Domingo Dominguín, glaubte Leidson zu verstehen, hatte auf seiten der Nationalen gekämpft. Anscheinend in einem Milizverband der Falange. Er war schon zu Beginn des Krieges verwundet worden. Ein anderer Tischgast, ein ehemaliger Banderillero, älter als Dominguín und mit dessen Familie verbunden, war bei den Roten gewesen. Er machte sich liebevoll über Domingo lustig, über dessen ferne falangistische Vergangenheit, und spielte mit spöttischem Wohlwollen auf Domingos Abenteuer im Feldlazarett an. Alle Barmherzigen Schwestern waren in ihn verliebt, erzählte der Banderillero, und er, der schamlose Kerl, vernaschte sie auf seinem gemütlichen Schmerzenslager.

Sie lachten, es wurde weitergetrunken.

Michael Leidson hatte den Eindruck, daß die einstigen Leidenschaften letztlich nicht mehr zwischen diesen Männern standen. Jedenfalls nicht in der gleichen Weise. Diejenigen, die auf seiten der Nationalen gekämpft hatten – Dominguín selbst an erster Stelle –, schienen eine Kehrtwende vollzogen zu haben. Sie wirkten jetzt linker, sogar radikaler als die anderen, die bei den Roten gewesen waren, und hatten eine gewisse Neigung, vor allem die Exzesse oder Irrtümer ihres eigenen Lagers zu kritisieren.

Und dann, im Wirrwarr sich überschneidender Stimmen, erzählte Domingo Dominguín die Geschichte jenes alten Todes.

Er redete, ohne den Blick von Hemingway und von ihm zu lösen. Er erzählte sie ihnen beiden, über die Anekdoten, das Gelächter und die Ausrufe der anderen hinweg. Er erzählte ihnen jenen Tod, weil sie außerhalb von ihm waren, jenseits von dieser Erfahrung. Das heißt, jenseits vom Blut des Bürgerkriegs, auf der anderen Seite der Erinnerung an dieses Blut. Und ihm doch nahe. Imstande daher, die blutige – die sterile, sich wiederholende, absurd heroische, ungerechte, notwendige? – Botschaft jener Vergangenheit zu verstehen.

Hemingway wärmte ein volles Glas in der Höhlung seiner Hände, gebannt.

Am 18. Juli 1936, erzählte Domingo Dominguín, hatten die Bauern auf einem Landgut in der Provinz Toledo, als sie von der Erhebung der Militärs erfuhren, einen der Besitzer umgebracht. Den jüngsten der Brüder. Den einzigen Liberalen der Familie überdies, wie die Leute im Dorf sagten. Denn der Tod ist nicht immer wählerisch, und versprochen sind ihm alle.

Und doch kam es nicht an auf jenen Tod, auch wenn er die Ursache von allem war. Es gab so viele in jenen Tagen. Interessant war, was später kam. Denn jedes Jahr, seit dem Ende des Bürgerkrieges, veranstaltete die Familie – die Witwe, die Brüder des Verstorbenen – am 18. Juli eine Gedenkfeier. Nicht nur eine Messe oder etwas in der Art, sondern eine richtige theatralische Bußzeremonie. Die Bauern des Gutes wiederholten den Mord – sie taten, als wiederholten sie ihn, natürlich. Sie kamen wieder in wilder Schar herbeigelaufen, mit Flinten bewaffnet, um den Gutsbesitzer rituell, symbolisch erneut zu töten. Jemanden, der seine Rolle spielte. Eine Art Mysterienspiel, daraus bestand die Zeremonie.

Die Bauern tauchten abermals ein in die Erinnerung an jenen Tod, an jenen Mord – das heißt, sie sahen sich dazu gezwungen –, um ein weiteres Mal Buße für ihn zu tun. Einige, die ältesten, waren vielleicht einst an ihm beteiligt gewesen, zumindest am Rande. Oder hatten direkt von ihm erfahren, besaßen eine persönliche Erinnerung an ihn. Die anderen, die meisten, die jüngeren, nicht. Aber sie sahen sich jedes Jahr hineingezogen in diese kollektive Erinnerung, schuldig gesprochen durch sie. Sie waren nicht die Mörder von 1936 gewesen, aber die Zeremonie machte sie gleichsam zu Komplizen dieses Todes, zwang sie, für ihn einzustehen, ihn von neuem gegenwärtig, wirksam zu machen.

Eine Bluttaufe gewissermaßen.

In der Verewigung dieser Erinnerung verewigten die Bauern nicht nur ihren Status als Besiegte, sondern auch ihren Status als Mörder. Oder als Söhne, Verwandte, Nachkommen von Mördern. Sie verewigten den unerträglichen Grund ihrer Niederlage, indem sie der Ungerechtigkeit jenes Todes gedachten, der ihre Niederlage, ihre Reduzierung auf den Status von Besiegten, in heimtückischer Weise rechtfertigte. Kurz, diese Bußzeremonie – der einige Vertreter von Kirche und weltlicher Obrigkeit der Provinz beizuwohnen pflegten – trug dazu bei, die soziale Ordnung zu heiligen, von der die Bauern geglaubt hatten, sie hätten sie 1936 durch den Mord am Besitzer des Landguts zerstört, in einem Akt, der zweifellos todesmutig war, aber auch todesbange, wie man vermuten kann.

Niemand sagte etwas, als Domingo zu Ende erzählt hatte. Das Schweigen, seit Beginn der Erzählung im Keim vorhanden, hatte Gestalt angenommen, transparent und dicht.

Michael Leidson schloß die Augen, versuchte, sich die Landschaft vorzustellen, die Gesichter, die Zeremonie der Buße. Hemingway trank einen langen Schluck, murmelte etwas, eine einzige zischende Silbe. »*Shit*.« Scheiße, ja, besser hätte man es nicht sagen können.

Das war vor ungefähr zwei Jahren gewesen, in El Callejón.

»Sie kommen natürlich wegen der Sache morgen«, sagt Eloy Estrada. »Anscheinend wird es das letzte Mal sein.«

Er hat ausführlich von Hemingways Besuch auf La Companza erzählt, dem Gut der Familie Dominguín, vor einigen Monaten. Es ist, neben dem der Familie Avendaño, das andere große Landgut der Gegend, hat Estrada gesagt. Der Großvater der heutigen Besitzer (es gibt zwei Brüder: José Manuel, der ältere, Unternehmer und Machtmensch, und José Ignacio, der Jesuit, sowie Doña Mercedes, die Witwe von José María, dem Toten; na ja, es gibt auch noch zwei postume Kinder des Toten, Isabel und Lorenzo, die Zwillinge sind und bald zwanzig Jahre alt), also der Großvater Avendaño, der *Indiano*, der Amerikaheimkehrer, hatte das Gut hier gewonnen, bei einer denkwürdigen Partie Karten. Aber vielleicht haben Sie keine Zeit und das Thema interessiert Sie auch gar nicht. Dann entschuldigen Sie bitte, daß ich Sie belästigt habe.

Leidson sagt, daß er Zeit hat und daß es ihn interessiert, daß er weitererzählen soll.

Also das mit dem Großvater Avendaño, fährt Eloy fort, hat mir mein eigener Großvater erzählt – wir Estradas sind schon wer weiß wie lange hier: Eloy Estrada, zu Diensten. Vor mehr als einem Jahrhundert hielt hier dreimal pro Woche eine Mauleselkutsche, die aus Maqueda kam, mit der Post und dem einen oder anderen Reisenden – die Papiere, die Rechnungen, das alles ist noch oben, auf dem Dachboden, alles bestens geordnet; neulich hat Benigno Perales, der

Sekretär von Doña Mercedes, sie sich angesehen, sie haben ihn sehr interessiert –, das Lokal ist sehr alt, wie ich Ihnen schon sagte, und mein eigener Großvater war bei dieser Kartenpartie dabei, der Indiano war aus Maqueda gekommen, obwohl, na ja, eigentlich kam er aus Cartagena de Indias, wo er sein Vermögen gemacht hatte, wie man sagte, wenn man auch nie wußte, wie er es gemacht hatte, in welchen Geschäften, aber Vermögen hatte er gemacht, und eines schönen Tages kam er aus Maqueda, ob der wirklich schön war, sei mal dahingestellt, lassen wir das, man weiß nicht, warum, was er in dieser Gegend hier suchen mochte, denn die Familie Avendaño ist aus dem Norden, aus der Provinz Santander, dort ist ihr Stammhaus, dorthin kehrten die Indianos zurück, von denen es immer welche gegeben hat – aber anders als die Leute glaubten, dumm wie sie sind, gingen die Avendaños nicht nach Kuba, wie fast alle, Cartagena de Indias liegt in Kolumbien, Sie werden das bestimmt wissen –, der Großvater kam also aus Maqueda, um seinen Vetter zu besuchen, der damals Besitzer von La Maestranza war – das Gut hieß übrigens nicht so, den Namen gab ihm der Indiano, aus dem einfachen Grund, damit er sich auf La Companza reimte, so sagte er angeblich –, und man hat nie erfahren, was es zwischen ihnen gegeben hat, ob irgendeinen Zwist, irgendwelche Ressentiments oder sonstwas, man hat nie erfahren, warum der hiesige Avendaño – das war sein zweiter Familienname, aber er war trotz allem ein Avendaño – diese Herausforderung annehmen und bei einer Kartenpartie um den Besitz des Gutes, um sein eigenes Leben spielen mußte, denn er hat sich danach eine Kugel verpaßt, und das war besser so, damit ersparte er sich die Schmach des Ehrverlusts, denn noch in derselben Nacht ging der Indiano hin – aber er konnte nicht wissen, daß sein Vetter zweiten Grades sich einen Schuß verpaßt hatte, das passierte, als er sich schon auf dem Gut befand –, und in derselben Nacht – na ja, ich erzähle es Ihnen so, wie man es mir erzählt hat, ich war natürlich nicht Zeuge, das war im letzten Jahrhundert, ich kann nicht behaupten, daß keiner im Dorf oder in meiner Familie im Lauf der Erzählungen nicht irgendein Detail, irgendeine Ausschmückung hinzugetan hat, aber ich erzähle es Ihnen so, wie mein Großvater es mir erzählt hat –, also in derselben Nacht nahm der Indiano nicht nur das Gut in Besitz, sondern auch die Witwe selbst – obwohl er in dem Augenblick vielleicht nicht wußte, daß sie schon Witwe war, das ist nicht geklärt –, und es heißt, er habe es die ganze Nacht mit ihr getrieben, überall im Haus habe man das Kichern und Stöhnen gehört und dann die Schreie von ihr, es heißt, so ein Fest habe die Witwe, diese Hure, noch nie erlebt, sie genoß die Sache wie eine Eselstute, und der Indiano gab anscheinend mit lauter Stimme irgendwelche Schweinereien von sich – na ja, auf dem Gut lebt noch eine Alte, die Köchin war und jetzt nichts mehr macht, sie verbringt ihre alten Tage untätig im Schatten und erzählt Geschichten, und diese Alte, die Satur, behauptet, sie sei noch sehr klein gewesen, aber sie erinnere sich noch an den Aufruhr jener Nacht, als der Indiano sich die Witwe seines Vetters vornahm –, wie Sie sehen, ist man auf der Maestranza an Geschichten gewöhnt, und Sie kommen natürlich zu der Sache morgen. Es wird das letzte Mal sein...

Sie befanden sich nicht mehr an der Bar von La Prosperidad, standen nicht mehr zu beiden Seiten der Theke. Zu diesem Zeitpunkt der Erinnerungen und Erzählungen saßen sie an einem Tisch. Und Michael Leidson trank keinen Kaffee mehr, sondern ein Glas Tresterschnaps, das Estrada ausgeschenkt hatte und das er nicht abzulehnen gewagt hatte. Ein Trester mit starkem, warmem, heftigem Geschmack.

Vielleicht hatten auch sie diesen Branntwein oder einen ähnlichen getrunken, die Avendaños – obwohl einer von ihnen es nur aus zweiter Hand war, mütterlicherseits –, als sie Ende des letzten Jahrhunderts um den Besitz des Gutes und der Frau spielten – es ist zu vermuten, daß es zwischen beiden immer um die Frau ging, anders konnte es nicht sein –, in einer Kartenpartie, die zwei Tage und eine Nacht dauerte. Und am Ende des zweiten Tages begab sich der Indiano zum Gut, und unter dem Vordach erwarteten ihn die Landarbeiter, die Aufseher, die ganze Dienerschaft, und er trat ins Haus, warf den Hut auf einen Tisch und ging ins Schlafzimmer hinauf, wo die Frau bestimmt auf den Gewinner wartete.

»Zum letzten Mal«, sagt Leidson. »Warum das?«

»Schon zwanzig Jahre«, antwortet Eloy Estrada. »Doña Mercedes meint, es ist Zeit, die Toten zu begraben, auf daß sie in Frieden ruhen ...«

»Die Toten ... Gab es mehrere?«

Estrada schüttelt den Kopf.

»Tote gab es viele, das werden Sie wissen, wenn Sie sich für die Geschichte unseres Krieges interessieren. Aber hier, zumindest an dem Tag, nur einen: José María Avendaño.«

»Hat man ihn denn nicht begraben?« fragt Leidson.

Estrada lacht kurz auf. Er schenkt ihm Schnaps nach.

»Er ist begraben und gut begraben. Er war es, besser gesagt. Heute in aller Frühe haben sie ihn auf dem Friedhof des Dorfes ausgegraben und zur Maestranza gebracht. Die Señora hat die Erlaubnis erhalten, ein Grabmal auf dem Gut selbst zu errichten. Dort werden sie ihn morgen feierlich wieder bestatten.«

»Ein einziger Toter, also«, sagt Leidson.

»Zwei Tote«, berichtigt Estrada bestimmt.

Aber er muß aufstehen, um eine Frau zu bedienen, die etwas kaufen will. Das mit den zwei Toten bleibt in der Schwebe.

Dieses Jahr war ein Freijahr für Michael Leidson.

Er hatte beschlossen, die Zeit zu nutzen, die ihm die langen Universitätsferien schenkten, um den Essay zu beenden, mit dem er gerade beschäftigt war: die Krise der Zweiten Republik und der Bürgerkrieg. Bislang hatte er sich im wesentlichen mit der Lage der Tagelöhner und Bauern in den zwanziger und dreißiger Jahren, mit den Klassenkämpfen in Andalusien und Extremadura, befaßt, aber er wollte sein Forschungsfeld erweitern.

Er hatte den ganzen Herbst über in seinem Haus in San Diego, in Kalifornien, an einem ersten Entwurf des Essays gearbeitet. Dann war er, im Januar 1956, mit seinem Manuskript unter dem Arm, nach Madrid gegangen. Er wohnte als interessierter Zeuge den Studentendemonstrationen im Februar bei und erfaßte sogleich ihre möglichen Auswirkungen. Er sprach mit Dutzenden von Personen, die als Akteure oder schlicht als Beteiligte – unter Umständen als Opfer – die Ereignisse des Bürgerkrieges erlebt hatten, stöberte in privaten Archiven und durchbrach mit seiner höflichen Beharrlichkeit – »gegen jede Entmutigung gefeit«, wie er in Anspielung auf die Formulierung José Antonio de Riveras ironisch von sich sagte – ein nur zu absichtsvolles Vergessen. Er tauchte ein in jene Erinnerung, bis hin zu ihren schändlichsten, glorreichsten oder jämmerlichsten Abgründen.

Er war glücklich in diesen Monaten in Madrid.

Eines Tages, Ende Juni, traf er wieder mit Domingo Dominguín zusammen. Er erinnerte ihn an die Geschichte jenes alten Todes. Übrigens, wie hieß das toledanische Dorf? Na, Quismondo. Quismondo? Der Name hatte Charakter, er wirkte irgendwie klassisch.

Quismondo: das klang zweifellos gut. Und urwüchsig.

Es war in der Calle Ferraz, in Domingos Wohnung, bei Einbruch der Dämmerung. Sie befanden sich auf der Terrasse, im letzten Stock. Es herrschte ein ständiges Kommen und Gehen von Leuten. Die einen kamen, um Stierkampfangelegenheiten zu besprechen, andere, um Geld zu erbitten oder zurückzugeben. Wieder andere wahrscheinlich, um flüsternd in einer Ecke zu konspirieren. Oder um irgendein verbotenes Buch zu suchen, das sich vielleicht in der Bibliothek des Hauses befand, die bunt zusammengewürfelt, aber sehr groß war. Andere kamen zu keinem Zweck, das heißt, sie kamen aus dem wichtigsten Grund: einfach um mit Domingo auf der Terrasse zusammenzusein, etwas zu trinken, zu plaudern, während sich die Dämmerung und dann die Dunkelheit herabsenkte.

Leidson kehrte dem großzügigen Chaos den Rücken. Er trat an die Balustrade der Terrasse.

Vielleicht senkte sich die Juninacht nicht herab, dachte er, sondern erhob sich vielmehr: Die Nacht stieg wie ein dunkler Dunsthauch oder Schleier mitten aus der Höhlung der Erde empor. Sie erhob sich über der blauen Landschaft der Hochebene, über den Parkanlagen gegenüber dem Haus in der Calle Ferraz, dem Ort, an dem einst die Montaña-Kaserne gestanden hatte. Vor dem allmählich dunkler werdenden blauen Hintergrund der Hochebene bis hin zum Horizont des Guadarrama-Gebirges, das noch von den schrägen Lichtstrahlen einer schon untergegangenen Sonne erhellt wurde, erhob sich die Nacht. Statt sich herabzusenken, stieg sie vielleicht aus den Grau- und Brauntönen der Erde, aus dem schattigen Grün der Steineichen empor, die wachsende Dunkelheit der Nacht.

Michael Leidson wandte den Blick von dieser grandiosen Abenddämmerung und fragte Domingo Dominguín, ob auch in diesem Jahr auf dem Landgut in der Provinz Toledo die Zeremonie stattfinden würde, von der er ihm am Tag des Mittagessens mit Hemingway erzählt hatte.

Ja doch, natürlich, sie fand statt. In diesem wie in jedem Jahr.

Als Eloy Estrada sich wieder zu ihm setzte, nachdem er ein paar Hausfrauen bedient hatte, fragte Leidson ihn, ob er vor zwanzig Jahren im Dorf gewesen sei, ob er sich an die Ereignisse jenes Julitages 1936 erinnern könne.

Ja, sagte der Besitzer von La Prosperidad. Oder nein, fügte er hinzu. Er sei zwar in Quismondo gewesen, aber er könne sich an nichts erinnern. Er warf ihm einen raschen Blick zu, schüttelte den Kopf.

»Seltsam«, sagte Estrada nach längerem Schweigen, »seltsam, daß ich es vergessen habe, eigentlich habe ich ein gutes Gedächtnis. Ich weiß, daß ich in Quismondo war, ich erinnere mich an das laute Geschrei aus dem Radio, an die Reden, an die Marschmusik, an die Parolen der einen und der anderen. Aber ich kann mich einfach nicht erinnern, was ich an diesem verdammten Nachmittag getan habe, wo genau ich war. Und dabei habe ich mich wirklich angestrengt. Aber vergeblich, absolut vergeblich...«

Während Eloy Estrada ihm von diesem so unerklärlichen Vergessen erzählte, schaute er ihn mit halbgeschlossenen Augenlidern an, die den gewöhnlich forschenden, durchdringenden Glanz seiner blaßgrünen Augen verdeckten.

»Und der andere Tote?« fragte Leidson.

Aber wieder kam jemand herein.

Estrada hob den Kopf und blickte sich um. Er stand auf, sichtlich nervös, und ging dem Eintretenden mit beflissener Miene entgegen. Er stotterte fast, als er ihn begrüßte. Don Roberto hier, Don Roberto da, was möchten Sie trinken, Don Roberto? Wie geht es Ihnen, Don Roberto?

Michael Leidson betrachtete Don Roberto.

Ein Mann von etwa fünfzig Jahren, mit einem kleinen, bitteren und arroganten Lächeln, der Blick grau, nicht faßbar. Alles erfassend. Mit diesem Ausdruck von Müdigkeit, wie ihn die Mächtigen zu haben pflegen, und nur sie; es ist keine körperliche Müdigkeit, sondern etwas Tieferes, wer weiß warum.

So blieb die Sache mit dem anderen Toten, auf den Eloy Estrada angespielt hatte und der ihm zufolge am nächsten Tag gemeinsam mit José Maria Avendaño begraben werden sollte, ungeklärt.

Vorläufig zumindest.

»Setzen Sie sich«, hatte Mayoral an diesem Vormittag gesagt. »Setzen Sie sich einen Augenblick. Raquel wird Ihnen ein Glas kaltes Wasser bringen, wenn es das ist, was Sie wünschen.«

Leidson setzte sich unter dem Vordach des großen Hauses der Maestranza in einen der Korbsessel, den Blick auf die Felder gerichtet: gelb, kahl, dunkelbraun. Die Ebene, eine Baumreihe, einige Hügel in der Ferne. Die Sonne stürzte bleiern auf die Landschaft herab. Er spürte eine leichte, vage Beklemmung. Er fragte sich, ob Avendaño von hier aus die Bauern hatte kommen sehen, in bewaffneter Schar. Vor zwanzig Jahren. Er betrachtete die Reihe der Pappeln, die den Weg nach Quismondo säumten, reglos in der schweren Luft des Mittags.

Bestimmt waren sie von dort gekommen.

Er bemerkte, daß jemand da war, ein leises Knistern von gestärktem Stoff. Er wandte den Kopf, eine Frau näherte sich. Es war Raquel mit einem Glas Wasser auf einem silbernen Tablett. Ihn berührte die eigenartige Schönheit dieser Trauer tragenden Frau.

Stunden später, kurz nach Mitternacht, sah er Raquel erneut im Halbdunkel des Flures. Jemand hatte leise an seine Tür geklopft. Er öffnete sie überrascht; es war Raquel.

»Wenn Sie nicht müde sind«, sagte sie, »dann erwartet Sie die Señora. Um weiterzuerzählen, wie...« Sie ließ den Satz einen Augenblick in der Schwebe. Und fügte dann mit einem einladenden, fast weiblich provokanten Blick hinzu: »Auf ihrem Zimmer, natürlich...«

Sie sprach leise, ein heiseres Flüstern, und jetzt streckte sie die Hand aus, zweifellos, um ihn durch die dunklen Korridore des Hauses zu führen.

»Ich bringe Sie hin.«

Michael Leidsons Herz klopfte heftig.

Er hatte gerade einen Bericht über den Tag geschrieben, als er das Klopfen an seiner Zimmertür vernahm. Er hatte das längliche Heft mit dem roten, kartonierten Einband zugeklappt – in der gleichen Farbe, nur mit dem Unterschied, daß es aufgeprägt war, konnte man auf dem Deckel das Wort DIARY lesen –, in dem er die wichtigsten Gedanken, Fragen, Dinge jedes Tages zu notieren pflegte.

Es war an diesem Abend nicht leicht gewesen, die Ereignisse des 17. Juli 1956 zusammenzufassen, um sie festzuhalten. Wo überhaupt mit der Erzählung beginnen? Beim Anfang, das liegt auf der Hand, es ist immer das beste, beim Anfang zu beginnen. Aber das ist leichter gesagt als getan. Michael Leidson hatte wieder einmal festgestellt, daß sich nicht so einfach bestimmen läßt, wann eine Geschichte wirklich beginnt: wann ihre Erzählung logisch ansetzen muß.

Auf den ersten Blick könnte man denken, daß die Erzählung mit seiner Ankunft in Quismondo und dem Gespräch mit Eloy Estrada im Laden La Prosperidad beginnt. Bei näherem Überlegen war dies jedoch nicht der eigentliche Beginn der Geschichte. Hätte er nicht vor zwei Jahren in der Bar des Hotel Palace in Madrid – rein zufällig überdies – Hemingway getroffen; hätte Hemingway ihn nicht eingeladen, ihn zum Mittagessen mit Leuten aus dem Stierkampfmilieu zu begleiten, zu dem er an jenem Tag verabredet war, dann wäre diese Geschichte überhaupt nicht möglich gewesen.

Zumindest nicht für mich, dachte er.

Wäre es also angebracht, seine Erzählung mit dem Mittagessen in El Callejón zu beginnen? So konnte es scheinen. Hätte Hemingway am Ende des Essens nicht diese Worte über den Tod und den Bürgerkrieg vor sich hin gemurmelt, dann hätte Domingo Dominguín sich sicher nicht an die Geschichte von Quismondo, an jene alte Rache, erinnert.

Doch bei noch näherem Überlegen ließ sich auch nicht behaupten, daß das Mittagessen in El Callejón, vor zwei Jahren, ein wirklich unbestreitbarer Beginn, ein ursprüngliches Ereignis war.

Denn die Geschichte seiner Beziehung zu Hemingway begann nicht an jenem Tag in der Bar des Palace. Wenn Hemingway ihn eingeladen hatte, ihn zu begleiten, nachdem sie zusammen ein paar Gläser getrunken hatten, dann gewiß deshalb, weil sie sich bereits kannten, weil sie lange Gespräche miteinander geführt hatten, als Leidson an seinem Essay über die amerikanischen Schriftsteller und den Bürgerkrieg gearbeitet hatte. Damals war zwischen ihnen nicht gerade eine Freundschaft entstanden, das wäre zuviel gesagt, aber doch ein gewisses intellektuelles Einverständnis.

Doch auch die Gespräche mit Hemingway, so interessant ihre ausführliche Aufzeichnung sein mochte, konnten nicht als echter Beginn einer Geschichte gelten.

Denn es war nicht Hemingway als solcher, der ihn interessierte, als er das Gespräch mit ihm suchte. Es war Spanien im Werk von Hemingway. Spanien: die Stiertreiben in Pamplona, der Tod am Nachmittag, der Wein, die Kneipen, das Gerede, der Bürgerkrieg, all das. Eine gewisse Beziehung Hemingways zu Spanien. Es ist bekannt, daß diese Beziehung wesentlich ist, daß man sich Hemingway nicht ohne sie vorstellen kann. Doch Hemingway, sein Romanwerk, steht auch zu anderen Dingen in einer ebenso wesentlichen Beziehung. Zu den Frauen, zu ihrer unerreichbaren, trügerischen Schönheit, zum Beispiel; zur Gestalt des Vaters; zur Großwildjagd; zur Sinnlichkeit von Essen und Trinken und zu anderen Dingen mehr. Doch keines davon interessierte ihn besonders an Hemingway, als er das Gespräch mit ihm suchte. Nur Spanien. Beziehungsweise: der Spanische Bürgerkrieg. Und der interessierte ihn nicht wegen Hemingway, sondern wegen etwas, das viel weiter zurücklag.

So schien also letzten Endes – wenn es denn wirklich ein letztes Ende gibt, oder vielmehr einen Anfang – jeder scheinbare Beginn dieser Geschichte von Quismondo auf ein früheres, vielleicht vergessenes, durch den Lauf der Zeit verfinstertes Ereignis zu verweisen, das ihn jedoch dunkel bestimmte. Man würde nie erfahren, wann diese Geschichte in Wirklichkeit begonnen hatte, wo man anfangen müßte, sie zu erzählen. Aber vielleicht war das nicht nur bei dieser so: womöglich gilt das für alle Geschichten.

Dennoch hatte Michael Leidson am Vortag das sichere – flüchtige, schwindelerregende, und doch absolute, seiner Gewißheit absolut gewisse – Gefühl gehabt, daß er an das Ende eines Weges gelangt war. Besser noch: daß er an den Ursprung eines Weges zurückgekehrt war, den seines eigenen Lebens.

Es war in Toledo.

Wenige Tage zuvor, beim abendlichen Lesen in Théophile Gautiers *Reise nach Spanien*, war er auf die Beschreibung von Santa María la Blanca gestoßen: »Unweit der Kirche San Juan de los Reyes findet sich, oder besser gesagt, findet sich nicht die berühmte Moschee-Synagoge; denn man würde, hätte man keinen Führer, wohl zwanzigmal an ihr vorbeigehen, ohne etwas von ihrer Existenz zu ahnen...«

Vor mehr als einem Jahrhundert, 1840, hatte Gautier also zu seinem Erstaunen zwischen Trümmern und elenden Handwerkerbuden das prächtige Bauwerk von Santa María la Blanca entdeckt, der ältesten Synagoge Toledos, die er in seinem Reisebericht begeistert beschreibt.

Beim Lesen dieser Seite mußte Michael Leidson an den Schlüssel denken, den großen, mittelalterlichen Schlüssel aus ziseliertem Metall. Während seiner ganzen Kindheit, in der zweiten Hälfte der zwanziger und zu Beginn der dreißiger Jahre, hatte er diesen Schlüssel an irgendeinem bevorzugten Platz im jeweiligen Wohnzimmer der Familie hängen sehen. »Das ist mein Hausschlüssel«, pflegte Leidsons Mutter zu erklären. Soll heißen: der Schlüssel zum Haus ihrer Vorfahren. »Der Schlüssel aus Toledo«, fügte sie hinzu, mit einer Stimme voll Stolz und Wehmut. Das Toledo in Sepharad, das anscheinend die Wiege der Familie seiner Mutter war.

Wenige Tage zuvor also hatte er den Blick von Gautiers Buch gehoben und einen Schluck von dem eiskalten Himbeerschnaps genommen, der vor ihm stand. Er erinnerte sich an den Schlüssel aus Toledo, den die Vorfahren seiner Mutter vor Jahrhunderten mitgenommen hatten, als die Juden aus Spanien vertrieben wurden. In Tunis zunächst, dann in Kairo, schließlich in Saloniki war der Schlüssel des Hauses in Toledo die ganzen Jahrhunderte über der wichtigste Schmuck im Wohnzimmer der Familie gewesen. Es waren die Levis aus Toledo, die Vorfahren seiner Mutter, die sich schließlich Levi-Toledano nannten. Nach dem Ersten Weltkrieg verließ die Familie seiner Mutter Saloniki auf der Flucht vor den Schlachten, Partisanenkämpfen, Hand- und Staatsstreichen, englischen, griechischen oder türkischen Invasionen, die diese Regionen nach dem Untergang des Osmanischen Reiches unsicher machten, und emigrierte nach Amerika.

1922 heiratete Raquel Levi-Toledano in Los Angeles, Kalifornien, Ilja Leidson, und im folgenden Jahr wurde Michael geboren.

Die Familie Leidson stammte nicht aus Toledo, sondern aus Riga, das sich natürlich nicht mit Toledo vergleichen läßt. Als die Bolschewiken 1918 die Verfassunggebende Versammlung in Petersburg auflösten, rief der Vater von Ilja Leidson, also Michaels Großvater, den Familienclan zusammen und erklärte, wie sich die Dinge in dieser Gegend der Welt während der nächsten Jahrzehnte für die Händler im allgemeinen und für die jüdischen im besonderen entwickeln würden. Nachdem die Familie das Thema lange erörtert und sämtliche plausiblen Hypothesen abgewogen hatte, beschloß sie, nach Amerika auszuwandern.

Aber sie ging ohne den Schlüssel des Hauses in Riga. Vielleicht, weil von den Leidsons keiner jemals gedachte, nach Riga zurückzukehren. Vielleicht, weil das Haus keinen Schlüssel hatte, der wert gewesen wäre, wie ein Heiligtum in den Wohnzimmern des Exils und der Illusion zur Schau gestellt zu werden. Vielleicht, weil Riga, so schön es sein mochte, deutete Raquel L.-Toledano an, es auf keinen Fall mit dem Toledo in Sepharad aufnehmen konnte.

Wie auch immer, selbst wenn der Schlüssel nicht in Sicht war, sprach seine Mutter spanisch mit ihm, zumindest im Familienkreis, in den eigenen vier Wänden. Sie erzählte ihm Wunderdinge und Legenden aus Sepharad, dem fernen, geliebten Land, die in Michael schon in frühen Jahren ein leidenschaftliches Interesse für die Geschichte und die Geschichten Spaniens weckten.

An diesem Abend stellte er also das eiskalte Glas mit Himbeerschnaps auf den niedrigen Tisch seines Arbeitszimmers, rechnete sich aus, daß es in Kalifornien eine anständige Zeit war, um mit seiner Mutter zu telefonieren, und wählte die Verbindung mit ihrer Wohnung in Beverly Hills.

»Mutter?« sagte er. »Ich bin's, Miguel.«

»Wer denn sonst?! Glaubst du, ich erkenne deine Stimme nicht?«

Michael lachte, nahm einen Schluck Schnaps.

»Bist du krank?« fragte seine Mutter.

Nein, sagte er, es gehe ihm gut, er sei zufrieden. Der Grund für seinen Anruf sei ein anderer.

»Wie heißt die Straße in Toledo? Wo war das Haus der Familie Levi in Toledo?«

Er hörte etwas wie einen Seufzer am anderen Ende der Leitung. Zumindest ein tiefes Atemholen.

»Jetzt erinnerst du dich an Toledo?« sagte Raquel Levi. »Jetzt auf einmal, nach so vielen Reisen nach Sepharad und so vielen Monaten in Madrid, das so nah ist... Jetzt? Na, es wurde allmählich Zeit, Miguel!«

Nun ja, er erinnerte sich erst jetzt. Und es war die zufällige Lektüre einer Reisebeschreibung von Théophile Gautier nötig gewesen, damit dieser Schlüssel, Chiffre seiner Kinderträume, seiner Kindergeschichten, wieder in der Erinnerung auftauchte.

»Ist gut, Mutter, sag mir den Namen der Straße... Ich werde dir schon erklären, warum ich mich jetzt erinnere. Am Telefon wäre das zu teuer...«

Sie lachte, eine Spur ironisch, eine Spur aggressiv. Als wollte sie auf diese Weise, ohne sich auf unnötige Erörterungen einzulassen, unterstreichen, wie unpassend diese Bemerkung über die Kosten der Verbindung war. Als sei es ihr ein Bedürfnis, in diesem kurzen, scharfen Lachen durchklingen zu lassen, wie trivial es ist, das Wiederauftauchen einer wesentlichen Erinnerung in Geld aufzuwiegen.

»Die Straße«, sagte die Mutter, »in ihrem heutigen Verlauf, der sich seit unserer Zeit etwas verändert hat, geht von San Juan de los Reyes hoch und führt durch das alte Judenviertel ... Jetzt heißt sie Calle de los Reyes Católicos, was für ein Hohn!«

Raquel Leidson war noch nie in Spanien gewesen. Nach Sepharad gehe ich erst, pflegte sie zu sagen, wenn es ein freies Land ist. Vorher muß General Franco sterben. Aber das werde ich vielleicht nicht mehr erleben, denn die Caudillos werden gewöhnlich sehr alt in der Geschichte unserer Völker. Vielleicht liegt es am Klima der Madrider Hochebene, das so förderlich ist für die Überlebenden; vielleicht am Wasser des Lozaya oder am Jabugo-Schinken, jedenfalls werden unsere Caudillos gewöhnlich steinalt.

Sie war zwar niemals in Spanien gewesen, aber Michaels Mutter kannte die Topographie Toledos bis in Einzelheiten: aus Reiseschilderungen, Fotoalben, Touristenführern, Katalogen von Museen und Ausstellungen, deren Veröffentlichung sie aufmerksam verfolgte.

»Wann fährst du denn nach Toledo?« fragte Raquel Leidson.

»Mitte Juli«, sagte er. Er müsse aus Gründen, die mit seinem Buch zusammenhingen, ein paar Tage später in einem Dorf der Provinz sein; dann werde er hinfahren.

»Dann habe ich ja Zeit, dir einen Brief mit den näheren Angaben zu schicken«, erklärte seine Mutter. »Das wird nicht so teuer für dich«, schloß sie mit leisem Spott.

Am Vortag, am 16. Juli, auf dem Weg nach Quismondo, war Michael Leidson in Toledo gewesen. Er hatte seinen Rundgang an der Kirche San Juan de los Reyes begonnen, wie es ihm sowohl seine Mutter als auch Théophile Gautier empfohlen hatten, die sich im Abstand von einem Jahrhundert nicht miteinander abgesprochen haben konnten.

Es war jedoch nicht Santa María la Blanca, mit deren Restaurierung man sich gerade Zeit ließ, was ihn am meisten beeindruckte. Es war, ein Stück weiter oben, die Synagoge del Tránsito. Ein kleines Bauwerk, ohne auffälligen äußeren Pomp. Doch im Innern blieb Leidson reglos, gebannt stehen. Von der schlichten Schönheit des einzigen Schiffes, der mit Ornamenten verzierten Säulen, der hölzernen Kassettendecke ging eine uralte, ergreifende Gelassenheit aus. Er stellte sich in die Mitte des Schiffes, wie eingesogen, eingetaucht in diesen Wirbel jahrhundertealter Reglosigkeit, und betrachtete das Fries mit den hebräischen Inschriften. Und in diesem Augenblick, während einiger langer Minuten der Meditation, erfaßte ihn die Gewißheit einer unumstößlichen, ursprünglichen Wahrheit, die vielleicht die – verschüttete, vergessene, aber unversiegbare – Quelle seines eigenen Lebens war.

Später, nachdem er die Synagoge verlassen hatte, suchte er auf dem Paseo del Tránsito den gefleckten Schatten einiger Bäume gegenüber der Landschaft des Tajo. Er las in einem Führer, daß die Synagoge im 14. Jahrhundert im Auftrag von Samuel Levi erbaut worden war, dem berühmten Schatzmeister des Königs Don Pedro. Auf einmal begriff er eine Anspielung seiner Mutter in dem Brief, den sie ihm per Eilpost geschickt hatte. Eine Anspielung auf eine gewisse Verwandtschaft mit einem Levi aus Toledo, der berühmt gewesen war.

Das war am Vortag, auf dem Paseo del Tránsito, dessen endzeitlicher Name so passend ist, wenn man über den Sinn des Lebens nachdenkt.

Aber Michael Leidson ist kein Romanschriftsteller.

Am Abend, nach dem Abendessen, als er sich auf sein Zimmer der Maestranza zurückgezogen hatte und in seinem Tagebuch die Ereignisse des Tages notierte, begann er seine Erzählung nicht mit der Synagoge del Tránsito, mit der Erinnerung an Samuel Levi. Allerdings dachte er flüchtig daran, daß man niemals weiß, wann eine Geschichte wirklich beginnt. Er dachte auch an Hemingway und an Théophile Gautier. Und natürlich stand ihm die Gestalt seiner Mutter, Raquel L.-Toledano, vor Augen. Durch seinen Kopf gingen mehr oder weniger verschwommene Erinnerungen oder Bilder. Wäre er Schriftsteller gewesen, dann wäre all dies zweifellos in die Nebelwolke eines im Entstehen begriffenen Romans eingegangen. Oder hätte die zentripetale, spiralförmige Bewegung ausgelöst, die gewöhnlich zur Entstehung einer solchen Nebelwolke führt. Aber Leidson war kein Romancier, ihm stellten sich die Probleme einer erzählerischen Artikulation nicht in dieser Weise.

Deshalb begann Michael Leidson nach einigen Momenten der Unschlüssigkeit, der Selbstversunkenheit, die er sich nach einem Tag, der so voller Ereignisse und sogar Überraschungen gewesen war, durchaus gönnen konnte, in das rote, kartonierte Heft seines Tagebuchs zu schreiben.

»17.7.56. Eloy Estrada, La Prosperidad: Merkwürdigerweise erinnert er sich an nichts. Die Witwe spricht herablassend von ihm. Geschichte des Großvaters Avendaño, über die Art, wie er sich in den Besitz des Hauses brachte; zum großen Teil Familienlegende, sagt die Witwe. Quismondo: Ich hatte Zeit nachzulesen, was der Madoz über diesen Ort sagt (sie haben den Madoz in der Hausbibliothek, ein willkommenes Wunder!), außerdem bin ich im gleichen Regal auf ein Buch von John Maynard Keynes gestoßen, das dem verstorbenen José María gewidmet war. Später erklärte sie mir das mit Keynes (was für ein Roman, wäre ich doch Schriftsteller statt bloß Historiker!). Mittagessen: nur mit den beiden Frauen, der Witwe Avendaño (Mercedes, mit Mädchennamen Pombo) und der anderen, Raquel (aber weder Levi noch aus Toledo). Schwer, die Beziehung zwischen beiden zu definieren, auch nur zu erahnen. Sie wirken wie die Witwen ein und desselben Mannes. Ich stellte Fragen über den Tag von vor zwanzig Jahren. Auf diese Weise wurde das mit den Toten geklärt: ihr Ehemann, José María, und ein junger Bursche vom Landgut mit dem Spitznamen »Scheelauge«, sie weiß nicht, warum, der Führer eines Guerrillatrupps in den Bergen von Toledo gewesen war. Später erzählte sie kurz (mir schien, mit einem gewissen Widerwillen, als wolle sie sich nicht in intimen Erinnerungen ergehen) von ihrer Hochzeitsreise. Italien, Paris, Biarritz. (Ob die Saturnina, von der sie sprach, wohl die Satur von Estrada ist? Sicher.) Rückkehr nach Madrid, im Juli, wegen der politischen Situation. Lorcas Vorlesen von *Bernarda Albas Haus* bei Eusebio Oliver, einem Arzt, wenige Tage vor Beginn des Krieges. Um fünf Uhr Ankunft der Brüder des Toten (oder des Dahingegangenen, wie es in der Zeitung *Abc* heißt). Der Erstgeborene, José Manuel: intelligent, hart, Geldmensch, Machtmensch. José Ignacio, der Jesuit: ein Feingeist, hochgebildet. Vor dem Abendessen Zusammentreffen mit Benigno Perales, dem Sekretär-Bibliothekar oder so ähnlich, ein großartiger Typ. Wir unterhielten uns ein wenig, allein. Gast war auch Don Roberto, von dem Estrada so beeindruckt schien (es ist mir nicht gelungen, seinen Nachnamen zu erfahren, alle nennen ihn so), Kommissar der politischen Polizei. Schlau, keineswegs primitiv, ein unterhaltsamer Gesprächspartner, ein böser Feind, stelle ich mir vor: gefährlich. Irgendwann im Verlauf des Abendessens aberwitzige Debatte über die Jungfräulichkeit.«

Leidson erinnerte sich nicht, wie diese hitzige Debatte begonnen hatte. Er versuchte, sich zu entsinnen. Was es auch war, alles und jedes hätte die scharfe, konfuse Kontroverse entzünden können, jeder zufällige Funke. Die Atmosphäre war von Anfang an gespannt.

Kaum hatten sie Platz genommen – Mercedes Pombo hatte Leidson zu ihrer Rechten plaziert und den jesuitischen Schwager zu ihrer Linken; ihr gegenüber ihren anderen Schwager, seinerseits flankiert von Don Roberto und Benigno, der sich über diese Sitzordnung freute, da er auf diese Weise vermied, dem inquisitorischen Blick des Kommissars direkt ausgesetzt zu sein –, erklärte ihnen der Erstgeborene der Avendaños, welches Problem zu ihrer Verspätung geführt hatte.

Die Landarbeiter des Gutes, sagte er, weigerten sich, am nächsten Tag die Rolle der Mörder von 1936 zu spielen. Sie wollen die Vorstellung nicht machen, schloß er abrupt.

Die Vorstellung? Einen Augenblick lang herrschte Verwirrung, die Tischgäste schauten sich an. Was sagte José Manuel da? Dann erinnerte Leidson sich an das Mittagessen vor zwei Jahren in El Callejón, als er zum erstenmal von dieser seltsamen Bußzeremonie gehört hatte. »Es ist wie eine Art Mysterienspiel«, hatte jemand gesagt, vielleicht Dominguín selbst.

»*Shit*«, hatte Hemingway gemurmelt, prosaischer und kategorischer.

Leidson hatte sich darüber gewundert, daß die Bauern des Gutes so lange Zeit nach dem Bürgerkrieg noch immer die Rolle der Mörder akzeptierten.

Mercedes schaltete sich ein, weniger schroff als ihr Schwager.

»Zwanzig Jahre, es reicht! Man kann verstehen, daß sie mit dieser schrecklichen Simulation nicht weitermachen wollen. Außerdem sind nur noch wenige übrig von denen, die damals am 18. Juli hier waren. Man kann nicht von ihnen verlangen, daß sie sich weiter diese alte Schuld aufladen!«

Der Kommissar unterbrach sie.

»Zwanzig Jahre sind gar nichts, Señora. Bis ans Ende des Jahrhunderts sollten sie diese Zeremonie oder eine ähnliche wiederholen. Sie und ihre Nachkommen: dem Roten liegt es im Blut, das weiß man doch...«

Sogar José Manuel schien betreten zu sein über Sabuesas Worte. Er zuckte die Schultern, wandte den Blick ab, während er ein wenig Brot zerkrümelte. Jetzt sprach der Kommissar ihn direkt an, als er mit seiner Streitrede fortfuhr.

»Ich habe es Ihnen schon im letzten Jahr gesagt, Don José Manuel... Ihre Zeremonie ist exemplarisch. Man sollte etwas Ähnliches jeden 18. Juli im ganzen Land veranstalten. Auf dem Cerro de los Angeles, zum Beispiel...«

Leidson hörte ihm halb entsetzt, halb amüsiert zu. Es gab fast keine menschlichen Exemplare mehr, die derart repräsentativ für die hispanische Barbarei waren, dachte er. Er spielte den Unwissenden, tat, als hätte er die Andeutung nicht verstanden, um zu sehen, wie weit die Borniertheit des Polizisten ging.

»Der Cerro de los Angeles? Warum gerade dort?«

Roberto Sabuesa blitzte ihn mißmutig, haßerfüllt an.

»Sind Sie nicht Historiker? Wissen Sie nicht, was sich hier während des Kreuzzugs abgespielt hat?«

Leidson wußte es natürlich, aber er gab das Gegenteil vor und setzte eine halb erstaunte, halb betrübte Miene auf. Sabuesa fuhr triumphierend, überheblich fort.

»Weil diese Bestien ihn in Roter Hügel umbenannt hatten und ein Kommando von Milizionären auf die Christusstatue schießen ließen. Es gibt Fotografien von diesem frevlerischen Akt...«

»Ich sehe den Zusammenhang nicht«, sagte daraufhin der jesuitische Avendaño in entspanntem, aber entschiedenem Ton. Und an seinen Bruder gewandt: »Gut also, erzähl uns, was morgen passieren wird, José Manuel...«

Jahre später, als Kommissar Sabuesa, längst pensioniert, an Ereignisse und Wechselfälle seines Berufslebens zurückdachte, vielleicht zusammen mit einem Kollegen, während sie ein paar Gläser tranken oder Mus, Brisca oder Tute spielten – irgendein Kartenspiel, Hauptsache, es war urspanisch – oder vielleicht allein, behaglich zurückgelehnt im Sessel vor dem Fernseher; als aus irgendeinem Grund, und die möglichen Gründe sind zahllos, wie man weiß, unvorhersehbar, und gebieterisch die Umstände, eine Erinnerung an jene Zeit auftauchte, an das Unglücksjahr 1956, sollte er zu dem Schluß kommen, daß er an diesem Julitag, im Eßzimmer der Maestranza, als er die Worte der Brüder Avendaño hörte, als er erleben mußte, wie ungnädig sie das Thema der Beschießung der Christusfigur auf dem Cerro de los Angeles durch die Roten vom Tisch wischten, wie sie sich herbeiließen, die subversive Verweigerung der Bußtradition durch die Landarbeiter des Gutes zu erklären, ja fast zu rechtfertigen, daß er an diesem Tag das schmerzhafte, aber unbezwingbare Gefühl oder Vorgefühl gehabt hatte, daß allem äußeren Schein zum Trotz die Seinen, die mit Recht sogenannten Nationalen, den Krieg zu verlieren begannen. Besser gesagt, daß sie tatenlos zusahen, wie die Früchte des Sieges verlorengingen, weil die Werte, die ihn ermöglicht hatten, zunichte wurden; daß sie allmählich das Selbstvertrauen und die Sicherheit verloren, die sie eigentlich aus der Tatsache beziehen sollten und bislang bezogen hatten, daß sie den Krieg unter so großen Opfern, um den Preis so vieler berühmter oder unbekannter Märtyrer, so vieler für Gott und Spanien Gefallener gewonnen hatten.

Als der Kommissar sah, wie José Ignacio – ein Priester obendrein – das Thema der Buße mit verächtlicher Miene abtat, und wie José Manuel sich ihm anschloß – er sollte in den Boden versinken vor Scham, der Undankbare; Reichtum und Macht verdankte er dem Regime, der hervorragenden Stellung, zu der es ihm verholfen hatte, und jetzt kommt er uns mit dem Gewäsch einer dringend erforderlichen Liberalisierung des Wirtschaftssystems, unverschämt! –, begriff er mit tiefem Erschrecken und plötzlich schwankendem Blutdruck, daß in Spanien die Ideale des Kreuzzugs an Kraft verloren, daß das Vaterland im Sumpf eines skeptischen und egoistischen Materialismus versank.

An jenem Abend formulierte er seine Gefühle nicht mit dieser Deutlichkeit. Aber einen Augenblick lang war er perplex, innerlich empört, als er erleben mußte, wie die Brüder Avendaño seine Bemerkung über die Notwendigkeit exemplarischer Buß- und Reuezeremonien rücksichtslos unterbrachen.

Er steckte den Schlag ein, ohne mit der Wimper zu zucken. Denn er dachte sofort an seine mögliche Rache: ein Gericht, das man kalt servieren kann, wie man weiß, das man nicht heiß verzehren muß. Er erinnerte sich genußvoll an das, was er bereits über Lorenzo Avendaño wußte und was sich möglicherweise noch herausfinden ließ. Er dachte, wenn seine Ahnung ihn nicht trog, und das tat sie gewöhnlich nicht, dann würde ihm der Sohn des Hauses ziemlich bald, wenn auch sehr gegen den eigenen Willen, die Gelegenheit verschaffen, den arroganten Besitzern der Maestranza eine gehörige Lektion zu erteilen und einen schönen Schrecken einzujagen.

Denn wenn Lorenzo tief in die Verschwörung an der Universität verwickelt war, worauf sämtliche Daten hindeuteten, über die er verfügte; wenn seine Beziehung zu ihrem sichtbaren »führenden Kopf« ihm erlauben würde, sich insgeheim dem unsichtbaren zu nähern, dem wirklich entscheidenden, dann käme für ihn die Stunde einer süßen Revanche.

Währenddessen kam José Manuel zum Schluß.

»Wir werden doch wohl nicht die Guardia Civil rufen, damit sie die Leute gewaltsam zur Zeremonie schleppt, oder?

Dazu besteht keinerlei Grund: Bisher ist immer alles freiwillig gewesen. Fast eine Familienangelegenheit. Wenn es keine Bereitschaft gibt, dann gibt es keine Zeremonie, so leid es mir tut...«

Die letzten Worte waren eindeutig an den Kommissar gerichtet, der reglos dasaß, ohne zu reagieren.

»In einem Wort, wir haben beschlossen, die morgige Zeremonie kürzer und einfacher zu gestalten... Sie wird sich auf die Bestattung unseres Bruders José María und von Chema Scheelauge im neuen Grabmal beschränken...«

Der Kommissar rutschte auf seinem Stuhl hin und her und schnitt eine Grimasse.

»Was für ein Scheelauge? Etwa der damalige Führer der kommunistischen Guerrilla?«

»Ob Kommunist, weiß man nicht so genau«, erläuterte José Manuel. »Guerrillaführer, das ja... Er hielt sich jahrelang mit seinem Trupp in den Bergen von Toledo... Etwa 1949 geriet er dann in Gefangenschaft...«

Plötzlich, als langweilte es ihn, so lange Erklärungen abzugeben, oder als erschiene es ihm nutzlos, verstummte der erstgeborene Avendaño. Er hatte das Interesse an der begonnenen Erzählung verloren. Er machte sich daran, mit Bedacht und sichtlichem Genuß den Gazpacho zu löffeln, den Raquel gerade aufgetragen hatte.

Doch Mercedes spann den Faden weiter.

»Er ist vor kurzem in Burgos gestorben, im Gefängnis«, sagte sie, an Leidson gewandt. »Da er keine Familie hat, haben wir den Leichnam aus dem Massengrab exhumieren und hierherbringen lassen... Er wird für immer an der Seite von José María ruhen, in dem Grabmal, das der Bischof uns auf dem Gut gestattet hat.«

Also zwei Leichen. Estrada hatte recht.

Michael Leidson betrachtete Raquel, die Perales gerade

das Tablett mit den Schalen aus weißblauem Steingut präsentierte, in denen sich die diversen Zutaten des Gazpacho befanden.

»Chema stammte nämlich von hier, aus dem Dorf und vom Gut... Das Scheelauge... Mit ihm haben wir alle als Kinder gespielt«, schloß Mercedes.

Als letzter bediente Benigno sich mit Brotwürfeln, kleingeschnittener Gurke, Tomate und Zwiebeln, die er in die ölige Flüssigkeit des Gazpacho streute. Raquel hatte sich in einen Winkel des Eßzimmers zurückgezogen, von wo aus sie aufmerksam auf jeden möglichen Wunsch der Tischgäste achtete.

Vor zwanzig Jahren hatte der junge Herr José María den Verwalter Mayoral angewiesen, das Fernglas zu holen. Hinter der Reihe der Pappeln, auf der Straße von Quismondo, sah man einen Trupp Leute kommen. Auch Pferde. Hochgereckte Sicheln, Flintenläufe blitzten auf. Später, als die Frauen erneut am Vorbau des Herrenhauses vorbeikamen, in dem roten Oldsmobile mit Mayoral am Steuer, waren die Landarbeiter angekommen. Und an der Spitze dieser Schar marschierten Chema Pardo, das Scheelauge, und Eloy Estrada.

Dem Kommissar blieb vor Empörung die Luft weg. Er war rot angelaufen und schwitzte; er stotterte fast.

»Es will mir nicht in den Kopf, das ist unglaublich... Ihr verstorbener Ehemann und der kommunistische Guerrillero, der wahrscheinlich an seiner Ermordung beteiligt war, im selben Grab!«

Der Jesuit schaltete sich ein, mit sanfter Ironie:

»Im selben Grabmal, ja, aber in getrennten Gräbern. Seien Sie nicht franquistischer als Franco, Kommissar... Wir machen hier nur ein Tal der Gefallenen im Familienmaßstab...«

Dem Polizisten verschlug es vollends die Sprache: so übel war es ihm noch nie ergangen.

»Gut also«, sagte José Manuel, während er sich den Gazpacho schmecken ließ. »Wir werden doch wohl nicht den ganzen Abend mit dem gleichen Thema verbringen. Die Zeiten haben sich geändert. Jetzt kommt es darauf an, den Frieden und die Ordnung aufrechtzuerhalten, die der Sieg uns gegeben hat, wenn auch mit anderen Methoden. Also, was mich betrifft, kein Wort mehr...«

Doch den Kommissar kostete es Mühe, klein beizugeben. »Wer ist der Anführer dieser Meuterei der Landarbeiter? Es wird ja wohl einen Anführer geben, den gibt es immer...«

Das Schweigen, das ihm antwortete, zog sich in die Länge, verdichtete sich, zäh.

Doch Leidson kann sich nicht erinnern, wie das Thema der Jungfräulichkeit aufkam.

Er erinnert sich um Mitternacht, als er sich bemüht, den Tag in seinem Verlauf, in all seinen Einzelheiten Revue passieren zu lassen, um ihn in seinem Heft festzuhalten, er erinnert sich, daß dieses Schweigen entstand, als Kommissar Sabuesa etwas von einem Anführer der Landarbeiter sagte.

Er erinnert sich auch, daß er sah, wie Blicke getauscht wurden, die wahrscheinlich mit Bedeutung geladen waren, wenn er sie auch nicht entziffern konnte; Blicke zwischen Mercedes und Benigno, zwischen diesem und José Ignacio Avendaño.

Später erging sich der Jesuit ohne jeden Zusammenhang, zumindest soweit er, Leidson, sich erinnern konnte, in einem schönen, vielleicht leicht belehrenden und langatmigen Exkurs über das Urchristentum, über den freiwilligen Verzicht auf die körperliche Liebe in zahlreichen christlichen Gemeinschaften des Mittelmeerraums, vor allem im östlichen Teil. Und plötzlich, ohne daß er hätte rekonstruieren können, wie es dazu gekommen war, befanden sie sich mitten in einer absurden Debatte über die Jungfräulichkeit.

Wenn es auch laut und chaotisch erst zum Schluß herging, als der Kommissar, fassungslos, wütend, seine merkwürdige Äußerung tat.

»Warme Brüder!« schrie Sabuesa. »Jeder, der bereit ist, eine Frau zu heiraten, die keine Jungfrau mehr ist, ist ein warmer Bruder, auch wenn er es nicht weiß, auch wenn er es nicht glaubt!«

Als er die verstörten Mienen sah und die befremdeten Ausrufe der anderen Tischgäste hörte, war er nicht mehr zu halten.

»Warme Brüder, dreckige warme Brüder! Das einzige, was sie geil macht in der Möse der Frau, ist die Spur des Schwanzes, der sie entjungfert hat!«

Alle musterten den Kommissar entgeistert, konsterniert. Einer der Brüder Avendaño verwies ihm die Unflätigkeit seiner Äußerungen.

»Sie vergessen, daß Damen anwesend sind, Kommissar.«

Sabuesa war kurz davor zu antworten, er sehe nirgendwo Damen, echte Damen. Aber er beherrschte sich.

Leidson ist mit der Niederschrift seiner Zusammenfassung des Tages fertig, als er ein leises Klopfen an seiner Zimmertür hört. Er schaut überrascht auf die Uhr: es ist nach Mitternacht.

Er öffnet die Tür, Raquel steht im Flur, im Dunkeln.

»Wenn Sie nicht müde sind«, sagt sie, »dann erwartet Sie die Señora.«

Etliche Stunden zuvor, gegen Ende des Vormittags, saß Michael Leidson in einem Korbsessel unter dem Vordach der Maestranza.

»Raquel wird Ihnen ein Glas Wasser bringen«, hatte der Verwalter zu ihm gesagt.

Raquel? Er mußte natürlich an seine Mutter denken. Er erinnerte sich an den Brief, den sie mit Eilpost geschickt hatte. Links von El Tránsito, schrieb ihm Raquel L.-Toledano, gibt es eine Gasse, die Samuel Levi heißt. Dort befindet sich das Greco-Haus. Dieser Levi war Schatzmeister des Königs Don Pedro, er ließ die Synagoge errichten, von der ich dir gerade erzählt habe. Er war ein Verwandter von uns, kein sehr naher, aber doch ein Verwandter. Das ist unsere Straße, die mit dem Namen Samuel Levi. Aber das Haus, dessen Schlüssel ich aufbewahre, war nicht dort. Es befand sich weiter unten, in der Nähe von San Juan de los Reyes und der Brücke. Und ich sage bewußt »befand«, denn es wurde abgerissen, als im 18. Jahrhundert irgendwelche Bebauungen durchgeführt wurden. Der Schlüssel öffnet nur noch die Türen der Erinnerung, der Tagträume…

So stand es mehr oder weniger im Brief seiner Mutter.

Er dachte an sie, während er die braune Landschaft der Hochebene betrachtete. Dann spürte er, daß jemand da war, und wandte den Kopf. Es war Raquel mit einem Glas Wasser.

Er trank einen langen Schluck, sein Mund füllte sich mit Frische. Er holte Luft und trank erneut. Er war durstig seit dem Schnaps mit Eloy Estrada in La Prosperidad.

»Sind Sie Raquel?« Er schaute die Frau an, während er ihr das leere Glas zurückgab.

»Möchten Sie mehr Wasser?« sagte sie.

Sie hatte eine melodische, tiefe Stimme mit heiseren, brüchigen Anklängen, provokant sinnlich. Doch Leidson berichtigte sich sogleich. In Wirklichkeit war nichts Provokantes an dieser Frau, die noch jung aussah, aber strenge Trauer trug, ohne Schmuck oder Farbtupfer. Helle, natürliche Haut; ungeschminkte Lippen; schwarze Augen ohne jede künstliche Betonung. Nichts Provokantes also, außer ihrer leuchtenden, beunruhigend weiblichen Weiblichkeit selbst. Nun ja, nicht beunruhigend an sich, sondern für Leidson, bei dem Raquels Anwesenheit plötzlich und unwiderstehlich diese leise Unruhe auslöste, dieses Beben, das immer mit dem Entstehen des Begehrens einhergeht, so flüchtig oder unrealisierbar es sein mag: die beunruhigende Offenbarung seiner eigenen Männlichkeit.

Er sagte nein, er wolle kein Wasser mehr.

Aber sein Mund war erneut trocken. Nicht mehr vor Durst, sondern vor Verlangen. Er beherrschte sich, versuchte, der plötzlichen Glut Herr zu werden, die seine Brust erfaßte und in Wellen aufgewühlten Blutes von seinen Lenden hochstieg. Er unterdrückte die absurde Regung in seinen Fingern, ohne jede Vorwarnung Raquels Wangenknochen zu liebkosen, ihre Taille, die Hüfte, die betont wurde durch ihre aufrechte, stolze Haltung.

Er wandte den Blick, wieder gelassener, der Landschaft der Hochebene zu. Er sah die Reihe der Pappeln, die von geometrischen, ungleich großen Flächen Ocker, Gelb und Braun gefleckte Ebene. Wie ein Bild von Caneja, dachte er. Er hatte den Maler vor wenigen Wochen kennengelernt, sein Atelier besucht.

»Raquel, waren Sie vor zwanzig Jahren auf der Maestranza?« fragte er, ohne sie anzusehen.

Sie antwortete ihm, bevor er den Kopf wenden konnte.

»Ich war da«, sagte sie.

»Und was geschah damals?«

Sie schauten sich an.

Michael Leidson hatte die flüchtige, aber deutliche Gewißheit, daß auch sie verwirrt war. Wegen seiner männlichen Gegenwart oder weil sie gemerkt hatte, daß er verwirrt war? War er es, der sie verwirrte, oder das Wissen, daß sie ihn verwirrte? Wie auch immer, er fühlte, wie zwischen ihnen, ungreifbar und mächtig, die unterschwellige Strömung des Begehrens zirkulierte. Gewöhnlich täuschte er sich nicht in einer solchen Situation. Und obwohl er sich gewöhnlich keine Illusionen machte, beflügelte ihn diese folgenlose Gewißheit jetzt einen kurzen Augenblick.

»Es war drei Uhr nachmittags«, sagte Raquel. »Ich war gerade dabei, im Eßzimmer Wasser in die Gläser zu füllen. Die Herrschaften wollten mit dem Mittagessen beginnen. Draußen war die hektische Stimme von Mayoral zu hören, der nach dem jungen Herrn José María rief. Der ging hinaus, vor die Tür und verlangte das Fernglas, um die Bauern sehen zu können, die auf der Landstraße herbeigelaufen kamen. Vom Eßzimmer aus, bei offenen Türen, sieht man alles auf dieser Seite des Hauses. Die junge Frau Mercedes und ich haben es gesehen…«

»Wie alt waren Sie, Raquel?«

»Siebzehn«, sagte sie.

Mayorals Stimme draußen, verstört.

Ja, es war drei Uhr nachmittags, und sie hatten sich gerade zum Mittagessen an den Tisch gesetzt. Mercedes strich mit dem Handrücken über die gestärkte Tischdecke. Etwas mußte ihre Erinnerung aufgerührt haben, denn sie schaute lächelnd ihren Mann an.

Raquel war dabei, die Gläser mit frischgekühltem Wasser zu füllen, und die Blicke beider trafen sich auf den Händen des Mädchens. Das Glas beschlug sich durch die erdige Kühle.

Raquel spürte den zweifachen Blick.

Sie schaute auf, errötend, aber herausfordernd. Dachten sie alle drei an dasselbe? Sie vermutete es. Sie vermutete, daß sie alle drei an das seltsame, heftige Glück dachten, an die Quelle dunkler Lust, die sie in der Morgendämmerung jenes Tages entdeckt hatten. Zwei Tage nach der Rückkehr aus Biarritz, als die Hochzeitsreise zu Ende war.

Raquel war in Madrid geblieben, um dort auf sie zu warten. In der Madrider Wohnung mit dem prunkvollen, bombastischen Hauseingang, an der abgeflachten Ecke, an der die Straßen Juan de Mena und Alfonso XII. zusammentrafen, gegenüber dem Retiro-Park.

Denn die jungen Herrschaften Avendaño nannten die Straße bei ihrem alten Namen, Alfonso XII., wenn auch nicht aus politischen Gründen, sondern aus reiner Gewohnheit. Wem würde es einfallen, sie bei ihrem neuen Namen – Niceto Alcalá Zamora – zu nennen? »Niceto, das klingt nach Folklore oder Witzfigur«, spottete der erstgeborene José Manuel. Bei ihm konnten es durchaus politische Gründe sein – zweifellos sagte er es deshalb.

Jedenfalls brachte José María einen Witz an, der damals kursierte, um sich ein wenig über seinen ältesten Bruder lustig zu machen. Nach dem Sieg der rechten CEDA bei den Parlamentswahlen 1933 schickt Alfons XIII. ein Telegramm an Don Niceto Alcalá Zamora, den Präsidenten der Republik, mit dem er ihn zum Rücktritt auffordert: »Laß der Rechten ihr Recht. Ich rechne mit dir in Biarritz. Alfons.« Ein Telegramm, auf das der Präsident ebenfalls mit einem solchen antwortet, nicht weniger irreal, aber witzig: »Nix Rechte, nix Recht, nix Verabrechnung. Der Rechter.«

Doch an jenem Julitag vor zwanzig Jahren schaute Raquel Mercedes an, sah das zärtliche, vieldeutige Lächeln von Mercedes.

Der junge Herr José María schaute beide an.

Zwischen ihnen das knisternde Weiß der gestärkten Tischdecke, das an ein anderes Weiß erinnerte, wie von einem beschneiten Traum: das der Sessel und Sofas, die für den Sommer verhüllt waren, im halbdunklen Salon der Wohnung in der Calle Alfonso XII. in jener Morgendämmerung.

Ihr schien, als wollte der junge Herr José María etwas

sagen, als draußen die rabiate Stimme Mayorals zu hören war.

Vor zwanzig Jahren, auf den Tag genau und unter der gleichen Sommersonne, war José María Avendaño vor das Haus der Maestranza getreten und kamen die Bauern in bewaffnetem Trupp auf der Straße von Quismondo herbeigelaufen.

»Siebzehn, ja«, fuhr Raquel fort. »Ich bin hier auf dem Gut geboren. Meine Mutter auch. Und meine Großmutter, die Satur. Sie war schon hier, als der Indiano kam und das Gut übernahm... Der Großvater der jungen Herrschaften von heute... Na ja, bestimmt verstehen Sie nichts, es ist eine lange Geschichte...«

»Estrada hat mir etwas erzählt«, sagte Leidson.

Sie zuckte wütend mit den Schultern.

»Eloy? Er hat Ihnen das mit dem Indiano erzählt? Und das vor zwanzig Jahren, hat er Ihnen erzählt, wo er vor zwanzig Jahren war?«

»Er kann sich nicht erinnern«, sagte Leidson.

Raquel verzog verächtlich das Gesicht. Sie zuckte erneut mit den Schultern.

»Die junge Frau Mercedes und ich haben alles gesehen. Zuerst vom Eßzimmer aus. Dann sind wir näher herangegangen, ganz erschrocken, an den Händen gefaßt, sind durch das Musikzimmer, durch das Zimmer des Indiano, also die Bibliothek gegangen, bis zum Rand des Vorbaus, hier... Der junge Herr José María hatte sich auf die Balustrade gestützt und Mayoral geschickt, um das Fernglas zu holen. Hinter der Reihe der Pappeln, auf der Straße von Quismondo, war ein Trupp Leute zu sehen. Auch Pferde. Die Sicheln blitzten in der Sonne. Und die Läufe der Flinten. Als Mayoral mit dem Fernglas kam, drehte der junge Herr sich um und nahm es entgegen, und dabei hat er uns gesehen. Wir waren gerade im Musikzimmer. Er hat uns zugelächelt. Und dann hat Mayoral ganz hektisch gefragt: ›Soll ich die Waffen holen?‹ Und der junge Herr hat gerufen, nein, auf keinen Fall, sie würden sie am Ende ohnehin umbringen. Und dann hat er gesagt: ›Hol den Oldsmobile, den Lederkoffer, der im Eßzimmer steht. Und nimm die Frauen mit, rasch...‹ Aber Pedro Mayoral weigerte sich, er wollte natürlich bei seinem Herrn bleiben, egal was geschehen würde. Der junge Herr José María wurde wütend: ›Wer befiehlt hier, Mayoral?! Nimm sie mit, los!‹ Und Mayoral fügte sich. Er stieß einen Laut aus, etwas wie einen Wut- oder einen Schmerzensschrei. Dann rannte er los, stolperte über einen Stuhl, brachte uns hinaus, hinter das Haus...«

Raquel verstummte, ihr Blick verlor sich in der Ferne eines Himmels aus anderen Zeiten, einer wieder aufgetauchten Angst.

»Als Mayoral den Wagen in Richtung Quismondo lenkte, der einzige Weg, auf dem man entkommen konnte, kamen wir wieder hier vorbei, am Vorbau. Die Bauern strömten schon herein... Und es war leicht zu erkennen, wer an der Spitze des Trupps marschierte. Es war Chema, das Scheelauge... Und Eloy Estrada...«

Es überraschte Leidson nicht, daß Estrada dort gewesen war, an jenem Tag vor zwanzig Jahren.

In Raquels Gesicht stand Resignation. Oder Gleichgültigkeit.

»Zwanzig Jahre schon«, sagte sie. »Schwamm drüber. Aber er soll nicht behaupten, daß er sich nicht erinnert...«

Sie schwiegen. Von den ausgeglühten Feldern kam kein Laut. Nur Gerüche, die schwer in der Luft hingen.

»Wenn Sie einverstanden sind«, sagte Raquel, »bringe ich Sie auf Ihr Zimmer. Sie können sich frisch machen. Die junge Frau Mercedes erwartet Sie in anderthalb Stunden zum Mittagessen.«

Leidson folgte Raquel durch die Gänge und über die Treppen des Hauses.

»Estrada sagt auch«, begann Leidson wieder, »daß es morgen das letzte Mal sein wird, daß man die Toten umbetten wird... Daß es zwei Tote gibt...«

Auf der weiträumigen Galerie des ersten Stocks, die um einen Innenhof lief, dem ein leise sprudelnder Brunnen Kühle spendete, öffnete Raquel eine Tür. Sie trat zur Seite, schaute ihn an.

»Das letzte Mal, ja... Zwei Tote, das stimmt... Er ist gut informiert, der Eloy, wie immer...«

Doch Michael Leidson wollte mehr wissen, man sah es ihm an.

»Morgen«, fügte Raquel hinzu, »werden der junge Herr José María und Chema Scheelauge hier auf dem Gut, in einem speziellen Grabmal, feierlich beigesetzt...«

Leidson schaute sie an, reglos auf der Türschwelle.

»Aber ich bin es nicht, die hier Geschichten erzählt... Das wird die junge Frau Mercedes tun, später... Haben Sie ein wenig Geduld...«

Sie trat in das Zimmer, zeigte Leidson, wo die Dinge waren: Schränke, Kleiderbügel, Kissen, der Krug mit frischem Wasser, das Bad, die Klingel. Alles, was er benötigen könnte.

Er sah verzückt zu, wie sie sich im Zimmer bewegte.

2

Aus den Papieren rutschte eine Postkarte heraus, sie hob sie vom Boden auf. Eine Abbildung in Schwarzweiß, mitgenommen von der Zeit, zerknittert und abgegriffen. Doch Mercedes erinnerte sich an die Farben des abgebildeten Gemäldes. »Mir ist, als würde ich sie vor mir sehen«, hatte sie einmal zu Raquel gesagt, als sie, wie andere Male auch, im Lauf der Jahre mit ihr – mit wem sonst? – über die Begebenheiten ihrer Hochzeitsreise in jenem Sommer vor zwanzig Jahren gesprochen hatte.

Sie erinnerte sich, das stimmt.

Das erste, was im Museum von Capodimonte, in Neapel, ihren Blick angezogen hatte, war das Schneeweiß von Judiths Schultern, ihre fast nackten Brüste, deren Schönheit durch das sie umgebende Dunkel betont wurde, das ihre doppelte Rundung vom Rest sonderte und heraushob.

Auf diesem Bild glänzte Judith mit einem blauen, tief ausgeschnittenen Kleid. Aber glänzte sie wirklich? Denn das Kleid war von einem wenig prunkvollen, wenig glänzenden Blau, das eher erloschen wirkte, wie eingeschlossen in seine eigene Dichte. Es war kein Blau, das auf das Bild ausstrahlte, es erhellte, sondern ein Blau, das es durchdrang, durchtränkte und auf seiner Oberfläche ein durchscheinendes Nachtdunkel verbreitete, harmonisch abgestimmt auf das stumpfe Rot des Kleides, das Judiths Dienerin trug, züchtig, ohne Ausschnitt oder bloße Schultern, ohne angedeutete Brüste, die bei ihrer Herrin bis an den Rand der Brustwarzen zu sehen waren.

Die Dienerin hielt Holofernes fest, während ihre Herrin

ihm sauber die Kehle durchschnitt, das heißt mit einem Hieb ihres kurzen, breiten Schwertes, der als sauber gelten konnte, eben weil er entschlossen war, scharf, obwohl er das Blut hervorsprudeln ließ, das die Leintücher der Bettstatt im Feldzelt des Generals und Feindes der Juden besudelte.

»Capodimonte, 1936, Juni«, stand auf der Rückseite der Postkarte, die gerade aus der Mappe gefallen war, in ihrer spitzen, unsicheren Schrift, Schrift der Nonnenschule, wie sie in den dreißiger Jahren gelehrt wurde, heute leicht verblaßt, fast verschwommen, denn sie war mit Bleistift geschrieben.

Mercedes hatte kurz zuvor, im Glauben, der Amerikaner werde nicht lange auf sich warten lassen, im Schreibtisch ihres Schlafzimmers die Mappe herausgesucht, in der die Erinnerungen an jene Reise versammelt waren: Postkarten, Fotografien, Hotel- und Restaurantrechnungen, Ausstellungskataloge und Museumsführer, Theater- und Konzertprogramme; winzige, aber wahre Spuren ihrer Hochzeitsreise.

Mercedes wußte nicht, warum der Besuch dieses Fremden – Leidson heiß er – sie so in Entzücken versetzte. Vielleicht weil dank ihm zumindest ein Zeugnis von der Zeremonie erhalten bleiben würde, die morgen zum letzten Mal stattfinden sollte, Gott sei Dank. Denn der Amerikaner war Historiker, er arbeitete über die Ursachen und Gründe des Bürgerkrieges oder etwas Ähnliches: Dominguín hatte es ihr gesagt, als er ihr vorschlug, ihn einzuladen.

»Ein sympathischer, intelligenter und obendrein gutaussehender Typ«, hatte Domingo Dominguín gesagt. »Du könntest die Gelegenheit nutzen, deinen Schwager José Manuel um die Ecke bringen und dann mit dem schönen Gringo fliehen, wenn du schon nie mit mir fliehen wolltest.«

Mercedes lachte. Sie lachte immer mit Domingo Dominguín, sie fühlte sich wohl mit ihm, auch wenn die Tage selten waren, an denen sie sich sahen, zwangsläufig Stierkampftage in der Arena Vista Alegre, in Carabanchel, oder in der Arena von Toledo, wenn einer von den Stierkämpfern kam, die Domingo als Impresario unter Vertrag hatte. Gelegentlich auch in Quismondo, auf einem der beiden Landgüter, auf La Companza, das der Familie Dominguín gehörte, oder auf La Maestranza, das ihr gehörte. Besser gesagt, ihr und ihren Schwagern, gemeinschaftlich.

Zwei Wochen zuvor, Anfang Juli, hatte Domingo sie angerufen, um mit ihr in einem Lokal in der Calle Juan de Mena zu Mittag zu essen, das zwar nach außen unscheinbar wirke, wo der Cocido jedoch erstklassig sei, das versichere er ihr.

»Domingo, ich bitte dich, ich esse nie Cocido«, hatte sie zu ihm gesagt. »Du bist einfach zu urwüchsig für mich.«

Und er, laut auflachend:

»Von wegen urwüchsig... Ich hätte dich von Herzen gern zu Horcher geführt... Aber ich bin blank, mindestens bis neunzehn Uhr, je nachdem, wie die Kasse in Vista Alegre läuft...«

Also aßen sie in diesem unansehnlichen Lokal. Sehr gut, übrigens. Der Cocido, wie er sein mußte. Sie Bergschinken und eine köstliche Minestra. Für Mercedes war dieses Lokal sehr günstig gelegen, nur ein paar Schritte von ihrer Wohnung in der Calle Alfonso XII. entfernt, obwohl eigentlich auch Horcher nicht besonders weit entfernt lag.

Während des Mittagessens erzählte Dominguito ihr von einem amerikanischen Historiker, Michael Leidson, von seinem Interesse an der Bußzeremonie der Maestranza. Er erzählte ihr von der Begegnung mit Hemingway, vor zwei Jahren. Mercedes sagte, es werde das letzte Mal sein, es sei Zeit, damit Schluß zu machen, es sei ihr endlich gelungen, sich gegenüber José Manuel durchzusetzen, und während sie sprachen und zurückdachten, tauchten sie ein in die Erlebnisse jenes Kriegssommers, in die blutige Erinnerung an jenen weit zurückliegenden Sommer.

Als wenn es gestern gewesen wäre, sagten beide.

Er mochte sechzehn, höchstens siebzehn sein. Er saß oder lag eher mit gefesselten Händen auf dem Rücksitz des Wagens, einem großen, feierlichen amerikanischen Graham Page, den die Milizionäre bestimmt sichergestellt oder beschlagnahmt hatten, flankiert von zwei jungen Burschen, die mehr oder weniger in seinem Alter waren und Zivil trugen. Es hatte sich noch nicht die Mode des blauen Monteuranzugs eingebürgert. Sie waren in Hemdsärmeln, wenn auch mit Koppelzeug, Patronentaschen und großen 9-mm-Pistolen ausgerüstet. Sie brachten ihn zu einer der *Checas* der Kommunistischen Partei – nein, hatte er an jenem Tag im Lokal in der Calle Juan de Mena gedacht, während er die melancholische Schönheit von Mercedes Pombo betrachtete, damals sagte man noch nicht *Checa*, es ist ein Anachronismus, diese Bezeichnung kam erst später auf –, also zu einem der privaten Gefängnisse der Kommunistischen Partei. Der Wagen fuhr in voller Geschwindigkeit die Calle Alcalá zur Plaza de la Independencia hinauf, bahnte sich laut hupend seinen Weg und bog dann in die Calle Serrano ein. Er fragte sich, wohin sie fahren würden, um ihn zu töten. Doch zweifellos geschah nicht, was hätte geschehen sollen, wie sich leicht folgern läßt, da er sich zwanzig Jahre später an diese Episode erinnern kann. Denn Mije oder Delicado, einer der wichtigen Männer der andalusischen Fraktion der Kommunistischen Partei, holte ihn aus dieser *Checa* heraus und ließ ihn auf freien Fuß setzen. Er meinte sich zu erinnern, daß es Antonio Mije gewesen war. Dem Stierkampf zuliebe natürlich, weil er Sohn von Domínguin war. So konnte er sich retten und auf die andere Seite wechseln. Doch an jenem Tag, während der amerikanische Wagen unter ständigem Hupen auf der Calle Serrano dahinjagte, hob Domingo den Kopf, um die Jungen seines Alters anzusehen, die Gesichter machten wie rauhe Burschen, wie Helden, wie Rächer im Wilden Westen, und dabei fiel ihm der Name eines Ladens in der Calle Serrano auf, an dem das Auto rasch vorbeiglitt, ein Kurzwarengeschäft auf der rechten Seite, kurz vor der Calle Goya, mit dem Namen »Das Paradies der Strümpfe«, und bei dem Anblick wurde Domingo von unwiderstehlichem Lachen erfaßt, wenn man bedenkt, dachte er, daß das letzte Aufleuchten der Wirklichkeit, ihr letztes Augenzwinkern – denn er würde mit Sicherheit sterben, sicher war dies seine letzte Fahrt, der letzte Gang schlechthin, der Übergang in die andere Welt –, daß der letzte Blick auf eine Wirklichkeit, die nach seinem Tod weiter bestehen würde, dieser in seinem Pomp geradezu rührende Name »Das Paradies der Strümpfe« sein würde, und er stellte sich das Schild oder das Reklamebild vor, das er gern über dem Schaufenster gesehen hätte: kleine, pummelige, eunuchenhafte Murillo-Engel, die ein Paar wunderschöner Frauenbeine mit schwarzen Strümpfen und Strumpfband hochhielten, das war es, was ihn in jenem weit zurückliegenden Sommer am meisten erregte, Beine mit Strümpfen und Strumpfband und was dazwischen lag, natürlich, für nach dem Anbandeln, und er bekam einen Lachanfall, er konnte nicht mehr aufhören, das ist das *sursum penis*, dachte Domingo, aber alles andere als das Paradies, nicht einmal das der Strümpfe, und die militanten und militarisierten Grünschnäbel schauten ihn an, einer versetzte ihm einen verächtlichen Stoß, und der andere sagte wütend, »der hat sie wohl nicht mehr alle, dieser kleine Scheißkerl, dieses dämliche Arschloch, so zu lachen, ohne Sinn und Verstand, in so einer Lage...«

»Und was habt ihr an einem 18. Juli in Quismondo gemacht?« fragte er Mercedes Pombo. »Was für ein Ort für die Sommerfrische!«

Sie hatten ihr Mittagessen in dem Lokal in der Calle Juan de Mena fast beendet.

Mercedes antwortete, sie seien von Mitte Juni bis Anfang Juli auf Hochzeitsreise in Italien gewesen. Dann, nach einigen Tagen in Paris, seien sie nach Biarritz gereist, um den Sommer in einem Haus zu verbringen, das die Familie Avendaño dort seit ewigen Zeiten besaß. Na ja, seit der relativen Ewigkeit der Erbteile und Vermögen, die oft die Frucht vorheriger Eheschließungen waren.

Saturnina, die Satur, schon ein bißchen alt, aber unvergleichlich in der Küche, war mit zwei Dienstmädchen aus Madrid gekommen. Der Chauffeur wiederum hatte den Oldsmobile mit dem aufklappbaren Verdeck gebracht und war dann wieder abgereist. José María brauchte ihn nicht, er fuhr gerne selbst.

Doch die Nachrichten aus Madrid waren besorgniserregend.

Eigentlich waren sie es schon während der ganzen Reise gewesen. José María versuchte jetzt tagsüber ständig, Informationen aus dem Radio zu bekommen. Am frühen Abend ging er zum Zeitungskiosk in der Nähe des Kasinos hinunter, um spanische Zeitungen zu kaufen. Aus der Ferne erblickte er Fal Conde, der in den Kneipen der Umgebung mit karlistischen Emissären konspirierte, wie zu vermuten war.

Um den 10. Juli rief José Manuel, der älteste Bruder, aus Madrid an. Er war sehr nervös, man verstand ihn schlecht. Er prophezeite, daß in jedem Fall bald etwas passieren werde. Daraufhin entschieden sie zurückzukehren. Ein spontaner Impuls, sie packten in aller Eile die Koffer und fuhren im Auto nach Madrid. Ein paar Tage später aßen sie bei Eusebio

Oliver, einem befreundeten Arzt, zu Abend. Es kam zu hitzigen Debatten, jemand rief laut, es sei allmählich Zeit, daß die Armee rebelliere, daß sie mit harter Hand durchgreife und den zahllosen Ausschreitungen des einen und des anderen Lagers ein Ende setze. Später, nach dem Essen, beruhigten sich die Gemüter ein wenig. Federico García Lorca las ihnen ein Werk vor, das er gerade beendet hatte, *Bernarda Albas Haus*. Lorca sagte an jenem Abend, er werde nach Granada fahren, dort sei es bestimmt ruhiger, meinte er, sicherer als in einer so rauhen Stadt wie Madrid, wenn etwas passieren würde.

Lorcas Worte brachten José María zum Nachdenken, und als sie in der Morgendämmerung nach Hause zurückkehrten, sagte er zu Mercedes: »Warum fahren wir nicht ein paar Tage auf das Gut, um abzuwarten, was passiert? Dort werden wir es in jedem Fall besser haben als in Madrid.«

»Und am nächsten Tag sind wir gefahren, stell dir vor, wegen dem, was Lorca an dem Abend gesagt hatte.«

Sie hatten das Lokal schon verlassen, sie standen auf der Straße, an der Ecke Juan de Mena und Alfonso XII., und verabschiedeten sich, als Domingo Mercedes fragte:

»Wie war das eigentlich genau an dem Tag damals? Du hast es mir nie erzählt.«

Sie hatte es ihm nie erzählt?

»Es war drei Uhr nachmittags, am 18. Juli, und wir hatten uns gerade zum Mittagessen an den Tisch gesetzt, in der Maestranza... Raquel war dabei, uns Wasser einzuschenken...«

Aber sie verstummte. Sie wußte nicht, wie sie die Erzählung fortsetzen sollte.

Besser gesagt, sie wußte es zu gut. Sie wußte es so sehr im voraus, so auswendig, so rituell, daß es ihr nicht die Mühe wert schien, die Erzählung fortzusetzen, sie hatte das Interesse verloren. In der Tat, es war eine tausendmal erzählte Geschichte, langweilig wie alles sich Wiederholende, Kodifizierte. Es war nicht die geringste Überraschung oder Entdeckung von einer Geschichte zu erwarten, die in dieser Weise, mit einem derartigen Ballast an Erinnerung begann. Vielleicht, dachte Mercedes, könnte man die ganze Geschichte auf andere Art und Weise erzählen. Indem man im Museum von Capodimonte begann, zum Beispiel, mit der Betrachtung des Bildes von Judith. Oder an jenem anderen Morgen am Strand von Biarritz. Tausend Arten womöglich, aber alle würden sie in gleicher Weise enden: in dem Augenblick, als die mit Flinten und Sicheln bewaffneten Bauern auf der Landstraße nach Quismondo auftauchten.

Wie auch immer, die Ereignisse jenes Julinachmittags schienen ihrer Substanz entleert zu sein, als wären sie eben nur das, eine Erzählung, und als Mercedes sich anschickte, sie ein weiteres Mal zu erzählen, hatte sie das Gefühl, lustlos in die Wirklichkeit einer Erzählung einzutauchen und nicht in die Erzählung einer Wirklichkeit. Als ginge es nicht mehr um die Wahrheit jenes 18. Juli vor zwanzig Jahren, sondern um die erzählerische Wahrheit als solche, in einer autonomen Entfaltung des »Es war einmal«. Und man weiß, daß die Wahrheit einer Erzählung trügerisch ist, daß ihr Gegenstand sogar die Lüge sein kann oder zumindest die Unwirklichkeit.

Und doch regte sich in Mercedes bei allem Überdruß eines Erzählens, das sie wie immer begonnen hatte, so wie es sich für die Familienerzählungen mit ihrem unausweichlichen, heimtückischen Kodex gehörte – »Es war drei Uhr nachmittags, und wir hatten uns gerade zum Mittagessen an den Tisch gesetzt« –, plötzlich eine neue Empfindung. Eine erneuerte eher als eine nie dagewesene. Sie erinnerte sich an die Kühle, die sich in dem Beschlag angekündigt oder angezeigt hatte, der das durchsichtige Glas trübte. Sie erinnerte sich an den Durst, an das Verlangen nach frischem Wasser, an die Hände von Raquel. Sie erinnerte sich an das, was diese Kühle, dieses Wasser, diese Hände von Raquel in ihr heraufbeschworen hatten.

»Warum weitererzählen, Domingo? Du weißt, was der Tod ist.«

»Eben deshalb, weil ich es weiß, wundert es mich, daß du noch immer eine so düstere Trauerzeremonie veranstaltest«, sagte er.

Mercedes machte eine abwehrende, entschiedene Geste.

»Das ging nie von mir aus. Das ist Sache von José Manuel, wie du weißt...«

Das wisse er, ja, räumte er ein.

»Übrigens, dieses Jahr wird es das letzte Mal sein«, fuhr sie fort. »Sag also deinem schönen Gringo, daß er kommen soll, damit ein Zeugnis von diesem ganzen spanischen Horror bleibt... Er soll es in einem Buch festhalten...«

Das war vor ungefähr zwei Wochen gewesen.

»Capodimonte, 1936, Juni.«

Mercedes Pombo hatte die Postkarte umgedreht, auf der in Schwarzweiß ein Gemälde aus dem Museum in Neapel abgebildet war. Sie betrachtete nachdenklich die Worte, die sie selbst vor zwanzig Jahren geschrieben hatte.

Sie hatte immer daran gedacht, irgendwann einmal nach Neapel zurückzukehren. Nach Neapel und nach Florenz: In den Uffizien gibt es eine ähnliche Judith. Aber es war nicht möglich gewesen. Neapel war ihr lebendiger in Erinnerung geblieben, auch als anstrengender. Die großen Städte des Mittelmeerraums gefielen ihr letztlich nicht. »Na ja, gefallen tun sie mir vielleicht schon, aber sie machen mich nervös mit ihrem Geruch nach menschlichen Ausdünstungen, nach Großstadtdschungel, nach Leben auf engstem Raum...

Zuviel Geschrei, zuviel Rhetorik der Leidenschaft, Klischee, Geschwätzigkeit... Ich ziehe das nordische Licht vor, das schärfer umrissen und abgegrenzt ist, aber gleichzeitig sanfter in seinem Innern, leuchtender in seinem Kern, stiller.«

In jenem Frühsommer sangen ihnen die Dienstmädchen der Wohnung in der Calle Alfonso XII. »Soldat aus Neapel, du ziehst in den Krieg...«, bevor sie zu ihrer Hochzeitsreise aufbrachen. Und in Neapel ging Mercedes allein ins Museum von Capodimonte. José María hatte an jenem Tag eine Verabredung, sie erinnerte sich jetzt nicht, mit wem, mit einem Professor oder einem Philosophen. Etwas wie der italienische Ortega y Gasset, aber noch besser, hatte ihr Mann gesagt, daran erinnerte sich Mercedes. Jedenfalls ging sie allein ins Museum von Capodimonte. Es gab fast keine Besucher, nur den einen oder anderen schläfrigen alten Wächter in einer Ecke. Das Geräusch ihrer Absätze auf den Marmorfliesen des Bodens und der Treppen begleitete sie, »ein Geräusch, das mir vorauszueilen und mir zu folgen schien, und plötzlich stand ich vor diesem Bild... Ich hielt inne, beeindruckt, wenn auch sicher nicht wegen des Themas; Judith und Holofernes sind ein wiederkehrendes Thema der Malerei, zumindest seitdem die Malerei feste, von der Tradition auferlegte Themen hat... In Rom zum Beispiel, zwei Tage zuvor, hatten José María und ich, dieses Mal gemeinsam, ein Bild von Caravaggio gesehen, mit dem gleichen Titel... Es war also nicht das Thema, es war vielmehr die Wucht der malerischen Gestaltung und die Gelassenheit dieser Wucht, die Kälte dieser Raserei, die provokante Unanständigkeit von Judiths Ausschnitt, die jugendliche Schönheit ihrer Dienerin und Gehilfin bei der grausamen Enthauptung von Holofernes... Beide gaben sie sich mit einem seltsamen, erschreckenden Ausdruck von Vergnügen, fast von Lust, der Aufgabe hin, mit leicht distanzierter Präzision den assyrischen General zu enthaupten. Ich trat näher, um den Namen des Malers zu lesen, und es war eine Malerin, eine Frau, Artemisia Gentileschi. Ich blieb gebannt vor dem Bild stehen, reglos, wie vom Blitz getroffen, bis sich mir schließlich zwei alte Wächter näherten, die wahrscheinlich beunruhigt waren angesichts dieser langen Reglosigkeit und vielleicht fürchteten, ich hätte mich in eine Salzsäule verwandelt. So ganz unrecht hatten sie nicht: Meine Seele war in diesem Augenblick eine Wüste aus Salz und Begehren...«

An jenem Junimittag 1936 war sie verwirrt über den Eindruck, den das Gemälde von Artemisia Gentileschi auf sie gemacht hatte, aus dem Museum zurückgekehrt. Verwirrt, weil dieser Eindruck so stark und rätselhaft gewesen war.

Kurzum, verwirrt über ihre Verwirrung.

José María erwartete sie im Speisesaal des Hotels, ein alter Palast mit dunklen, labyrinthischen Gängen, mit riesigen mahagoni- und palisandergetäfelten Salons, wo in der Abenddämmerung zerbrechliche Damen in Organdy und schnurrbärtige Herren im eleganten Anzug die berühmtesten Arien des Repertoires mit Klavier und Stimme zum besten gaben.

An einem runden Tisch sitzend, der abgesondert in der Mitte des Speisesaals stand, war José María Avendaño das Ziel aller weiblichen Blicke. Offen und sogar schamlos auf ihn gerichtet, wenn es sich um Damen handelte, die nicht in Begleitung irgendeiner männlichen Person waren. Verstohlen und in ihrer heimlichen Glut um so kühner, ungebührlicher oder provokanter, wenn sie von Damen kamen, die von einem Ehemann, Vater, Bräutigam oder Bruder begleitet wurden, irgendeinem Mann eben, der über die Frauen, die von José Marías anmaßender Schönheit sichtlich fasziniert waren, das Recht der ersten Nacht, der Abstammung, der Nutznießung oder des bloßen Schutzes ausübte.

Dieser erwartete obendrein eine Frau, das war ihm anzumerken. An seiner sorglosen, lässigen, sogar hochmütigen Ungeduld; an der Art und Weise, wie er kleine Schlucke von einem trockenen, kalten Martini nahm, ohne seiner Umgebung einen Blick zu gönnen; an der prachtvollen roten Rose, die auf dem makellosen Weiß der Tischdecke bereitlag, zweifellos damit er sie derjenigen überreichen konnte, die nicht mehr lange auf sich warten lassen würde: An seiner ganzen Art, an seiner männlichen Aura merkte man, daß er auf eine Frau wartete. Das verlieh ihm noch größere Attraktivität, und die weiblichen Blicke, brennend vor Neugier, wurden noch begehrlicher.

Von der Schwelle der Glastür aus, die zum Speisesaal führte, halb verborgen hinter einer Zwergpalme in ihrem gekachelten Kübel, betrachtete Mercedes einen Augenblick lang ihren Ehemann.

Die rote Rose auf der schneeweißen Tischdecke ließ sie an das blutbefleckte Bett von Holofernes denken. Auch an etwas noch Intimeres. Sie errötete, sie spürte, wie sie von etwas erfaßt wurde, das ihr bis zu diesem Augenblick unbekannt gewesen war, zumindest in einer derartigen Heftigkeit, in einer so rohen wie unschuldigen Nacktheit: ihr Verlangen nach diesem Mann, das schwer zu benennen war in seiner ungewöhnlichen beschämenden Präzision.

Ich werde wie eine Braut hineingehen, dachte Mercedes, um mich José María zu schenken, und alle sollen es sehen, Damen und Herren und sogar *monsignori*, an denen es nie fehlt im Speisesaal, um ihm die rote Blume meiner Unschuld zu schenken...

Doch der letzte Gedanke kam ihr unanständig vor, nicht so sehr seiner Kühnheit als seines Kitsches wegen.

Ihre Röte wurde noch tiefer.

In diesem Augenblick begann ein kleines Orchester, das

auf einem Podium im hinteren Teil des Saals die Mittag- und Abendessen musikalisch zu untermalen pflegte, die ersten Takte eines Tangos zu spielen. Mercedes erschien das als ein gutes Zeichen, denn es war *Caminito*. Sie betrat also den Speisesaal im herzzerreißenden Rhythmus dieser Musik. Der gleichen, die an jenem Sommertag 1934 im Tennisklub der Magdalena, in Santander, erklungen war, an dem sie José María kennengelernt hatte.

> Und dann kamst du
> Aus dem Dunkel, erleuchtet
> Von junger tiefer Geduld...

Sie irrt sich natürlich nicht. Sie täuscht sich nicht, allem Anschein zum Trotz.

Heute, Dienstag, 17. Juli 1956, weiß sie genau, daß das nicht der Text von *Caminito* ist, jenem Tango. Sie weiß, daß der Text des Tangos an jenem Sommertag 1934 ein ganz anderer ist:

> Kleiner Weg, den die Zeit verwischt hat
> Der du uns beide hast vorbeigehen sehen...

Aber die Erinnerungen, der Tangotext und die Gedichtzeilen überlagern sich. Nicht, daß sie vergleichbar wären, aber sie gehörten der gleichen Zeit an.

Heute, in ihrem Zimmer in der Maestranza, erinnert sie sich an alles zugleich. An den Tennisklub, den Tango, das Erscheinen von José María Avendaño, das plötzliche Pochen ihres Blutes – er soll mich zum Tanzen auffordern, um Himmels willen, er soll mich auffordern! – und auch an die Verse von Pedro Salinas.

> Als ich dich ansah bei den reinen
> Küssen, die du mir gabst,
> waren die Zeiten und die Schäume,
> die Wolken und die Geliebten,
> die ich verloren, gerettet…

Zwei Tage nach ihrer Begegnung hatte José María ihr in der Tat ein Buch von Salinas geschenkt, das im Jahr davor erschienen war: *Die Stimme, die ich dir verdanke*. Seitdem, seit jenem ersten Geschenk, hatten die Verse von Pedro Salinas ihre Geschichte begleitet, die Geschichte ihrer Liebe. Die Verse von Salinas und die Prosa von Augustinus. Doch von ihr wird zu ihrer Zeit die Rede sein, dies ist noch nicht der Augenblick; man darf sie nie verkehren, die rätselhafte Ordnung der Erzählungen.

An jenem Junimittag betrat Mercedes also den Speisesaal des neapolitanischen Hotels, heiter und entschlossen, schritt über den Boden aus schachbrettartig angeordneten Fliesen, plötzlich frei von jedem Schuldgefühl, sicher, den eifersüchtigen Blick der Frauen und den wohlgefälligen der Männer auf sich zu lenken.

Ihr Mann erhob sich, überreichte ihr die rote, glühende Rose, rückte ihr den Stuhl zurecht, damit sie sich setzen konnte. Der Tango dauerte noch, noch dauerte sein melancholischer Text: »Nun ist sie fort, kam nie zurück…« Es dauerten die konzentrierten Blicke auf das wunderschöne Paar, das sie abgaben.

Beide dachten sie dasselbe, im selben Augenblick, wie sie später feststellen sollten. ›Wenn sie wüßten, daß diese Frau mir nicht wirklich gehört‹, dachte er. ›Wenn sie sich vorstellen könnten, daß ich noch nicht sein bin‹, dachte sie.

Aber sie lachten gleichzeitig, ohne genau zu wissen, warum. Sie wußten zumindest, daß sie entzückt waren, wieder zusammen zu sein, auch wenn sie nur ein paar Stunden getrennt gewesen waren.

Mercedes hatte sich gesetzt, schaute ihn an, lachte abermals.

»Ich habe schrecklichen Appetit«, sagte sie leise.

José María nahm das vielsagende Leuchten dieser Augen wahr, aber er erriet nicht, warum sie so glänzten, so voller Verheißung, er verstand nicht, was sie verhießen. Er konnte sich natürlich nicht vorstellen, daß die *Judith* von Capodimonte etwas mit der Sinnenfreude zu tun hatte, die in Mercedes' Gesicht geschrieben stand.

»Appetit?« sagte er. »Appetitlich bist du ... Schrecklich du, vielleicht. Wir werden den heiligen Augustinus darüber befragen ...«

Mercedes kam etwas Ungeheuerliches in den Sinn, aber sie beherrschte sich. Ein Kellner war an den Tisch getreten, um die Bestellung aufzunehmen.

Kaum hatten sie bestellt, begann José María ihr von seinem Treffen mit Benedetto Croce zu berichten. Aber Mercedes hörte ihm nicht zu. Und das ist jammerschade, denn die mangelnde Aufmerksamkeit von Mercedes Pombo wird uns daran hindern, den Inhalt des Gesprächs zu erfahren, bei dem es neben anderen Themen um die Rolle der Philosophen – und ganz allgemein um die der Intellektuellen – in den finsteren Zeiten der Diktaturen gegangen war. »*Finstere Zeiten*«, sagte José María auf deutsch.

An jenem Tag in Neapel hörte Mercedes ihrem Mann jedenfalls nicht zu. Als sie aus ihrer Selbstversunkenheit erwachte, unterbrach sie mit einer Geste eine Rede, die auf dem besten Wege war, sich in einen langen politisch-philosophischen Exkurs zu verwandeln.

»Was weißt du über Artemisia Gentileschi?« fragte sie unvermittelt.

José María reagierte leicht unwillig auf die abrupte Unterbrechung seiner Ausführungen über das liberale Denken. Mühsam versuchte er, diesen Frauennamen in irgendeinem Teil seines umfassenden gespeicherten Wissens zu lokalisieren.

»Ist das eine Freundin von dir?« fragte er schließlich.

Mercedes erklärte es ihm.

Sie erzählte ihm vom Museum von Capodimonte, vom Bild der Gentileschi. Sie erinnerte ihn daran, daß sie in Rom ein Gemälde von Caravaggio über das gleiche Thema gesehen hatten. Sie erläuterte ihm die Unterschiede der malerischen Gestaltung. Sie erwähnte Judiths Ausschnitt, die jugendliche Schönheit ihrer Dienerin. Sie machte Andeutungen über den Eindruck, den das Werk auf sie gemacht hatte.

Aber das Wesentliche verheimlichte sie: das sinnliche Feuer, das die Betrachtung dieser barbarischen Szene tief in ihr entfacht hatte. Sie verbarg den seltsamen Genuß, das stürmische Verlangen, die auf den ersten Blick unerklärlichen und sogar tadelnswerten Gefühle, die diese Entdeckung in ihr geweckt hatte.

José María konnte ihr nichts über Artemisia Gentileschi sagen, aber er versprach ihr, sich kundig zu machen.

»Aber über Judith weiß ich alles. Oder fast alles. Soll ich es dir erzählen?«

»Erzähl's mir«, sagte Mercedes.

In diesem Augenblick begannen zwei beflissene, redselige Kellner, ihnen den ersten Gang des Mittagessens zu servieren. Die Tortellini mit Krabben dufteten so köstlich, daß Mercedes plötzlich von Heiterkeit erfaßt wurde; es war etwas Körperliches, eine Aufwallung, eine Empfindung, die ihr die Kehle zuschnürte und sich in ihrer Brust einnistete; als würde ihr das Wasser im Mund zusammenlaufen.

Aber ihr lief ja wirklich das Wasser im Mund zusammen.

»Mmmm!« rief sie aus.

Sie war kurz davor, José María das Ungeheuerliche zu sagen, das ihr in den Sinn gekommen war. Sie war kurz davor, ihm vorzuschlagen, sie sollten sofort den Speisesaal verlassen, ohne mit dem Essen überhaupt anzufangen, in ihr Zimmer hinaufgehen, die Vorhänge zuziehen, die Tür verrammeln, verlangen, nicht gestört zu werden, als Schutzgeist irgendeine Lampe in irgendeinem Winkel des Schlafzimmers anmachen, weit das Ehebett aufdecken, dessen Laken das unbefleckte Weiß einer Unschuld symbolisieren würden, die im Begriff war, sich lustvoll zu ergeben, »und ich werde mich unter deinem Blick nackt ausziehen, ich werde mich endlich deiner Kraft öffnen, du weißt schon, ich habe keine Worte für diese Dinge, deinem Geschlecht, ich habe keine Sprache, ich weiß nicht, wie ich sie benennen soll, aber ich will ganz dein sein, dir endlich wirklich gehören, ich will, daß du in mir versinkst, in mich eindringst, daß du mich kreuzigst...«

»Wir werden den heiligen Augustinus darüber befragen«, hatte José María einen Augenblick zuvor gesagt.

Denn der heilige Augustinus begleitete sie auf der Hochzeitsreise. Genau genommen, während ihrer ganzen Brautzeit, fast zwei Jahre lang.

Der Beichtvater von Mercedes Pombo, Pater Jacinto Rupérez, war nämlich ein begeisterter Leser und auch ein eifriger Ausleger der Schriften des heiligen Bischofs von Hippo Regius. Als sie ihm ihre Hochzeit mit dem jüngsten der Gebrüder Avendaño ankündigte, sah sie sich daher einer intensiven moralischen und theologischen Vorbereitung unterzogen, die im wesentlichen auf dem Studium der augustinischen Abhandlungen gründete, welche sich unmittelbar mit den Fragen der christlichen Ehe befaßten: *De bono coniugali* und *De coniugiis adulterinis*. Ohne die Seiten der antipelagianischen Schriften des heiligen Augustinus zu vergessen, die ausführlich auf diese Themen zurückkommen.

Für Pater Rupérez war die Ehe, wie er Mercedes gegenüber unzählige Male betonte, nur ein relatives Gut. Oder ein geringeres Übel, besser gesagt. Das höchste christliche Ideal war natürlich die Keuschheit. Ließ man nun aber die unsittlichen Forderungen der Gesellschaft und des Fleisches – das heißt, des menschlichen Schmutzes des Lebens – gelten und suchte nach Fesseln und Zügeln für die sündhafte Neigung des Menschen, dann konnte die Ehe positiv betrachtet werden. Unter der ausdrücklichen Voraussetzung, daß ihr Fundament der Wille zur Zeugung war und nicht die widernatürliche Leidenschaft: die Fleischeslust.

Der Beichtvater benutzte die lateinischen Texte des heiligen Augustinus, »*copulatio itaque maris et feminae generandi causa bonum est naturale nuptiarum, sed isto bono male utitur qui bestialiter utitur, ut sit eius intentio in voluntate libidinis, non in voluntate propaginis*...« Und so ließ die Sache mit dem »widernatürlichen Verkehr« in der Ehe oder mit dem »wollüstigen Begehren« im Gegensatz zum »Zeugungswillen« Mercedes, die sich nicht traute, Pater Rupérez um zusätzliche Erklärungen zu bitten, aufgrund ihres geringen Wissens in sexuellen Dingen in einem Meer von Besorgnissen und Grübeleien versinken.

Besorgnisse, die sich noch verstärkten, da sie niemanden hatte, mit dem sie über eine so schreckliche wie erregende Angelegenheit sprechen konnte, außer ihrem Beichtvater, mit dem es natürlich unmöglich war. Denn Mercedes hatte weder gleichaltrige Freundinnen noch Cousinen, mit denen sie sich flüsternd und unter nervösem Kichern über all das hätte austauschen können. Und von ihrer Mutter redete man am besten erst gar nicht. Doña Constancia war durch neun Schwangerschaften und Geburten hindurchgegangen wie ein

Sonnenstrahl durch eine Glasscheibe, ohne daß ihre fast jungfräuliche Unschuld daran zerbrochen wäre oder sich befleckt hätte. Wenn sie von ihrer Nachkommenschaft sprach, tat sie es mit unvergleichlicher Leichtigkeit, als wäre ihr Körper ein bloßes von der Vorsehung erwähltes Instrument oder leibliches Gefäß gewesen. Vergeblich also der Versuch, mit ihrer Mutter den »widernatürlichen Verkehr« in der Ehe zu klären, auf dem der Beichtvater der Braut voll Furcht und Besorgnis herumritt, weil er ihren Willen und ihre Vorstellungskraft von so abscheulichen Praktiken fernhalten wollte.

José María Avendaño blieb nichts anderes übrig, als den Kampf gegen die moralische Aufrüstungsaktion aufzunehmen, die Mercedes' Beichtvater unternommen hatte, um den Gefahren einer Ehe zu begegnen, die nicht fähig wäre, die libidinösen Gelüste zu unterdrücken oder wenigstens einzudämmen.

Aber er tat es mit Feingefühl und großem Geschick, wie er im übrigen alles zu tun pflegte. Er widersetzte sich nicht offen den Argumenten von Pater Jacinto und noch weniger denen des heiligen Augustinus. Ganz im Gegenteil, er bediente sich ihrer dialektisch, um in Mercedes' erhitztem Gemüt Zweifel zu säen und nebenbei den einen oder anderen erotischen Gunstbeweis zu erhalten.

Er legte ihr zunächst dar, daß die Ehe nicht eine so geringe und wertlose Sache war, wie ihr Beichtvater zu behaupten schien. Dann, nachdem er Mercedes überzeugt hatte, daß man sie ernst nehmen müsse, argumentierte José María auf der Grundlage der *quaestio particularis* des ersten Abschnitts der augustinischen Abhandlung *De bono coniugali*, und er tat das mit einer solchen Überzeugungskraft, daß er von seiner jungen Braut Gunstbeweise erhielt, die zwar nicht ihre Jungfräulichkeit gefährdeten, wohl aber in gefährlicher Weise ihre Ehrbarkeit und Unschuld beeinträchtigten.

Sagte der heilige Mann aus Hippo Regius nicht »*cum masculus et femina, nec ille maritus nec illa uxor alterius, sibimet non filiorum procreandorum, sed propter incontinentiam solius concubitus causa copulantur…*«? Das heißt: »Man pflegt auch die Frage aufzuwerfen, ob noch von einer Ehe die Rede sein kann, wenn Mann und Frau, von denen weder er Gatte noch sie Gattin eines anderen ist, sich miteinander verbinden, nicht um Kinder zu erzeugen, sondern lediglich um die geschlechtliche Begegnung eigennützig zu genießen; dazu gibt man sich das Wort, daß weder er noch sie in der Zwischenzeit fremdgehe. In diesem Fall von Ehe zu sprechen ist vielleicht nicht ungereimt…«

Genau das trifft auf uns zu, argumentierte José María. Weder habe ich eine Gattin, noch hast du einen Gatten. Und keiner von uns beiden hat ein anderes Liebesverhältnis. Daher ist es nicht ungereimt, dem heiligen Augustinus zufolge, daß wir körperliche Beziehungen haben, um unsere Fleischeslust zu befriedigen. Vor allem, wenn man unseren Beschluß in Rechnung stellt, zu heiraten, uns durch die leichten, heiligen Bande der Ehe zu binden, die von vornherein alles Sündige heiligt und vergibt, das es in unserer Beziehung geben mag, da sie vorerst naturgemäß nicht auf den Willen zur Zeugung gegründet ist.

Aber Mercedes wollte wissen, was die Fleischeslust ist.

Wirklich wissen, erklärte ihr José María, was man wissen nennt, würde sie das erst, wenn sie sich ihr ergeben würde. »*The proof of the pudding is in the eating…*«, so laute ein englisches Sprichwort. Also, der Pudding der Fleischeslust wartete auf sie!

Und sie aßen davon, in der Tat, wieder und wieder im Lauf der langen Monate der Brautzeit, sobald die Gelegenheit sich bot. Das tat sie leider nicht oft, denn Doña Constancia, Mercedes' Mutter, war eifrig bemüht, die Modalitäten einer

Brautzeit nach altem Brauch durchzusetzen, mit festen Besuchszeiten, respektablen, wenn möglich altersschwachen Zeugen und diversen anderen Beschränkungen.

Dennoch, jedes Mal, wenn sich die Gelegenheit zum Alleinsein bot, so kurz sie auch sein mochte, aßen sie, verschlangen sie mit der Hoffnung, ihn eines Tages ganz kosten zu können, den glorreichen Pudding der Fleischeslust. Und so wurde die Anspielung auf das englische Sprichwort zwischen ihnen zu einer fröhlichen Chiffre, die ihnen erlaubte, sich vor anderen und sei es auch metaphorisch über die sinnlichen Wonnen des Schmeckens, Sehens und Tastens auszulassen, die ihrer erotischen, wenn auch keiner Zeugung dienenden Beziehung Nahrung gaben.

Aber wie angenehm es Mercedes auch war, dem Stürmen und Drängen der Fleischeslust zu erliegen, die nun kein unentzifferbares Wort mehr für sie war, sondern handfeste, greifbare Wirklichkeit, leidenschaftliches Erleben, grenzenloses Territorium, das man mit der Passion der Neugier und der Phantasie erkunden konnte – in Wesen und Haltung fand sie doch immer wieder zu jungfräulicher Ehrbarkeit zurück.

In diesen Augenblicken, wenn sich ihr christliches Gewissen verstärkt zurückmeldete, führte auch Mercedes Argumente des heiligen Augustinus ins Feld, mit denen sie versuchte, José Marías Verlangen zu zügeln. Sie erinnerte ihn zum Beispiel daran, daß dem Gottesmann zufolge der eheliche Bund auf der Entscheidung gründet, sich fortzupflanzen, der sie sich sündhaft verweigerten: »*Cum vero vir membro mulieris non ad hoc concesso uti voluerit, turpior est uxor...*«

»Sittlich schmachvoller ist das Weib, bedenke das, José María«, sagte Mercedes mit Worten des heiligen Augustinus, »sittlich schmachvoller, weil sie dem Gatten erlaubt, einen Körperteil zu benutzen, der nicht der Fortpflanzung dient, nur zum Zweck der Fleischeslust... Und du, mein Liebling, tust nichts anderes!«

Aber hatten wir uns denn nicht darauf geeinigt, meine Liebe, antwortete er, hatten wir uns denn nicht darauf geeinigt, daß dem heiligen Augustinus zufolge unsere Beziehung als Ehe betrachtet werden kann? Daß es nicht ungereimt ist, sie als solche zu sehen? Nun denn, fahren wir fort, sagte José María im gleichen Argumentationsstil wie der Jesuit Pater Rupérez, fahren wir fort mit den Texten des Heiligen selbst...

»*Ut et quod non filiorum procreandorum, sed infirmitatis et incontinentiae causa expetit...*« Das heißt, liebste Mercedes: »Mit Rücksicht darauf sollen sie sich auch nicht einander versagen, wenn aus Schwachheit und Unenthaltsamkeit, nicht aber wegen der Kindererzeugung, der Gatte von der Ehefrau, oder umgekehrt, die liebende Vereinigung begehrt. Hierdurch sollen sie nicht in schädliche Verderbnis geraten, wenn der Versucher an beide oder an einen von ihnen herantritt, ihre Unenthaltsamkeit zu nützen. Der eheliche Akt, der der Zeugung dient, ist schuldlos; wird er zur Sättigung der Begierde vollzogen, allerdings nur mit der Ehefrau, so birgt er in sich wegen der Treue zum ehelichen Lager eine verzeihliche Schuld.«

Also, mein Liebling, fuhr José María fort, wenn du dich mir mit deinem Körper und jeder seiner Öffnungen hingibst, außer der, die der Zeugung dient, erfüllst du nicht nur eine Pflicht des Ehebunds, die nur eine läßliche Sünde ist – und uns obendrein gefällt –, sondern erlaubst mir außerdem, so sagt es einschränkend die Abhandlung des heiligen Augustinus, die Sünde der Unzucht oder des Ehebruchs zu fliehen, indem du es mir ersparst, die Lust bei anderen Frauen zu suchen, seien es untreue Ehefrauen oder bloße Dirnen.

Auf diese Weise, begleitet von der einen oder anderen Reiberei – wenn uns ein so eindeutig frivoler Ausdruck für eine so ernste Angelegenheit gestattet ist –, erlebte Mercedes den Tag der Hochzeit als Jungfrau, wenn auch versiert in den unterschiedlichsten Formen, Lust zu empfinden und zu schenken. Und das war sie auf der Hochzeitsreise geblieben, von Mal zu Mal gelehriger und womöglich belehrender, bis zu dem Tag mit Judith und Holofernes, in Neapel.

Die erste Nacht der Reise fand im Schlafwagen statt. Und aufgrund der Kopfschmerzen von Mercedes, die durch den anstrengenden Tag bedingt waren (feierliche Zeremonie in der Kirche Los Jerónimos; glanzvoller Empfang in der Wohnung der Avendaños in der Calle Alfonso XII. bis in den Abend hinein; eiliger Aufbruch zum Bahnhof, begleitet vom Schluchzen Doña Constancias und anderer Damen der Familie), aufgrund der Nervosität José Marías, der ein erfahrener Liebhaber, aber ein ungeübter Ehemann war, das heißt sich nicht auf die konkrete, heikle Aufgabe der Entjungferung verstand, und aufgrund der leichten Beschwipstheit von beiden, der die Flasche Champagner den Rest gab, die sie im Schlafwagen vorfanden und auf der Stelle austranken, während sie sich gegenseitig entkleideten und endlich die unbekannte Nacktheit entdeckten unter Kichern und kleinen Obszönitäten, die sie einander im Ton vertraulicher, seliger Zärtlichkeit sagten; aus all diesen Gründen, ohne die Unbequemlichkeit der schmalen Liege und das Gerüttel des Nachtexpresses zu vergessen, konnte in jener ersten Nacht das Opfer von Mercedes' Jungfräulichkeit nicht vollbracht werden. Was bei dem Paar, das bereits gemeinsamen körperlichen Genuß erfahren hatte, weder übermäßige Beunruhigung noch sexuelle Frustration und beim Ehemann keine narzißtische Verletzung der Eitelkeit auslöste. Die ganze Nacht bot Mercedes ihren dankbaren Körper dar, auch wenn die Inbesitznahme zum Zweck der Zeugung, die stolze Penetration, nicht erfolgte, damit José María – der Definition des heiligen Augustinus zufolge – widernatürlich in ihn eindringen konnte.

Und so war die eigentliche eheliche Zeremonie aufgeschoben worden, bis zu jenem Tag in Neapel, dem Tag des Museums von Capodimonte.

Kaum hatte sie von den Tortellini mit Krabben gekostet und festgestellt, wie köstlich sie schmeckten, beschloß Mercedes zu sagen, was ihr seit einer Weile im Kopf herumging.

»José Mari«, sagte sie leise, mit heiserer Stimme.

Er ahnte, was sie sagen würde. Er wußte zumindest, worüber sie sprechen würde; er las es in ihren Augen.

»Bestell eine Flasche Champagner ... Laß uns ins Zimmer hinaufgehen ... Ich habe Lust ...«

Sie errötete, sie wußte nicht, was sie weiter sagen sollte. Es war genug.

Alle schauten sie ihnen nach, als sie, in enger Umarmung, beinahe umschlungen, mit der Champagnerflasche den Speisesaal durchquerten, nachdem sie sich jäh von ihrem Tisch erhoben hatten. Sogar das Orchester unterbrach den Foxtrott, den es gerade spielte. Alle dachten voll Verlangen oder Wehmut an die Gesten der Liebe, als sie die beiden wie schwerelos auf ihrem Weg zum Zimmer vorbeigleiten sahen. Es gab sogar einen oder vielleicht eine, die mit klopfendem Herzen die Augen schloß.

»Capodimonte, 1936, Juni.«

So steht es auf der von der Zeit mitgenommenen Postkarte.

Im Schlafwagen, in der ersten Nacht der Hochzeitsreise, gab es nicht nur eine Flasche Champagner. Es gab auch ein Buch. Es war ein kleiner, vorzüglich edierter Gedichtband: *Grund der Liebe*, von Pedro Salinas.

Mercedes Pombo schließt die Augen, zwanzig Jahre später.

Wirst du, Liebe,
ein langer Abschied sein, der nie zu Ende geht?
Leben, von Anfang an, ist Trennung...

Sie hat die Augen geschlossen, aber sie erinnert sich. Mit einer Art freudig verzweifeltem Seufzer. Freude der Erinnerung, der Schönheit dessen, was war. Verzweiflung der Erinnerung, der Traurigkeit dessen, was nicht mehr ist.

Sie hört ein Geräusch draußen. Das einer Autotür. Dann Stimmen. Deutlich erkennbar die von Mayoral.

Sie legt die Postkarte wieder in die Mappe zurück und diese in den Schreibtisch.

Sie tritt an ein Fenster, schiebt den Vorhang beiseite.

Mayoral spricht mit dem Amerikaner, Michael Leidson.

Das kann man folgern, obwohl der eben Eingetroffene ihr den Rücken zuwendet – es kann niemand anderes sein. Nur er wird zu dieser Zeit erwartet.

Der vermutliche Leidson schließt den Kofferraum des Wagens, und Mayoral trägt eine Reisetasche fort. Dann sagt er etwas zu dem Amerikaner, während er mit der freien Hand zum Vorbau des Hauses weist.

Nachdem Leidson sich in Bewegung gesetzt hat, dreht er sich noch einmal um.

»Der schöne Gringo«, murmelt Mercedes.

Domingo hatte recht: Es wäre nicht schlecht, mit so einem Mann zu fliehen. Sie dachte an Raquel. Aber auch Raquel könnte mit ihnen fliehen, warum nicht?

Michael Leidson ist jetzt unter dem Vordach der Maestranza verschwunden.

Mercedes lächelt, für sich allein.

3

ERMITTLUNGSBERICHT:

Es sei festgestellt (ohne in weitere Einzelheiten gehen zu können, da es sich wie bei allem, was mit der Universität zusammenhängt, um eine heikle Angelegenheit handelt), daß die örtliche Polizeibehörde seit längerer Zeit und mit großer Besorgnis die politische Entwicklung einer Gruppe von Studenten vornehmlich der Philosophischen Fakultät verfolgt, eine eindeutig zum »Liberalismus« tendierende Entwicklung, deren Ausgangspunkt die Sprengung der SEU war. Exponent dieser Aktivitäten ist der »Kongreß der jungen Schriftsteller«, in dessen Anschluß in besagter Fakultät, im Rahmen der »Tribüne des Studenten«, nunmehr Vorträge und Diskussionen stattfinden, bei denen über kommunistische Dichter und Schriftsteller debattiert wird.

Der Tod des Philosophen ORTEGA Y GASSET liefert dieser Gruppe von Studenten den Vorwand, bei diversen Anlässen größere Aktivität und bei ihren Veranstaltungen geringere Zurückhaltung an den Tag zu legen. Dazu gehören: die Verfertigung einer Todesanzeige ohne Kreuz und die Veranstaltung eines Umzugs, bei dem ein Kranz mit der Aufschrift »Die akademische Jugend ihrem Meister« mitgeführt wurde, sowie die Tatsache, daß in dem Augenblick, als auf dem Friedhof jemand dazu aufrief, das Vaterunser zu beten, ENRIQUE MÚGICA sich dieser Aufforderung ausdrücklich widersetzte und den Akt mit der Lektüre einer von JESÚS LÓPEZ PACHECO verfaßten Elegie an den Meister beendete.

Aus Gründen, die sich aus vorstehenden Ausführungen

ergeben, konzentrieren sich Information und Observierung auf die genannten zwei Personen und lassen die Schlußfolgerung zu, daß besagter MÚGICA einer der hauptsächlichen Veranstalter des erwähnten Kongresses der Schriftsteller ist und ihm dabei in äußerst aktiver Weise JULIO DIAMANTE STIHL, LÓPEZ PACHECO und JULIÁN MARCOS zur Seite stehen. Es wird weiterhin festgestellt, daß die Genannten die Absicht hatten, in der Aula Magna der Philosophischen Fakultät eine Lesung aus Werken von RAFAEL ALBERTI und PABLO NERUDA, beides bekannte Kommunisten, zu veranstalten. Dieser Behörde ist ebenfalls bekannt, daß den genannten universitären Kreisen Propaganda der Kommunistischen Partei in Form von *Mundo Obrero* und *Cuadernos de Cultura* zugegangen ist, wie die Tatsache beweist, daß etliche Studenten beim Lesen dieser Propaganda gesehen wurden.

All das beweist, daß es einen führenden Kopf gibt, der die Aktivitäten besagter studentischer Gruppe im Sinne seiner eigenen Ziele lenkt...

Don Roberto Sabuesa legte den Bericht, den er gerade gelesen hatte, auf den Tisch. Ein führender Kopf, in der Tat, darum ging es.

In Wirklichkeit kannte er die Akten der polizeilichen Ermittlungen, die aus Anlaß der Ereignisse und Unruhen im Februar im Madrider Studentenmilieu durchgeführt worden waren, fast auswendig. Hauptkommissar Digno Fuertes Galindo, Chef der Obersten Regionalbehörde der Politischen Polizei und ein guter Kollege, hatte um seine Unterstützung gebeten und ihm zu diesem Zweck die Abschriften sämtlicher Berichte, Verhörprotokolle und sonstiger Unterlagen im Zusammenhang mit besagter Ermittlung oder Untersuchung zukommen lassen.

Der führende Kopf, auf ihn kam es an. Er mußte gefunden werden. Der wahre Kopf, natürlich, nicht nur der scheinbare. Der, egal wie effizient, und er hatte bewiesen, daß er es sein konnte, stellte kein größeres Problem dar. Es ging zwar »um eine heikle Angelegenheit, wie bei allem, was mit der Universität zusammenhängt«, wie Kommissar Fuertes Galindo euphemistisch, aber zutreffend in der Einführung zu seinem Bericht vermerkte, doch der sichtbare Kopf konnte immer kontrolliert werden. So geschickt er auch war, Enrique Múgica Herzog – mit ausländischer, jüdischer Mutter, wie man ersehen kann – würde man immer zügeln, bremsen und kontrollieren können.

Das gleiche würde er von einem anderen der wirklich gefährlichen Anführer behaupten, seines Namens und seiner gesellschaftlichen Stellung wegen und aufgrund des Ansehens, das er bei seinen Studiengefährten zu genießen schien.

Don Roberto stieg etwas Bitteres die Speiseröhre hinauf und stieß ihm sauer auf. Es konnte das Glas Tresterschnaps sein, das Eloy Estrada ihm ausgeschenkt hatte. Es konnte auch die Wut sein, die ihn jedes Mal erfaßte, dumpf, aber unbeherrschbar, wenn der Namen dieses anderen ihm vor Augen oder in den Sinn kam. Wenn er an das Blut dachte, das diese Familie für Spanien vergossen hatte – Vater und Großvater von den Roten an die Wand gestellt; ein Onkel, der sich in den Stoßtrupps der Falange hervorgetan hatte –, bekam er einen Anfall heiliger Wut beim Gedanken an dieses verantwortungslose, lächerliche, verräterische Herrensöhnchen.

Vor ein paar Tagen, genau gesagt am Sonnabend, dem 14. Juli, hatte es einen Festakt zu Ehren besagten Onkels, Juan José Pradera, gegeben, der vom Generalissimus gerade zum Botschafter Spaniens in Damaskus ernannt worden war. In der Sonntagsausgabe von *Arriba* hatte Don Roberto einen Bericht über diesen Akt gelesen.

»Die Worte von Juan José Pradera«, so hieß es in der Zeitung, »wurden mit anhaltendem Applaus bedacht, nachdem er dieselben mit dem Versprechen abgeschlossen hatte, sein Wirken unter das Zeichen ›dem Caudillo und Spanien treu ergeben‹ zu stellen, wie sein Name und seine politische Laufbahn es gebieten.«

Und aus diesem urspanischen, geistig gesunden Stamm war ein Sproß hervorgegangen, der erfüllt war von Ressentiment, von Haß auf alles Edle, alles Ursprüngliche der christlich-zivilisatorischen Tradition Spaniens.

Don Roberto und seinen sämtlichen Kollegen der Politischen Polizei war bekannt, daß der Enkel von Don Víctor und Neffe von Juan José Pradera einer der höchsten, wenn nicht der höchste Vertreter der studentischen Oppositions- und Zersetzungsbewegung war. Doch aufgrund seines Namens und der Position seiner Familie im Regime, aufgrund der Tatsache, daß er gerade in die Rechtsabteilung der Luftwaffe eingetreten war, hatte die polizeiliche Ermittlung in bezug auf seine Person mit Vorsicht stattfinden müssen, was sich nachteilig auf ihre Effizienz auswirkte.

So hatte man ihn zum Beispiel nicht wie einen gewöhnlichen Häftling nach Carabanchel schicken können. Man hatte ihn, auf sein Ehrenwort hin, auf dem Gelände des Militärflugplatzes in Getafe unter Arrest stellen müssen, wo er Besuche von seiner Familie und sogar von Freunden empfangen durfte. Dennoch war es den Inspektoren der Politischen Polizei gelungen, seine Verbindungen mit den übrigen Aufrührern aufzudecken und auf diese Weise die Fäden eines schmutzigen Komplotts miteinander zu verknüpfen.

Kurz, Information und Observierung bereiteten keine größeren Probleme, was den sichtbaren, in gewisser Weise legalen Kopf der Revolte betraf. Der eigentliche führende Kopf dagegen, der hinter den Kulissen die Befehle, Anweisungen oder Ratschläge für die einen und die anderen erteilte, mußte erst noch entdeckt werden.

Don Roberto nahm sich ein Glas Wasser und tat eine gute Dosis Bikarbonat hinein. Er rührte es lange nachdenklich mit einem Löffel um.

Einer der Inspektoren aus der Kommission der Obersten Behörde, die mit den Ermittlungen betraut war, glaubte, daß der wahre Hintermann dieses ganzen Aufruhrs, die Person, die als Verbindungsmann zwischen den alten Kommunistenführern des Exils und den neuen im Innern diente, ein gewisser Antonio López Campillo war.

Gebürtig aus Algeciras, um einiges älter als die anderen Studenten, die in die Verschwörung verwickelt waren – er war im August 1925 geboren –, besaß López Campillo tatsächlich einige Voraussetzungen, die ihn dem Verdacht einer gewissen führenden Rolle aussetzen konnten. Als erstes war er in den letzten Jahren relativ häufig nach Paris gereist. Außerdem konnte er als namhafter Protestant, als Angehöriger der evangelischen Kirche Spaniens und der Gruppe *Esfuerzo Cristiano*, die ihren Sitz in der Kirche in der Madrider Calle de Calatrava Nr. 25 hatte, den Idealen des Regimes nicht gewogen sein.

Am 15. Dezember 1955 hatte Campillo an einen seiner Madrider Freunde aus Paris einen Brief geschrieben, der bei einer Hausdurchsuchung beschlagnahmt wurde und in einer kryptischen, offensichtlich chiffrierten Sprache mehrere Anspielungen auf die »Heilige Familie« und auf die »Eltern der Heiligen Familie« enthielt. Ein renommierter Spezialist in Fragen des Kommunismus und Angehöriger der Sicherheitsdirektion, Mauricio Carlavilla, der in dieser Angelegenheit konsultiert wurde, hatte damals die Auffassung vertreten – sein Gutachten befand sich unter der Nummer 6121 des Ausgangsregisters besagter Direktion und mit dem Datum vom

28. April 1956 in Don Robertos Mappe mit Abschriften und sonstigen Unterlagen –, »daß die Bezeichnungen ›Heilige Familie‹, ›Vater der Heiligen Familie‹, ›die Eltern‹, ›Seine Heiligkeit‹, ›Heiliger Vater‹ und andere unbestreitbar eine symbolische Anspielung auf Personen enthalten, die als führende oder richtungsweisende Instanzen politischer Aktivitäten betrachtet werden müssen. Schon vor 1932, als das Zentralkomitee der Kommunistischen Partei Spaniens aus José Bullejos, Gabriel León Trilla und anderen bestand, wurden sie von den eigenen Parteimitgliedern als ›Heilige Familie‹ bezeichnet...«

Doch dieser Brief eines gewissen Campillo aus Paris, für einige Inspektoren der glaubwürdige Beweis, daß der Genannte zu den höchsten Kreisen des kommunistischen Exils gehörte oder zumindest Kontakt zu ihnen hatte, bedeutete so gut wie nichts für Don Roberto. Aufgrund seiner langen Erfahrung war er überzeugt, daß jemand, der wirklich im Untergrund tätig ist, ein so unvorsichtiges, mit derlei Ausdrücken gespicktes Schreiben niemals auf dem normalen Postweg verschickt hätte. Das hätte nur ein Anfänger oder ein Sympathisant tun können, ein Zuträger der Organisation.

Den verdammten führenden Kopf mußte man anderswo suchen.

Kommissar Sabuesa trank das Glas Wasser mit Bikarbonat in einem Zug aus. Fast sofort fühlte er Erleichterung und rülpste zufrieden, zweimal nacheinander.

Er hatte eine persönliche Meinung über diese Angelegenheit. So persönlich, daß er sie noch mit niemandem geteilt hatte.

Er hatte einen Kandidaten für die Rolle des Anführers der Verschwörung. Er war sicher, seinen Vor- und Nachnamen zu kennen. Aber damit war nicht viel gewonnen. Denn es war der Name oder vielmehr das Pseudonym eines reinen Phantoms. Eines inexistenten, nicht identifizierbaren Wesens. Keiner seiner üblichen Spitzel, keiner der gelegentlichen Informanten aus dem Umkreis der wenigen, die den Untergang der kommunistischen Organisation in Madrid Ende der vierziger Jahre überlebt hatten, wußte etwas von diesem Vor- und Nachnamen. Und sie hatten nicht die leiseste Ahnung, woher die Person kommen könnte, die dieses Pseudonym benutzte, das neu war in den Annalen der Untergrundtätigkeit.

Oft, wenn der Kommissar mit Wut oder Verdruß an diese Angelegenheit dachte, kam er sich wie der Zuschauer eines Kriminalfilms vor: In einigen Sequenzen ist bereits eine verdächtige Gestalt erschienen, schon erschauern wir, wenn wir sehen, wie sie sich heimlich in die harmlosesten, ja bukolischsten Szenen einschleicht, aber weder kennen wir ihren wahren Namen, noch wissen wir, warum sie sich anzuschicken scheint, die reizende Blondine des benachbarten kleinen Hotels zu ermorden. Und vor allem wissen wir nicht, was wir tun können, um besagte Blondine vor der Gefahr zu warnen.

Don Roberto war also sicher, den leider angeblichen Namen des Anführers, Verbindungsmannes oder Instrukteurs der Auslandszentrale der Kommunistischen Partei bei den Madrider Studenten zu kennen. Er könnte es *more geometrico* beweisen, mit der Strenge, die bei jeder mathematischen Beweisführung gefordert ist. Doch dieses Wissen war nutzlos; er konnte nichts damit anfangen.

Seine Grübeleien wurden unterbrochen, jemand klopfte an die Tür. Die Stimme von Eloy Estrada war zu hören.

»Erlauben Sie, Don Roberto? Ich muß Ihnen etwas zeigen...«

Er sagte ja, nur zu, herein, her damit.

Es war eine Postkarte, auf der in grellen Farben die unangenehme, fast abstoßende Szene einer Enthauptung dargestellt war.

»Sie ist gerade gekommen«, sagte Eloy Estrada. »Aus Italien...«

Der Kommissar umfaßte ihn mit seinem kalten Blick.

»Ich bekomme hier die Post für das Dorf«, erklärte Estrada. »Bevor sie verteilt wird. Und da Sie sich für den jungen Herrn Lorenzo zu interessieren schienen...«

Don Roberto sagte nicht, warum ihn Lorenzo Avendaño interessierte. Er betrachtete die Postkarte, stellte fest, daß sie in der Tat aus Italien kam. Aus Florenz, der Briefmarke zufolge. Eine kurze Anmerkung auf italienisch gab den Namen des Malers, A. Gentileschi, und das Thema des Werkes an. Es handelte sich um die Enthauptung von Holofernes durch Judith und ihre Dienerin.

Krankhaft, dachte der Kommissar. Dann las er den in einer kleinen, aber perfekt lesbaren Schrift geschriebenen Text.

»Meine herzallerliebste Mercedes: Das Bild, von dem Du mir so viel erzählt hast, ist nicht in Neapel, sondern in den Uffizien in Florenz, wie Du sehen kannst. Und das Kleid Judiths ist nicht blau, wie in Deiner Erinnerung, sondern gelb. Selbst auf dieser miserablen Reproduktion kann man das sehen. Also, Deine Erinnerung an die Hochzeitsreise bedarf der Prüfung und Präzisierung. In Rom, an der Piazza del Popolo, wunderbarer Abend mit María Z. und einigen ihrer Freunde. Ich erzähle es Dir am 18., bei Eurer schrecklichen vorsintflutlichen Zeremonie... Hoffentlich ist es die letzte: Du hast es versprochen. Ich hole Isabel in Madrid ab, wir kommen zusammen. Lorenzo.«

»Erscheint sie Ihnen wichtig?« fragte Eloy Estrada beflissen.

Dem Kommissar erschien es vor allem empörend, daß

ein Sohn seine eigene Mutter »herzallerliebste Mercedes« nannte. Aber er sagte nichts. Das waren keine Dinge, die er mit Estrada besprechen würde, natürlich nicht. Für alle Fälle registrierte er in seinem Gedächtnis den Namen, den Lorenzo auf seiner Postkarte erwähnte: María Z. Herausfinden, wer das sein konnte. Er nahm erfreut zur Kenntnis, daß der junge Avendaño seine Anwesenheit bei der Zeremonie des folgenden Tages bestätigte. Es erstaunte ihn nicht übermäßig, wie er sie bezeichnete: »schrecklich« und »vorsintflutlich«. Dieses letzte Wort fiel ihm allerdings auf, es war nicht eben gebräuchlich unter Zwanzigjährigen. Vielleicht ein Ausdruck aus der Familientradition, dachte er.

Er reichte Eloy Estrada die Postkarte zurück.

»Nein«, sagte er, »sie ist nicht wichtig.«

Der Besitzer von La Prosperidad schaute ihn an, als wartete er auf Instruktionen.

»Ich werde hier essen«, sagte der Kommissar. »Zum Gut fahre ich später...«

Sogleich kam Bewegung in Eloy Estrada, er verkündete, er werde veranlassen, daß man ihm hier den Tisch decke, damit er seine Ruhe habe, zählte Gänge, Gerichte, Weine, Käse und Nachtisch auf. Der Kommissar entließ ihn mit einer mißmutigen Geste. Er sagte, er solle das Richtige bestellen, nach seinem Belieben, er wisse es bestimmt besser als jeder andere. Estrada entfernte sich also mit der Postkarte, auf der die Enthauptung von Holofernes abgebildet war und die Lorenzo seiner Mutter aus Florenz geschickt hatte.

Einige Stunden später sah Roberto Sabuesa die verflixte Postkarte abermals auftauchen. Zu diesem Zeitpunkt befanden sie sich im Musikzimmer der Maestranza, vor dem Abendessen, und Raquel brachte sie auf einem Silbertablett.

Mercedes Pombo entfernte sich von der Gruppe, mit der sie geplaudert hatte, um sie zu lesen.

José Ignacio, der Jesuit, der zweitälteste der Gebrüder Avendaño, war mit dem Amerikaner ins Gespräch vertieft. Sie redeten über Ortega, über die Theorie der Generationen, über Spanien mit und ohne Problem und über das Problem Spaniens: mit oder womöglich ohne Rückgrat. Kommissar Roberto Sabuesa irritierte die Anwesenheit Leidsons. Er war ihm unsympathisch, seit er ihn flüchtig in Eloy Estradas Laden erblickt hatte, am Morgen. Er beobachtete ihn verstohlen, lauerte auf die erste Gelegenheit, ihm einen Schuß vor den Bug zu verpassen. Der Jesuit dagegen schien hocherfreut über seinen Gesprächspartner zu sein.

»Heilige Jungfrau, das fängt ja gut an!« rief Mercedes Pombo plötzlich aus.

Alle wandten sich zu ihr um.

In diesem Augenblick begriff Roberto Sabuesa, warum ihm die ersten Worte des Schreibens von Lorenzo an seine Mutter vage bekannt vorgekommen waren. Ihr Ausruf klärte es. Es war wie im *Don Juan Tenorio* von Zorilla, als die Mutter Oberin den Brief Don Juans an Inés liest: »Meine herzallerliebste Doña Inés...« Und die Oberin die Hände über dem Kopf zusammenschlägt: »Heilige Jungfrau, das fängt ja gut an!«

»Das steht im *Don Juan*«, sagte der Kommissar. »Aber Sie heißen nicht Inés...«

Mercedes Pombo schaute ihn befremdet an.

Doch das würde später sein, in der Maestranza, vor dem Abendessen. Jetzt befindet er sich noch im Laden von Eloy Estrada. Damit ihn die Gäste nicht stören, hat Eloy ihn im Hinterzimmer plaziert, wo sonst die Händler Karten spielen. Dort hat man ihm den Tisch gedeckt und ihm verschiedene hausgemachte, appetitlich duftende Vorspeisen serviert.

Don Roberto schickte sich zum zweiten Mal an, in Quismondo der Bußzeremonie zum Gedenken an den Mord von 1936 beizuwohnen, jetzt, da das beklagenswerte Ereignis sich zum zwanzigsten Mal jährte. Im Vorjahr, 1955, war Kommissar Sabuesa aus reinem Zufall in Quismondo gelandet. In der Madrider Bar Chicote, während eines Umtrunks, mit dem die Beförderung irgendeines Freundes oder Kollegen gefeiert wurde, war er José Manuel Avendaño begegnet, einem Geschäftsmann, der in engen Beziehungen zu gewissen Kreisen des Regimes stand und den zu kennen er bis zu jenem Tag nicht das Vergnügen gehabt hatte. Während ihrer Unterhaltung kam die Sache mit der Familienfeierlichkeit zum Gedenken an jenes beklagenswerte Ereignis (das Adjektiv gebrauchte der Kommissar: das sei festgestellt) zur Sprache. Avendaño erklärte ihm, worin die Zeremonie bestand, und Don Roberto erschien sie exemplarisch. Könnte man doch etwas Ähnliches auf Landesebene organisieren! Eine religiöse Massenveranstaltung, vielleicht auf dem Cerro de los Angeles, um die Roten daran zu erinnern, daß sie von den Nationalen besiegt worden waren, und sie in regelmäßigen Zeitabständen zu zwingen, sich ihrer üblen Gesinnung nicht nur als Besiegte, sondern als von Gott und der Geschichte Verurteilte inne zu werden.

Doch in diesem Jahr war er nicht nur aus Neugier oder Sympathie nach Quismondo gekommen. Er war hauptsächlich aus beruflichen Gründen da.

Denn Kommissar Sabuesa von der Politischen Polizei interessiert sich, wie bereits aus einem Satz von Eloy Estrada hervorgegangen ist, für den jungen Avendaño. Nicht, daß dieser eine herausragende Rolle bei der Februarrevolte oder den Studentenunruhen davor und danach gespielt hätte. Lorenzo Avendaño war einer mehr gewesen, einer von vielen. Das Interesse des Kommissars galt nicht der Rolle, die er spielte, sondern seinen Beziehungen zu einigen Hauptakteuren der subversiven Bewegung. Er war mit Múgica Herzog befreundet, zum Beispiel. Aber er schien vor allem in enger Beziehung zum Großen Manipulator und Obersten Verräter zu stehen, dessen Namen er nicht einmal still für sich selbst auszusprechen bereit war. Dies war eine der Spuren, denen er gründlicher nachgehen wollte, etwas, das er noch nicht hatte in Angriff nehmen können, weil die Familie Avendaño auf den Rat José Manuels, des Geschäftsmannes, hin Lorenzo eine Zeitlang aus Madrid entfernt hatte; sie hatte ihn nach Italien geschickt, auf eine Studienreise, wie es hieß.

Don Roberto hatte die Absicht, die Gedenkzeremonie zu nutzen und die Ermittlung wiederaufzunehmen. Wenn seine Ahnung sich als richtig erwies, dann würde Lorenzo Avendaño ihm vielleicht erlauben – unfreiwillig, sehr gegen seinen Willen –, die Fäden des Komplotts bis hin zum wahren »führenden Kopf« der Subversion zu verfolgen.

Tatsächlich war die Effizienz des polizeilichen Vorgehens nach den Krawallen und Demonstrationen im Februar zweifelhaft gewesen. Zu diesem Schluß war Don Roberto Sabuesa gekommen. Man hatte die eine oder andere Propagandaschrift beschlagnahmt, ein paar Aktivisten der liberalen Subversion lokalisiert – denn das war der Schafspelz, in den sich jetzt die Instrukteure der Kommunistischen Partei kleideten: der Liberalismus –, man hatte einige potentielle Anführer eingesperrt und ihnen den Prozeß gemacht. Doch sämtliche Festgenommen hatten am Ende auf freien Fuß gesetzt werden müssen. Deshalb besaß die Repression keinen exemplarischen Charakter. Wenn nicht ein wenig Blut fließt oder wenigstens große Angst umgeht, große, heilige Furcht, dann erreicht man nichts; das hat die Erfahrung gelehrt. Und wenn die Gefängnisstrafe kurz und eher von Nachsicht diktiert ist, dann erzeugt sie außerdem nicht nur keine Furcht in der Bevölkerung, sondern kann den Eingesperrten sogar zu Ansehen und Popularität verhelfen und sie zu einem geringen Preis in Märtyrer verwandeln.

Darüber hinaus, und das war das größte Manko, war es der polizeilichen Ermittlung nicht gelungen, die Kontakte der Madrider Studentengruppe mit der Untergrundorganisation der Kommunistischen Partei aufzudecken. Daß diese Kontakte existierten, konnte nur jemand leugnen oder nicht wahrhaben wollen, der so naiv war wie der Verräter Ridruejo. Dieser hatte nämlich nach seiner Entlassung aus dem Gefängnis einen Bericht an die Behörden geschickt, in dem er die Gründe des studentischen Unbehagens darlegte und jeden Einfluß der Kommunisten, jeden Kontakt mit ihnen zu verheimlichen oder abzustreiten versuchte.

Allerdings war bei keinem der Verhöre der inhaftierten Studentenvertreter irgendeine Beziehung mit der kommunistischen Untergrundorganisation zutage getreten. Auf den ersten Blick bestätigte sich also Dionisio Ridruejos Aussage über die Spontaneität und Autonomie der subversiven Bewegung. Aber nur auf den ersten Blick. Denn bei den Verhören hatte man sie eher mit Samthandschuhen angefaßt. Man hatte die Festgenommenen nicht genügend unter Druck gesetzt. Wahrscheinlich hatten sich die Beamten durch den Umstand beeindrucken lassen, daß sie größtenteils aus guter Familie stammten; sie wagten nicht, ihnen auch nur ein Haar zu krümmen. Aber ohne ein Mindestmaß an physischem Druck erreicht man niemals etwas. Ein paar gutgezielte Schläge im richtigen Augenblick ersparen ganze Wochen bei der Aufklärung subversiver Pläne.

Doch man hatte nicht nur diese verdammten Herrensöhnchen viel zu sehr geschont. Die Beamten hatten auch nicht kapiert, daß das Hauptziel ihrer Ermittlungen in der Aufdeckung der Kontakte mit dem Untergrundnetz der Kommunistischen Partei bestand. Der »führende Kopf«, wie

Digno Fuertes Galindo in seinem Bericht sagte, war das Wesentliche. In dieser Richtung mußte man bohren und Druck ausüben. Das war es, was er selbst mit der Übernahme der Ermittlungen auf der Grundlage der von seinen Untergebenen zusammengetragenen Informationen herausfinden wollte.

Ihn schauerte genußvoll beim Gedanken an die Möglichkeit, daß seine Ahnung sich bestätigte: Mit ein bißchen Glück würde Lorenzo Avendaño ihm, ohne es zu wissen, den Weg zum »führenden Kopf« weisen.

Er rülpste erneut, zufrieden.

Dann wählte er einige Schriftstücke aus dem Stoß, der vor ihm auf dem Tisch lag. Drei, genau gesagt. Das erste war die Abschrift einer offiziellen Mitteilung, die das Informationsministerium während der Studentenkrawalle im Februar an sämtliche Zeitungen geschickt hatte. Sie trug die Überschrift: *Ein offenes kommunistisches Manöver* und lautete folgendermaßen:

»Das offizielle Organ der Kommunistischen Partei für Spanien, *Mundo Obrero*, veröffentlichte am 7. des Monats, womit es den studentischen Aktionen, die gestern in Madrid den normalen Ablauf einiger Lehrveranstaltungen störten, um mehr als 24 Stunden zuvorkam, einen Artikel von Federico Sánchez mit Anweisungen für die kommunistische Jugend Spaniens. Aus diesen Anweisungen erhellt, wo die treibende Kraft für gewisse verdächtige Haltungen zu suchen ist und worum es möglicherweise denjenigen geht, die versuchen, unsere akademische Jugend in das erste Ziel für die Zwecke eines umfassenden politischen Manövers zu verwandeln.

In dem genannten Artikel, der offenbart, daß eine Kraft, die geheim bleiben wollte, weiterhin bestrebt ist, das normale

Leben der Spanier zu stören, sagt der erwähnte Leitartikler des *Mundo Obrero* (derselbe Text wurde gestern als Aufruf von *Radio España Independiente* gesendet): Der kommunistische Student muß legale und illegale Aktionsformen miteinander kombinieren und dabei sein besonderes Augenmerk auf die Organisations- und Kampfformen richten, die spontan in der Masse der Studenten entstehen, um sich ohne dogmatische Vorurteile auf sie zu stützen...«

Das genügte, er würde sich nicht länger einen solchen Unsinn antun.

Er kannte ihn auswendig, den rhetorischen Jargon der kommunistischen Agitatoren: seit fünfzehn Jahren bekämpfte er sie nun. Wesentlich war nicht der Inhalt dieses Artikels voller Klischees und abgenutzter Parolen. Wesentlich war seine Unterschrift, Federico Sánchez. Denn über diesen Namen und Vornamen hatte der Kommissar anläßlich seines Auftauchens im Zusammenhang mit den Februarunruhen Nachforschungen angestellt.

Es ließ sich folgendes sagen: Zunächst einmal, daß es ein relativ neuer Deckname war. Man könnte sogar behaupten, sehr neu. Denn vor zwei Jahren existierte dieser Federico Sánchez noch nicht. Zumindest tauchte er nicht in den Verlautbarungen der Kommunistischen Partei auf. Zum erstenmal hatte Don Roberto ihn in einer Nummer – der Nummer 18, genau gesagt – der Publikation *Cuadernos de Cultura* lokalisieren können, die ausschließlich dem V. Parteitag gewidmet war.

Den teils glaubwürdigen, teils spekulativen Angaben zufolge, die der Kommissar mit viel Geduld zusammenzutragen vermochte, hatte besagter Parteitag Ende 1954 stattgefunden. Natürlich im Ausland. Wahrscheinlich in Prag. Wie auch immer, bei dieser Gelegenheit taucht zum erstenmal das

Phantom Federico Sánchez auf. In den Kommuniqués der kommunistischen Propaganda steht, daß er zum Mitglied des Zentralkomitees ernannt wurde. In der erwähnten Nummer von *Cuadernos de Cultura* ist seine Rede während einer Sitzung des Parteitags abgedruckt.

Auch in diesem Fall interessiert den Kommissar nicht der politische Inhalt des Vortrags, der im übrigen nur taktische Parteilinien der letzten Jahre aufgreift, entwickelt und so wendet, daß sie als demokratische, tolerante politische Position erscheinen. Sogar als patriotische, Gott steh uns bei! Sehr viel mehr interessieren ihn einige Details der Wortwahl. Denn in seinem Vokabular und seinem konkreten Ansatz unterscheidet sich die Rede von Sánchez erheblich von den Texten der alten Parteiführer. Er muß ein Mann aus einer anderen Generation sein, der wahrscheinlich nicht am Bürgerkrieg teilgenommen hat. Außerdem enthält Sánchez' Bericht gewisse Hinweise auf das Madrider Leben, aus denen sich schließen läßt, daß er kein Mann des Exils ist. Daß er das gegenwärtige Spanien kennt, wo er womöglich sogar lebt. Oder sich zumindest mehr oder weniger lange aufhält. Kurz, daß es sich um einen Parteiführer neuen Zuschnitts handelt, um eine neue Generation kommunistischer Kader, die sich ohne Zweifel von der alten Garde unterscheiden, deren Erfahrungen aus der Zeit des Kreuzzugs stammen, und diese Neuheit vergrößerte die Gefahr, die er darstellte.

Don Roberto zündet sich eine Zigarette an und greift nach dem dritten Schriftstück, das er sich anschauen wollte.

Es handelt sich um ein Exemplar von *Nuestra Bandera*, »Zeitschrift für ideologische Erziehung der Kommunistischen Partei Spaniens«, wie es in der Unterzeile heißt. Ein illegales Blatt, auf dünnem, gutem Papier gedruckt, mit Madrider Druckvermerk – der falsch ist: die Kommunisten drucken alles im Ausland – und dem Datum 1956, ohne nähere

Angaben. Aber es zirkulierte im April oder im Mai an der Universität. Außerdem ist in dem kurzen Artikel von Federico Sánchez, der im Inhaltsverzeichnis der Publikation steht – neben Arbeiten von ungleich bekannteren Personen: Santiago Carillo, Manuel Delicado, Pedro Ardíaca und Manuel Azcárate –, die Rede vom Tod Ortega y Gassets, womit sich das Datum des Druckes ebenfalls genauer bestimmen läßt. Der erwähnte Artikel von Sánchez trägt die Überschrift: »Ortega y Gasset oder die Philosophie in Zeiten der Krise«.

Der Kommissar legt die drei Schriftstücke in die entsprechende Mappe zurück. Er notiert einige Schlußfolgerungen in sein persönliches Notizbuch.

»17. Juli 56 / Führender Kopf: FS, wahrscheinlich neu / Den mehr oder weniger kontrollierten Veteranen unbekannt / Ebenso den Spitzeln / mit Sicherheit Pseudonym / Lebt zweifellos zeitweise in Madrid / Hauptsächlich auf Intellektuelle und Studenten angesetzt / Verfolgung und Festnahme / Aufspüren mit Hilfe seiner Kontakte zu sichtbaren Köpfen: Múgica H., J.P., Campillo.«

Er schließt die Augen, denkt an Lorenzo Avendaño, versucht sich vorzustellen, wie es sein wird. ›Na, morgen werde ich es wissen.‹

Doch das war vorher, ein paar Stunden vorher, in Eloy Estradas Gasthaus und Laden. Jetzt befindet er sich im Musikzimmer der Maestranza und trinkt etwas mit den Gästen des bevorstehenden Abendessens. Obwohl in Wirklichkeit die einzigen, die Alkohol trinken, er und José Manuel Avendaño sind. Der Amerikaner trinkt einen Orangensaft und die anderen Mineralwasser.

»Aber natürlich, die prinzipielle Koordination von Avenarius!«

Er hört diesen Ausruf hinter seinem Rücken. Er erkennt die Stimme des Sprechers, der gerade zu der Runde gestoßen ist, ein gewisser Perales. Er hatte das Musikzimmer betreten, kurz bevor Raquel Mercedes Pombo auf einem Silbertablett Lorenzos Postkarte gereicht hatte. Sie war beiseite getreten, um die Karte ihres Sohnes zu lesen. Dann hatte sie in emphatischem Ton gesagt: »Heilige Jungfrau, das fängt ja gut an!«

Der Neuankömmling war ein eher unansehnlicher Typ, klein und untersetzt, aber agil in seinen Bewegungen, mit einer dicken Schildpattbrille, die seinen spähenden oder sogar lauernden Blick nicht verbarg. José Ignacio, der Jesuit, hatte den Unbekannten umarmt, der später als Perales, Benigno Perales vorgestellt wurde. Beide hocherfreut, einander zu sehen.

»Ich habe dir zwei Geschenke aus Deutschland mitgebracht«, sagte der Jesuit zu ihm. »Du wirst schon sehen ...«

Dem anderen glänzten die Augen. Sogar seine Brillengläser beschlugen sich vor lauter Aufregung.

»Bücher, nehme ich an«, sagte er.

Der Jesuit flüsterte ihm etwas ins Ohr, und Perales klatschte vor Freude in die Hände.

»Ich gebe sie dir später«, sagte José Ignacio. »Wir haben viel zu besprechen.«

Dann ging sogleich das Gespräch über Ortega y Gasset weiter, das José Ignacio Avendaño mit dem Amerikaner angeknüpft hatte. Perales schaltete sich unverzüglich ein.

Der Kommissar drehte ihnen mißgelaunt den Rücken zu.

Dieser Perales war ihm nicht unbekannt, er war sicher, daß er ihm schon vor einiger Zeit begegnet war. Vor langer Zeit zweifellos. Es war keine frische Erinnerung. Doch Sabuesa verfügte über ein außerordentliches, fast fotografisch genaues Gedächtnis, noch Jahre später konnte er ein Gesicht identifizieren, auch wenn er es nur einmal gesehen hatte. Dieses Gedächtnis war allerdings selektiv; nur im Zusammenhang mit seiner beruflichen Tätigkeit funktionierte es tadel- und fehlerlos. So erkannte er zum Beispiel und zum großen Verdruß seiner Frau niemals deren Freundinnen, die jede Woche zu ihnen nach Hause zum Kartenspielen kamen. Dagegen prägten sich die Gesichtszüge eines jeden Verdächtigen – und es waren Hunderte gewesen –, der im Lauf seiner jahrelangen polizeilichen Tätigkeit auch nur ein paar Minuten in seinem Büro gewesen war, für immer in sein Gedächtnis ein.

Wo und wann mochte er diesen Perales gesehen haben?

Als wäre das noch nicht genug, hatte der Kommissar überdies das Gefühl, fast konnte man sagen, die Gewißheit, nicht nur diesem Typen schon einmal begegnet zu sein, und zwar unter Umständen, die ihn zwangsläufig verdächtig erscheinen ließen, sondern auch den seltsamen Namen zu kennen, den der ungebetene Gast ausgesprochen hatte: Avenarius. Kein Zweifel, er kam ihm bekannt vor. Und er kam ihm bekannt vor im Zusammenhang mit irgendeiner polizeilichen Ermittlung. Er wußte im Augenblick nicht, mit welcher, aber das würde sich schon klären. Jedenfalls etwas, das nicht lange zurücklag. Er besaß ein gut organisiertes Gehirn, und am Ende gelang es ihm immer, die Erkenntnisse, die bei irgendeiner zufälligen Gedanken- oder Wortverbindung in ihm aufblitzten, in den richtigen Zusammenhang zu bringen. Perales und Avenarius: Er würde beide über kurz oder lang identifizieren, wenn sie mit der kommunistischen Subversion zu tun hatten.

Unterdessen wurde in seinem Rücken die Debatte über Ortega y Gasset fortgesetzt. Eigentlich war es weniger eine Debatte als eine hochtrabende Rede dieses Perales, der die beiden anderen aufmerksam zuhörten, was in der einen oder anderen Frage zum Ausdruck kam, die offenbar angebracht war, da sie Perales weitere und noch detailliertere Erklärungen entlockte. Er war entzückt, mit seinen Kenntnissen zu glänzen, das merkte man an seiner affektierten Stimme.

Wie man den Äußerungen von Benigno Perales entnehmen konnte, hatte dieser es vor einigen Monaten übernommen – das erklärte, warum Don Roberto ihn nicht im vorigen Jahr kennengelernt hatte, bei seiner ersten Teilnahme an der Bußzeremonie auf der Maestranza –, die Bibliothek des Hauses zu ordnen und zu katalogisieren.

Eine beeindruckende Bibliothek – das war das Adjektiv, das Perales mehrfach gebrauchte – voller bibliographischer und sogar bibliophiler Schätze, die anscheinend der Stammgroßvater begründet hatte und die dann von den Nachfolgern erweitert worden war. Einer von ihnen oder vielleicht der Großvater selbst – im häuslichen Sprachgebrauch nannten sowohl die Herrschaften als auch die Dienstboten die Bibliothek den »Salon des Indiano« – hatte jedenfalls zahlreiche Bände deutscher Literatur und Philosophie des 19. und beginnenden 20. Jahrhunderts gesammelt. Perales zählte Titel und Namen auf, die dem Kommissar unbekannt waren, von denen er nicht die geringste Vorstellung besaß, die jedoch bei beiden Gesprächspartnern bewunderndes Staunen auslösten. In dieser langen Reihe tauchte abermals der Name Avenarius auf, der Roberto Sabuesa schon beim ersten Ausruf von Perales aufgefallen war. Zum zweitenmal hatte er die Gewißheit, daß dieser Avenarius mit irgendeiner polizeilichen Angelegenheit zu tun hatte, die unlängst durch seine Hände gegangen sein mußte.

Er wandte sich also dem über Ortega debattierenden Trio zu, um näher verfolgen zu können, was man über den vermaledeiten Avenarius sagen würde. Und als Don Roberto sich umwandte, stellte er fest, daß Mayoral, der Gutsverwalter, das Musikzimmer betreten hatte und Doña Mercedes und José Manuel Avendaño sehr hitzig, wenn auch mit leiser Stimme, etwas erzählte.

»Aber sag mal«, äußerte José Ignacio, der Jesuit, erstaunt. »Avenarius, wirklich? Er selbst?«

»Ja, er selbst«, antwortete Benigno Perales entzückt. »Kein anderer als er: derselbe, der in Wladimirs Buch so schlecht wegkommt...«

»Mehr Pamphlet als Buch«, präzisierte der Jesuit. »Mir scheint, das habe ich dir schon vor Jahren bewiesen...«

Der andere bewegte den Kopf in einer Weise, die sowohl Zustimmung als auch Zweifel ausdrücken konnte.

Kein Zweifel bestand indes an der Tatsache, daß der jesuitische Avendaño und dieser Perales, jetzt Bibliothekar auf der Maestranza, sich sehr gut kannten, obwohl letzterer im vergangenen Jahr noch nicht auf dem Gut gelebt hatte.

Doch der Amerikaner schaltete sich ein.

»Wo Sie Wladimir sagen, denken wir uns Iljitsch hinzu, nicht wahr?«

Die beiden bejahten ohne Umschweife, mit entschiedenen Gesten und kurzen Worten, so sei es in der Tat. Doch daß der erwähnte Wladimir sich unvermutet in Iljitsch verwandelte, erlaubte dem Kommissar nicht, ihn zu identifizieren.

Dagegen ergab sich klar, daß dieser verdammte Avenarius philosophische Untersuchungen geschrieben hatte und daß er in einer davon – übrigens korrigierte der Jesuit taktvoll Perales' Aussprache des deutschen Titels –, in eben dieser, die Formel aufgestellt hatte, die sich später Ortega zu eigen machen sollte, ohne die Quelle anzugeben, die Formel des »Ich und seine Umgebung«. Von diesem Moment an ging die Debatte weit über Don Robertos Begriffsvermögen hinaus.

Doch es war ihm völlig schnuppe, daß er so gut wie nichts von dem verstand, was über die Beziehung zwischen Avenarius und Ortega, über das Vorrecht der These des ersteren, gesagt wurde. Was ihm Sorgen machte, weil es nicht logisch war – und die Logik ist eine der höchsten Wissenschaften in jeder ernsthaften Forschung, auch in der polizeilichen –, war, daß dieser Avenarius im vergangenen Jahrhundert eine Untersuchung geschrieben hatte, von der Ortega y Gasset sich vermutlich hatte inspirieren lassen – zumindest Perales zufolge –, und daß dasselbe Subjekt etwas zu tun haben sollte (sein unfehlbares Gedächtnis erlaubte ihm, das zu behaupten, selbst bevor er es belegen konnte) mit einer nicht lange zurückliegenden Ermittlung oder Untersuchung der Politischen Polizei.

Das paßte natürlich zeitlich nicht zusammen.

Doch das wird sich klären: alles wird sich klären. Es gibt keine Rätsel, die mir widerstehen, denkt der Kommissar in einem Augenblick euphorischer Überheblichkeit, die ihn veranlaßt, den Blick zu heben und unverwandt auf Benigno Perales' Gesicht ruhen zu lassen.

Dieser hält dem Blick stand, während er sich fragt, ob Sabuesa ihn am Ende wiedererkennen wird. Vom ersten Augenblick an hat er bemerkt, daß der Kommissar ihn mit finsterer Miene beobachtet. Mit verstohlener, aber nicht nachlassender Neugier. Als verdichtete sich die Nebelwolke seiner Erinnerung zu einem Bild, einer Szene, vielleicht einem Szenarium, ohne am Ende deutlich Gestalt anzunehmen.

Vom ersten Augenblick an, seitdem er das Musikzimmer betreten hatte, war Perales sicher gewesen, daß der Kommissar sich an ihn erinnerte, ohne diese Erinnerung ganz bestimmen zu können.

Er dagegen hatte nicht eine Sekunde gezögert. Er hatte Roberto Sabuesa auf den ersten Blick erkannt. Natürlich war es leichter für ihn, sich an den Kommissar zu erinnern, als für diesen, sich an ihn zu erinnern. Zehn Jahre waren seit ihrer Begegnung in einem Büro der Sicherheitsdirektion vergangen. Doch durch dieses Büro waren ohne Zweifel Dutzende oder Hunderte von Verhafteten gezogen. Darunter er, Perales, Benigno. Einer von vielen, in gewisser Weise anonym.

Sabuesa dagegen war einzigartig. In der Erinnerung der Verhafteten konnte er mit niemandem verwechselt werden.

Als Benigno Perales vor zehn Jahren in jenes Büro an der Puerta del Sol trat, hatten sie ihn schon übel zugerichtet in den Räumen der Politischen Polizei. Tag und Nacht, tage- und nächtelang. Sein abgemagerter Körper war nur noch eine schmerzende Hülle, ein Sack aus Ängsten, die in sämtlichen Eingeweiden fraßen. Aber es gelang ihnen nicht, auch nur eine Information, auch nur einen Namen aus ihm herauszubekommen, nicht einmal die Bestätigung von Informationen oder Namen, die sie bereits kannten. Er machte den Mund nur auf, um Angaben zu seiner Person zu machen. Ein einziges Mal jedoch verstieg er sich dazu, ihnen eine Episode aus seiner Kindheit in Quismondo zu erzählen. Sie hörten ihm einen Augenblick zu, vielleicht aus Verblüffung. Oder erschöpft vom vielen Prügeln. Wie auch immer, als sie ihn in das Büro im vornehmen Teil der Sicherheitsdirektion hochbrachten, war Benigno körperlich am Ende, aber moralisch unversehrt. Vielleicht weil er längst jenseits des Schmerzes war. Auch jenseits der Hoffnung. In einer Wüste aus Einsamkeit oder eher: aus einsamer Solidarität. Ihm konnte nichts mehr geschehen, jedenfalls nichts Entscheidendes. Er trat in das Büro und wußte, daß es Kommissar Sabuesa war. Der rührte mit einem Löffel in einem Glas Wasser mit Bikarbonat. Mit einer Miene grauer, mürrischer Müdigkeit. Er wußte, daß es Sabuesa war, wegen des Bikarbonats. Wegen dieses grauen Blickes voll schäbigem Ressentiment: ein Blick, der starr war vor Haß.

Denn seitdem Kommissar Sabuesa 1939 in Madrid die Enttarnung und Erschießung einer Gruppe junger Mädchen der Kommunistischen Jugendorganisation organisiert hatte – »die dreizehn Rosen«, wie sie in der mythischen Erinnerung des Widerstands hießen –, genoß er Berühmtheit unter den Aktivisten, traurige, abscheuliche Berühmheit. Bis etwa 1949 die letzten Untergrundorganisationen zerschlagen wurden, hatten vermutlich mehr oder weniger alle mit Sabuesa zu tun. Bekamen es mit ihm zu tun: bekamen ihn zu Gesicht. Und da war er, in seinem Büro in der Sicherheitsdirektion, und rührte mit einem Löffel in einem Glas Wasser mit Bikarbonat.

Vor vielen Jahren hatte der Kommissar den Blick gehoben, sein Eintreten beobachtet. Ein grauer Blick, starr vor Haß. Wie diesen Blick vergessen? Benigno Perales hatte ihn nicht vergessen.

Benigno betrat das Musikzimmer, als sämtliche Gäste des Abendessens schon dort versammelt waren. Auch Leidson war da, der nordamerikanische Historiker. Er hatte ihn kurz zuvor in der Bibliothek getroffen, wo er las, was im Lexikon von Madoz über das Dorf Quismondo geschrieben stand. Benigno brachte gerade ein Buch zurück, das ihm bei der Erstellung des neuen Kataloges aufgefallen war, eines von vielen bemerkenswerten Büchern, die mit der Zeit in dieser wundersamen Bibliothek auftauchten, je mehr er voranschritt in seiner ordnenden Tätigkeit.

Es handelte sich um einen schön gedruckten, in Leder gebundenen Oktavband, der jedoch keine Angabe des Verlages enthielt. An der üblichen Stelle des Druckvermerks stand nur das Jahr der Veröffentlichung, 1773, in römischen Ziffern. Das Buch, in französischer Sprache verfaßt, der Sprache der universalistischen Ideen jener Zeit, trug auch nicht den Namen des Verfassers. Genauer gesagt, es gab sich als das postume Werk, *ouvrage posthume*, von M.B.I.D.P.E.C. aus. Eine unglaubhafte Anhäufung von Initialen, die für gewünschte Anonymität stand. Dieser Umstand, das Fehlen des Druckvermerks und gewisse Charakteristiken der Typographie und des verwendeten Papiers ließen Benigno Perales vermuten, daß der Band seines subversiven Inhalts wegen – hinter dem Titel *Recherches sur l'Origine du Despotisme Oriental* verbarg sich ein vehementes Plädoyer gegen die theokratischen Regierungen, eine Verteidigung und Klärung der aufgeklärten Ideen, wenn die Formulierung gestattet ist – in Amsterdam gedruckt worden war, wie häufig in jenen Jahren, in denen sich die Prinzipien des modernen kritischen Denkens herausbildeten. In dieser Vermutung sah Perales sich durch ein Exlibris auf der ersten Seite bestärkt, das als Besitzer des schönen Bandes einen gewissen Agostinho de Mendonça Falcão auswies, den man sich als Mitglied der illustren, gelehrten portugiesisch-jüdischen Gemeinde jener nordischen Hauptstadt des Handels und der schönen Künste vorstellen konnte.

Wie auch immer, Perales hatte diese Untersuchung zum orientalischen Despotismus brennend interessiert, und er hatte sie mit Genuß gelesen.

Zwei Stunden zuvor also, als er die Bibliothek betrat, um das Buch in das frisch geordnete und katalogisierte Regal zurückzustellen, war er auf Leidson gestoßen, der in die Lektüre eines Bandes des *Diccionario Geográfico-Estadístico de España y sus Posesiones de Ultramar* von Pascual Madoz vertieft war. Er vermutete – richtig –, daß der Amerikaner, von dessen Ankunft auf der Maestranza er bereits gehört hatte, den Eintrag las, der sich auf Quismondo bezog. Auch er hatte das getan, Monate zuvor, als er das prachtvolle Lexikon katalogisieren und in das Regal einstellen mußte, das ihm aufgrund der Neuordnung zukam. Quismondo erschien in alphabetischer Reihenfolge zwischen Quisicedo und Quitapesares. Der nachfolgende Eintrag hatte Benigno entzückt: Quitasueños. Es handelte sich um ein Bauerngut in der Provinz Sevilla, im Gerichtsbezirk Alcalá de Guadaira: Sogar die Bauern- und Landgüter waren im Madoz verzeichnet! »Ja«, sagte Leidson lächelnd, »ich finde Don Pascuals deskriptiven Stil amüsant. Erinnern Sie sich, was er hier schreibt?« Er las mit lauter Stimme vor: »... ›sein Klima ist gemäßigt, die Belüftung gut, und Erkältungen sind häufig...‹ Großartig, nicht? Die Erkältungen von Quismondo, das hört sich an wie der Titel eines Bauernschwanks...«

Kurz, Leidson und er waren einander sogleich sympathisch gewesen. Eine halbe Stunde später waren sie schon dabei, sich vertraulich über ihre jeweiligen Lebensträume auszutauschen.

Der Amerikaner unterhielt sich also mit José Ignacio, als Benigno vor dem Abendessen das Musikzimmer betrat. Er ging auf sie zu und umarmte den Jesuiten. Dieser trug einen tadellosen Sommeranzug aus schwarzer Seide, dem nur der klerikale Halskragen ein besonderes Gepräge verlieh. José Ignacio verkündete ihm, daß er ihm zwei Geschenke mitgebracht habe. Bücher? Ja, genau, Bücher, das walte Gott. Na ja, in diesem Fall weiß ich nicht, ob Gott, flüsterte er ihm ins Ohr: Es handle sich um einen bislang unveröffentlichten Band von Marx, die *Grundrisse*, die vielleicht als Entwürfe zum *Kapital* betrachtet werden können, und um eine deutsche Ausgabe von Chruschtschows Geheimbericht. Er wollte José Ignacio schon bitten, ihm beide Bücher sofort zu übergeben, aber das war unmöglich: er konnte nicht beim Abendessen fehlen und sich zum Lesen zurückziehen. Er würde sie sich später vornehmen, die ganze Nacht lag vor ihm.

Leidson und Avendaño sprachen über Ortega y Gasset, und Benigno mischte sich in das Gespräch.

Er hatte nämlich eine philosophische Entdeckung gemacht, die ihm wichtig erschien, und wollte sie auf der Stelle mitteilen; er hatte gerade die Quelle von Ortegas Formel des »Ich und seine Umgebung« entdeckt.

Beim Entstauben, Ordnen und Katalogisieren des in die Tausende gehenden Bestands der Bibliothek des Indiano hatte Benigno Unmengen deutscher Bücher vom Ende des letzten und vom Anfang des zwanzigsten Jahrhunderts vorgefunden. Drei davon hatten seine besondere Aufmerksamkeit erregt. Wegen des Namens ihres Verfassers: Richard Avenarius. Er kannte das Werk dieses Philosophen freilich nur vom Hörensagen; ihm vor allem hatte Lenins Zorn (»Wladimir«, hatte er gesagt; »Iljitsch«, hatte Leidson präzisiert) in seiner Broschüre *Materialismus und Empiriokritizismus* gegolten.

Also gut, fuhr Benignio fort, begeistert über seine Entdeckung, von diesem berühmten Avenarius gebe es drei Bücher in der Bibliothek des Indiano, Gott weiß warum. Die Bände der *Kritik der reinen Erfahrung* und einen dritten mit dem Titel *Der menschliche Weltbegriff*, und genau in diesem finde sich die These von der prinzipiellen Koordination zwischen Ich und Welt, deren Formulierung durch Avenarius genau der von Ortega entspreche, *Ich und meine Umgebung*: »yo y mi circunstancia«, nur daß sie der These Ortegas etliche Jahre vorausgehe und daher bereits in den deutschen akademischen Kreisen bekannt gewesen sei, in denen der junge spanische Philosoph sein Studium fortgesetzt habe.

Daß Benigno Perales seine These mit solcher Leidenschaft und Ausführlichkeit – man kann fast sagen, mit solch flatterhaftem Überschwang – vortrug, daß er sich so ins Zeug legte und die anderen mit seinem hochgelehrten Exkurs mitriß, hatte seinen wahren Grund vor allem darin, daß er den Augenblick der Konfrontation mit Kommissar Sabuesa vermeiden oder zumindest hinauszögern wollte. Den zweifellos unvermeidlichen Augenblick, in dem dieser, dessen Blick nicht aufhörte, ihn zu verfolgen und prüfend abzuschätzen, sich erinnerte, wo, warum und wann er ihn zum erstenmal gesehen hatte. Nicht, daß Perales das plötzliche Wiederauftauchen dieser polizeilichen Erinnerung gefürchtet hätte, das war es nicht. Tatsächlich machte es ihm nichts aus, daß der Schweinehund Sabuesa ihn schließlich wiedererkennen würde. Aber ihm mißfiel die Vorstellung, daß dieses Wiedererkennen zu einem unangenehmen Zwischenfall im Haus der Familie Avendaño führen könnte. Wegen Mercedes natürlich, wegen der Seelenruhe von Mercedes.

Das geschah jedoch nicht. Besser gesagt, es geschah etwas, das aber nichts mit dieser Angelegenheit zu tun hatte, mit dieser weit zurückliegenden Begegnung in einem Büro der Sicherheitsdirektion. Tatsächlich erinnerte sich Kommissar Sabuesa erst später an die genauen Umstände, unter denen er Perales zum erstenmal begegnet war, und er tat das in einer Form, die vorwegzunehmen hier weder angebracht noch zeitlich möglich ist, da Raquel gerade mit ihrem schwerelosen, harmonischen Gang das Musikzimmer betritt.

»Meine Herrschaften!« sagte Raquel, um die Aufmerksamkeit der Anwesenden auf sich zu lenken.

Alle wandten sich ihr zu.

Nur der Kommissar hatte Mayorals Erscheinen kurz zuvor bemerkt. Nur er hatte auf das hitzige, gestenreiche Gespräch des Verwalters mit dem Erstgeborenen der Familie Avendaño, José Manuel, und mit dessen Schwägerin Mercedes Pombo geachtet. Eigentlich kein Gespräch, dachte Don Roberto, es schien eher, als überbringe Mayoral eine wichtige, wahrscheinlich schlechte, zumindest unangenehme Nachricht, nach der Art zu urteilen, wie die beiden reagierten, während sie ihm zuhörten. Gleich darauf waren sie aus dem Zimmer gegangen, und jetzt, zehn Minuten später, kam Raquel und bat mit lauter, fester Stimme um Aufmerksamkeit.

»Die junge Frau Mercedes hat mich gebeten, Sie tausendmal um Verzeihung zu bitten. Das Abendessen wird etwas später serviert werden... Der Señor und sie sind dabei, eine dringende Angelegenheit zu regeln...«

»Hat das mit dem Fest morgen zu tun?« fragte der Kommissar inquisitorisch.

Raquel fuhr zusammen.

»Fest? So nennen wir das nicht...«

Der Kommissar zuckte mit den Schultern.

»Na ja, Sie wissen, was ich meine. Hat es mit der Sache morgen zu tun, egal, wie sie heißen mag?«

Natürlich hatte es damit zu tun. Doch Raquel antwortete nicht auf die gebieterische Frage von Kommissar Sabuesa. Nicht sie war es, die die Geschichten erzählte, das hatte sie dem schönen Gringo – so nannte ihn lächelnd die junge Frau Mercedes – schon heute morgen gesagt. Sie lebte sie eher, das wohl, aber ohne sie zu erzählen.

Ihre Augen hefteten sich auf Leidson, der näher trat, während Benigno und José Ignacio in erwartungsvollem Schweigen an ihrem Platz verharrten. Raquel fing Leidsons Blick auf, bewahrte ihn einen Augenblick lang – fast eine Ewigkeit – in der Glut hinter ihren halb geschlossenen Lidern.

»Wieviel später?« fragte José Ignacio. »Egal, es macht nichts, es ist ja noch früh...«

Er wandte sich an Benigno.

»Du kannst uns noch etwas mehr über diesen Avenarius erzählen...«

In diesem Augenblick war ein lauter Ausruf zu hören, fast ein Aufschrei, wenn auch sogleich erstickt, unterdrückt.

»Avenarius!« brach es aus dem Kommissar heraus. »Ich hab's: Federico Sánchez!«

Alle schauten sie ihn entgeistert an.

Später, als sie Gelegenheit fanden, sich an diesen Vorfall zu erinnern und über ihn zu sprechen, stellten sie fest, daß keiner der drei das gleiche verstanden hatte. Besser gesagt: Den Namen Avenarius hatten sie wohl alle gehört und verstanden. Das ist nicht weiter verwunderlich, er war mehrmals gefallen, während sie Perales' Ausführungen über den Ursprung von Ortegas Formel des »Ich und seine Umgebung« zuhörten. Es war der zweite Teil des Aufschreis, den sie nicht in der gleichen Weise verstanden hatten. José Ignacio Avendaño hatte vermutlich aus Gründen beruflicher Bildung oder Mißbildung, die der Scholastik und dem geistlichen Stand verpflichtet war, Tomás statt Federico Sánchez verstanden. Genauer gesagt, was er gehört und in seinem Gedächtnis gespeichert hatte, war der Nachname Sánchez, dem er in einem verschlungenen, wenn auch leicht zu erhellenden geistigen Assoziationsprozeß sogleich den Namen Tomás voranstellte: Tomás Sánchez war in der Tat ein andalusischer Theologe des ausgehenden 16. Jahrhunderts, ein Jesuit und namhafter Kasuistiker, dessen bekannteste Abhandlung, *De sancto matrimonii sacramento*, José Ignacio in irgendeinem Augenblick seiner fleißigen Jugend durchgeblättert hatte.

Was er allerdings nicht verstand, war der Grund der Verknüpfung dieser beiden so unterschiedlichen Namen, Avenarius und Sánchez, im plötzlichen Ausruf des Kommissars.

Benigno Perales wiederum erkannte keinen klaren Sinn in Don Robertos Ausruf. Er hörte ihn schreien, er gewahrte in seinem Gesicht ein ekstatisches Staunen, vielleicht eine leicht hysterische Genugtuung, aber er wußte nicht, worauf das zurückzuführen war. Er dachte zunächst, Sabuesa habe ihn schließlich erkannt, sich am Ende plötzlich an jene lange zurückliegende Begegnung in seinem Büro an der Puerta del Sol erinnert. Aber er begriff sogleich, daß dem nicht so war. Außerdem hatten weder Avenarius noch Federico Sánchez etwas mit der Begegnung in Kommissar Sabuesas Büro zu tun.

Der einzige, der die beiden Namen so hörte, wie dieser sie ausgesprochen hatte, war Michael Leidson, der Amerikaner. Er hörte »Avenarius«, und er hörte »Federico Sánchez«, in der Tat. Von Richard Avenarius und dessen wahrscheinlichem Einfluß auf die Philosophie Ortega y Gassets hatte er gerade durch Perales' minutiöse Ausführungen über das in der Bibliothek der Maestranza entdeckte Werk *Der menschliche Weltbegriff* erfahren. Auch über Federico Sánchez wußte er etwas. Denn Leidson hatte sich ebenso wie Kommissar Sabuesa, wenn auch aus radikal entgegengesetzten Gründen – aus Interesse und Sympathie, kurz gesagt –, eingehend mit der Universitätsrevolte im Februar befaßt. Er hatte gefragt, geforscht, nachgespürt und allerlei schriftliche und mündliche Zeugnisse über dieses Ereignis zusammengetragen. Genau wie der Kommissar hatte auch Leidson das kürzliche Erscheinen dieses Decknamens in der Geschichte des kommunistischen Untergrunds festgestellt. Bestimmt wußte er einiges mehr über dieses Phantom als Roberto Sabuesa, denn er bewegte sich in den Madrider Studenten- und Intellektuellenkreisen ungleich zwangloser als der Polizist.

Was der amerikanische Historiker allerdings auch nicht verstand, war die Verbindung oder Beziehung, die der Kommissar mit seinem Ausruf zwischen beiden herzustellen schien. »Avenarius! Ich hab's: Federico Sánchez!«

Es ergab wirklich keinen Sinn.

Dieses Rätsel klärte sich erst einen Tag später auf, mit der Ankunft von Lorenzo Avendaño auf der Maestranza. Er war einige Tage zuvor von einer langen Italienreise zurückgekehrt und hatte versucht, wieder Kontakt zu dem einen oder anderen Vertreter der kommunistischen Studentenorganisation aufzunehmen.

Múgica befand sich in San Sebastián, wo er herstammte und wohin er nach seiner Entlassung aus dem Gefängnis gereist war. Fernandito Sánchez Drago war nicht ausfindig zu machen. Doch Lorenzo gelang es, mit Pradera zu sprechen. Sie aßen gemeinsam zu Mittag in einem einfachen Lokal in der Calle Alcalá, La Taurina, und dann unterhielten sie sich im Retiro-Park, auf einer Bank im Schatten, am See vor dem Glaspalast.

Pradera erzählte ihm, was seit seiner Abreise nach Italien in Madrid geschehen war. Und Lorenzo, noch immer im Bann der Entdeckungen seiner Reise, erzählte ihm von den Museen, von den Büchern, die er gekauft hatte, von den Veranstaltungen der PCI, an denen er teilgenommen hatte. Und von einem Abend zu Hause bei María Zambrano, in Rom. »Stell dir vor, was für ein Zufall«, sagte Lorenzo, »da war auch ein gewisser Semprún Gurrea, so etwas wie ein Botschafter oder Vertreter der republikanischen Regierung im Exil. Ein Freund meines Vaters. Er erzählte mir von ihrer letzten Begegnung, vor zwanzig Jahren, fast auf den Tag genau, Stunden bevor der Bürgerkrieg ausbrach. Hier in Madrid, bei einem gemeinsamen Freund, einem Arzt, einem gewissen Eusebio Oliver. An dem Abend las Lorca ihnen *Bernarda Albas Haus* vor, das er gerade geschrieben hatte. Unglaublich, nicht?«

»Zumindest romanhaft...«, befand Pradera.

Doch diesen interessierten weniger die Erinnerungen an García Lorca als die Bücher, die Lorenzo aus Italien mitgebracht hatte. So sehr, daß sie einen Augenblick in die Wohnung der Familie Avendaño in der Calle Alfonso XII. gingen, damit Pradera sich einen Band Gramsci mitnehmen konnte.

Später, bei Einbruch der Dunkelheit, waren sie in der Calle Ferraz bei Domingo Dominguín.

Man kann nicht behaupten, daß an jenem Abend eine

friedliche, ruhige, nachdenkliche Atmosphäre in der Wohnung der Calle Ferraz geherrscht hätte. Türen wurden aufgerissen oder zugeschlagen, Kinder und Erwachsene rannten über die Flure. Anscheinend hatte die »Patata« (so lautete seltsamerweise der etwas grobe Spitzname der älteren Tochter Domingos, denn sie war hübsch, während die jüngere, die erst vor kurzem geborene Marta, »Juri« genannt wurde, zweifellos zu Ehren des ersten russischen Kosmonauten) auf dem Nachhauseweg von der Schule einen Unfall gehabt, und man wartete bange auf die Ankunft eines Arztes und eine Prognose über die Folgen des Sturzes, der spektakulär war, wie der laute Klagechor der Dienstmädchen verkündete. Als wäre das noch nicht genug, forderte in der Diele dieser Wohnung im achten Stock ein stämmiges, stures Individuum, unter größter Mühe im Zaum gehalten von zwei Angestellten der Arena Vista Alegre, laut zeternd die sofortige Bezahlung einer Rechnung oder einer Schuld von zwanzigtausend Duros, angeblich zu Lasten von Domingo Domingín.

Dieser befand sich in einem der Schlafzimmer im hinteren Teil der Wohnung und ließ sich nicht weiter stören. Er hatte der Patata eine kalte Kompresse auf die Stirn gelegt und sprach leise und zärtlich zu ihr (»Patatita, mein Herz, mein kleines Mädchen...«), während er auf die Ankunft des Arztes wartete. Was ihn nicht hinderte, mit Pradera und Avendaño, die es nach Überwindung aller möglichen Hindernisse und Wortgeplänkel bis in dieses Zimmer geschafft hatten, eine lebhafte Unterhaltung zu führen.

»Ich werde dir etwas für Perales mitgeben«, sagte Domingo zu Lorenzo. »Ich habe es ihm versprochen.«

Er wandte sich an Pradera.

»Weißt du, wer Benigno Perales ist? Du solltest ihn kennenlernen. Ein toller Typ aus Quismondo... Er war im Gefängnis, er ist mit allen Wassern gewaschen... Freier Kommunist, jetzt hat er keinen regulären Kontakt mit der Organisation ...«

Sein Ton wurde spöttisch.

»Er sollte unser hauptsächlicher Theoretiker sein. Unser Meister! Stellt euch nur vor, wie bequem: Statt die anstehenden theoretischen Probleme mit Paris zu besprechen, würden wir nach Quismondo gehen ... Um die Ecke ... Statt Marxismus-Leninismus, was ziemlich exotisch klingt, hätten wir Marxismus-Peralismus ... Sehr viel bodenständiger, nicht?«

Sie lachten, Domingo entfernte sich einen Augenblick, wühlte in einem Schrank in einem seidigen Haufen weiblicher Unterwäsche und zog jeweils ein Exemplar der letzten *Mundo Obrero* und von *Nuestra Bandera*, einer kleinformatigen Zeitschrift, hervor, beides im Untergrund erscheinende Publikationen der Kommunistischen Partei.

Lorenzo steckte die Broschüren ein, um sie am nächsten Tag Benigno Perales auszuhändigen.

Und so kam es, daß Benigno und er gemeinsam in *Nuestra Bandera* den Artikel eines gewissen Federico Sánchez über die Philosophie Ortega y Gassets entdeckten, in dem man folgenden Satz lesen konnte: »Schon im Jahr 1894 trat Richard Avenarius an, die Wissenschaft zu revolutionieren und mit seiner berühmten ›prinzipiellen Koordination‹ – die von Lenin in seiner Schrift *Materialismus und Empiriokritizismus* demontiert wurde – den Gegensatz zwischen Materialismus und Idealismus zu überwinden, als er schrieb, daß das Ich und die Umgebung (die Ortega *circunstancia* nennt) immer gemeinsam gegeben sind.«

Doch wir sind noch nicht an diesen Punkt der Erzählung gelangt.

In Wirklichkeit befinden wir uns noch immer im Musikzimmer der Maestranza, vor einem Abendessen, das sich aus unbekannten Gründen verzögert, am 17. Juli 1956.

Lorenzo wird erst morgen auf das Gut kommen, zusammen mit Isabel, seiner Zwillingsschwester.

Und Kommissar Sabuesa hat gerade einen unkontrollierten, fast hysterischen Schrei losgelassen, weil er sich plötzlich erinnert, wo und wann er diesen seltsamen Namen gesehen hat, den einige der Gäste mehrfach erwähnt haben: Avenarius. Er hat ihn in einem aktuellen Artikel von Federico Sánchez gesehen, in dem Exemplar von *Nuestra Bandera*, das er gerade heute wieder einmal durchgeblättert hat.

Deshalb ruft er lauthals, übererregt.

»Avenarius! Ich hab's: Federico Sánchez!«

4

»... Daß trotz der Tatsache, daß man ihm kommunistische Propaganda zugeschickt habe, niemand ihm den Vorschlag gemacht habe, der Kommunistischen Partei, sollte sie aktiv sein, beizutreten, und ihm nicht bekannt sei, daß irgendeine Haltung, sei es von ihm oder von seinen Freunden, auf Instruktionen besagter Partei zurückzuführen sei; sollte dies irgendwann der Fall gewesen sein, dann hätten er und, wie er glaubt, seine Freunde für sich und von niemandem gelenkt gehandelt ...«

Das sind die letzten Worte der Aussage eines der im Februar in Madrid Verhafteten.

In diesem Fall von Fernando Sánchez Dragó, »neunzehn Jahre alt, Student der Philosophischen Fakultät, Sohn von Fernando und Elena, gebürtig aus Madrid und mit Wohnsitz in der Calle Lope de Rueda Nr. 21, dritter Stock rechts, dortselbst«, wie es in dem Schriftstück heißt, das Roberto Sabuesa jetzt, um Mitternacht, gerade zum x-ten Mal durchgelesen hat. Der Kommissar legt diese Seite in seine Mappe mit den Abschriften zurück.

Er kennt sie genau, er weiß sie fast auswendig, aber er hat sie gerade noch einmal durchgesehen, um sicherzugehen, daß ihm auch nicht das winzigste Detail in bezug auf den »führenden Kopf« entgangen ist. Das heißt, irgendein Detail, das ihn auf die Spur der Beziehung zwischen den sichtbaren Köpfen der Studentenbewegung und irgendeinem Instrukteur (Federico Sánchez, kein Zweifel!) der Kommunistischen Partei führen könnte, eine Beziehung, die in seinen Augen unbestreitbar, zwangsläufig ist, auch wenn die bislang Verhafteten sie noch so sehr geheimhalten mochten.

Jetzt entnimmt der Kommissar der Mappe weitere Seiten, die er gekennzeichnet hat: die Seiten 50 bis 53.

Sie enthalten die Aussage von Don Pedro Laín Entralgo, Universitätsprofessor, »verheiratet, 48 Jahre alt, wohnhaft in Madrid mit Wohnsitz in der Calle Lista Nr. 11, vierter Stock«.

Er liest noch einmal einen Absatz dieser Erklärung: »Daß er nie vermutet habe, der mehrfach erwähnte Kongreß junger Schriftsteller habe einen vorgetäuschten, verdeckt politischen Inhalt gehabt, und schon gar nicht, er sei ein Mittel oder Instrument heimlicher kommunistischer oder anderweitiger Propaganda innerhalb Spaniens gewesen. Daß er beim leisesten Verdacht, daß dies der Fall sein könnte, selbstverständlich automatisch die strengsten, notwendigen Maßnahmen ergriffen hätte, um diesem heimlichen, unerlaubten Zweck Einhalt zu gebieten. Daß er überdies von der Angelegenheit zum ersten Mal vor zwei Tagen (Don Pedro Laíns Erscheinen vor dem Richter trägt das Datum des 27. Februar 1956) aus der Madrider Presse erfahren habe, in der eine von einer Nachrichtenagentur stammende Meldung der Sicherheitsdirektion veröffentlicht oder abgedruckt worden sei. Daß er somit zum erstenmal durch die Fragen des Richters erfahren habe, daß die Teilnehmer und Organisatoren des Kongresses an ihrem jeweiligen Wohnsitz Propaganda kommunistischer Machart aus Frankreich erhalten hätten, um sie später zu verbreiten und zu verteilen, daß diese Propaganda ihnen aus besagtem Land oder aus dem unseren zugestellt worden sei und aus Broschüren der im Untergrund erscheinenden Zeitung *Mundo Obrero*, aus Exemplaren der sogenannten *Cuadernos de Cultura*, aus Schlußfolgerungen eines spanischen kommunistischen Kongresses im Exil usw. bestanden habe und ihm auch völlig unbekannt sei, daß das Teilnehmerverzeichnis besagten Kongresses (eine Randbemerkung Sabuesas präzisierte, daß es sich hier um den von den Madrider Aufrührern organisierten Kongreß der jungen Schriftsteller handelte und nicht um den kommunistischen) benutzt worden sei, um diese Propaganda auf den Weg zu bringen und in Bahnen zu lenken. Er sei sicher, obwohl er auch dies nicht genau wisse, daß der Anlaß für die Konflikte oder die mangelnde Verständigung oder Zusammenarbeit der SEU und des Kongresses (»meine Rede«, hatte der Kommissar eigenhändig vermerkt) nicht diese Untergrundtätigkeiten seitens herausragender Elemente des Kongresses seien, weil, wenn dies der Grund gewesen sein sollte, die SEU seiner Meinung nach unzweifelhaft Maßnahmen ergriffen und man ihm dies mitgeteilt hätte. Das einzige, woran er sich in diesem Zusammenhang erinnere und was er dem Richter mitteilen könne, sei, daß der Landesvorsitzende Jordana ihm allgemein, ohne der Sache größeres Gewicht beizumessen, gesagt habe, daß er ein gewisses Mißtrauen gegenüber einigen Elementen des Kongresses hege, und ihm zu verstehen gegeben habe, daß sie, wie man jetzt zu sagen pflegt, ziemlich unkontrollierbar seien und daß dieser Umstand ursächlich mitgewirkt habe an der Trennung oder Einstellung der Zusammenarbeit der Spanischen Universitätsgewerkschaft mit ihnen...«

Sabuesa legt diese Seiten wieder in die Mappe mit den Abschriften zurück.

Es ist verständlich, denkt er, daß Laín Entralgo vor dem Richter erklärt, er wisse nichts von einer geheimen subversiven Tätigkeit. Wahrscheinlich sagt er die Wahrheit, wenn er über seine Beziehung zu den sichtbaren Köpfen der aufrührerischen Bewegung Auskunft gibt. (Aber nicht vergessen, daß ein Bruder des Rektors, ein José Laín, im Exil in Rußland lebt und dem kommunistischen Zentralkomitee angehört hat, obwohl sein Name auf dessen letzter bekannter Mitgliederliste nicht mehr zu finden ist.) Es ist in jedem Fall logisch, daß der kommunistische Apparat im Untergrund keinen direkten Kontakt mit dem Rektor Laín Entralgo gehabt hat; ihm reichen völlig die legalen Agenten, die er in seine Umgebung eingeschleust hat. Laíns Erklärungen haben keine Beweiskraft, auch wenn sie aufrichtig und wahrhaftig sind, und das sind sie zweifellos. Sie sind nicht relevant unter dem Gesichtspunkt einer rigorosen polizeilichen Ermittlung.

Um Mitternacht legt Roberto Sabuesa die Schriftstücke, die er sich einmal mehr angesehen hat, in die entsprechende Mappe zurück.

Er schließt nachdenklich die Augen.

Stunden zuvor, im Gasthaus und Laden von Eloy Estrada, vor seinem Aufbruch zum Gut der Familie Avendaño, hatte er einige Gedanken in sein persönliches Notizbuch notiert.

Das Notizbuch liegt offen vor ihm auf dem Tisch, er liest seine Notizen noch einmal durch.

»17. Juli 56 / Führender Kopf: FS, wahrscheinlich neu / Den mehr oder weniger kontrollierten Veteranen unbekannt / Ebenso den Spitzeln / Mit Sicherheit Pseudonym / Lebt zweifellos zeitweise in Madrid / Hauptsächlich auf Intellektuelle und Studenten angesetzt / Verfolgung und Festnahme / Aufspüren mit Hilfe seiner Kontakte zu sichtbaren Köpfen: Múgica H., J.P., Campillo.«

Die drei letzten sollte man am besten unter irgendeinem Vorwand festnehmen, denkt er plötzlich, und wirklich unter Druck setzen. Schluß damit, sie bei den Verhören mit Samthandschuhen anzufassen! Es würde zu Ergebnissen führen, wenn wir sie so weit kriegen könnten, daß ihnen die Luft ausgeht, diese Herrensöhnchen brechen gewöhnlich zusammen. Doch das war unmöglich, man vergaß es besser. Wie die

Vorgesetzten davon überzeugen, daß es dringend erforderlich ist, jemanden wie Pradera mit der Erlaubnis einzulochen, ihm eine ordentliche Tracht Prügel zu verabreichen, und das sooft wie nötig? Nicht im Traum, sie würden die Hände über dem Kopf zusammenschlagen. Der Enkel von Don Víctor! Der Neffe von unserem Botschafter in Damaskus! Das würde ein schönes Geschrei zur Folge haben.

Für die beiden anderen gilt mehr oder weniger das gleiche. Obwohl man vielleicht mit Múgica Herzog etwas versuchen kann. Er stammt nicht aus einer so guten Familie, außerdem halber Jude, nicht mal konvertiert, nicht mal scheinbekehrt, nicht mal Nachkomme von solchen. Seine Mutter, Ausländerin: es gäbe weniger Klagen und Gejammer. Darüber nachdenken.

Sein Mund ist trocken, er steht auf, gießt sich ein großes Glas Wasser aus dem Tonkrug ein, frisch und kühl.

Dann, besänftigt, strengt er sein Gedächtnis an. Er will sich so genau wie möglich an sein Gespräch mit Castillo vor einigen Wochen erinnern.

Er war seiner Gewohnheit gemäß unangemeldet, aus heiterem Himmel, zur Zeit des Mittagessens bei ihm zu Hause erschienen. Castillo war ein Mann von etwa vierzig Jahren, obwohl er älter aussah. Er war Mitglied eines Provinzkomitees der Kommunistischen Partei gewesen, eines der letzten Komitees in Madrid vor der gewaltsamen Auflösung der kommunistischen Organisationen Ende der vierziger Jahre.

Der Kommissar hatte seine helle Freude daran, an die Tür dieser Wohnung zu klopfen und zu sehen, wie das Gesicht von Pilar verfiel, der Frau von José Juan Castillo, die ebenfalls aktiv gewesen war in Kriegs- und Nachkriegszeiten, aber an der Basis, ohne Verantwortlichkeiten. Sie hatte es mit einigen Monaten im Gefängnis von Las Ventas bezahlt.

Castillo dagegen hatte eine wichtige Rolle bei der Neuorganisation der Kommunistischen Partei in Madrid gespielt. Als Castillo damals in Sabuesas Büro kam, nach wochenlangen Verhören, hielt er sich noch immer aufrecht, nachdem er den unzähligen Mißhandlungen aller Art durch die Politische Polizei standgehalten hatte.

Der Kommissar kannte Castillo; er wußte, daß es nicht einfach war, im bösen, mit immer mehr Schlägen zu jeder Tages- und Nachtzeit, mit Unterbrechungen seines prekären, schmerzerfüllten Schlafes, etwas zu erreichen. Castillo war imstande, in den Händen der willigen, unermüdlichen Jungs der Polizei zu sterben, ohne auch nur den Mund aufzumachen.

Sabuesa änderte radikal die Methode.

Er ließ dem kommunistischen Aktivisten Zeit und eine Atempause, damit er sich von den quälenden Schmerzen erholen konnte; er nahm ihm die Handschellen ab, erlaubte ihm zu rauchen, während er friedlich mit ihm plauderte und ihm von den Ergebnissen der jüngsten, von glattem Erfolg gekrönten Polizeiaktionen erzählte. Dazu las er ihm wie beiläufig Auszüge aus den Verhörprotokollen vor, die bewiesen, wie sehr andere Untergrundkämpfer, von der Folter zermürbt, gesungen hatten. Auf diese Weise, ohne schrille Töne, ohne ihn auch nur anzufassen oder ihm irgendeine direkte Frage zu stellen, unterminierte der Kommissar José Juan Castillos Moral.

Doch den Gnadenstoß versetzte Sabuesa ihm ein paar Tage später, an einem Nachmittag, an dem er ihm erneut die Handschellen abgenommen und ihm eine Tasse echten Kaffee hatte bringen lassen.

»Ich verstehe nicht, warum du solchen Widerstand leistest«, sagte er sanft zu ihm. »Erstens ist es nutzlos: Wir wissen längst alles über die jetzige Organisation deiner Partei in

Madrid und in der Provinz. Deine Leute, diejenigen, die noch in Freiheit sind, haben wir unter Kontrolle; sie werden als Lockvögel dienen, wenn ein neuer Trupp Instrukteure des Zentralkomitees aus dem Ausland kommt, um wieder einmal alles neu zu organisieren...«

Er wartete einen Augenblick, bis Castillo die Information in ihrem ganzen schrecklichen Ausmaß aufgenommen hatte.

»Und zweitens«, fügte er in vertraulichem, mitleidigem Ton hinzu, »wer garantiert dir, daß die Partei dein Schweigen honorieren wird? Das hängt von so vielen Dingen ab...«

An Castillos plötzlich angsterfülltem Blick las Sabuesa ab, daß er erraten hatte, worauf er anspielte.

»Ich weiß nicht, wie deine Beziehungen mit den jeweiligen Führungen im Untergrund, im Innern, ausgesehen haben...«, bohrte Sabuesa weiter. »Ich werde dir sogar sagen, daß beim jetzigen Stand der Dinge mich das weder interessiert noch anficht... Aber paß auf, erinnere dich: Trilla kehrt im Jahr 43 aus Frankreich zurück, von Monzón geschickt, soviel wir wissen... Er stellt die Verbindungen zwischen den verschiedenen Provinzorganisationen wieder her, bildet so etwas wie ein zentrales Organ... Er und Monzón, der ebenfalls ins Land zurückgekehrt ist, scheitern bei der Operation im Tal von Arán... Aber sie sind da, sie existieren, sie geben Propaganda heraus, helfen ihren Gefangenen, organisieren Proteste... Tja, und Trilla wird 1945 auf Befehl des Politbüros von einer Gruppe aus Frankreich angereister kommunistischer Guerrilleros ermordet... In Madrid, auf dem Campo de las Calaveras, mit Messerstichen... Aber ich weiß nicht, warum ich dir das alles erzähle, wo du das nur zu gut weißt...«

Castillo wußte es, in der Tat.

Etwas wußte er zumindest vom Hörensagen. Etwas Wirres, aber Bedrückendes.

Nach einigen Jahren freiwilligen Vagabundierens durch Spanien, um Spuren zu verwischen und den Repressalien im Zuge des Sieges der Franco-Anhänger zu entgehen, hatte Castillo 1945 wieder die politische Arbeit im Untergrund aufgenommen. Er war damals neunundzwanzig Jahre alt, lebte mit Pilar zusammen, und sie hatten eine Tochter. In jenem Jahr, in dem der Zweite Weltkrieg zu Ende ging, ließ er sich in der damals herrschenden allgemeinen Euphorie in Madrid nieder, fand feste Arbeit als Korrektor in einer Druckkerei und gab seinem Verhältnis mit Pilar eine rechtliche Grundlage. Dann, in scheinbarem Gegensatz zu dieser gesetzten Lebensführung, suchte er vorsichtig, aber unermüdlich Kontakt zur kommunistischen Untergrundorganisation. Er fand ihn und wurde begeistert aufgenommen, denn seine Verdienste in der Zeit des Bürgerkrieges konnten sich sehen lassen.

Ja, damals hatte er zum ersten Mal von dem Fall Trilla gehört.

»Du weißt es, nicht wahr? Soll ich es dir in Erinnerung rufen?« beharrte der Kommissar.

José Juan Castillo fühlte, wie Verzweiflung ihn erfaßte. Plötzlich tat ihm wieder der ganze Körper weh. Er hatte die abscheuliche Gewißheit, daß er keine weiteren Verhöre durchstehen würde, wenn Sabuesa sie anordnen sollte. Er hatte die scheußliche Gewißheit, daß es weder eine Lösung noch Rettung gab, daß er besiegt war.

Sabuesa, wie immer auf der Lauer, erfaßte diesen Augenblick der Schwäche, der Aufgabe, der keimenden Resignation.

Er beschloß, ihn zu nutzen.

»Dein Leben«, sagte er zu Castillo, »sogar dein Leben als Aktivist, deine Zukunft in der Partei, liegt in meiner Hand. Es wird so sein, wie ich es bestimme. Wenn ich das Gerücht in Umlauf setze, daß du weich geworden bist, daß du alles ausgeplaudert hast, was du wußtest, und sogar noch einiges mehr, dann zerstöre ich das, woran dir am meisten liegt, was die Substanz deines Lebens ist: dein kommunistisches Ideal, die Freundschaft und den Respekt deiner Gefährten... Und niemand wird an deinem Verrat zweifeln können: Ich weiß genug über eure jetzige Organisation, um dir die Verantwortung für die eine oder andere Festnahme in die Schuhe zu schieben... Ich kann glauben machen, daß alles, was wir in den nächsten Monaten aufdecken werden, auf dein Konto geht... Du wirst leben, aber ein toter Mann sein... Du wirst frei sein, draußen, aber du wirst ein Gefangener der Verachtung deiner Leute sein, sie werden sich mit Furcht und Schaudern von dir abwenden, du wirst allein sein, isoliert, moralisch in die Enge getrieben. Es kann sogar sein, daß du eines Morgens wie Trilla tot im Straßengraben liegst... Willst du wirklich nicht, daß ich dir die Sache mit Trilla erzähle?«

José Juan Castillo glaubte zu wissen, warum die Mitglieder des Politbüros, die Leute draußen, wie er sie gewöhnlich nannte, also Dolores Ibárruri, Santiago Carrillo, Vicente Uribe, die wirklich das Sagen hatten, warum sie beschlossen hatten, Trilla zu ermorden. Sie würden wahrscheinlich »richten« sagen. Egal, er glaubte es zu wissen. Aber er haßte die Vorstellung, daß der Kommissar es ihm sagte. Er haßte die Vorstellung, daß der Scheißkerl von Sabuesa mit lauter Stimme dieses Familiengeheimnis preisgab. Ein schreckliches Geheimnis, ohne Zweifel, beschämend, gewiß, aber ein Familiengeheimnis. Das im Familienkreis geklärt werden mußte, im gegebenen Augenblick, sagte er sich.

Castillo rieb sich die Handgelenke, die frei von Handschellen waren, aber noch immer taub, schmerzend. Er schaute den Kommissar an. Sie waren seit einer Weile allein im Büro an der Puerta del Sol. Hätte er Zeit, sich auf Sabuesa zu stürzen, ihn zu erwürgen, bevor irgendein Beamter zurückkäme? Hätte er, vor allem, die Kraft dazu? Castillo konzentrierte das wenige an geistigem Mut, das ihm noch blieb, auf diese Vorstellung. Plötzlich aufstehen, dem Kommissar an die Gurgel gehen, ihm mit den Daumen die Halsschlagader zudrücken: ihn erwürgen.

Sein Blick in diesem Augenblick war schaudererregend. Jedenfalls ahnte Sabuesa, daß etwas geschehen konnte, daß Castillo in seiner Verzweiflung im Begriff stand, einen Akt des Wahnsinns zu begehen.

Während Sabuesa mit dem Blick der tödlichen Provokation standhielt, die in den Augen des kommunistischen Aktivisten aufblitzte, holte er mit einer entschlossenen Bewegung eine Pistole Kaliber 9 mm aus dem Achselhalfter.

Nachdem er sie geladen hatte – man hörte das Geräusch der Kugel, die aus dem Magazin in den Lauf der Waffe geschoben wurde –, legte Sabuesa die Pistole auf seinen Schreibtisch, dicht neben seine rechte Hand.

»Mach keinen Unsinn, Castillo«, sagte er leise.

Sie schauten sich noch immer an, starr, herausfordernd.

»Castillo«, fuhr der Kommissar in sanftem Ton fort, »hör dir an, was ich tun werde. In den Gefängnissen und Polizeirevieren wird es heißen, daß du dich wie ein Eisenfresser aufgeführt hast. Castillo, der Supermann! Was im übrigen stimmt, das hast du verdient... Ich werde dich nicht weiter verhören, denn es nützt nichts oder fast nichts... Die einzige wichtige Information, die du hast und ich noch nicht, ist, wo sich die Druckerei des Provinzkomitees befindet... Gut also, ich schenk dir die Druckerei... Aber wenn du aus dem Gefängnis kommst, denn vor dem Gefängnis wird dich niemand bewahren, das verstehst du, nicht?, wenn du rauskommst in ein paar Jahren, wir werden dafür sorgen, daß es nicht allzu viele sind, dann wirst du mit einer Losung rausgehen... Wo immer du bist, in der Anstalt in Burgos, in El Dueso, Aktivisten wie du, das weiß ich genau, erhalten von der Partei eine geheime Losung, damit die Organisation wieder Kontakt mit euch aufnehmen kann, sobald ihr auf freiem Fuß seid... Na ja, und ich werde dich ab und zu besuchen, und dann unterhalten wir uns...«

Weiter sagte er nichts. Alles war mit diesem »unterhalten« ausgedrückt, vage, aber furchteinflößend.

»Sie sind aber nicht sehr optimistisch, Kommissar«, sagte daraufhin Castillo ironisch.

Sabuesa zuckte zusammen.

»In ein paar Jahren also«, fuhr Castillo fort, »mindestens fünf, rechne ich, denn mir steht der Tarif der Kader zu, zwanzig Jahre und ein Tag, aber mit ein wenig Glück wird irgendein Papst sterben, es gibt eine Extra-Begnadigung, dazu kommt der Straferlaß durch Arbeit... Alles in allem sagen wir fünf Jahre... In fünf Jahren gedenken Sie also weiter auf dem Posten zu sein und uns auf den Fersen... Wird es denn mit der von Ihnen sogenannten kommunistischen Subversion noch immer nicht vorbei sein?«

Sabuesa entschied sich dafür, Castillos Unverschämtheit für einen Rauchschleier zu halten, für einen letzten Versuch, das Gesicht zu wahren in dem Augenblick, da er seinen Vorschlag stillschweigend akzeptierte.

Er legte die rechte Hand auf seine Pistole und sagte langsam:

»Das, Genosse Castillo (auch in der Falange sagten wir ›Genosse‹, nicht wahr?), das hört niemals auf... Besser gesagt, das, unsere Sache, dieser erbarmungslose Kampf ums Überleben hört erst dann in der einen oder anderen Form auf, wenn Rußland zusammenbricht, die Sowjetunion, meine ich... Solange es das Rußland Lenins und Stalins gibt, werdet ihr glauben, daß die Revolution möglich ist, daß es sich lohnt, weiter zu leiden... Allerdings glaube ich bei allem Optimismus nicht, daß die Sowjetunion in fünf Jahren verschwunden ist... Mit einem Wort, wir treffen uns noch, du und ich...«

Doch das war vor langer Zeit, vor Jahren, in einem Büro der Sicherheitsdirektion.

Jetzt befinden wir uns in der Maestranza, einem Landgut in der Provinz Toledo, in der Nacht vom 17. zum 18. Juli 1956.

Nachdem Kommissar Sabuesa sich ein weiteres Mal die Unterlagen im Zusammenhang mit der Studentenrevolte im Februar des Jahres angesehen hat, ruft er sich langsam, systematisch seinen Besuch bei José Juan Castillo vor einigen Wochen ins Gedächtnis. Er setzt das Puzzle aus allen Einzelheiten dieser Begegnung zusammen, egal wie winzig oder unbedeutend sie sich auf den ersten Blick ausnehmen mögen.

Er war wie immer unangemeldet zur Zeit des Mittagessens erschienen. Er hatte wieder einmal und mit der gleichen Freude wie immer das furchtsame, leise Flackern in den Augen der Frau registriert, als sie ihm die Tür öffnete.

»Ist dein Mann da?« fragte er.

Und ohne die Antwort abzuwarten, ohne auf die Bewegung Pilars zu achten, die Anstalten machte, ihm den Weg zu verstellen, ging er durch den Flur ins Eßzimmer der Wohnung.

Da war Castillo, der schon erraten hatte, wer auf diese Art und Weise, ungeniert, zur Unzeit, bei ihm erschien. Es konnte nur der Scheißkerl von Sabuesa sein, natürlich.

Jahre später, viele Jahre später, sollte Castillo dem Erzähler dieser Geschichte berichten, wie er in einer blitzhaften Eingebung erkannt hatte, worauf sich Kommissar Sabuesas Neugier an dem Tag hauptsächlich richten würde.

Er würde ihn fragen, was er über Federico Sánchez wußte, was sonst. Daß er damit recht behielt, war bei näherem Überlegen so besonders auch wieder nicht, aber, na ja, es war nicht schlecht; es war ein Beweis für geistige Regsamkeit, kein Zweifel.

Auch jetzt noch, als er dem Erzähler berichtete, wie er den Grund für das – wie immer – unvermutete Erscheinen von Kommissar Sabuesa erraten hatte, schmunzelte José Juan Castillo zufrieden.

»Ich war zwei Jahre zuvor, 1954, aus der Strafanstalt in Burgos entlassen worden«, erzählte Castillo. »Mit einer Losung der Partei, in der Tat, dieser Schweinehund war informiert. Pilar hatte es in ihrer Arbeit zu etwas gebracht, sie war so was wie Chefsekretärin des Unternehmers, die Kleine war gewachsen, ein sehr hübsches junges Mädchen mit außergewöhnlichen Leistungen in der Schule, eine Eins nach der anderen, sowohl in den naturwissenschaftlichen als auch in den anderen Fächern, sogar in Sprachen, sie las mir Verse in Latein und Englisch vor, du glaubst es nicht. Also, zu Hause standen die Dinge nicht schlecht. Ich kehrte in die Druckerei zurück, aber nach sechs Monaten gaben sie mir einen anderen Posten und ernannten mich zum Vertriebsdirektor. Ich hatte aber auch einiges gelernt in Burgos: Buchhaltung, Personalverwaltung, Betriebswirtschaft, der helle Wahnsinn... Manchmal, wenn wir ehemaligen Häftlinge uns aus Anlaß einer Geburt oder auch eines Todesfalles treffen und ein paar Gläser zusammen trinken, sagen wir im Scherz: Das Gefängnis in Burgos war eine höhere Kaderschule, aber nicht für die große Revolution, wie einige von uns dachten, sondern für die Entwicklung des Scheißkapitalismus... Im Ernst, Federico, der Familie ging es bestens... Nach etwa einem Jahr, in jedem Fall war es 1955, erscheint Simón bei mir zu Hause... Ich meine Sánchez Montero, ich weiß, daß du ihn gut gekannt und mit ihm gearbeitet hast... Ich hatte ihn in El Dueso getroffen: ein Typ ohne große theoretische Bildung, aber mutig, solidarisch, unzerstörbar, von allen Mitkämpfern geschätzt... Ein vertrauenswürdiger Mann, ich hätte für ihn die Hand ins Feuer gelegt... Doch was erzähl ich dir da – du hast ja für ihn die Hand ins Feuer gelegt... Simón mache ich jederzeit meine Tür auf, und immer habe ich ein offenes Ohr für ihn... Aber er kam mit dieser beschissenen Losung, er war also wieder aktiv... Ich hätte ihm ja gerne gesagt, daß ich mich wieder der Organisation anschließen würde... Stalin war tot, und in der UdSSR schien etwas in Bewegung zu kommen... Es wehte ein frischer Wind. Der Bruderzwist mit den jugoslawischen Kommunisten wurde beigelegt, später hat man das dann Tauwetter genannt, nicht? Aber ich konnte mich nicht an die Partei binden, da Sabuesa nach wie vor auf der Lauer lag und auf den Augenblick wartete, in dem man wieder Kontakt mit mir aufnehmen würde... Stell dir die paradoxe Situation vor: Aus Parteitreue mußte ich den Kontakt mit der Partei vermeiden, um Sabuesa auszutricksen... Also sagte ich Sánchez Montero, es sei noch zu früh, um in die Organisation zurückzukehren, sie sollten mir an die Adresse der Druckerei, nicht an meine eigene, das eine oder andere Propagandamaterial schicken, eher kulturelle oder theoretische Sachen, denn *Mundo Obrero*, die Zeitung, sei ein Dreck... Na ja, so direkt habe ich es ihm nicht gesagt, aber ich habe es durchblicken lassen... Zu mir nach Hause sollten sie jedoch weder Propaganda noch irgendeinen neuen unbekannten Aktivisten nur mit der Losung schicken; für den Fall, daß Simón nicht könnte, sollten nur Genossen wie er kommen, die ich aus dem Krieg oder aus dem Gefängnis kannte, alte Bekannte eben, die für ihre Besuche vor der Polizei persönliche Gründe, lange Freundschaft, geltend machen könnten... Um die Partei zu schützen, mußte ich mich also vor der Partei schützen... Der Kommissar erschien ab und zu, nicht sehr oft, und ich sagte ihm, nichts passiert, niemand sei gekommen, um mich zurückzuholen, ich könne ihm nichts sagen... Und dann unterhielten wir uns, ich mußte mich eine Weile mit ihm unterhalten, damit er nicht mißtrauisch wurde... Bis 1956, bis Juni 1956, und das kann ich dir so genau sagen, weil in dem Monat eine Pariser Zeitung, die man an einigen Kiosken und in einigen Buchläden in Madrid kaufen konnte, *Le Monde*, die Nieves für mich übersetzte, ich habe dir schon gesagt, daß meine Tochter Nieves heißt, oder nicht?, also weil diese Zeitung einen geheimen Bericht von Chruschtschow veröffentlichte, den er auf dem XX. Parteitag der sowjetischen Partei über den Personenkult und die Verbrechen Stalins gehalten hatte... Na ja, das muß ich dir nicht erzählen, Junge... In jenen Tagen war ich mit Simón in einem Café in der Calle Alcalá, in der Nähe der Plaza Manuel Becerra, gewesen und hatte ihn gefragt, ob das wahr sei, das mit diesem geheimen Bericht, oder ob es, wie manche behaupteten, nur eine hundsgemeine Erfindung der antikommunistischen Yankees war... Nein, sagte mir Simón, das sei absolut wahr, und er sei besorgt, weil die Genossen in Madrid, vor allem die Arbeiter, das nicht glauben wollten, sie meinten, das alles sei eine Erfindung der faschistischen Propaganda... Und Chruschtschow, wenn es diesen Bericht wirklich gab, als sein Verfasser ein Schweinehund. Ungefähr eine Woche später erscheint Sabuesa zur Mittagessenszeit, unangemeldet, wie üblich, und ich wußte, was er mich fragen würde, ich ahnte, daß er mich über Federico Sánchez ausfragen würde... Es war nicht so schwer, das zu erraten... Seit den Studentendemonstrationen im Februar tauchte dieser Name in *Radio Pirenaica* und sogar in der regimetreuen Presse auf... Außerdem hatte Nieves mir ein paar illegale Publikationen mitgebracht, die an der Universität im Umlauf waren – du kannst dir nicht vorstellen, wie bewegt ich war: Meine eigene Tochter überbringt mir munter, als wäre nichts dabei, Material der Partei! –, eine Ausgabe der *Cuadernos de Cultura* mit einem Bericht von Federico Sánchez für den V. Parteitag der Partei und ein Exemplar von *Nuestra Bandera*, in dem ein Artikel von ihm über die Philosophie von Ortega y Gasset abgedruckt war... Also, an dem Nachmittag in der Nähe der Plaza Manuel Becerra habe ich Simón ganz unvermittelt gefragt, ob er mir nicht etwas über Federico Sánchez sagen könnte... Und Simón hat ein freudiges Gesicht gemacht, wie von heimlichem Stolz, so wie Eltern schauen, wenn man die Intelligenz oder das hübsche Aussehen eines Sprößlings lobt, und dann hat er mir mit leiser Stimme etwas Unglaubliches gesagt, ›wenn du willst‹ sagte er, ›dann stelle ich ihn dir vor, wann du willst, an irgendeinem der nächsten Tage, den du bestimmst. Der ist wirklich imstande, dich davon zu überzeugen, daß du in die Organisation zurückkehrst...‹ Mit leiser Stimme, aber, ich muß es noch mal sagen, mit diesem fröhlichen Tonfall der Eltern, wenn ein Kind von ihnen sich als besonders klug erweist... Also, Sabuesa kam herein, ich bemerkte seinen sonderbaren Blick, beherrscht und heftig zugleich, höchst merkwürdig, sobald er Nieves sah, aber wir gingen sofort aus dem Eßzimmer in das angrenzende Arbeitszimmer, und dort platzte er völlig unvermittelt mit den Worten heraus: Sag mir, was du über Federico Sánchez weißt...«

Auch Don Roberto Sabuesa hat das alles an jenem Juliabend, in der Maestranza, so in Erinnerung.

Er war in das Eßzimmer getreten, ohne auf Pilar, Castillos Frau, zu achten, die versuchte, ihm den Weg zu verstellen, wenn auch ohne ausreichende Autorität.

Castillo war nicht allein im Eßzimmer.

Ihm gegenüber saß ein junges Mädchen von vielleicht siebzehn Jahren, das gerade dabei war, ein Stück Obst zu verzehren. Er nahm an, daß es Castillos Tochter war, wer sollte es sonst sein? Aber ihn erfaßte ein merkwürdiges, heftiges, unbezwingbares Gefühl. Plötzlich bekam alles einen bitteren Geschmack, eine gallige Mischung aus Haß, Ressentiment, tödlichem Trieb. Aus Vergeblichkeit sogar. Als wäre das Erscheinen eines so hübschen, in seiner Körperlichkeit, seinen Bewegungen so gelösten, anmutigen Mädchens – sie stand sofort auf und zog sich mit distanziertem Blick und mißmutig verzogenem Gesicht in eine Ecke des Eßzimmers zurück –, als wäre dieses Erscheinen von Nieves, frisch, jung, unzweifelhaft im Besitz der Zukunft, das rätselhafte und doch überdeutliche Zeichen seines Scheiterns. Des historischen Scheiterns von Hauptkommissar Roberto Sabuesa und der Obersten Behörde der Politischen Polizei in ihrem Kampf gegen die ständig wieder auflebenden oder zu neuem Leben erweckten Rückstände, Reste und Überreste des Kommunismus.

Beim Ausbruch dieses plötzlichen Gefühls von Frustration und Vergeblichkeit spielte zweifellos der Umstand eine Rolle – später, als der Kommissar sich nüchtern daran erinnerte, wurde er sich dessen bewußt –, daß Nieves Castillo aufs Haar einem der jungen Mädchen der Kommunistischen Jugendorganisation glich – unglaublich, die Ähnlichkeit, nicht zu fassen! –, die er 1939 in Madrid verhaftet und vor das Exekutionskommando geschickt hatte. Eine der »dreizehn Rosen«, wie sie in der mündlichen Überlieferung der kommunistischen Organisation hießen.

Alles war plötzlich wieder da in seiner Erinnerung, als er sah, wie Nieves Castillo sich vom Tisch im Eßzimmer erhob, das halbgeschälte Obst stehenließ und sich mit mürrischem Blick und finsterer Miene entfernte. Alles, auf einen Schlag.

Als befände er sich fünfzehn Jahre früher auf dem Polizeirevier in Carabanchel vor den dreizehn Mädchen, die man erschießen würde, und die eine, die Nieves aufs Haar glich, träte abermals ein paar Schritte aus der Reihe vor und spuckte ihm ihren Haß, ihre Gewißheit der Unsterblichkeit des Kommunismus, ihre Zukunftshoffnung ins Gesicht.

Im Eßzimmer von Castillos Wohnung, fünfzehn Jahre später, wurde all das in seiner Erinnerung aufgewühlt.

Aus seiner Leistenbeuge schoß Blut empor: ein tödlicher Haß, der sich in Begehren verwandelte. Doch das Wort war ohne Zweifel zu schwach, um das rasende Verlangen zu bezeichnen, das ihn erfaßt hatte, das ihn fast blind machte. Rasendes Verlangen zu besitzen, zu zerstören. Er hatte Lust, dem Mädchen brutal die Kleider vom Leib zu reißen, gewaltsam einzufallen in diesen Körper, der ihm köstlich, zart, makellos erschien.

Er beherrschte sich, außerdem führte Castillo ihn bereits in das angrenzende Arbeitszimmer.

»Sag mir, was du über Federico Sánchez weißt«, fuhr der Kommissar ihn an.

Aber ich, sagte Castillo zum Erzähler dieser Geschichte viele Jahre nach diesem Sommer 1956, ich hatte diese Frage schon erwartet und wußte, wie ich sie beantworten würde.

Er machte ein erstauntes Gesicht und zögerte mit der Antwort; als verstünde er nicht ganz, worum es ging, als überraschte ihn die Frage.

»Federico Sánchez? Das müssen Sie mir sagen, Herr Kommissar, Ihre Leute sind es doch, die diesen Namen seit der offiziellen Mitteilung im Februar dauernd nennen...«

»Ich rede nicht von dem, was ich weiß«, sagte Sabuesa schneidend. »Ich frage dich, was du weißt.«

Castillo blieb standhaft, während er alle Aufrichtigkeit in seinen Blick legte, die er vorzuspiegeln vermochte.

»Ich weiß, was Sie gesagt haben, weiter nichts...«

»Wir redeten noch eine Weile weiter, und ich schaffte es, Federico«, berichtete Castillo dem Erzähler dieser Geschichte, »dem Kommissar Jahre später noch ein paar Dinge mehr über dieses Phantom Sánchez aus der Nase zu ziehen.«

Kurz, Castillo begann sich Sorgen zu machen, als ihm klar wurde, daß der Kommissar von einer fixen Idee besessen war: Dieser Federico war, welches auch immer seine wahre Identität sein mochte, ein in Madrid tätiger Verbindungsmann oder Instrukteur des kommunistischen Zentralkomitees; und als er zu der Überzeugung gelangte, daß Sabuesa dieser rätselhaften Gestalt, die ihm zufolge der führende Kopf der studentischen Verschwörung war, um jeden Preis, tot oder lebendig – so formulierte er es, mit diesen Worten – habhaft werden wollte.

Er mußte das so rasch wie möglich Simón Sánchez Montero mitteilen.

Doch an diesem Juliabend in der Maestranza glaubt Sabuesa ein Geräusch in den Gängen des Hauses zu hören. Er geht zur Tür seines Zimmers, öffnet sie halb. Am Ende des Ganges, in einer Biegung, meint er Raquel im Halbdunkel zu sehen. Sie ist nicht allein, ihr folgt eine männliche Gestalt über den Gang.

So scheint es ihm zumindest.

»Weißt du etwas über den heiligen Augustinus?« fragt Mercedes Pombo ihn aus heiterem Himmel.

Michael Leidson erschrickt. Nicht, weil sie ihn duzt, natürlich nicht: er hat sich längst an die egalitäre Courtoisie des spanischen Duzens gewöhnt.

»Das eine oder andere ist mir bekannt«, antwortet er, nachdem er seine äußere Gelassenheit zurückgewonnen hat.

Sie befinden sich in dem kleinen Salon, in den Raquel ihn

durch dämmrige Gänge geführt hat. »Wenn Sie nicht müde sind, erwartet Sie die Señora«, hatte sie kurz zuvor an der Tür seines Zimmers gesagt. Nein, überhaupt nicht müde, vielmehr voller Neugierde. Und er war Raquel gefolgt, die beim Gehen durch Gänge und Galerien Lampen einschaltete und löschte.

Die Tür des kleinen Salons zum angrenzenden Schlafzimmer steht sperrangelweit offen. Man erkennt ein Ehebett, das für die Nachtruhe gerichtet ist. Von den schneeweißen Laken und Kissen hebt sich – wie der phantomhafte Körper der idealen Frau – ein ausgebreitetes langes Nachthemd ab, rötlich, fast Schamröte erzeugend in seiner offenherzigen Intimität.

Raquel geht dort schweigend umher. Verschwiegen vielleicht.

Leidsons Blick richtet sich wieder auf Mercedes.

»Aber es ist nicht frisch«, fügt er unerschrocken hinzu. »Meine Lektüre der *Bekenntnisse* liegt schon ziemlich lange zurück...«

Mercedes fordert ihn auf, sich neben sie auf das Sofa zu setzen.

»Ich habe nicht an die *Bekenntnisse* gedacht«, sagt sie.

Sie fängt den Blick des »schönen Gringos« auf und hält ihm stand. Dann spricht sie mit leicht spöttischem Unterton.

»... *cum vero vir membro mulieris non ad hoc concesso uti voluerit, turpior est uxor...*«

Jetzt gelingt es Leidson nicht, seine Überraschung zu verbergen.

Zwar hat er den oft zitierten lateinischen Satz über den Gebrauch der nicht der Zeugung, sondern nur der Fleischeslust dienenden Körperöffnungen der Ehefrau durch den Ehemann nicht Wort für Wort verstanden. Denn Mercedes spricht die lateinischen Vokabeln nicht so aus, wie man es ihm in den kalifornischen Schulen beigebracht hat. Aber er hat genug verstanden, um zu entziffern, worum es in der Augustinischen Sentenz geht.

Er erschrickt. Er versucht zu erraten, worauf Mercedes hinaus will, was für ein Spiel sie spielt.

»Das stammt nicht aus den *Bekenntnissen*«, präzisiert sie. »Es ist eine Passage aus der Abhandlung über die christliche Ehe, *De bono coniugali*...«

Leidson versteht noch immer nicht, was es mit dieser Reminiszenz an den heiligen Augustinus auf sich hat oder warum sie bei ihr dieses seltsame, zweideutige Lächeln auslöst.

Doch der Leser versteht es wohl.

Zu diesem Zeitpunkt der Erzählung ist der aufmerksame Leser Leidson gegenüber unbestreitbar im Vorteil. Denn er kann sich an etwas erinnern, das dieser noch nicht weiß: daß die Schriften des heiligen Augustinus während Mercedes' Brautzeit vor zwanzig Jahren eine gewisse Rolle gespielt haben.

Der Leser kann es sich vorstellen.

Zwanzig Jahre zuvor, in Neapel, als sie gerade ein Mittagessen begannen, das köstlich zu sein versprach, hatte Mercedes beschlossen, das Begehren auszusprechen, das ihr Blut in Aufruhr brachte. »Bestell eine Flasche Champagner, José María..., laß uns ins Zimmer hinaufgehen..., ich habe Lust...«

Mehr vermochte sie nicht zu sagen, es war genug.

Sie durchquerten in enger Umarmung, beinahe umschlungen, den Speisesaal. Es trat so etwas wie eine erschrockene, panische Stille ein. Sogar das Orchester unterbrach den Foxtrott, den es gerade spielte. Alle dachten voll Verlangen oder Wehmut an die Gesten der Liebe, als sie die beiden wie schwerelos auf ihrem Weg zum Zimmer vorbeigleiten sahen. Einer oder eine schloß vielleicht die Augen vor einem inneren, glühenden, kruden Bild, das allzu konkret war in seinem schamlosen und doch zärtlichen Glanz.

Im Zimmer zog Mercedes die Vorhänge der zahlreichen Fenster zu. Sie machte Lampen an und aus, auf der Suche nach einer passenden Beleuchtung, während José María sich in das Badezimmer zurückgezogen hatte.

Sie deckte gerade das Bett auf, das bislang wenig ehelich gewesen war – das heißt, keiner Zeugung geweiht, wenn auch der Fleischeslust –, als sie in ihrem Rücken eine leichte Bewegung spürte. Sie wandte sich überrascht um. Ein dunkelhaariges Zimmermädchen, zierlich und anmutig, versuchte, sich davonzustehlen, vor ihrem Blick und aus dem Zimmer zu fliehen. Mercedes hielt sie mit gebieterischer Stimme zurück und ging auf sie zu. Das Mädchen, zweifellos durch die unvermutete Rückkehr des Paares überrascht, war dabei, ein paar Hemden, ein wenig Unterwäsche, die sie wahrscheinlich aus dem dafür bestimmten Korb des Ankleidezimmers genommen hatte, zur Wäscherei zu tragen.

Mercedes dachte an das Bild der Gentileschi, Stunden zuvor, in Capodimonte.

Sie dachte an die junge, schöne Dienerin Judiths, sie dachte an die Wunde von Holofernes, die das Lager mit Blut besudelte. Sie dachte an den Zauber Judiths, sie dachte an das verwirrende sinnliche Wohlgefühl, das diese gewaltsame Szene einer symbolischen Kastration gegen alle Vernunft in ihr ausgelöst hatte.

Aber sie wußte nicht, warum sie an all das dachte, während sie die jugendliche Anmut des neapolitanischen Zimmermädchens betrachtete.

Eine Idee – kann man eine so plötzliche Erleuchtung, eine so unvermittelte Anwandlung als »Idee« bezeichnen? –, eine

Idee, um es irgendwie zu benennen, obwohl der Begriff nicht die irrationale Heftigkeit des Gefühls widerspiegelt, schoß ihr durch den Kopf.

»Geh nicht, bleib«, sagte sie zu dem Mädchen.

Vielleicht verstand das Mädchen die spanischen Worte nicht ganz. Aber sie verstand, was Mercedes tat. Sie verstand, daß sie sie sanft dirigierte, an der Hand führte, um sie hinter einem Vorhang zu verbergen.

»*Aspetta e guarda*«, wiederholte Mercedes.

Warte und schau.

Mercedes wußte nicht noch wollte sie wissen, woher dieser dunkle, erregende, unwiderstehliche Impuls kam: eine perverse Eingebung der Phantasie, die sie dazu trieb, dem unbekannten neapolitanischen Zimmermädchen das Schauspiel ihrer Hingabe an José María zu bieten. Aber es machte ihr auch nicht besonders viel aus, es nicht zu wissen. Sie ließ sich von einem brennenden, blendenden Verlangen beherrschen, das sämtliche Gebote ihrer guten Erziehung, jede erlernte oder erahnte moralische Norm hinwegfegte.

In diesem Augenblick betrat ihr Ehemann das Schlafzimmer, nackt unter einem mit karmesinrotem Satin gepaspelten Morgenmantel aus blauer Seide.

Doch im Unterschied zum geneigten, aufmerksamen Leser kann Michael Leidson sich nichts von alldem vorstellen. Er hat noch nichts von der Rolle des heiligen Augustinus in Mercedes' Brautzeit gehört. Bis zu diesem Augenblick haben ihn an der Bußzeremonie der Maestranza nur die historischen, politischen Aspekte interessiert. Zudem hat auch die Witwe während des Gesprächs, das sie an diesem Tag beim Mittagessen und danach geführt hatten, nur diese angesprochen.

Man wird es ihm jetzt erzählen müssen, da die Stunde der intimen Nähe gekommen ist.

Und Mercedes erzählt es ihm, langsam, mit allen Einzelheiten, in einer erstaunlich präzisen Sprache, wenn auch bar jeder Vulgarität, jeder unnötigen Obszönität: in einer Sprache der Liebe, träumerisch und körperlich.

Dieses erste Mal, als José María in das Schlafzimmer zurückkam, nervös, aber entschlossen zum christlichen und damit der Zeugung dienenden Vollzug der Ehe, merkte er nichts von Lucianas Anwesenheit; jedenfalls hatte er nicht die leichte Bewegung eines Vorhangs bemerkt, während Luciana sich auf Anweisung von Mercedes versteckte.

Es war später, es war genau der Augenblick, da er, nachdem der Fleischeslust mit den üblichen, langen, im augustinischen Sinne widernatürlichen Liebkosungen Genüge getan war, sich anschickte, die eheliche und damit der Zeugung dienende Penetration zu vollziehen, es war dieser exakte – ekstatische? – Augenblick, in dem José María auf einmal Luciana erblickte. Das heißt ein junges, namenloses Zimmermädchen, das plötzlich hinter einem Vorhang hervortrat und einige Schritte näher kam, um sichtlich fasziniert die Urszene des Liebesaktes zu betrachten.

Natürlich ahnte José María nicht, daß das Mädchen auf ausdrückliche Anweisung von Mercedes sich dort befand. In ihm blitzte der Gedanke auf, daß es durch das unvermutete Eintreffen beider im Zimmer überrascht worden war. Doch darauf kam es nicht an: Wichtig war, daß das Erscheinen Lucianas – es wird einfacher sein, sie weiter bei ihrem Namen zu nennen, obwohl noch keiner der Akteure ihn kennt – seine Phantasie ungeheuer erregte und damit seine Präsenz im jungfräulichen Gefäß der Fortpflanzung noch spürbarer machte.

Es war der Augenblick der Lust, des lauten Klagelautes, des nie erlebten Genusses – weil vollkommen geteilt in der Verschmelzung von Körper und Seele, in der Gewißheit eines so ungewissen Beginnens –, es war dieser Augenblick, in dem Mercedes gewahr wurde, daß José María Lucianas Anwesenheit bemerkt hatte und daß dies sein Vergnügen vermehrte.

Sie flüsterte ihm ins Ohr, sie sei es gewesen, die das Zimmermädchen im Schlafzimmer zurückgehalten habe, was ihm – unabhängig vom glücklichen Ausgang dieser Initiative – die Frage eingab, wo Mercedes derartig wirksame, wenn auch perverse, Liebeskünste entdeckt haben mochte.

Wie auch immer: Nackt, noch immer heftig atmend, hießen sie Luciana an das Ehebett treten. Dort ließ sich das Mädchen, gehorsam, wenn auch zitternd, von Mercedes entkleiden, die nur erlaubte oder beschloß, daß sie ihre Strümpfe aus grober schwarzer Baumwolle, mit dem Strumpfband auf halber Höhe des Oberschenkels, anbehielt. Es sei jedoch festgehalten, daß bei den nachfolgenden erotischen Spielen, so lustvoll sie auch waren, nichts geschah, was die Jungfräulichkeit des Zimmermädchens hätte gefährden können, zumindest was das Gefäß der Fortpflanzung betraf.

Zwei Wochen später, als sie im Begriff waren, Italien zu verlassen – nach Rom und Neapel waren sie in Florenz gewesen und durch die Toskana gereist –, in einem hübschen Hotel am Ufer des Lago di Orta, hatte Mercedes während des Abendessens den Blick ihres Mannes bemerkt, der auf der Kellnerin ruhte, die einen trockenen, funkelnden Weißwein servierte.

»Bis jetzt«, sagte sie, als die Kellnerin sich entfernt hatte, »bis jetzt hast nur du ausgewählt...«

»Ausgewählt ist übertrieben«, antwortete José María sanft. »Ich habe mich darauf beschränkt, das Unvermeidliche ein bißchen zu organisieren..., besser gesagt, das, was möglich zu sein schien...«

Seit jenem Nachmittag in Neapel war es tatsächlich immer

José María gewesen, der die Initiative ergriffen hatte – wenn auch niemals routiniert, nicht einmal rituell, eher aus einer plötzlichen Anwandlung heraus –, eine dritte Person einzuladen, Zeugin und Teilnehmerin der Liebesschlachten des Paares auf dem federweichen Feld der langen libidinösen Siestastunden zu sein. Mercedes überließ es ihm, als erster den Gesichtsausdruck, das gewisse Etwas, den dunklen und doch funkelnden Blick, das provokante oder auch willfährige Lächeln einer Kellnerin oder eines Zimmermädchens in den verschiedenen Hotels ihrer Hochzeitsreise zu erfassen, Hinweise, die erwarten ließen, daß sein Angebot angenommen werden würde.

In Siena, bei der Rückkehr von einem wunderschönen Ausflug nach San Gimignano, war es jedoch kein Mädchen vom Dienst – zweifellos willig wie alle anderen, obwohl ihre Dienste nie käuflich waren –, die mit ihnen die langen Stunden der Mittagsruhe teilte. Es war eine bildschöne skandinavische Touristin, die an einem Nachbartisch saß, begleitet von einem bejahrten, würdigen Herrn – der sich als sehr viel älterer Ehemann entpuppte und anscheinend längst aus dem Spiel war –, bald ihr Mittagessen stehenließ, zu ihnen trat und sie auf Französisch ansprach, damals die universelle Sprache für jedes diplomatische oder kulturelle Unterfangen, und die Erotik hat mit beiden Bereichen zu tun, mit Diplomatie und mit Kultur.

»*Vous êtes fascinants de beauté, tous les deux*«, sagte die blonde Unbekannte. »*Vous m'invitez?*«

»*À quoi?*« fragte José María trocken.

»*À partager vos plaisirs*«, sagte die nordische Schönheit mit unmißverständlicher Deutlichkeit.

Natürlich wurde sie eingeladen.

»Was ich sagen will, Josemari«, sagte Mercedes an jenem Abend im Hotel am Lago di Orta, »ist, daß du, oder wenn du willst, daß wir seit dem Zimmermädchen in Neapel, mit dem es soviel Spaß gemacht hat, immer nur Frauen ausgewählt haben. Warum suchen wir uns nicht einmal einen männlichen Blick?«

José María verschüttete den Wein, den er gerade trank.

Genau in diesem Augenblick – das heißt, in dem Augenblick, da Mercedes in der minutiösen, aber seltsam distanzierten Schilderung ihrer Hochzeitsreise vor zwanzig Jahren dieses Gespräch am Ufer des Lago di Orta wiedergab, wenige Stunden, bevor sie Italien in Richtung Biarritz verließen, wo sie den Rest der Sommerferien zu verbringen gedachten –, genau in diesem Augenblick begriff Michael Leidson, worum es ging. Oder eher, gehen würde. Vielleicht, was von ihm erwartet wurde.

Tatsächlich war Raquel gerade aus dem angrenzenden Schlafzimmer in den kleinen Salon getreten. Sie war reglos vor ihnen stehen geblieben, vor Mercedes und ihm, die auf dem Sofa saßen, und begann sich zu entkleiden. Sie löste die Bänder, die ihre Bluse an den Handgelenken und am Hals schlossen, entblößte ihre Schultern und zeigte sich ihnen, bot sich ihnen an, wenn auch stolz und reserviert. Als sie begann, den langen schwarzen Rock aufzuknöpfen, schloß Leidson die Augen, wehrlos angesicht der Schönheit, die sich ihm enthüllte.

Mercedes faßte ihn an der Hand und sagte leise:

»Dominguito hatte recht: ein schöner Gringo!«

Um Mitternacht hört Benigno Perales das Geräusch von Schritten in der Galerie. Ein unverständliches Gemurmel. Er geht zur Tür seines Zimmers, öffnet sie vorsichtig. Dort, wenige Meter entfernt, führt Raquel den Amerikaner ohne Zweifel zum Schlafzimmer von Mercedes.

Ein stechender Schmerz zuckt durch seine Brust, martert ihn.

Er ist immer in Mercedes verliebt gewesen, natürlich ohne sich jemals zu erklären oder auch nur die leiseste Anspielung zu machen auf diese absolute Leidenschaft, die er im Lauf der Jahre nicht weniger absolut geheimgehalten hat.

Benigno war in Quismondo zur Welt gekommen und aufgewachsen. Als Kind hatte er mit den Gebrüdern Avendaño gespielt. Gemeinsam suchten sie nach Nestern in den Bäumen, jagten Schlangen – einige brachten sie lebendig mit zum Gut, um der Satur und den Frauen in der Küche Schrecken einzujagen –, ritten ohne Sattel die wilden Fohlen des Viehhofes und legten sich mit anderen Jungencliquen in Quismondo und den benachbarten Dörfern an.

Später, als junger Bursche, zu Beginn der dreißiger Jahre, war Benigno nach Madrid gegangen, um Arbeit zu suchen. Dort machte er alles mögliche: Maurergehilfe, das Gewerbe, in dem man gewöhnlich anfängt, wenn man nichts hat, womit man anfangen kann; Bühnenarbeiter in einem Theater, später dann – oder davor, das steht nicht so genau fest – im Zirkus Price; Droschkenkutscher. Seine wesentliche Erfahrung war jedoch die Entdeckung der Arbeiterbewegung, der politischen Aktivität, die ihn dazu führte, einer Gruppe der CNT beizutreten.

Zum Zeitpunkt des Militärputsches gegen die Republik war Benigno Perales bereits in der Kommunistischen Partei aktiv. Er gehörte zu den ersten Freiwilligen der Milizen der Partei, die sich später im 5. Regiment zusammenschlossen.

Anfang August 1936, als Benigno aufgrund seiner lebhaften Intelligenz und seines Kampfgeistes bereits verantwortungsvolle Posten erklommen hatte und mit den Milizkolonnen an der – chaotischen, ineffizienten – Belagerung des von General Moscardó verteidigten Alcázar beteiligt war, beschlagnahmte er in Toledo ein Auto und fuhr mit einem Trupp bewaffneter Gefährten nach Quismondo, wo er sich erkundigen wollte, wie es um das Landgut La Maestranza stand.

So erfuhr er vom Tod José Marías, des jüngsten der Gebrüder Avendaño, der ihm obendrein der liebste gewesen war. Nicht nur, weil er dank ihm Mercedes kennengelernt hatte, seine unmögliche Liebe. (So heißt es gewöhnlich in den Tangos und Schlagern, was soll man machen! Auch Tangotexte sagen große Wahrheiten.)

Denn Mercedes war im April, wenige Wochen vor ihrer Hochzeit mit José María, ein paar Tage auf der Maestranza gewesen, freilich nicht allein, Gott bewahre, sondern mit Doña Constancia, ihrer Mutter, als Anstandsdame, eine Vorsichtsmaßnahme, die noch gesteigert und verstärkt wurde durch die Anwesenheit des Beichtvaters der Braut, Pater Rupérez, der in jenen letzten Wochen ledigen Daseins keine geistige Übung ausließ, um Mercedes auf das schmerzhafte, wenn auch notwendige Opfer ihrer Jungfräulichkeit vorzubereiten.

Damals war es, als Benigno das junge Fräulein Pombo zum ersten Mal sah. Damals, als der Pfeil der verzweifelten Liebe ihn an die undurchsichtige Wand der kommenden Zeiten bannte.

> Der Mund, der süß zu schlürfen muß verführen
> den Saft, der köstlich zwischen Perlen quillt,
> den Neid um Jupiters Getränk gar stillt,
> mag's ihm, von Ganymed kredenzt, gebühren,
>
> an den, wollt liebend leben, dürft nicht rühren;
> in Lippen, die Versuchung farbig schwillt,
> sitzt Amor, der mit Gift die Waffe füllt:
> In Blüten ist die Schlange nicht zu spüren.

Wie man sehen kann, fand Benigno Perales, der talentierte Autodidakt, in den Sonetten von Don Luis de Góngora die passenden Worte für seine leidenschaftliche, bittere Verzweiflung.

Doch schon vor Mercedes' glorreichem Erscheinen war ihm von den drei Brüdern José María der liebste gewesen. Weil er am meisten für Gespräche offen war, weil er ihm Bücher lieh und mit ihm über Gedichte von Alberti und von Miguel Hernández sprach – *Über die Engel* und *Der Blitz ohne Aufhör* –, weil er ihm sogar von Keynes und dessen Theorien erzählte aus Anlaß eines Besuches des britischen Ökonomen in Madrid, wohin ihn die *Revista de Occidente* 1930 eingeladen hatte, um einen Vortrag zu halten. Kurz, weil er ihn ohne Herablassung oder Arroganz behandelte, wie seinesgleichen.

Aus all diesen Gründen erschien Benigno der Tod des jüngsten der Gebrüder Avendaño absurd und ungerecht. Er machte ihn wütend, nicht nur traurig.

Er ging in den Laden der Estradas, La Prosperidad – damals lebte noch der Vater von Eloy, der das Geschäft führte –, um mit Eloy und mit Scheelauge Chema zu sprechen. Er fand sie dort, beim Kartenspielen und Trinken.

Sein Zorn brach aus ihm heraus.

»Da haben wir die Eisenfresser«, rief er, »die Helden der Etappe! Warum seid ihr nicht an der Front, verdammt noch mal, und schießt auf die Faschisten?«

Sowohl Eloy Estrada als auch das Scheelauge hätten gerne grob geantwortet, selbst auf die Gefahr hin, einen ernsten Streit vom Zaun zu brechen. Aber Benigno hatte den Laden im blauen Monteuranzug betreten, der Uniform der Milizionäre in jenen ersten Tagen des Bürgerkrieges, mit Koppel und den Insignien des Unteroffiziers, dem roten Stern des 5. Regiments (»Mit dem fünften, fünften, fünften / mit dem fünften Regiment / mit Líster und mit Modesto / mit Carlos, der uns führt und lenkt / herrscht in unsren Reihen / weder Furcht noch Angst...«) und einer 9-mm-Pistole am Gürtel. Als wäre das noch nicht genug, waren die drei Milizionäre, die Benigno begleiteten, mit sogenannten *naranjeros* bewaffnet, mit Maschinenpistolen.

Also mußten Eloy und das Scheelauge Benignos Vorwürfe und Schmähungen einstecken.

»Bestimmt seid ihr zufrieden, was?... Das nennt ihr Klassenkampf: den einzigen Liberalen der Familie Avendaño umzubringen, wehrlos obendrein... Also, da ihr so verdammt dicke Eier habt, rekrutiere ich euch, Jungs... Für eine der Sturmkompanien des 5. Regiments, damit ihr beweisen könnt, was ihr taugt.«

Eloy Estrada, zitternd, aber gewitzt, gelang es, sich aus dem Staub zu machen. Unter dem Vorwand, sich von seiner Mutter verabschieden zu wollen, die sich im Oberstock des Hauses befand, sprang er aus einem Fenster, das auf das freie Feld hinausging. Benigno machte sich nicht die Mühe, seine Verfolgung aufzunehmen; zum Teufel mit diesem Schlappschwanz. Das Scheelauge Chema dagegen ließ sich nicht nur für das 5. Regiment rekrutieren, sondern tat sich obendrein sehr bald durch seine kämpferischen Fähigkeiten hervor, so daß er ein Jahr später in die Eliteeinheiten des XIV. Armeekorps der Republik unter dem Befehl von Ungría berufen wurde, in das berühmte Korps aus Guerrillakämpfern, die speziell ausgebildet waren, um im Innern der franquistischen Zone, im Feindesland, zu operieren: ein Risikounternehmen, das mit hohen Verlusten verbunden war.

Während es Benigno also gelungen war, sich ein genaues Bild der Einzelheiten und Vorfälle jenes 18. Juli auf der Maestranza zu verschaffen; während er erfahren hatte, wie es zum Tod von José María Avendaño gekommen war, konnte er nicht mit Gewißheit in Erfahrung bringen, was mit Mercedes und Raquel geschehen war. Denn anscheinend waren die beiden Frauen verschwunden.

Einem Impuls, einer zwingenden, hellsichtigen Eingebung gehorchend, begab sich Benigno mit seiner Patrouille bedingungsloser Gefolgsleute zum Gut La Maestranza.

Das Anwesen hatte keine größeren Schäden erlitten.

Der Zorn der Landarbeiter gegen diesen ganzen Reichtum hatte nicht lange angehalten: ein kurzer Anfall von Zerstörungswut, bevor der Trupp armer Bauern den Ort wieder verlassen hatte. Seitdem stand das Haus leer. Nur die Satur, trotz ihrer Jahre, und die Frau von Mayoral, dem Verwalter oder Aufseher, der sich in Madrid versteckt hielt, kamen zwei Tage in der Woche, um ein wenig sauberzumachen und etwaige Reparaturen durchzuführen, die durch natürliche oder böswillige Beschädigungen entstanden waren.

Benigno war sicher, daß Mercedes und Raquel sich im Haus versteckt hielten. Denn niemand, keiner der Zeugen, die er wenige Wochen nach dem Tag der Tat befragen konnte, hatte den Oldsmobile davonfahren sehen, mit dem Mayoral die beiden Frauen hätte fortbringen sollen.

Nirgendwo, weder in Quismondo noch in der Umgebung, war das spektakuläre und wegen seiner auffälligen grellroten Farbe schwer übersehbare Automobil aufgetaucht.

Außerdem wußte Benigno, weil er es von den Gebrüdern Avendaño gehört hatte, daß es im Haus verborgene Gänge gab – einige hatten die Jungen beim Herumstreunen und Verstecksspielen entdeckt – sowie ein geheimes Zimmer, in dem der Familienlegende zufolge der Indiano, der Gründungsgroßvater, die Geliebten versteckte, die er bisweilen bei sich zu Hause aufnahm, um sich mit ihnen vergnügen zu können, ohne die Aufmerksamkeit, den Zorn oder die Tränen der rechtmäßigen Ehefrau zu erregen, die völlig sorglos und ihres Vorrangs im ehelichen Schlafzimmer sicher war.

Benigno war überzeugt, daß Raquel und Mercedes sich noch immer in irgendeinem Winkel der Maestranza versteckt hielten, wahrscheinlich mit einverständiger Hilfe von außen, seitens der Satur und Josefinas, der Frau von Mayoral, das schien auf der Hand zu liegen.

Und so war es.

Benigno brauchte nicht lange, um sie zu aufzuspüren – und nebenbei das berühmte geheime Zimmer zu entdecken, in das sie sich geflüchtet hatten –, verängstigt, abgemagert, zerzaust, sogar verschmutzt, aber lebendig, und Mercedes schöner denn je, dachte Benigno, obwohl er fand, daß auch Raquel nicht zu verachten war. Er rettete sie also aus dem freiwilligen Gefängnis, er ließ ihnen Zeit, damit sie sich waschen, ein wenig zurechtmachen und sich bescheiden kleiden konnten, um keine Aufmerksamkeit zu erregen in den Madrider Straßen, die in diesen Monaten allem feindlich gesinnt waren, was bei Männern und Frauen nach bürgerlicher Kleidung aussah, und geleitete sie mit seiner Eskorte aus Milizionären in die Hauptstadt, wo sie leicht Zuflucht fanden. Benigno Perales, Kavalier bis zum Schluß, wollte nicht wissen, wo, damit sie im Falle irgendeiner Unannehmlichkeit niemals auf den Gedanken kommen könnten, daß es seine Schuld war.

In dieser Nacht erinnerte Benigno sich nicht an seine Expedition nach Quismondo im August 1936. Er war viel zu nervös aufgrund der jüngsten Ereignisse, um sich einer derartigen Rückbesinnung hinzugeben, die Ruhe zum Nachdenken erfordert hätte.

Die bloße Anwesenheit von Roberto Sabuesa, der ihn sicher erkannt, wenn auch nicht identifiziert hatte, war als solche bedrückend genug, auch ohne die Ausfälle dieses dämlichen Polizisten, dieses urwüchsigen Repräsentanten der barbarischen, blinden spanischen Dummheit.

Außerdem war Benigno wegen der Meuterei der Landarbeiter beunruhigt, die der Verwalter José Manuel Avendaño und Mercedes kurz vor dem Abendessen angekündigt hatte und die beide später den übrigen Gästen gegenüber erwähnt hatten.

Es war natürlich nicht die angekündigte Meuterei, die Benigno Sorgen machte, diese Nachricht freute ihn eher, sondern die Äußerung Sabuesas, es gebe immer einen Anführer unter solchen Umständen, denn Benigno vermutete, wer es war, wer es sein konnte. Ihn beunruhigte, daß der Polizist seinen Aufenthalt auf dem Gut nützen könnte, um dieser Frage nachzugehen, mit der Gefahr, daß er am Ende die Anstifter der für den nächsten Tag geplanten Meuterei entdecken könnte.

Zu dieser diffusen Besorgnis, zum Unbehagen, die sie ihm bereitete, gesellte sich nun die innere Erregung aufgrund der Geschenke, die José Ignacio, der gebildete, jesuitische Avendaño, ihm aus Deutschland mitgebracht hatte. Nichts Geringeres als ein Exemplar von Chruschtschows Geheimbericht für den letzten Parteitag der Kommunistischen Partei der Sowjetunion! Und als wäre das noch nicht genug, ein dicker Wälzer mit kartoniertem blauen Einband, der die von Marx 1857-1858 verfaßten ökonomischen Manuskripte unter dem Titel *Grundrisse der Kritik der Politischen Ökonomie* versammelte, ein Titel, der nicht vom Verfasser stammte, sondern von den Herausgebern, seinen Inhalt jedoch treffend zum Ausdruck brachte. Diese Marxschen Texte, die von manchen als Entwürfe zum *Kapital* betrachtet werden, jedoch Eigenwert besitzen und von größerer Tragweite, von größerer Bedeutung sind als sein Hauptwerk, das im übrigen unvollendet und vielleicht unvollendbar ist, hatten in den

Archiven geschlummert bis zu ihrer Veröffentlichung 1939 und 1941 in Moskau: ein Ort und ein Zeitpunkt, die in Anbetracht der Kriegssituation nicht gerade günstig waren für die öffentliche – theoretische oder praktische – Wirkung dieser Ausgabe.

Der Band, den José Ignacio Benigno mitgebracht hatte, war ein Nachdruck von 1953, erschienen in Ostberlin, im Dietz Verlag, der gewöhnlich die Marxschen Werke herausgab.

Kaum hatte José Ignacio ihm seine Geschenke übergeben, zog sich Benigno nach dem Abendessen in sein Zimmer zurück, um den geheimen Bericht Chruschtschows über den Personenkult und die Verbrechen Stalins zu lesen: in einem Zug, erschüttert, erschrocken, bestürzt. Seine erste Reaktion, als der Unmut und der Zorn infolge der Lektüre sich etwas gelegt hatten, war zumindest dem Anschein nach paradox. Er dachte, daß derart absurde Verbrechen, eine derart irrationale Strategie, wie Stalin sie gegen die angeblichen »Volksfeinde« ins Werk gesetzt hatte, durch ihre Enthüllung und Anprangerung, sei es auch in dieser primitiven Form, die es unterließ, die gesellschaftlichen Wurzeln dieses despotischen Mißbrauchs durch eine kohärente theoretische Aufarbeitung freizulegen, in gewisser Weise wieder eine tunliche Rationalität in die Geschichte der Revolution brachten.

Denn das historisch Irrationale, das Undenkbare, obwohl viele von uns es geglaubt haben, zumindest teilweise, dachte Benigno, war, daß Trotzki oder Bucharin »Agenten des Feindes« waren, die sich an die imperialistischen Geheimdienste verkauft hatten. Indem Chruschtschows Bericht – der freilich dazu bestimmt war, eher Emotionen als selbstkritische Reflexionen auszulösen – diese gewaltige Lüge als solche entlarvte, erlaubte er einen neuen Blick auf die Geschichte des Kommunismus. Eine tragische Geschichte, ohne Zweifel, in der die Akteure dieser Tragödie ihre Rollen getauscht hatten. Nicht nur, weil die Opfer der unzähligen Säuberungen, Prozesse, massenhaften Deportationen oder Verleumdungen für unschuldig erklärt wurden, sondern auch, weil sich wie eine zarte, zitternde Blüte in der eisigen Wüste des absoluten Despotismus wieder eine Möglichkeit auftat: die Möglichkeit eines Wiederauflebens der Initiative, der demokratischen Autonomie in den kommunistischen Parteien der ganzen Welt.

Trotz der Erregung, die ihn gefangenhielt, trotz der mehr oder weniger durchdachten Ideen, die ihm durch den Kopf schossen – so konnte Benigno zum Beispiel nicht vermeiden, und das ist verständlich, an Heriberto Quiñones zu denken, den er in der Zeit unmittelbar nach dem Sieg Francos kennengelernt hatte, als er die Untergrundorganisation der Partei in Spanien wiederaufgebaut hatte; er konnte nicht vermeiden, an Quiñones zu denken, der von der Polizei der Sabuesas und Konsorten so brutal gefoltert worden war, daß er, unfähig, sich zu bewegen, auf einer Bahre zum Exekutionskommando getragen werden mußte; er konnte nicht vermeiden, an die Verleumdungen zu denken, mit denen die Partei, ihre Führung zumindest, die Carrillos und Pasionarias, diesen heroischen Leichnam überhäuft hatten, indem sie Quiñones beschuldigten, ein Abenteurer zu sein, ein Agent der englischen Spionage, um Himmels willen!, Anschuldigungen, die noch bis vor kurzem, 1954, auf dem V. Parteitag der Kommunistischen Partei, wiederholt worden waren und die er in dieser Nacht, nach der Lektüre von Nikita Chruschtschows Geheimbericht, im größeren Zusammenhang einer heillosen ideellen und praktischen Perversion des Kommunismus sehen konnte –, trotz seiner Erregung beeilte Benigno sich nach seiner Lektüre des berühmten, in deutscher Sprache gedruckten Berichts ein Versteck für die Broschüre zu suchen, eine Notwendigkeit, die Sabuesas Anwesenheit auf der Maestranza nur noch zwingender machte.

Doch die Suche nach einem sicheren Versteck geschah nach Mitternacht, nachdem er in der Galerie des Hauses die Schritte und das leise Gemurmel gehört hatte, die ihm die Anwesenheit Raquels und Leidsons auf dem Weg zu Mercedes' Schlafzimmer verrieten.

In diesem Augenblick, als er Raquel und den Amerikaner hinter einer Biegung der Galerie verschwinden sah, vergaß er den Geheimbericht, vergaß er Heriberto Quiñones und vergaß er sogar die zahllosen Mißhandlungen, die er bei seiner Festnahme im Zuge der Repressionswelle erlitten hatte, die auf die Verhaftung von Quiñones gefolgt war.

Er vergaß Kommissar Sabuesa, sein verkrampftes Lächeln voll Verachtung – oder Haß?, oder Angst? – im Büro der Sicherheitsdirektion an der Puerta del Sol. Das hieß einiges vergessen, ohne Zweifel, aber ein stechender Schmerz zuckte durch seine Brust und zwang ihn, sich zusammenzukrümmen, sich gleichsam ins Innere der Qual zu ducken, die das nächtliche Bild an der Biegung der Galerie in ihm auslöste.

Nach seiner Entlassung aus dem Gefängnis war Benigno nach Quismondo zurückgekehrt, wo noch eine Schwester seines Vaters lebte, eine Frau, die täglich zur Messe ging und der Jungfrau Maria – »ohne Sünde empfangen« – in unbeugsamer Frömmigkeit ergeben war, eine christliche Frömmigkeit, die durch das Unglück, das die Familie heimgesucht hatte, noch tiefer geworden war. Denn ihr Bruder, Benignos Vater, war von den Franco-Truppen erschossen worden, als diese im Oktober auf dem Weg nach Madrid durch das Dorf gezogen waren. Es hieß, es sei der gleiche Offizier der Yagüe-Division gewesen, an der Spitze einer Kolonne aus marokkanischen Truppeneinheiten und einem Kommando der Legion, der kurz nach oder kurz vor seinem Einzug in Quismondo den Namen Azaña durch Numancia ersetzt hatte – mit dem Zusatz de La Sagra in beiden Fällen –, weil er geglaubt hatte, dieser traditionelle Ortsname habe seinen Ursprung in irgendeiner mißliebigen Huldigung für Don Manuel, den Präsidenten der verhaßten Republik.

Jedenfalls wurde Benignos Vater im Schnellstverfahren abgeurteilt und wegen seiner Vorgeschichte und vor allem, weil er einen kommunistischen Sohn hatte, der zur Genüge bekannt war, an die Wand gestellt. Seine Mutter starb wenig später, nicht an einer Krankheit, sondern aus Kummer und Einsamkeit.

Es begannen die fünfziger Jahre, und auf der Maestranza hatte man sogleich erfahren, daß Benigno nach seiner Entlassung aus dem Gefängnis nach Quismondo zurückgekehrt war. Eines schönen Tages erschienen José Manuel und Mercedes bei Purificación Perales, Benignos Tante, die ihrem Neffen bedingungslos und zeitlich unbegrenzt Tisch und Bett zur Verfügung gestellt hatte, obwohl sie die Mutter eines Toten der Falange war.

Oder genau deshalb, wer konnte das wissen.

Dem frisch aus dem Gefängnis Entlassenen schlug der erstgeborene Avendaño – Geldmensch (Geld hatte es in der Familie immer gegeben, aber José Manuel vermehrte es schier grenzenlos) und Machtmensch, bestens eingeführt in den herrschenden Kreisen des Regimes – eine Vereinbarung vor oder besser gesagt einen Pakt, eine Art moralischen Vertrag.

»Du und ich, wir wissen, wer wir sind, Benigno«, erklärte er ihm. »Wir wissen, was uns unwiderruflich trennt, wieviel vergossenes Blut. Aber wir wissen auch, was wir in der Erinnerung an die Kindheit teilen, die für mich noch immer heilig ist. Ich schlage dir vor, daß du auf die Maestranza zurückkehrst, die in gewisser Weise dein Zuhause ist, um als Sekretär für Mercedes zu arbeiten, die das Gut führt, und als Bibliothekar: Man muß dort Ordnung schaffen, einen Katalog erstellen, in diesem Durcheinander ist keiner mehr imstande, ein Buch zu finden! Im Austausch für diese Arbeit und den Lohn, den du bekommst (darüber werden wir noch reden, wenn du einverstanden sein solltest), bitte ich dich nicht, deine Meinungen zu ändern oder Verrat an deinen Loyalitäten zu üben, sondern nur, daß du nichts tust, was auf meine Familie zurückfallen könnte, was meine gesellschaftliche Stellung in diesem Regime beeinträchtigen oder erschweren könnte...«

Und Benigno Perales akzeptierte den Pakt, weil er tatsächlich nicht gedachte, in irgendeiner Weise wieder für die Partei tätig zu werden, solange ihre Führung dieselbe war, die Quiñones verleumdet und kurz davor aus der straflosen Bequemlichkeit des Exils heraus den Befehl erteilt hatte, León Gabriel Trilla umzubringen.

Und so hatte Benigno, seit nunmehr zwei Jahren auf der Maestranza zu Hause, im täglichen Umgang mit Mercedes Pombo in aller Stille unter den köstlichen Tantalusqualen einer aussichtslosen Liebe gelitten.

Um Mitternacht, wie bereits gesagt, schließt Perales die halb geöffnete Tür, nachdem er hatte sehen können, wie die Schattengestalten Raquels und des Amerikaners, des »schönen Gringos«, durch die Galerie geisterten. Diesen Namen hatte ihm laut Mercedes Domingo Dominguín gegeben, als er ihr vor ein paar Wochen angekündigt hatte, daß Leidson zur letzten Bußzeremonie kommen würde. »Ein sympathischer, intelligenter und obendrein gutaussehender Typ«, hatte Dominguín über Leidson gesagt, wie Mercedes ihm erzählte. »Du könntest die Gelegenheit nutzen, deinen Schwager José

Manuel um die Ecke bringen und dann mit dem schönen Gringo fliehen, wenn du schon nie mit mir fliehen wolltest.«

Beide hatten gelacht: Mercedes, als sie an Domingos Äußerung dachte, und Benigno, als er an Dominguín dachte. Er empfand es immer als angenehm, an Dominguín zu denken, so wie auch der Umgang mit ihm angenehm war jedesmal, wenn er La Companza besuchte, das andere große Gut der Gegend, auf dem der Begründer der Dynastie, Don Domingo, in seiner Jugend als Tagelöhner gearbeitet und das er später mit dem Geld seiner Einkünfte als Stierkämpfer und Stierkampfimpresario gekauft hatte.

Domingo war es gewesen, der ihm an einem Nachmittag auf der Companza ein Exemplar des Organs der Kommunistischen Partei, *Mundo Obrero*, übergeben hatte, denn er kannte natürlich Benignos politische Vorgeschichte.

»Ich weiß, daß du jetzt ungebunden bist«, hatte Domingo an jenem Nachmittag im großen Salon der Companza zu ihm gesagt, dessen Wände die gehörnten Köpfe einiger der edelsten und wildesten Stiere schmückten, die von den Dominguíns – Vater und Söhnen – getötet worden waren, »obwohl ich nicht weiß, warum, du wirst deine Gründe haben, aber ich mache dir den Vorschlag, daß wir in Quismondo einen kleinen geheimen Parteitag abhalten, um dich zum Sekretär im Inland zu ernennen. Du wärst unser politischer Berater: Stell dir vor, was für ein Vorteil, statt auf Anweisungen von draußen warten zu müssen, aus Paris oder Prag, würden wir uns bei dir in Quismondo Rat holen, und unsere Theorie würden wir Marxismus-Peralismus nennen statt Marxismus-Leninismus, was sehr viel weniger bodenständig klingt, nicht?«

Benigno hatte bestimmt herzlich gelacht, aber zugleich war ihm ein leichter Schauer über den Rücken gelaufen. Wie viele kommunistische Kader des Inneren waren ausgeschlossen, verleumdet und sogar umgebracht worden, eben weil sie versucht hatten, ein autonomes Führungszentrum im Untergrund zu schaffen?

Aber er erzählte Domingo nichts von dieser düsteren Erinnerung. Er sagte nur, um den Scherz fortzuspinnen, daß man sich zwei Flügel oder Strömungen des Marxismus in Quismondo vorstellen könnte: den marxistisch-peralistischen Flügel und den marxistisch-dominguistischen Flügel.

Das mit den zwei Flügeln der Partei erinnerte Domingo an ein Bonmot, das jemand ihm vor kurzem erzählt hatte: Die Partei sei weder eine Henne noch eine Schwalbe, sie brauche keine zwei Flügel.

Doch wer hatte es ihm erzählt und aus welchem Anlaß, in welchem Zusammenhang? Nach ein paar weiteren Gläsern Tresterschnaps im großen Salon der Companza erinnerte Domingo sich plötzlich. Agustín Larrea, also Federico Sánchez, hatte es ihm unlängst an irgendeinem Abend auf der Terrasse in der Calle Ferraz erzählt; der Satz stammte von einem schlauen, buckligen tschechischen Kommunisten. Doch wo mochte Agustín den kennengelernt haben? Das blieb ungeklärt.

Domingo griff diese plötzliche Erinnerung auf und platzte mit einer Bemerkung heraus, die Benigno zusammenzucken ließ, weil sie unvorsichtig war:

»Demnächst werde ich mal Federico Sánchez mit auf die Companza bringen, und dann könnt ihr reden, ihr werdet euch sicher verstehen...«

Benigno verschüttete die Hälfte seines schnapsgefüllten Glases. Er wurde ernst.

»Nicht mal mir darfst du so was sagen, Domingo, nicht mal mir!«

Dieser entnahm seinem Ton, daß er nicht bereit war, ihm weiter zuzuhören; er wechselte sogleich das Thema. Allerdings empfand Benigno nach seiner berechtigten Reaktion auf Domingos Unvorsichtigkeit doch etwas wie Verdruß. Er hätte gern etwas mehr über diesen Federico erfahren, dessen Name seit dem V. Parteitag der Kommunistischen Partei immer wieder in der Untergrundpresse auftauchte.

Doch das war auf der Companza, und jetzt befinden wir uns auf der Maestranza, um Mitternacht, zwischen dem 17. und 18. Juli. Benigno hat gerade die Tür seines Zimmers geschlossen und erinnert sich an Dominguíns Satz über den »schönen Gringo«; was ihm an diesem Satz am meisten aufgefallen war, waren die Worte, die sich auf José Manuel bezogen: »Du könntest die Gelegenheit nutzen und deinen Schwager um die Ecke bringen...«

Auch ihm, obwohl er es nie gesagt hätte, war mehr als einmal der gleiche Gedanke gekommen wie Domingo: Um ihre Freiheit zurückzuerlangen, würde Mercedes eines Tages José Manuel umbringen und fliehen müssen, aber mit wem? Mit Raquel wahrscheinlich, der Person, die ihr am nächsten stand, ihre größte Verbündete, wie niemand sonst bereit, alles aufs Spiel zu setzen für ihr Glück. Wenn man denn im Fall von Mercedes noch irgendein Glück erhoffen konnte für den Rest ihres Lebens.

Bald nach seiner Niederlassung auf der Maestranza, nachdem er mit José Manuel einig geworden war, beschlich Benigno die Ahnung – die später zu Gewißheit wurde –, daß der Erstgeborene der Familie Avendaño, Herr und Gebieter über das Gut und die Familie, eine Art feudales Recht der ersten Nacht über die beiden Frauen ausübte, die er, Benigno, mit seinem Eingreifen im August 1936 vor dem Tod oder zumindest vor dem Gefängnis gerettet hatte.

Seit wann? Es war keine neue Geschichte, sondern allem Anschein nach eine Art Gewohnheit, sogar ein Ritual, ein offenes Geheimnis unter den Dienstboten des Gutes. Vielleicht seit dem Ende des Bürgerkrieges, als die Familie Avendaño nach dem Sieg des Generalissimus Vermögen und Besitztümer, Geld und Macht zurückerlangte.

Wann immer diese besitzergreifende Beziehung begonnen hatte, als Benigno 1955 auf die Maestranza kam, konnte er sie jedenfalls erkennen, sich Gewißheit über sie verschaffen. Jedes Mal, wenn José Manuel auf dem Gut erschien, wo Mercedes, abgesehen von seltenen Aufenthalten in Madrid und von der traditionellen Sommerfrische am Strand El Sardinero, in Santander, den größten Teil des Jahres lebte, stellte er ohne Scheu noch Scham seinen Status als Herr des Hauses und Besitzer der Körper beider Frauen klar.

Man sah sowohl die eine als auch die andere – Mercedes und Raquel, abwechselnd und zuweilen gemeinsam – die Nacht in den Räumen des Schwagers der Witwe verbringen (den einige Landarbeiter *Cuñadísimo* nannten, den Oberschwager, in Anspielung auf einen bekannten, einflußreichen Politiker der ersten Zeit der Diktatur; eine Bezeichnung, die gewagte, schlüpfrige Sätze, obszöne Bemerkungen und lautmalerische Rätsel erlaubte: »Der Oberschwager ist scharf auf seine Schwägerin, aber was macht der Oberschwager mit Raquel, während sein Schwanz die Schwägerin erobert?«).

Die giftigste Zunge bei diesem Gerede war die der alten Satur, die außerdem eine persönliche Erklärung für die »herrschende Schweinerei« hatte (so drückte sich die alte Köchin aus, die stets betonte, daß der beste der Gebrüder Avendaño – im Grunde der einzig gute, auch wenn der dritte Geistlicher war – der junge Herr José María gewesen sei), eine Erklärung, die sich auf ihre Entdeckungen in Biarritz gründete, wohin sie gereist war, um mit Mercedes und dem jungen Herrn bei deren Rückkehr von der Hochzeitsreise durch Italien zusammenzutreffen. In Biarritz habe ich gemerkt, erzählte die Satur flüsternd, daß die beiden sich gern im Beisein einer dritten Person liebten; aber niemand war mehr bereit, ihren Geschichten oder Gespinsten Glauben zu schenken. Trotzdem beharrte sie, so glaubt mir doch, in Biarritz hat es wenigstens einen Dritten gegeben, einen jungen, schmucken englischen Fotografen, ich würde sagen, eher schwul, der war bereit, bei diesem Spiel mitzumachen, eher wegen dem jungen Herrn José María als wegen der jungen Frau Mercedes...

Kurz, auf der Maestranza sah man beide, Raquel und Mercedes, die Nacht in den Räumen José Manuels verbringen oder diese zur Zeit der Siesta betreten.

An diesem 17. Juli, um Mitternacht, konnte Benigno durch Zufall feststellen, daß die Erzählungen der Satur, zumindest in bezug auf die Geschehnisse in Biarritz in jenem fernen Sommer 1936, keine Erfindung waren.

Als Benigno die Tür seines Zimmers geschlossen hatte, nachdem er flüchtig die Gestalten Raquels und des Amerikaners, sicher auf dem Weg zu Mercedes' Schlafzimmer, erspäht hatte, beschloß er, Chruschtschows Geheimbericht in der Bibliothek des Hauses zu verstecken, ein idealer Ort für diesen Zweck. In jedem anderen Augenblick hätte er die Broschüre in aller Ruhe in seinem Schreibtisch gelassen; niemanden in der Maestranza interessierte es, in seinen persönlichen Habseligkeiten zu wühlen. Doch die Anwesenheit von Kommissar Sabuesa auf dem Gut komplizierte die Dinge und machte ihn besonders vorsichtig.

Kaum war er in die Bibliothek im Erdgeschoß getreten, spürte Benigno wieder das seltsame, halb entspannte, halb erregte Wohlgefühl, das ihn immer erfaßte, wenn er von den Regalen voller meist kostbar gebundener Bücher umgeben war, die bis hoch zur Decke die Wände des Raums bedeckten, der einen ganzen Flügel des Hauses und zwei Stockwerke einnahm und am Abend von zahlreichen Lampen erhellt wurde, die für eine bequeme Lektüre sorgten, und am Tag von dem Licht, das durch sein buntes Glasdach fiel.

Benigno hatte beschlossen, Chrutschschows Broschüre in einem der drei Bände der Werke von Donoso Cortés zu verstecken, die er kürzlich in einem Haufen unklassifizierter Bücher entdeckt hatte, eine wunderschöne, in Halbleder gebundene Ausgabe, deren Einband so dick war, daß es ihm möglich erschien, ihn vorsichtig mit einer Rasierklinge aufzuschlitzen und die Seiten des Geheimberichts hineinzustecken.

Am kuriosesten an dieser Ausgabe von Donoso Cortés war, daß es sich um eine Übersetzung ins Französische handelte, die 1862 in Paris von der Librairie d'Auguste Vaton, Editeur, 50 rue du Bac, veröffentlicht worden war, mit einer Einführung von Louis Veuillot, einem bekannten ultramontanen Journalisten und Polemiker, erbitterter Verfechter der Unfehlbarkeit des Papstes und Direktor der Tageszeitung *L'Univers*; Benigno hatte es amüsiert, die hochtrabende Prosa des Marquis de Valdegamas in französischer Übersetzung zu entdecken.

Benigno wählte aufs Geratewohl einen der drei Bände der Werke von Donoso Cortés aus, der sich als der dritte entpuppte und in vollem Umfang der Übersetzung des berühmten *Versuchs über den Katholizismus, den Liberalismus und den Sozialismus* gewidmet war. Bevor er herauszufinden suchte, wie sich der Einband des Buches am besten vorsichtig aufschlitzen ließ, blätterte er darin, und es öffnete sich zufällig an der Stelle, wo das Kapitel über den freien Willen begann, auf Seite 139. Er las ein paar Zeilen, zunächst zerstreut, dann mit wachsendem Interesse. »*Le libre arbitre de l'homme est le chef-d'œuvre de la création, et, s'il est permis de parler ainsi, le plus prodigieux des prodiges divins...*«

Benigno wollte die Lektüre derart rhetorischer Sentenzen schon aufgeben – nicht einmal die Übersetzung ins Französische, eine vom Wesen her rationale und gemessene Sprache, nahm der spanischen Prosa etwas von ihrem bombastischen Charakter –, als er in seiner Absicht, das Buch zuzuklappen, innehielt.

»*C'est invariablement par rapport au libre arbitre que toutes choses s'ordonnent, de telle sorte que la création serait inexplicable sans l'homme, et l'homme inexplicable s'il n'était libre. Sa liberté explique l'homme et en même temps toutes choses. Mais qui expliquera cette liberté sublime, inviolable, sainte: si sainte, si sublime et si inviolable que Dieu, qui l'a donnée, ne peut l'ôter; que par elle l'homme peut résister, d'une résistance invencible, à Dieu, de qui il la tient, et, épouvantable victoire, vaincre Dieu?*«

In diesem Augenblick seiner Lektüre verspürte Benigno das Bedürfnis, sich hinzusetzen, zu Papier und Bleistift zu greifen und die Sentenzen von Donoso Cortés ins Spanische zu übersetzen – in sein eigenes, ohne Zweifel, da das Original ihm nicht zugänglich war.

»... so daß die Schöpfung unerklärlich wäre ohne den Menschen und der Mensch unerklärlich, wenn er nicht frei wäre. Seine Freiheit erklärt den Menschen und erklärt zugleich alles Bestehende. Doch wer wird sie erklären, diese erhabene, unverletzliche, heilige Freiheit; so heilig, so erhaben und so unverletzlich, daß Gott, der sie gegeben hat, sie nicht nehmen kann; daß dank ihrer der Mensch Gott, von dem er sie erhalten hat, unbesiegbar widerstehen und, schrecklicher Sieg, Gott besiegen kann?«

So gelesen, in aller Ruhe, erschienen ihm die Sätze von Donoso Cortés bedenkenswert. Aber er hatte keine Zeit, er war in seiner jetzigen, dringenden Lage auch nicht imstande, groß zu denken. Er mußte so rasch wie möglich den Text von Chruschtschow verstecken, den die Anwesenheit von Kommissar Sabuesa auf dem Gut in etwas Gefährliches verwandelte.

Er klappte den Band zu, nahm sich vor, das Kapitel über den freien Willen des Menschen in Donoso Cortés' Abhandlung später zu studieren, und betastete den Einband auf der Suche nach der dicksten Stelle, die er vorsichtig aufschlitzen könnte.

Und so machte er die überraschende Entdeckung, daß beide Einbände des Buches bereits aufgeschnitten und dann mit irgendeinem Klebstoff wieder sorgfältig verschlossen worden waren. So entdeckte Benigno Perales in dieser Julinacht zwei Manuskripte von José María Avendaño, zwei Hefte, eines davon ein intimes Tagebuch, das in einer knappen, fast telegrammstilartigen, aber absolut präzisen Sprache abgefaßt war.

Verborgen im Buchdeckel befand sich das Tagebuch, das José María während seiner Hochzeitsreise geführt hatte und das in gedrängten Worten die erotischen Abenteuer der Reise seit dem Urerlebnis in Neapel und Capodimonte – Judith und Luciana – schilderte.

Das zweite, im rückwärtigen Teil versteckte Schriftstück – beide waren auf feinstem Durchschlagpapier geschrieben, mit winziger Schrift –, war nicht eigentlich ein persönliches Tagebuch, sondern enthielt eine Reihe von Notizen, Anmerkungen und Überlegungen zu historischen und politischen Themen: angefangen bei der Zusammenfassung eines Gedankenaustausches mit John Maynard Keynes 1930 in Madrid – das erklärte, warum es in der Bibliothek ein Buch dieses Autors gab, *General Theory*, 1936 erschienen, das mit einer herzlichen Widmung aus London geschickt worden war – über eine Reihe kritischer Anmerkungen zu Abhandlungen oder Vorträgen von Ortega y Gasset, Manuel Azaña und Fernando de los Ríos bis hin zur detaillierten Wiedergabe eines Gesprächs mit Benedetto Croce in Neapel während der Hochzeitsreise.

Doch Benigno Perales hatte weder Zeit noch Lust, diese zweite Reihe von Überlegungen aufmerksam zu lesen, der Schamröte wegen, die ihm der erste Text ins Gesicht getrieben hatte, das heißt die in ihrer Knappheit um so kruderen Bekenntnisse José Marías in bezug auf die Liebeshändel seiner Hochzeitsreise, auf die dunkle Lust des aktiven und passiven Voyeurismus, die er dank Mercedes in Neapel mit der köstlichen Luciana kennengelernt und die das Paar später mit anderen dienstfertigen Mädchen vertieft hatte.

Bis Biarritz zumindest, wo plötzlich ein junger Mann im Tagebuch auftauchte, ein gewisser Timothy, ein junger englischer Fotograf. Doch als Benigno, tugendhaft und sogar puritanisch, zu dieser Episode gelangte, schloß er die Augen, entschied sich dafür, nicht zu wissen, nichts zu erfahren und die Lektüre des intimen Tagebuchs abzubrechen.

Später, noch tiefer in dieser schlaflosen Nacht, als er wieder in seinem Zimmer war, bemerkte Benigno, daß das zweite Schriftstück – denn er hatte das kleine Heft mitgenommen, das José Marías Überlegungen zu diversen historisch-philosophischen Themen enthielt, um es aufmerksam zu lesen, während er das intime Tagebuch in seinem ursprünglichen Versteck gelassen hatte, das er sorgfältig wieder verschloß, um dann in den hinteren Deckel von Donoso Cortés Chruschtschows Geheimbericht zu stecken – mit einem Vermerk endete, der die Überschrift trug »Maestranza, 15. Juli 36« und aus den rätselhaften Worten bestand: »Fotos: Stierkampfenzyklopädie«.

Er dachte, was naheliegend war, aus diesem Hinweis lasse sich schließen, daß in irgendeinem Band über Stierkampf – daran fehlte es nicht in der Bibliothek, war es vielleicht einer der Bände des Cossio? – Fotografien versteckt waren. Doch was für welche?

Ihm fiel ein, daß Timothy, der junge Engländer aus Biarritz, Fotograf war, wie aus dem geheimen Tagebuch von José María Avendaño hervorging. Er fürchtete das Schlimmste: Nein, kein Gedanke, er würde diese Fotografien in keinem Band der Stierkampfliteratur der Maestranza suchen, nicht im Traum!

5

Gott mit uns: später sollte er sich erinnern.

Lorenzo saß auf dem Fahrersitz und öffnete die Tür des kleinen Renault, als der Junge der Tankstelle auf ihn zukam. Er sah die glänzende Schnalle des Militärgürtels, den der Junge trug, um die Arbeitshose zusammenzuhalten, die von einem verwaschenen Blau war.

Er las die martialische, triumphalistische Inschrift: *Gott mit uns*. Er würde sich natürlich erinnern, er würde es den Freunden in Madrid erzählen. Domingo würde es amüsieren, Javier auch.

Doch in diesem Augenblick hatte er keine Zeit, vielleicht auch keine Lust, die Fragen oder Hypothesen, die ihm durch den Kopf schossen, ausdrücklich zu formulieren.

Warum ein Gürtel der deutschen Armee? Hatte der junge Angestellte der Tankstelle ihn vielleicht an irgendeinem Posten des Flohmarkts gekauft, bei einer Reise in die Hauptstadt? Und wenn, hatte er ihn dann aus Interesse gekauft? Weil ihn das deutsche Heer, seine Geschichte, seine kriegerischen Abenteuer interessierten? Oder hatte er ihn aus Zufall gekauft, ohne zu wissen, was es mit der Inschrift auf sich hatte, daß diese religiöse Anrufung in deutscher Sprache war und noch weniger, was sie bedeutete? Möglicherweise – eine weitere denkbare Hypothese – war jemand aus der Familie, ein älterer Bruder, ein Onkel, der Vater selbst, wer weiß, in der Blauen Division gewesen und mit diesem Gürtel aus Rußland heimgekehrt.

Viele Stunden später, bei Einbruch der Dunkelheit, sollte er sich erinnern, wie dieser ungewöhnliche Tag begonnen hatte, nämlich mit der Anrufung des Gottes der Heere. Oder eines von ihnen, zumindest: eines der Götter und eines der Heere. Unter dem Vordach des großen Hauses der Maestranza, am gleichen Ort – das konnte ihm nicht unbekannt sein, denn er hatte während seiner ganzen Kindheit die endlosen Erzählungen seiner Mutter gehört und die ergänzenden Raquels und der Satur, die noch ausführlicher und langatmiger waren, wenn das überhaupt möglich war, ebenso wie die von Mayoral, kürzer und konziser, denn alle vier waren sie Zeugen zumindest eines Teils des Geschehens gewesen; aber auch die seines Onkels José Manuel, der es nicht gewesen war, was ihn nicht daran hinderte, mit heiligem pädagogischen Eifer und dem Wunsch, dem Kind die Lehren dieses alten Todes einzuprägen, Lorenzo zu erzählen, wie die Ermordung seines Vaters gewesen war –, am gleichen Ort also, an dem José María den Trupp bewaffneter Landarbeiter hatte näher kommen sehen, sollte Lorenzo sich erinnern, daß der Tag, der nun seinem Ende zuging, mit der Anrufung eines fremden, vielleicht barbarischen Gottes begonnen hatte, eines Gottes der Goten oder der Gotik: eines deutschen Gottes, in jedem Fall.

Soll er ihnen doch beistehen, dieser Scheißgott, denkt Lorenzo mit einem lautlosen, gehässigen Lachen. Der Gott der Schlachten, der Bürgerkriege, der blutigen Kreuzzüge: Er soll sie aufspießen, er soll ihnen die Hörner zwischen die Beine rammen, mitten ins Arschloch hinein, er soll sie in zwei Teile spalten, er soll sie eines schlechten Todes sterben lassen.

Doch das ist am frühen Abend, in der ersten Dämmerung, als alles zu Ende ist, unter dem Vordach des Landhauses.

Jemand, bestimmt Isabel, spielt ein melancholisches Stück auf dem Klavier, eine Melodie, deren Töne in der schweren

Luft der Abenddämmerung verfliegen wie einzelne Silben eines vergessenen Gedichtes.

Zwanzig Jahre zuvor, unter einer anderen Sonne im gleichen Monat Juli, war sein Vater auf Mayorals erschrockene Stimme hin unter das Vordach der Maestranza getreten.
 Es war genau drei Uhr nachmittags, und sie hatten sich gerade zum Mittagessen an den Tisch gesetzt. Raquel war dabei, frisches Wasser in die Gläser zu füllen, die sich beschlugen. In diesem Augenblick war draußen die verstörte Stimme Mayorals zu hören.
 »Junger Herr! Junger Herr José María!«
 Er ging hinaus, unter das Vordach des Hauses; Mayoral fuchtelte wie wild mit den Händen.
 Auf der Straße von Quismondo, hinter der Reihe der Pappeln, war undeutlich die Bewegung eines Trupps von Leuten zu erkennen. Wahrscheinlich auch von Pferden. Sein Vater trat an die Balustrade und hieß Mayoral das Fernglas holen.
 Das Julilicht fiel wie Blei auf die Landschaft.
 Zwischen den flimmernden, dünnen, heißen Luftschichten, die hin und wieder durch einen plötzlichen Windstoß in Bewegung gesetzt wurden, glaubte sein Vater im Zentrum des Staubwirbels die flache Form eines kleinen Lastwagens zu erkennen. Einen Augenblick lang blitzte es auf über den unkenntlichen Köpfen der Männer, die dichtgedrängt auf der Ladefläche des – eher erahnten, vermuteten als wirklich gesehenen – Fahrzeugs standen.
 »Flinten«, sagte er.
 Viel mehr mußte man nicht sagen. Aber vielleicht waren es nicht nur Flinten, sondern auch hochgereckte Sicheln. Und Sensen.
 Lorenzo könnte es uns erzählen.
 Obwohl er nicht dabei war beim Tod seines Vaters. Er war

nicht Zeuge dieses Geschehens. Außerdem dürfte man, wollte man sich genau ausdrücken, einstweilen noch nicht einmal das Wort »Vater« benutzen. Denn er war es noch nicht, jener junge Mann, der am 18. Juli 1936, um drei Uhr nachmittags, unter das Vordach der Maestranza trat.

Weder war er sein Vater, noch wußte er, daß er es sein würde.

Er würde sterben, ohne es zu wissen, wenige Minuten später. An jenem Tag wußte es niemand. Lorenzo war noch nicht der Sohn von José María Avendaño. Er war niemandes Sohn. Besser gesagt, er war niemand. Er war nichts, fast nichts. Nur eine wirres Gewimmel der Eingeweide, ein sich ansammelndes, zusammenballendes Gebilde, wohlgenährt in den wohligen Tiefen des mütterlichen Leibes. Erst zwei Wochen nach dem Tod ihres Mannes sollte Mercedes Pombo feststellen, daß sie schwanger war, daß ihre Hochzeitsreise mit José María – zweifellos in Biarritz, es war leicht nachzurechnen – diese gewöhnlich als glücklich bezeichnete Folge gehabt hatte.

Doch am 18. Juli, als er frisch verheiratet, noch immer heiter, unter das Vordach der Maestranza trat, wußte weder er noch sonst jemand, daß er Lorenzo gezeugt hatte.

Zwanzig Jahre später, auf den Tag genau, könnte dieser erzählen, wie sein Vater – jetzt ist er es wirklich, seltsamerweise, dieser Unbekannte, dieser junge Tote, diese Phantom- oder Fabelgestalt, mit deren Leben sein eigenes nicht eine einzige Sekunde geteilt hat, Gestalt einer anderen Zeit also, einer anderen Geschichte, jetzt ist er wirklich sein Vater, mein Vater, der du bist im Himmel des Todes, schon bevor du es warst –, könnte er erzählen, wie sein Vater aus dem Haus trat, als er Mayorals panische Stimme hörte, um zu sehen, wie die Landarbeiter aufgebracht aus Quismondo herbeigezogen kamen.

Er könnte es erzählen, weil er in den Jahren seiner Kindheit mit leiser Furcht die schrecklichen, endlosen Erzählungen über diesen alten Tod gehört hatte.

Doch das war in der Abenddämmerung, als die im Zuge der Meuterei der Landarbeiter zum Großteil mißratene Bußzeremonie beendet war, als José Manuel und Kommissar Sabuesa das Gut bereits Richtung Madrid verlassen hatten, beide wütend, wenn auch aus sehr unterschiedlichen Gründen.

Jetzt befindet sich Lorenzo noch in La Prosperidad, dem Laden von Eloy Estrada, während der Junge der Tankstelle ihm den Renault auftankt. Er war aus dem Auto gestiegen, er hatte vage gedacht, hoffentlich erfüllt sie sich, die Anrufung *Gott mit uns* oder Gott steh uns bei, wie man hierzulande eher zu sagen pflegte. Vor allem an einem Tag wie diesem, so voller Tod.

In diesem Augenblick erschien der Besitzer, Eloy Estrada.

»Willkommen, Lorenzo.«

Er wirkte etwas merkwürdig, wie er so auf seinen Tisch zukam, als wollte er ihm irgend etwas mitteilen, Ungeduld lag in seinen Bewegungen, seiner Stimme, etwas vage Düsteres in den Augen.

Er ist seltsam, der Eloy, dachte er: nervös und traurig oder besorgt.

So weit Lorenzo zurückdenken kann, seitdem er sich an seine Teilnahme an der Gedenkfeier des 18. Juli erinnern kann, die José Manuel Avendaño in seiner Funktion als Pater familias gleich nach dem Ende des Bürgerkrieges eingeführt hatte – und er nahm ab dem 10. Lebensjahr daran teil –, seitdem erinnert sich Lorenzo, daß dieser denkwürdige Julitag für Eloy Estrada immer ein Festtag zu sein schien, vielleicht mit einer Spur von zusätzlichem Ernst, von Feierlichkeit, aber ein Festtag in jedem Fall.

Nicht nur wegen der außergewöhnlichen Einkäufe, die von den Herrschaften der Maestranza aus diesem Anlaß für ihre zahlreichen Gäste im Laden getätigt wurden. Nicht nur wegen der sich alljährlich wiederholenden Anfahrt von Würdenträgern der Provinz – bisweilen sogar der Hauptstadt –, die etwas Abwechslung in die Monotonie des Lebens in Quismondo brachte. Sondern zweifellos auch aus irgendeinem verborgenen Grund. Als hätte Eloy eine persönliche, passionierte Beziehung zu diesem fernen Geschehen.

»Eloy, waren Sie eigentlich in Quismondo, als das mit meinem Vater passierte?«

Er hätte die Frage nicht knapper ausdrücken können, er hätte sie nicht neutraler, weniger aggressiv formulieren können. Dennoch reagierte Eloy Estrada heftig: Er machte eine fahrige Bewegung, verschüttete den Rotwein, den er gerade trank. Der rote Fleck des Weines auf der Hemdbrust wirkte wie plötzlich vergossenes Blut.

Nein, er sei nicht in Quismondo gewesen, doch ja, er sei da gewesen, aber er habe nichts mitbekommen, ich erinnere mich an nichts, Lorenzo, na ja, doch, an das Radio, die Verlautbarungen der einen und der anderen, die Aufrufe, die Proklamationen dieses Generals, der später in Sevilla berühmt wurde, Queipo de Llano, ja, solche Erinnerungen, aber an den Tod von José María Avendaño, an den Tod deines Vaters, Lorenzo, habe ich keine Erinnerung, ich habe es am Tag darauf erfahren oder zwei Tage später, ich weiß es nicht mehr, aber nach dem, was sie mir im Dorf erzählt haben, wurde der Trupp der Landarbeiter von Scheelauge Chema angeführt, der gerade in Burgos gestorben ist, in der Strafanstalt in Burgos, meine ich, sie begraben ihn heute, das weißt du, nicht?, sie begraben ihn auf dem Gut, im gleichen Grabmal wie deinen Vater, Lorenzo...

Aber Lorenzo weiß von nichts.

Er weiß nichts vom Scheelauge, nicht einmal, wer er war, weder warum noch wieso, noch wann und wozu er heute mit seinem Vater begraben werden soll, auch nicht, warum er in der Strafanstalt in Burgos gestorben ist: Lorenzo weiß überhaupt nichts.

Der Junge der Tankstelle – eine von denen mit manuellem Betrieb, mit Handpumpe – zog in diesem Augenblick den Schlauch aus dem Tank des Renault, der sicher voll war.

Lorenzo verließ La Prosperidad, nahm ein paar Geldscheine aus der Tasche, bezahlte das Benzin. Dem Jungen des *Gott mit uns* gab er ein großzügiges Trinkgeld.

»Gut, Eloy, bis dann also...«

In diesem, im letzten Augenblick, als Lorenzo sich schon bückte, um in den Wagen zu steigen – Isabel hatte sich nicht von ihrem Sitz gerührt, sie hatte nichts und niemanden angeschaut, vertieft in Gott weiß welche Träumerei, versunken in wer weiß welches Selbst –, in diesem letzten Augenblick trat Eloy Estrada auf den Bürgersteig hinaus und platzte mit der Nachricht heraus, die ihn so nervös machte.

»Auf dem Gut wird es heute Ärger geben«, sagte er. »Die Landarbeiter meutern...«

Lorenzo hielt inne in seiner Bewegung und wandte sich um.

»Meutern? Warum? Was verlangen sie?«

Eloy Estrada erklärte ihm hastig:

»Na ja, verlangen tun sie nichts... Aber sie wollen die Ermordung deines Vaters nicht mehr aufführen, Lorenzo... Sie sagen, es reicht jetzt, sie seien nicht hier gewesen, als es passierte, sie wüßten nichts von alldem... Und es sei Zeit, zu vergessen... Sie pochen darauf, daß der Arbeitsvertrag sie nicht zu einer solchen Schauspielerei zwingen kann... Kurz, sie weigern sich, die Aufführung zu machen...«

Lorenzo fand die Sache mit der Meuterei sehr gut. Fast

hätte er seine Freude bekundet. Es war Zeit, bei Gott, sogar beim *Gott* des Gürtels, es war Zeit, daß diese barbarische Zeremonie ein Ende fand.

Er erinnerte sich, daß er Mercedes eine Postkarte aus Florenz geschickt hatte – wenn er an seine Mutter dachte, nannte er sie immer bei ihrem Vornamen, Mercedes, im Spaß und in vertraulicher, scherzhafter Anspielung auf Zorillas *Don Juan Tenorio*, den sie zusammen gelesen hatten, zuweilen auch »meine herzallerliebste Mercedes« –, eine Postkarte, auf der er ihr seine Ankunft mit Isabel auf dem Gut mitgeteilt und sie an ihr Versprechen erinnert hatte, daß es das letzte Mal sein würde.

Eloy Estrada wiederum störte es nicht, daß es das letzte Mal war, ganz im Gegenteil, auch machte es ihm keine Sorgen, daß die Landarbeiter die Aufführung verweigerten. Was ihn beunruhigte, was an seinen Nerven zerrte, gerade in Anbetracht der Meuterei und der Scherereien, die sie mit sich bringen konnte, war die Anwesenheit von Kommissar Sabuesa auf dem Gut.

Als wäre das noch nicht genug – aber der Erzähler kann nicht mit Sicherheit behaupten, daß Estrada die feste Absicht hatte, es Lorenzo wenigstens in Kürze zu erzählen, man kann zu diesem Zeitpunkt der Erzählung unmöglich wissen, ob er wirklich den Entschluß dazu gefaßt hatte –, als wäre das noch nicht genug, hatte Eloy im Hinterzimmer von La Prosperidad, in dem der Kommissar am Vortag zu Mittag gegessen hatte, einen Augenblick genutzt, in dem Sabuesa sich für längere Zeit in die Toilette eingeschlossen hatte, und die Schriftstücke durchgeblättert, die dieser an dem Vormittag mitgebracht und unvorsichtigerweise auf dem Tisch hatte liegen lassen.

Den Stoß Schriftstücke – 193 sorgfältig numerierte Seiten – konnte er nur rasch durchsehen, genug, um zu erkennen, daß es sich um die Verhöre von Studenten und Professoren handelte, die etwas mit den Unruhen an der Universität im Februar dieses Jahres zu tun hatten; jedoch nicht genug, um die Namen der erwähnten Personen zu behalten, wohl aber, um festzustellen, daß die polizeilichen Unterlagen Hinweise auf Lorenzo Avendaño enthielten.

Nach den Studentenkrawallen im Februar, die in aller Munde gewesen waren, hatte die Familie Lorenzo nach Italien geschickt. Eloy erinnert sich, daß es eine Art Familienrat gegeben hatte, zu dem auch der Jesuit angereist war, der gewöhnlich in Deutschland lebte. Sie hatten sich auf der Maestranza getroffen, und das konkrete Ergebnis der Debatte war Lorenzos überstürzte Abreise nach Italien gewesen, um »den Horizont seiner Studien zu erweitern«: so lautete die Erklärung, die man den Leuten gab.

Daraus ließ sich schließen – und das tat Estrada sogleich –, daß Lorenzo, obwohl er nicht zur bedeutsamen Gruppe der im Februar Verhafteten, zu den bekanntesten Aufrührern, den »Anführern« gehörte, wie Sabuesa sagte, aus irgendeinem Grund in Gefahr wäre, wenn er in Madrid bliebe.

Und so hatte er räumlichen und zeitlichen Abstand gesucht und war nach Italien entschwunden, von wo er gerade zurückgekehrt war.

Würde Estrada Lorenzo erzählen, daß Kommissar Sabuesa sich für ihn interessierte? Würde er ihm sagen, daß er aufmerksam seine Postkarte aus Florenz studiert hatte, obwohl er dann später Desinteresse vorgespiegelt hatte? Würde er ihm außerdem sagen, *last but not least* – Lorenzo habe von Ortega die gespreizte Manie übernommen, verspottete Isabel gelegentlich ihren angebeteten Bruder, Ausdrücke lebender oder toter fremder Sprachen, vom Englischen oder Deutschen bis zum Lateinischen oder Griechischen zu verwenden –, daß Sabuesa unter seinen Papieren auch eine Notiz hatte, in der Lorenzos familiärer und universitärer Hintergrund zusammengefaßt war und die mit einer Bemerkung endete, die Eloy auswendig gelernt hatte, aber nicht ganz verstand?

Die Notiz endete in der Tat folgendermaßen, nach der Aufzählung der biographischen Angaben: »Lorenzo Avendaño. Scheint eng mit JP befreundet zu sein, also mit einem der sichtbaren Köpfe der Subversion. Man hat sie regelmäßig zusammen beim Mittagessen gesehen. (La Taurina, in der Calle Alcalá, observieren.) Wäre ein idealer Verbindungsmann für Federico Sánchez. Die Zeremonie in Quismondo für Nachforschungen nutzen: ihm irgendeine Falle stellen...«

Hinzu kam – obwohl man nicht mit Sicherheit wissen kann, ob Eloy Estrada wirklich bereit war, Lorenzo dies bei ihrer morgendlichen Begegnung in La Prosperidad zu erzählen –, daß er gar nicht die Zeit hatte, es zu tun.

Isabel hatte sich an ihren Bruder gewandt: ihr Blick war ganz Düsterheit und Herausforderung.

»Sag mal, Lorenzo, hast du beschlossen, daß ich vor Hunger und Langeweile sterben soll? Willst du unbedingt, daß das Frühstück der Satur kalt wird, das auf mich wartet?«

Daraufhin stieg Lorenzo in den Wagen, ohne noch eine Minute zu verlieren. Er startete den Renault, und wir werden nicht erfahren, was Eloy Estrada Lorenzo zu sagen beschlossen hatte, welchen Teil der Wahrheit oder ob die ganze Wahrheit: die, die er kannte.

Wir werden es nicht erfahren. Zumindest vorläufig nicht.

»... mit diesen Augen und diesen Augenschatten...«

Warum treiben plötzlich diese Worte durch seine Erinnerung? Lorenzo weiß es nicht, er weiß nicht, warum sie aufgetaucht sind, vereinzelt, losgelöst, ohne jeden Zusammenhang, als er sah, wie Raquel auf ihn zukam, wie sie mit ihrem harmonischen Gang den Vorbau der Maestranza durchquerte.

Zuvor war niemand herausgetreten, um Isabel und ihn zu begrüßen.

Er parkte den Wagen neben einem anderen Auto mit Madrider Kennzeichen, auf der weiten, mit feinem, sorgfältig geharktem weißen Sand bedeckten Fläche. Er ging zum Vorbau und ließ sich in einen der Korbsessel fallen. Isabel lief gleich zur Küche, zum Frühstück und zum Schwatz mit der Satur: zu ihrem Kindheitsparadies.

Er blieb allein zurück. Tiefe Stille umgab ihn: dicht und kristallklar zugleich. Die Morgenbrise verwehte die Düfte der Felder und des Gartens. Vielleicht war der Geruch nach Minze der beherrschende. Wieder erfaßte ihn das Gefühl oder eher die Gewißheit früherer Jahre, wie immer: die gleiche wie immer. Hier war er an seinem Platz, am wesentlichen Ort seines Lebens, an der Stätte seines Seins und seiner Träume, seines Daseins in der Welt.

An der Stätte jenes alten Todes, das kann er nicht vergessen.

Seit seinem sechzehnten Lebensjahr spielte Lorenzo die Rolle seines Vaters in dieser Art Mysterienspiel, das sein Onkel zum ewigen Gedenken an den Mord von 1936 erfunden hatte, um diesen absurden Tod unsterblich zu machen und von Generation zu Generation das Schuldgefühl bei den Landarbeitern des Gutes zu verfestigen.

Es war etwas, das José Manuel von ihm gefordert hatte, etwas, das ihm nicht nur abstoßend, sondern auch furchteinflößend erschien, dem er sich jedoch nicht zu widersetzen vermochte, weil er zu jung war.

Und doch war dies die Stätte seines Seins, so als zeugte er sich selbst durch die Verkörperung der Gestalt seines Vaters, zeugte sich als rechtmäßigen Erben des abenteuerlichen

Geschlechts der Avendaños, obwohl er am Tag jenes alten Todes noch nicht wirklich existiert hatte.

Sie war erschütternd, diese Gewißheit, aber nicht beängstigend.

In diesem Augenblick, in der duftenden, dichten Stille des Morgens, gelangten laute Frauenstimmen an sein Ohr, die aus der Küche kamen: Isabel war da, das junge Fräulein Isabel!

Vor dem Hintergrund dieses fröhlichen Stimmengewirrs erschien Raquel, und als er sie näherkommen sah mit ihrem harmonischen Gang, leicht und stolz, fast tänzerisch über die Fliesen des Vorbaus gleitend, kamen ihm diese einzelnen, sicher unvollständigen, völlig zusammenhanglosen Worte in den Sinn, »mit diesen Augen und diesen Augenschatten«, die wahrscheinlich aus irgendeinem Gedicht, irgendeinem Schlager oder Lied stammten, jedoch jetzt, unter dem Vordach der Maestranza, als er Raquel näherkommen sah, ganz von allein aufgetaucht waren, es gab nichts um sie herum, kein Vorher, kein Nachher, als wären sie aus dem Nichts aufgestiegen, nur, um Raquels Kommen anzukündigen.

Auf das Tischchen zunächst dem Sessel, den Lorenzo ausgewählt hatte, um sich in ihm auszustrecken, erschöpft von einer durchwachten Nacht und der ermüdenden Reise in dem klapprigen Renault, stellte Raquel ein Tablett mit einer kleinen Tasse schwarzem, starkem, duftendem Kaffee, ein paar Keksen und einem großen Glas frischen Wassers: es war das, wonach es ihn um diese Zeit verlangte.

»Lorenzo, was für eine Freude«, sagte sie leise, während sie ihm ins Gesicht schaute.

Ein Anflug von sinnlicher Erregung ließ ihn seine ganze Müdigkeit vergessen. Plötzlich erinnerte er sich an weitere Worte im Umkreis des Halbsatzes, der ihm im Kopf herumgegangen war, obwohl er noch immer nicht wußte, woher sie kamen.

Wen erwartest du, so früh am Morgen
Mit diesen Augen und diesen Augenschatten:
Eingesperrt wie die wilden Tiere
Hinter den Gitterstäben deines Fensters?

Er war nicht sicher, daß es genauso war, aber so ähnlich mußte es heißen.

Er erinnerte sich noch immer nicht, woher diese Worte kamen, aus welchem Lied, aus welchem Schlager, aus welchem Gedicht vielleicht?

Raquel kniete neben dem Korbsessel nieder.

»Ich habe dich ja eine Ewigkeit nicht gesehen, Lorenzo, was für eine Freude...«

Sie dachten an dasselbe, sie errieten es, sie wußten, daß sie zur selben Zeit an dasselbe gedacht hatten.

Sie, zu Lorenzos Füßen kniend, hatte ihren linken Arm auf seine Brust gelegt und strich ihm mit der anderen Hand sanft über das Gesicht, über die Lider, die Wangenknochen, die Lippen.

Sie dachten an dasselbe, voll Inbrunst, voll Dankbarkeit, ohne Wehmut noch Bitterkeit.

In dem Jahr, in dem Lorenzo sechzehn Jahre alt wurde, 1953, erhielt er in seiner Madrider Wohnung den ungewohnten und sogar ungewöhnlichen Besuch seines Onkels José Manuel.

Lorenzo weiß noch, daß er gerade mit einem poetischen Text Ovids kämpfte, der wegen seiner konzisen, rätselhaften Subtilität schwer zu übertragen war, als es an die Tür seines Zimmers in der Wohnung der Calle Alfonso XII., Ecke Juan de Mena, klopfte und sein Onkel José Manuel mit den Worten hereintrat: »Ist es gestattet, Lorenzo?« Er kam, um ihm zu sagen – weitschweifig, unter zahlreichen, wenn auch, so dachte Lorenzo, etwas konfusen Hinweisen auf die jüngste spanische Geschichte, namentlich die des Kreuzzugs –, daß er nicht nur das Alter der Vernunft erlangt habe, sondern auch das Mannesalter, das des Erben seines heimtückisch ermordeten Vaters, er ruhe in Frieden, und daß deshalb...

Langer Rede kurzer Sinn: daß ab dem nächsten Juli, ab der nächsten Bußzeremonie, es ihm, seiner Person, zukomme, die Rolle José María Avendaños, seines unglückseligen Vaters, auf der Maestranza zu übernehmen.

Lorenzo hatte in den letzten Jahren, seit seinem zehnten Lebensjahr, bereits an der unseligen Zeremonie teilgenommen. Er hatte gesehen, wie sein Vater – besser gesagt, der Bruder seines Vaters, der Jesuit José Ignacio, der die Rolle bis zu besagtem Jahr 1953 gespielt hatte und sie damals aufgab, weil er zu alt geworden war, wie José Manuel meinte, der sich dieses ganze Spektakel ausgedacht hatte und großen Wert auf den realistischen Aspekt der dramatischen Groteske legte –, er hatte gesehen, wie er unter das Vordach der Maestranza getreten war, nachdem er die verstörte, hektische Stimme Mayorals gehört hatte.

Und die Rolle Mayorals spielte noch immer Mayoral, der mit derselben verstörten, hektischen Stimme rief wie an jenem Julitag vor zwanzig Jahren, als er den bewaffneten Trupp auf der Straße von Quismondo kommen sah.

Es kam jedoch alles anders an jenem Tag vor drei Jahren, als er sechzehn Jahre alt geworden war und zum ersten Mal die Rolle seines Vaters spielte: Es war nicht dasselbe, Schauspieler oder Zuschauer dieser Inszenierung zu sein. Am Ende, als die Landarbeiter ihre Flinten abfeuerten, stürzte Lorenzo unter dem Vordach des Hauses zu Boden, mit dem Gesicht nach unten, als wäre er tatsächlich tödlich getroffen worden. Mit einer solchen Natürlichkeit, mit einer so pathetischen Hingabe des ganzen Körpers, daß Mercedes Pombo voll Schrecken der Gedanke durch den Kopf ging, eine Flinte sei womöglich zufällig oder böswillig mit Schrotkugeln oder einer der Kugeln geladen gewesen, die in der Gegend bei der Hochwildjagd benutzt wurden.

So dachte sie und warf sich über den hingestreckten Körper Lorenzos, was die Glaubwürdigkeit dieses Augenblicks der Zeremonie noch erhöhte. Es fehlte nicht viel, und José Manuel Avendaño, der Erstgeborene, zynisch wie immer, hätte der spontanen Darstellung applaudiert. So weit gingen die übrigen Zuschauer nicht, aber die ergreifende Wahrhaftigkeit von Lorenzos gespieltem Tod und der Schmerz seiner Mutter, der nicht gespielt war, ließen niemanden unberührt.

Doch weder Raquel noch Lorenzo haben an diesen Augenblick vor drei Jahren gedacht. Sie haben natürlich an das gedacht, was danach geschah. Sie haben an die Liebe gedacht, nicht an den Tod.

Vor drei Jahren, als der theatralische Teil der Zeremonie beendet war, jene Art Mysterienspiel, das der erstgeborene Avendaño bis in die Einzelheiten inszeniert hatte, fand der übliche religiöse Akt statt, der dieses Mal von einem Hilfsbischof aus Toledo zelebriert wurde, gefolgt von der ebenfalls üblichen Ansprache José Manuels, die sich an die Bauern richtete, um sie daran zu erinnern, daß sie elende Mörder oder Nachkommen von Mördern waren, und ihnen nebenbei die Grundprinzipien der Glorreichen Bewegung aufzuzählen.

Danach, und auch das war üblich, fand unter freiem Himmel, jedoch im Schatten der hundertjährigen Bäume der Maestranza, ein großes Mittagessen statt, das vom weiblichen Küchenpersonal der Satur unter dem wachsamen Blick Raquels aufgetragen wurde: eher ein Bankett als ein einfaches Mittagessen, das Freund und Feind, das heißt, Landarbeiter und Landbesitzer der Umgebung sowie zivile und kirchliche Würdenträger vereinte; ein Bankett, bei dem Lorenzo den Vorsitz führte, der an jenem Tag durch die Erinnerung an das Blut seines Vaters symbolisch zum rechtmäßigen Erben aller Leben und aller Tode des Geschlechts gesalbt worden war.

Doch Lorenzo, wie zu befürchten stand und wie einige Teilnehmer – oder besser gesagt Teilnehmerinnen befürchtet hatten, im Hader mit der Situation und mit sich selbst, trank zuviel, obwohl Mercedes, die neben ihm saß, dies zu verhindern suchte und Raquel, die es gemerkt hatte, ab und zu herantrat, um das stets neu gefüllte Rotweinglas auf den Boden zu leeren.

Als man bereits beim Nachtisch war, erhob er sich plötzlich von seinem Stuhl, bat um Stille, indem er ein paarmal mit einem Messer gegen ein leeres Glas klopfte, und verkündete, er werde ein zur Gelegenheit passendes Gedicht vortragen.

Mercedes wurde blaß, sie fürchtete das Schlimmste.

Und es war in der Tat das Schlimmste. Nicht wegen des Gedichts als solchen, das von Rafael Alberti stammte und großartig war und es im übrigen noch immer ist. Es war das Schlimmste in einer derartigen Situation, da der öffentliche Skandal unvermeidlich war.

An diesem Punkt seiner Erzählung muß der Erzähler seine Zweifel bekennen, eine gewisse Ungewißheit offenbaren.

Denn er weiß nicht so genau, woran er sich halten soll, was das Gedicht von Rafael Alberti betrifft, das Lorenzo an jenem Tag rezitierte oder deklamierte, fast proklamierte. An jenem 18. Juli 1953, als sein Onkel José Manuel ihn zwang, bei der Bußzeremonie die Rolle seines Vaters zu spielen.

Der Erzähler besitzt nämlich zwei unterschiedliche Versionen dieses Gedichtvortrages, die freilich beide von Domingo Domingín stammen. In der ersten rezitierte Lorenzo ein Fragment des Gedichtes »Madrid-Herbst« aus dem Band

Von einem Augenblick zum anderen, der zwischen 1934 und 1938 entstanden ist.

Lorenzo rezitierte in Domingos erster Version voll Inbrunst, mit einer rhetorischen Meisterschaft, die man angesichts seines jungen Alters kaum erwartet hätte:

> Diese unerwarteten
> Familienporträts
> auf denen die Männer des Hauses, bestückt
> mit der nutzlosesten militärischen Kleidung,
> uns betrachten, zerbrochen,
> schmutzig, getreten,
> mit der unausdrückbar starren, dunklen Miene
> derer, die schon geboren werden mit der Wand
> der Exekutierten im Rücken…

Es waren die letzten Worte, es war die brutale Vergegenwärtigung der Wand der Exekutierten, die José Manuel Avendaño zornig und empört auffahren ließ. Er unterbrach seinen Neffen, hielt ihm erregt vor, er erlaube sich eine grobe, blasphemische Verhöhnung des Todes seines eigenen Vaters, und untersagte ihm in aller Entschiedenheit, mit dem Rezitieren des Gedichts von Alberti fortzufahren.

In der zweiten Version Dominguíns, die mit der ersten in den Einzelheiten des Geschehens übereinstimmte, rezitierte Lorenzo ein anderes Gedicht beim Nachtisch des großen Mittagessens. Er rezitierte ein früheres Gedicht, aus dem Band *Der Dichter auf der Straße*, dasjenige, das den ersten Satz des *Kommunistischen Manifests* wie eine stolze Fahne im Titel führt.

Nach dieser zweiten Version rezitierte Lorenzo also jenes Gedicht-Manifest: »Ein Gespenst geht um in Europa / und die alten Familien schließen die Fenster...« (hier wird der Erzähler, den ebenfalls eine enge, leidenschaftliche Beziehung mit all diesen Versen von Rafael Alberti verband, sich kaum einer persönlichen, kindlichen Erinnerung entziehen können, so flüchtig sie auch sein mag: die Erinnerung an den 14. April 1931, im Madrider Salamanca-Viertel, als er hörte, wie sich die Fenster und Fensterläden der alten Familien der Nachbarschaft unter lautem Getöse schlossen, als fühlten sie sich beleidigt durch die republikanischen Trikoloren, die seine Mutter – die des Erzählers, versteht sich – an den Balkonen ihrer Wohnung an der Ecke Alfonso XI. und Juan de Mena anbrachte). Lorenzo fuhr fort mit dem Gedicht Albertis, das folgendermaßen weitergeht: »und die alten Familien schließen die Fenster / verrammeln die Türen / und der Vater läuft im Dunkeln zu den Banken / und das Herz steht still an den Börsen / und träumt des Nachts von Scheiterhaufen...« und so weiter, in einem Atemzug, mit fester, klarer, kraftvoller Stimme, bis zu dem schrecklichen Vers: »die Bauern ziehen vorbei und treten auf unser Blut«, und in diesem Augenblick lief ein dumpfer Laut, etwas wie ein dumpfer, kollektiver Seufzer durch die Reihen der Anwesenden, die bislang wie versteinert gewesen waren in sprachlosem Schweigen – in Todesstille? –, und José Manuel Avendaño begann wütend zu schreien und befahl seinem Neffen, er solle den Mund halten, um Gottes willen und bei allen Heiligen, beim Kreuze Christi, es war genug.

Wie man sehen kann, verändert der Unterschied zwischen den beiden Versionen von Domingo Dominguín, so kurios er unter literarischen Gesichtspunkten ist, nicht wirklich die Schilderung der Ereignisse. Das Wesentliche ändert sich nicht von einer Version zur anderen.

Tatsache ist, daß José Manuel seinen Neffen unterbrochen hatte, als dieser ein Gedicht von Alberti rezitierte.

Da nicht mit Gewißheit feststeht, welches Gedicht es war, kann man auch nicht wissen, welcher Vers imstande gewesen war, den maßlosen Zorn von Lorenzos Onkel zu erregen. Jedenfalls verstummte Lorenzo, blaß geworden nach José Manuel Avendaños Wutanfall, und dieser war das unzweideutige Zeichen, das die Gedenkfeier für beendet erklärte.

Die Festtafel löste sich auf, und die Tischgäste verließen den Ort in schweigenden oder murmelnden, tuschelnden Gruppen. Lorenzo blieb am Tisch sitzen, den Kopf in den Armen vergraben, die er auf der Tischdecke verschränkt hatte. Dann, lange Minuten später, hob er den Kopf und suchte mit den Augen nach seiner Mutter. Aber sie war verschwunden, wie fast alle Personen, die am Kopfende der Tafel gesessen hatten.

In seiner Nähe war nur Raquel, aufmerksam und beschützend. Doch Lorenzo hatte das verzweifelte, dringende Bedürfnis, Mercedes zu sehen.

Er brauchte die sofortige Gegenwart seiner Mutter, ihre Zärtlichkeit, ihren Schoß, ihre Zuwendung. Er mußte ihr sofort erzählen, wie er diese düstere Zeremonie erlebt, wie er alles in ihr gegeben hatte. Er mußte ihr von der Gewißheit erzählen, die ihn heute vormittag erfaßt hatte, eine vielleicht erschütternde, aber nicht beängstigende Gewißheit, erfüllt von gelassener, leuchtender Verzweiflung. Denn ihm war der Gedanke gekommen, daß er sich durch die Verkörperung der Gestalt seines toten Vaters – der gestorben war, bevor er wirklich sein Erzeuger gewesen war, bevor er es wußte jedenfalls –, in dieser abscheulichen Simulation gleichsam selbst gezeugt hatte als rechtmäßigen Erben des abenteuerlichen Geschlechts der Avendaños.

Lorenzo rannte auf das Herrenhaus der Maestranza zu, ohne auf Raquels warnende Worte zu achten, die zweifellos fürchtete, was ihn dort erwartete.

Erst an der Tür zu Mercedes' Wohnräumen – kleiner Salon, Schlafzimmer, Bad und Ankleidezimmer –, die im hinteren Teil der Hauptgalerie lagen, gelang es Raquel, ihm den Weg zu versperren. »Geh nicht rein«, sagte sie zu Lorenzo, »deine Mutter wird ihre Siesta halten...« Doch Raquel gab dieser geläufigen, harmlosen Mitteilung einen dramatischen Ton, als kündigte sie eine Katastrophe an.

Lorenzo stieß sie zur Seite und stürmte in den kleinen Salon, der an das Schlafzimmer seiner Mutter grenzte. Diese schlief nicht, sie hurte. Das war das Wort aus dem Katechismus- oder Religionsunterricht, das Lorenzo einfiel, »Hurerei«, um die Szene zu bezeichnen, die sich ihm darbot.

Nackt von der Taille abwärts, aber noch immer mit dem makellosen Hemd und der schwarzen Krawatte der Begräbniszeremonie, auf dem Sofa hingestreckt und halblaute, obszöne Worte von sich gebend, wurde sein Onkel José Manuel von Mercedes geritten, die, halbnackt, die Hinterbacken im frenetischen Takt der heftigen Anweisungen bewegte, die er erteilte und auf die sie mit immer heftigerem, verzücktem Stöhnen und erstickten, lustvollen Lauten reagierte.

Lorenzo schloß die Augen in der verzweifelten Hoffnung, die Wirklichkeit dieser Urszene, dieser in jeder Hinsicht primitiven Szene, auszulöschen, während ein untröstlicher Schrei aus seiner Kehle kam.

Alles danach war Chaos und Tumult.

Das ertappte Paar löste sich voneinander. Mercedes stand auf und streifte den hochgeschobenen Rock herunter. José Manuel wandte sich ab, stolperte umher auf der Suche nach irgendeinem Kleidungsstück, mit dem er sein eregiertes Glied bedecken konnte. Inzwischen hatte Raquel Lorenzo gepackt und zerrte heftig an ihm, um ihn aus dem Zimmer zu schleppen.

Es gelang ihr, da er kaum Widerstand leistete.

Dann führte sie ihn durch den langen Gang zu ihrem eigenen Zimmer und legte ihn auf das Bett; er wurde geschüttelt von einem tiefen, keuchenden, tränenlosen Schluchzen.

Als Lorenzo, noch immer ausgestreckt auf Raquels Bett, sich beruhigt hatte, erzählte diese ihm die Geschichte von Mercedes – auch ihre eigene in gewisser Weise – seit jenem unseligen Julitag 1936.

Wie Benigno Perales sie beide gerettet hatte, nachdem sie sich in dem Geheimzimmer versteckt hatten, das speziell für die Geliebten des Großvaters Avendaño eingerichtet worden war; wie er sie nach Madrid gebracht hatte und wie sie in der belagerten, unwirtlichen, bombardierten Hauptstadt Jahre in Angst und Schrecken und an wechselnden Orten überlebt hatten; wie schwierig es im März 1937 gewesen war, die Probleme der Geburt der Zwillinge zu meistern und sie in den nachfolgenden Jahren, bis zum Ende des Bürgerkriegs, großzuziehen; wie zu diesem Zeitpunkt José Manuel wieder aufgetaucht war, machtbewußter Sieger unter den Siegern, und unverzüglich das Leben der Familie reorganisiert und sich an ihre Spitze gestellt hatte; wie Mercedes, die junge, hilflose Mutter, sich der Autorität José Manuels ausgeliefert gesehen hatte, der Effizienz, mit der er, objektiv Herr und Meister ihres Schicksals und des Schicksals ihrer Kinder, vor allem aus materiellen Gründen, den einstigen Wohlstand mitsamt seinen Privilegien wiederhergestellt hatte; wie an einem Tag des Jahres 1941 auf der Maestranza, wohin José Manuel ohne seine Frau zu kommen pflegte, eine dünkelhafte Person aus Valladolid, die das Gut und das Landleben haßte und nur den Glanz des gesellschaftlichen Lebens der Hauptstadt im Sinn hatte, wie also am Nachmittag jenes Frühlingstages 1941, als Mercedes sich nach dem Mittagessen in ihre Räume zurückgezogen hatte, um ein paar Stunden auszuruhen und zu lesen, José Manuel sich ihr plötzlich aufdrängte, sie begleitete und an der Schwelle ihres kleinen Salons in sanftem, aber entschiedenem Ton zu ihr sagte: »Heute, Mercedes, ich nehme an, du hast es bereits erraten, werde ich mein Recht der ersten Nacht ausüben«; wie sie ihn völlig entgeistert anfuhr: »Was ist denn das für ein Unsinn?«, und er es ihr in aller Ruhe erklärte, wie man das Selbstverständliche erklärt, wie man Dinge erzählt, die ganz normal geschehen, jeden Tag; er erklärte Mercedes, daß sie, jung und schön, wie sie war – in Wirklichkeit drückte er sich konkreter, obszöner aus, redete davon, wie heiß sie sei, wie sie die Männer aufgeile, obwohl sie nicht kokett sei, wie du uns alle scharf machst allein dadurch, daß du die Beine übereinanderschlägst, wenn du dich im Salon hinsetzst –, daß sie also in dieser ganzen Pracht ihrer sechsundzwanzig Jahre nicht für lange Zeit Witwe, Jungfrau und Märtyrerin, in einem Wort, ledig bleiben würde und er nicht gewillt sei, sich von jemandem den Gebrauch oder Genuß eines so göttlichen Körpers rauben zu lassen, zu erlauben, daß jemand ihm zuvorkam in dieser Absicht, und daß ich deshalb, ich sage es noch einmal, noch heute, zu dieser so passenden, so passiven Stunde der Siesta mein Recht der ersten Nacht ausüben werde, das mir zusteht als Erstgeborener der Avendaños und Vormund deiner Kinder, und während er ihr dies sagte, drang er mit ihr in das Schlafzimmer ein und gleich darauf in ihren Körper, mit kalkulierter, widernatürlicher Heftigkeit, wie der heilige Augustinus gesagt hätte – aber es ist nicht wahrscheinlich, daß José Manuel auch nur eine einzige Zeile der Schriften des heiligen Bischofs von Hippo Regio über die christliche Ehe gelesen hatte –, und um die Wahrheit zu sagen, an Augustinus dachte an jenem Nachmittag nur Mercedes in dem Augenblick, als ihr Schwager sie ohne allzu viele Prämissen oder zarte oder geduldige Präliminarien auf dem Sofa in Besitz nahm und sie erschöpft vor Lust und erdrückt von einem entsetzten, dunkel genußvollen Schuldgefühl zurückließ.

Natürlich erzählte Raquel – und es ist anzunehmen, daß kein verständiger Leser den geringsten Zweifel in dieser Hinsicht gehabt hat – Lorenzo die Geschichte von Mercedes an jenem Nachmittag des Jahres 1953, dem Jahr, in dem er sechzehn Jahre alt geworden war, nicht so peinlich und pervers genau, wie es jetzt der Erzähler tut, für den es keinerlei erzählerische Notwendigkeit gibt, die salzig-scharfe Wirklichkeit der Tatsachen zu versüßen. Sie beschränkte sich darauf, die wichtigsten Begebenheiten zu erzählen, und betonte vor allem, wie autoritär, ja despotisch der Erstgeborene der Avendaños vorgegangen war, um das auszuüben, was er weiterhin voll Zynismus – aber auch, um seine Beziehung mit Mercedes eindeutig aus dem Bereich der heiligen Rechtmäßigkeit der Ehe herauszuhalten – sein *Recht der ersten Nacht* nannte.

Wie auch immer, Lorenzo, der sich wieder gefaßt hatte, hörte dieser Erzählung mit geschlossenen Augen zu. Er lauschte Raquels Stimme, und vor sein inneres Auge traten die eben erblickten kruden Bilder, die jetzt, da sie wie auf einer Art Kinoleinwand erneut in seiner Erinnerung abliefen, in Einstellungen, die seine neugierige Phantasie ihm im Rückblick eingab, über die mit Abscheu gemischte Bestürzung hinaus, die sie in ihrer Unmittelbarkeit ausgelöst hatten, seltsamerweise eine machtvolle, unwiderstehliche erotische Wirkung enfalteten.

Denn während Raquel ihm die Geschichte von Mercedes, seiner Mutter, erzählte, liebkoste sie ihn mit der wissenden, präzisen Sanftheit ihrer erfahrenen Finger und Lippen und führte ihn ein in die Gründe und Abgründe der Freuden des Fleisches.

»Ich habe dich ja eine Ewigkeit nicht gesehen, Lorenzo, was für eine Freude...«

Sie kniet auf dem Boden, zu Lorenzos Füßen. Sie haben an dasselbe gedacht, während Raquel mit ihren Fingern sanft und leicht die Umrisse seines Gesichts, seine Wangenknochen, seine Lippen liebkost.

»Was wird heute auf dem Gut passieren, was wollen die Landarbeiter, wer ist das Scheelauge?« fragt Lorenzo in einem Atemzug.

Raquel lacht.

»Viele Fragen auf einmal«, sagt sie, aber dann löst sie sich von Lorenzo, setzt sich auf einen Korbschemel, der in der Nähe steht, und beantwortet sie.

Sie erzählt ihm zuerst, wer das Scheelauge war: daß er als Kind mit den jungen Herrschaften gespielt hatte, wie Benigno Perales, wenn auch nicht so oft; daß er sich bei Beginn des Krieges durch Zufall in Quismondo befand; sie erzählte ihm das Wesentliche. Daß er an jenem Tag bei den Landarbeitern war, die jedoch, soviel sie wußte und wie er selbst, Chema, später sagte, nicht in böser Absicht gekommen waren, niemand wollte die Besitzer töten, sie wollten das Land der Maestranza besetzen, das Gut kollektivieren, das war das Zauberwort, an das Raquel sich ganz genau erinnern kann, das Gott weiß warum die Landarbeiter und landlosen Bauern geradezu elektrisierte; Kollektivierung: das machte sie heiß. Jedenfalls erfuhr man nie, warum irgendeine Flinte losgegangen war und der Schuß den jungen Herrn José María getroffen hatte, woraufhin in einer Art tödlichen Ansteckung, in einer Mischung aus Angst und Ressentiment, von überallher auf ihn gefeuert wurde, bis der junge Herr im Kugelhagel zusammenbrach.

Doch was hatte der Leichnam von Scheelauge Chema heute auf der Maestranza verloren, warum sollte er im selben Grabmal wie sein Vater bestattet werden?

»Wer hat dir das erzählt?« will Raquel wissen.

»Na, Eloy Estrada, gerade eben, in La Prosperidad, wer sonst?«

»Und hat er dir erzählt, wo er am 18. Juli war?« fragt Raquel gereizt.

»Er weiß es nicht, er erinnert sich nicht, er erinnert sich an die Verlautbarungen im Radio, an die Proklamationen der einen und der anderen, aber sosehr er sich auch bemüht, er kann sich nicht erinnern, was er an dem Tag gemacht hat, wie er mir heute morgen erzählte.«

»Na, das hat er gestern auch dem schönen Gringo erzählt, daß er sich nicht mehr erinnert. Was für ein Heuchler, dieser Eloy.«

Das mit dem »schönen Gringo« ist Lorenzo natürlich nicht entgangen. Er will wissen, wen Raquel damit meint, und sie wird rot beim Gedanken an Dinge, die sie nicht erzählen will, obwohl sie ihr angenehm in Erinnerung sind, aber sie bezwingt ihre inneren Gefühle und erklärt ihm kurz, was sie über Leidson, den Amerikaner, weiß, warum er auf die Maestranza gekommen ist. Daß sie von dem Amerikaner als dem »schönen Gringo« sprächen, gehe auf Domingo Domingín zurück, so nannten ihn Mercedes und sie. Na ja, die junge Frau Mercedes und ich.

Lorenzo wußte, daß seine Mutter und Dominguín gut befreundet waren, daß sie manchmal zusammen zu Mittag aßen, bei Horcher, ganz in der Nähe der Wohnung der Avendaños, wenn Domingo nicht »blank« war, wie er zu sagen pflegte; oder in irgendeinem unansehnlichen Lokal in der Umgebung, wenn das Geschäft nicht gut lief in der Arena Vista Alegre.

Aber er hatte ihm nie von diesem amerikanischen Historiker erzählt. Allerdings war er auch nicht verpflichtet, ihm alles zu erzählen.

Raquel sagt ihm, daß Eloy Estrada seiner eigennützigen Vergeßlichkeit zum Trotz auf der Maestranza war, als die Bauern seinen Vater töteten. Noch dazu an der Spitze des Trupps, obwohl er selbst nicht hatte schießen können; er trug keine Flinte.

Monate später, als die Nationalen auf dem Weg nach Madrid in Quismondo einzogen, nahmen sie ihn fest. Aber er kehrte sehr bald ins Dorf zurück, frei und unbescholten. Mir, sagte Raquel, wird keiner ausreden können, daß er seine Freiheit erkauft hat, indem er sich in den Dienst der neuen Obrigkeit gestellt hat. Bestimmt informiert er sie über das, was in Quismondo und in der Umgebung passiert. Ich bin sicher, daß er die Post von einigen Leuten liest, denn er nimmt die Postsäcke entgegen, die aus Maqueda kommen, wie seit eh und je, und sortiert sie, und dann trägt ein Junge vom Rathaus, der Dorfdepp, die Briefe zu den Empfängern. Und dieser Kommissar Sabuesa, der zum zweiten Mal auf die Maestranza kommt, ist außerdem ein Herz und eine Seele mit Eloy, Lorenzo; erst gestern, als er aus Madrid kam, hat er im Laden haltgemacht und dort im Hinterzimmer gegessen, allein mit Estrada, stundenlang.

Da sie gerade von Sabuesa spreche, sagt Lorenzo, in Anbetracht der Meuterei der Landarbeiter mache Eloy Estrada die Anwesenheit des Kommissars auf dem Gut ziemlich nervös.

»Es sah so aus, als wollte er mir etwas darüber sagen, etwas, das ihm Sorgen macht.«

»Eloy macht sich nur Sorgen um seine Geschäfte«, sagt Raquel bestimmt. »Und die gehen gut, mehr als gut.«

Und dann erzählt sie Lorenzo, um ihn zu amüsieren, die absurde Debatte über die Jungfräulichkeit während des gestrigen Abendessens. Raquel erzählt sehr gut, sie besitzt die Gabe und die Gnade des Erzählens, die Fähigkeit, sich nicht in unnötigen Details zu verlieren, dort zu verweilen, wo es sich anbietet, bedeutsame Begebenheiten ins rechte Licht zu rücken. Außerdem sind ihre psychologischen Deutungen in bezug auf die Personen fast immer treffend.

Sie hatte während des ganzen Abendessens in einer Ecke des Speisezimmers gesessen, auf die Bedürfnisse der Tischgäste geachtet, bereit sogar, ihren Wünschen zuvorzukommen, war von einem zum anderen gegangen, still und tüchtig. Das hinderte sie nicht daran, der Unterhaltung zuzuhören und die interessantesten Momente im Gedächtnis zu behalten.

Sie gab die Debatte über die Jungfräulichkeit derart genau und anschaulich wieder, daß Lorenzo sich am Ende ausschütten wollte vor Lachen. Das Lachen blieb ihm allerdings im Hals stecken, und das war nur natürlich, als Raquel auf die grobe, groteske Äußerung des Kommissars zu sprechen kam: Jeder Mann, der bereit sei, eine entjungferte Frau zu heiraten, sei ein verkappter Schwuler.

Lorenzo beugte sich zu ihr herunter und strich mit dem Finger leicht über die fleischige Erhebung ihres Mundes.

»Na, ich würde dich heiraten«, sagte er.

Raquel zog lächelnd die Schultern hoch.

»Aber ich könnte deine Mutter sein!«

»Eben darum, Raquel... Da ich meine nicht heiraten kann, erstens weil das verboten ist und zweitens weil sie Onkel José Manuel gehört...«

Sie zuckte zusammen, richtete sich auf, verschloß ihm mit der Hand den Mund.

»Das ist vorbei, Lorenzo, damit ist es vorbei, alles Böse ist heute vorbei.«

Doch Raquel hatte keine Zeit zu sagen, was dieses Böse war noch womit es vorbei war, noch warum.

Mayoral kam eilig herbeigelaufen. Er näherte sich mit großen Schritten, sichtlich beunruhigt, finster, mißgelaunt.

»Die Guardia Civil«, ruft er. »Sie ist gerade gekommen.«

»Und warum?« fragt Lorenzo.

»Der Kommissar hat sie gerufen«, erklärt Mayoral. »Sie kommen wegen der Sache mit der Meuterei, um den Anführer zu suchen. Es gibt immer einen Anführer, hat ihnen der Kommissar gesagt.«

Ein Ruck geht durch Raquel, sie setzt sich sofort in Bewegung.

»Ich werde dem Señor Bescheid geben«, sagt sie.

Und sie geht mit Mayoral ins Haus.

Lorenzo kostet es Mühe, in die Wirklichkeit zurückzukehren, in eine Welt, in der die Guardia Civil und die Politische Polizei existieren. Er bleibt sitzen, versunken in seine Träumereien.

»Lorenzo Avendaño. Scheint sehr mit JP befreundet zu sein, also mit einem der sichtbaren Köpfe der Subversion. Man hat sie regelmäßig zusammen beim Mittagessen gesehen. (La Taurina, in der Calle Alcalá, observieren.) Wäre ein idealer Verbindungsmann für Federico Sánchez. Die Zeremonie in Quismondo für Nachforschungen nutzen: ihm irgendeine Falle stellen...«

José Manuel liest zum dritten Mal die Notiz, die Eloy Estrada ihm überreicht hat.

»Ich habe es auswendig gelernt«, sagt dieser, »dann habe ich es aufgeschrieben, um es Ihnen zeigen zu können, Don José Manuel.«

Eloy ist nervös. Denn er ist nicht sicher, daß das, was er tut, wirklich gut für ihn ist, vielleicht wäre es besser für ihn gewesen, wenn er die am Vortag entdeckte Information für sich behalten und nicht den Avendaños mitgeteilt hätte. Schließlich und endlich war ihm das Schicksal Lorenzos, dieses Herrensöhnchens, gleichgültig. Er hätte die Dinge, die geschrieben standen, wenn sie es denn waren, besser geschehen lassen sollen. Doch ein dunkler Impuls trieb ihn dazu, der Familie Avendaño einen Gefallen zu tun. Wer hat mehr Macht auf lange Sicht, wer hat mehr, wirksamer und länger zu sagen: die Familie Avendaño oder der Polizist einer Regierung, die heute so ist und morgen vielleicht so?

Er entschied sich, sie zu warnen; vor allem José Manuel, der in der Familie das Sagen hatte. Zuerst war er kurz davor gewesen, es Lorenzo selbst zu sagen, an der Tankstelle von La Prosperidad. Nein, das wäre ein Irrtum gewesen. Hätte der Junge erfahren, daß Sabuesa ihn im Verdacht hatte, wäre er jeder Schandtat fähig gewesen. Nein, das beste war, José Manuel persönlich zu informieren, er würde schon wissen, was zu tun war. Außerdem war dies eine Garantie für Diskretion und Effizienz.

Nachdem er lange nachgedacht und hin und her überlegt hatte, stieg er also auf das Motorrad und fuhr zum Gut, eine Stunde, nachdem Lorenzo an der Zapfsäule von La Prosperidad getankt, nachdem er mit ihm gesprochen hatte.

Weil er so sehr darauf bestand, es als so dringend darstellte, begleitete Saturnina ihn zum Orangenhof, wo José Manuel gerade beim Frühstück saß.

Das war die erste Überraschung dieses Tages voller Überraschungen: José Manuel frühstückte allein und nicht in seinem Zimmer oder in dem von Mercedes, sondern im Orangenhof. Nicht, daß es ein schlechter Platz zum Frühstücken gewesen wäre, im Gegenteil, aber es war nicht üblich in diesen Julitagen.

In aller Frühe hatte man ihn in die Küche treten sehen, halb angezogen – in Stiefeln, aber mit dem Pyjamaoberteil –, um Saturnina zu bitten, sie möge ihm das Frühstück bereiten und es ihm in den Orangenhof bringen. »Viel Kaffee, stark, ein Pampelmusensaft und Brot mit Öl.« »Nur für dich?« fragte Saturnina überrascht. José Manuel knurrte einen kaum verständlichen Satz vor sich hin, von dem nur zwei derbe Wörter deutlich zu hören waren, »Hure« und »Scheiße«; dann wechselte er die Tonart und antwortete laut und vernehmlich: »Mit wem, glaubst du wohl, kann ich um diese Zeit frühstücken, außer mit dir?« »Dann mit mir also«, sagte sie, ohne zu zögern. Und tatsächlich, als sie ihm das Frühstückstablett in den Orangenhof brachte – mit dem, worum er gebeten hatte, dazu ein Stück frischen Manchegokäse mit etwas Quittengelee, das mochte er gewöhnlich am Morgen –, setzte Saturnina sich zu ihm und leistete ihm Gesellschaft mit einem Glas lauwarmer Milch.

Und wartete darauf, daß er reden würde.

»Wie viele Jahre bist du eigentlich bei uns, Saturnina?« fragte er nach einer Weile.

José Manuel sagte niemals Satur, immer Saturnina.

»Alle«, sagte die alte Köchin. »Ich bin auf dem Gut geboren.«

»Wie viele Jahre kennst du sämtliche Geheimnisse der Familie, meine ich.«

»Alle«, wiederholte die Satur. »Es hat immer Geheimnisse gegeben, und ich habe sie immer gekannt.«

»Ja, das stimmt«, sagte er. »Angefangen bei der Geschichte des Großvaters, der aus Cartagena de Indias kam und seinem Vetter bei einer Partie Karten das Gut abnahm... Das Gut und die Gutsbesitzerin, die Frau des armen Vetters... Einer, der mit zweitem Namen Avendaño hieß und sich eine Kugel verpassen mußte... Eine unterhaltsame Geschichte, wenn du sie erzählst, aber du weißt, daß sie nicht ganz wahr ist...«

»Die ganz wahren Geschichten interessieren nur die Guardia Civil... Dieses Haus und deine Familie haben schon immer die Phantasie angeregt. Und so ist es noch immer.«

»Und wie würdest du das erzählen, was jetzt auf der Maestranza geschieht?« fragte José Manuel.
Sie schaute ihn an, tat einen tiefen Seufzer.
»Wem kann ich es denn erzählen? Ich werde nicht mehr die Zeit haben, Lorenzos und Isabels Kindern die Legende von heute zu erzählen... Sie könnten sich wirklich dafür interessieren...«
»Erzähl sie mir, Saturnina... Mal sehen, ob ich es verstehe.«
Sie betrachtete den Erstgeborenen der Familie Avendaño, die so viele Kolonial- und Bürgerkriege, so viele Jahrhunderte voller Abenteuer überlebt hatte. Sie berührte seine Hand, sanft, mit einer gewissen Zärtlichkeit. Wenn auch leicht sarkastisch.
»Einmal mußtest du allein frühstücken, Manuel«, sagte die alte Frau.
Die immer auf den ersten Vornamen der Brüder verzichtete. Den ältesten nannte sie schlicht Manuel und den mittleren Ignacio. Nur den kleinen Bruder hatte sie bei seinem vollen Namen genannt: José María. Und öfter noch Josemari.
»Du hast eine sehr hübsche Frau, aber sie langweilt dich, Manuel. Allein der Gedanke an sie läßt dich schon gähnen. Ich weiß nicht, wie du es geschafft hast, ihr so nahe zu kommen, daß sie zweimal schwanger geworden ist... Sie langweilt dich so sehr, daß sie dich nicht mal scharf macht, ich weiß. Seit Jahren schon ist sie dir heilig wie die Jungfrau von Fatima, ich kann mir denken, was du erfunden hast, damit sie sich nicht wundert oder sich gedemütigt fühlt durch soviel Vernachlässigung und Nichtbeachtung, damit sie nicht nervös wird bei dem Gedanken, daß du bei irgendeiner anderen Frau Befriedigung suchst: Du wirst ihr erzählt haben, daß du dem Opus beigetreten bist, damit die Geschäfte florieren, mit Keuschheitsgelübde und allem, und daß du ihr statt Sex

Millionen schenkst, etwas in der Art wirst du dir ausgedacht haben, Manuel, ich kenne dich gut... Aber die einzige, die du geliebt hast, wirklich geliebt hast, ist Mercedes Pombo. Ich war in El Sardinero mit euch, immer war ich bei euch in den Sommerferien, damals in Biarritz, in El Sardinero; es war eine Sache des Vertrauens, und es ging auch ums Essen, denn ich konnte alles kochen, was euch schmeckte, egal ob Hausmannskost oder feine Küche, gebackene Brotkrumen und Kichererbseneintopf und Kalbsbries genauso wie Languste auf amerikanische Art oder Tournedos Rossini, eben alles, was euch schmeckte, und dann trat Mercedes in Erscheinung, als sie und Josemari sich verlobten, das war 1934, in dem Jahr, das schlecht zu Ende ging, überall Streiks und die Revolution in Asturien, und dabei trat auch unser kleiner General in Erscheinung, na ja, Generalissimus, und legte Minenarbeiter um statt Mauren, aber vorher, im Sommer, erschien Mercedes, Josemari hatte sie bei einem Fest im Tennisclub El Sardinero kennengelernt, und sie hatten sich verliebt und verlobt, und er stellte sie euch vor, Ignacio, der schon auf dem Weg war, Priester zu werden, und dir, Manuel, der du auf dem besten Weg warst, ein Hallodri zu werden, schon verheiratet mit dem Fräulein de Trévelez, die aus Valladolid stammte, bildhübsch, aber hausbacken wie ein Bratapfel und außerdem mit engen Schließmuskeln, du warst längst tödlich gelangweilt. Mercedes faszinierte dich, und du hast immer behauptet, immer damit angegeben, daß du sie gekriegt hättest, sie deinem kleinen Bruder weggenommen hättest, wenn du nicht schon verheiratet gewesen wärst, wenn du kein Kavalier gewesen wärst, aber das war reine Angeberei, das kann ich dir sagen, bloße und blöde Prahlerei, denn Mercedes hatte nur Augen für Josemari, in dem Sommer damals merkte sie nicht einmal, daß noch andere Männer existierten, du mußtest warten, bis dein Bruder tot war, um sie zu kriegen, aber heute ist diese ganze Geschichte vorbei, denn Lorenzo ist im zwanzigsten Lebensjahr, und seine Mutter hat ihm dieses Geburtstagsgeschenk versprochen, du wirst nie wieder ihr Schlafzimmer betreten, und sie wird nie wieder die Beine breit machen, wenn du es willst, Manuel, du wirst dir ein anderes Schnäppchen suchen müssen...«

Er unterbrach sie, wütend.

»Weißt du, was sie sich gestern abend geleistet hat?«

Saturnina kicherte. Sie trank ihr Glas Milch aus und antwortete lachend.

»Ich weiß, Manuel... Sie hat dich ausgesperrt und den Amerikaner in ihr Zimmer gelassen. Auch Raquel war dabei, nicht wahr? Du wirst wissen, was sie gemacht haben, oder es dir vorstellen, denn das gleiche ist ja auch dir passiert, daß du die ganze Nacht mit den beiden zusammen warst... Aber vielleicht ist nichts passiert, vielleicht haben sie auch nur Theater gemacht, damit du begreifst, daß du nicht mehr der Herr bist...«

Ein Mädchen aus der Küche kommt rasch gelaufen, um ihnen zu sagen, daß Eloy Estrada da ist und sofort mit dem Señor sprechen muß.

»Sieh mal nach, was er will, Saturnina, und wenn es dir wirklich dringend erscheint, dann bring ihn her.«

»Wäre ein idealer Verbindungsmann für Federico Sánchez. Die Zeremonie in Quismondo für Nachforschungen nutzen: ihm irgendeine Falle stellen...«

José Manuel hat gerade die letzten Zeilen von Sabuesas Notiz vorgelesen, die Eloy Estrada entdeckt und niedergeschrieben hat.

Er befindet sich noch immer im Orangenhof, aber er ist mit dem Frühstück fertig, und Eloy ist gegangen. Er trinkt einen Tresterschnaps; der Tag verspricht hektisch zu werden.

Er hat diese letzten Zeilen der Notiz des Kommissars Benigno Perales vorgelesen, den er zu sich gerufen hat. Denn ihm schien, daß dieser bessere Aussichten hatte, von Lorenzo angehört, beachtet und begriffen zu werden.

Auf ihn würde er nicht hören.

»Wer ist Federico Sánchez?« fragt José Manuel.

Benigno sagt ihm das wenige, das er weiß: ein neuer Name im kommunistischen Untergrund, aus Anlaß der Februardemonstrationen von der Propaganda des Regimes ins Spiel gebracht. Ein paar Artikel von ihm sind in der Untergrundpresse erschienen, einschließlich einer Rede vom V. Parteitag, der im Ausland, wahrscheinlich in Prag, stattgefunden hat und auf dem er zum Mitglied des Zentralkomitees ernannt wurde, vor etwas mehr als einem Jahr.

»Mehr kann ich dir nicht sagen«, schließt Benigno.

»Laut Estrada ist Kommissar Sabuesa überzeugt, daß dieser Sánchez (das ist doch ein Pseudonym, oder?) in Madrid ist; und daß er ihn in den nächsten Tagen festnehmen wird...«

Benigno denkt an Domingos unvorsichtige Worte vor ein paar Monaten, die er nicht bis zum Schluß hatte hören wollen: Wenn er Interesse daran habe, Federico Sánchez kennenzulernen, werde dieser auf die Companza kommen, um mit ihm zu sprechen. Er erinnert sich, daß er ihn unterbrochen, daß er nichts hatte wissen wollen. »Nicht mal mir darfst du das erzählen«, hatte er schroff zu Domingo gesagt.

Domingos Vorschlag, so indiskret oder unvorsichtig er war, schien darauf hinzudeuten, daß dieser Federico Sánchez, ein allgegenwärtiges Phantom, sich in Spanien befand und nicht einer von diesen Leuten draußen war, die Benigno so wenig Vertrauen einflößten.

Es war also möglich, daß der Kommissar recht hatte: Vielleicht lebte er in Madrid.

Doch José Manuel ist wieder auf Sabuesas Notiz zurückgekommen und liest einen weiteren Satz aus ihr vor.
»Scheint sehr mit JP befreundet zu sein, also mit einem der sichtbaren Köpfe der Subversion ... Er meint noch immer Lorenzo. Hast du eine Vorstellung, wer dieser JP sein könnte?«
Benigno hatte eine sehr klare Vorstellung und nicht den geringsten Zweifel in bezug auf den vollständigen Namen, der sich hinter den Initialen verbarg. Darüber hinaus war Javier Pradera vor einigen Wochen, zu Beginn des Sommers, zum Mittagessen auf der Companza gewesen. Er war mit Domingín gekommen und mit noch einem jungen Burschen seines Alters, der jedoch ganz anders war, er kam ihm ein bißchen geschwätzig vor, zumindest redselig, einer, der das R schleppend aussprach, eher als Gaumen- denn als Lippenlaut, wie die Franzosen, und den er schließlich als Enrique Múgica identifizierte, über den die falangistische Presse lange Reportagen im Zusammenhang mit seiner Rolle bei der Studentenrevolte im Februar veröffentlicht hatte, die sich wie ein Spionageroman in Fortsetzungen ausnahmen.
Múgica kam gerade aus San Sebastián, wohin er nach seiner Inhaftierung infolge der Februarereignisse hatte zurückkehren müssen. Er nutzte den Vorwand einer Formalität an der Universität, um wieder Kontakt mit der kommunistischen Studentenorganisation aufzunehmen und mit Pradera über die generelle Situation zu sprechen: Bilanz und Perspektiven, wie es in der kodifizierten Sprache oder dem Jargon der Partei hieß.
Sie sprachen eine Weile allein miteinander, dann stießen sie wieder zu den anderen Tischgästen.
Nach dem Mittagessen war Lorenzo Avendaño von der Maestranza herübergekommen, zum Kaffee, auf einem wunderlichen Fahrrad, feierlich und steif wie ein protestantischer Pastor, aber das hatte eine Erklärung: Es war ein holländi-

sches Modell, mit Rücktrittbremse, schwer, aber »gegen jede Entmutigung gefeit«, wie Lorenzo in ironischer Anspielung auf die bekannte Losung der Falangisten sagte.

Und es war klar, daß JP und Lorenzo sich bestens verstanden, daß sie in ihren literarischen Vorlieben und sonstigen Anliegen übereinstimmten.

Das heißt, daß der Schweinehund Sabuesa nicht schlecht informiert war.

Doch Benigno Perales sagt José Manuel Avendaño nichts von alldem.

»JP? Weiß ich nicht, so auf die Schnelle. Vielleicht fällt mir was ein, wenn ich die Namen der Freunde Lorenzos durchgehe.«

Und in diesem Augenblick kommen Raquel und Mayoral in den Orangenhof gelaufen.

»Die Guardia Civil!« ruft Mayoral mit der heiseren, gebrochenen Stimme von vor zwanzig Jahren.

Doch vor zwanzig Jahren kam nicht die Guardia Civil, es kam der bewaffnete Trupp der landlosen Tagelöhner.

José Manuel fragt wütend:

»Die Guardia Civil? Und warum? Wer hat sie gerufen?«

Mayoral erklärt, daß sie auf Veranlassung von Kommissar Sabuesa gekommen ist, um in der Angelegenheit der Meuterei zu ermitteln.

José Manuel ist außer sich.

»Sabuesa?« ruft er aus. »Und wer hat ihm das erlaubt? In diesem Haus befehle ich, hier befiehlt weder der Kommissar noch der Bischof, noch der allmächtige Gott.«

Und er geht zornig davon, mit langen Schritten, gefolgt von Mayoral.

Benigno und Raquel bleiben allein zurück. Seltsamerweise gehen Benigno jetzt die gleichen Verse im Kopf herum wie Lorenzo vor einer Weile, während er Raquel anschaut:

Wen erwartest du, so früh am Morgen
Mit diesen Augen und diesen Augenschatten:
Eingesperrt wie die wilden Tiere
Hinter den Gitterstäben deines Fensters?

Benigno weiß jedoch ganz genau, woher diese Verse stammen; er erinnert sich.
»Wo ist Lorenzo?« fragt er Raquel. »Ich muß so bald wie möglich mit ihm sprechen...«
»Gerade eben saß er noch unter dem Vordach. Ist was passiert?«
»Es wird etwas passieren«, sagt Benigno.
Und er macht sich auf die Suche nach Lorenzo.

»Wie im Kino«, sagte Isabel. »Im russischen natürlich, wie in einem dieser grauenhaften Filme, die dir so gefallen.«
Lorenzo zuckte zusammen und schüttelte heftig den Kopf.
»Weder gefallen sie mir so, noch sind sie so grauenhaft, Isabel.«
»Widersprich mir nicht, Lorenzo: Sie gefallen dir, und sie sind grauenhaft.«
Es war schon elf Uhr am Vormittag, und sie saßen auf einer der Galerien, die sich auf einen Innenhof öffnen, auf das Geplätscher der Brunnen. Die Satur hatte ihnen einen kleinen Imbiß gebracht, weil das Mittagessen sich verzögern würde, sagte sie, obwohl die Zeremonie heute zwangsläufig kürzer wäre – gesungene Messe und damit hatte es sich –, an diesem letzten 18. Juli.
»Na ja, Satur«, hatte Lorenzo gesagt, »der letzte in diesem Hause, aber was Spanien betrifft, stehen uns leider Gottes noch einige bevor.«
Die Satur äußerte sich nie, wenn es um Politik ging.
»Schmeckt dir das Brot, das ich dir gemacht habe?«

Er fand es köstlich: ein Brot mit saftiger, goldener, schmackhafter Tortilla. Und dazu ein kleiner Krug mit dem starken, vielleicht zu starken Rotwein des Hauses – Alkoholgehalt 18 Prozent –, der jedoch gut dazu paßte.

Die Satur hatte sie schon vor einer Weile allein gelassen. Isabel fing wieder an:

»Der, den wir zusammen in Paris gesehen haben, *Der Schwur*, war grauenhaft und hat dir gefallen.«

In diesem Film, der von der Problemen der Kollektivierung der Landwirtschaft handelte, gab es eine unglaubliche Szene. Auf dem Roten Platz wird Stalin eine Armee fabrikneuer Traktoren vorgeführt, die im Rahmen des Fünfjahresplanes hergestellt wurden. Während des Defilees bleibt einer der Traktoren aufgrund einer plötzlichen Panne stehen, und dem Mechaniker gelingt es nicht, den Motor wieder in Gang zu bringen. Stalin tritt heran, schaut kurz, berührt irgendwas, und der Traktor springt sofort an. Gesegnete Hände also, Hände eines wundertätigen Königs. Eine exemplarische Szene, die veranschaulicht, was der »Personenkult« war.

»Er hat mir nicht gefallen, er hat mich interessiert«, sagte Lorenzo trocken.

»Komm mir nicht mit Spitzfindigkeiten, Lorenzo.«

Lorenzo antwortete nicht, er hatte in diesem Augenblick keine Lust, sich mit seiner Schwester über den »Personenkult« zu streiten, den Chruschtschow gerade auf dem XX. Parteitag der sowjetischen Partei in seinem Geheimbericht angeprangert hatte.

Isabel trank einen Schluck Wein. Sie hatte kein Brot verlangt, aber sie mochte den Rotwein des Gutes; sie ließ ihn sich schmecken.

»Darf man wissen, worin das alles einem sowjetischen Film gleicht?« fragte Lorenzo.

»Na, in allem«, erklärte Isabel rasch und entschieden. »Die

Landarbeiter, die Meuterei, der Traktorist, der natürlich der Anführer ist, vorschriftsmäßig, oder besser gesagt, wie es die marxistischen Handbücher vorschreiben, für die du nichts übrig hast. Sag mir, Lorenzo, warum gefallen dir eigentlich die russischen Filme, aber nicht das Marxismus-Leninismus-Handbuch von Kostantinow, wo sie sich doch so sehr gleichen? Ich meine, gleich öde, primitiv, konformistisch, langweilig sind? Das ist doch wie aus dem Handbuch, was hier passiert. Auf dem Gut lebten unsere Landarbeiter, zäh, abgehärtet, ergeben, schufteten von Sonnenaufgang bis Sonnenuntergang, ohne jemals zu protestieren, und dann kommt ein Traktorist zu uns, weil Onkel José Manuel auf der Maestranza die intensive Landwirtschaft eingeführt und der Koppel und den bukolischen Weideplätzen mit ihren mittelalterlichen Viehherden ein Ende gemacht hat, was ihr, die Klassiker und du, den preußischen Weg zum Kapitalismus nennt, das heißt, er hat Traktoren eingeführt, und es kommt ein Mechaniker aus einer Werkstatt in Madrid, ein echter Proletarier, und weckt ihr Klassenbewußtsein, ihren Klassengeist. Ist denn in den Handbüchern nicht genau davon die Rede, von der Rolle der Avantgarde der Arbeiterklasse?«

Lorenzo brach in Lachen aus, umarmte seine Schwester und küßte sie.

»Sag mal, Isabel, du bist ja geistvoll heute morgen... Na ja, vielleicht übertreibe ich: eher geistreich.«

»Also was nun: Interessiere ich dich oder gefalle ich dir?«

Isabel schaute ihm herausfordernd in die Augen.

»Du gefällst mir«, sagte er, »aber ich werde dir den Gefallen nicht tun...«

Er nahm einen großen Schluck Wein, plötzlich war sein Mund trocken geworden.

»Du wirst es noch schaffen, mein Mißfallen zu erregen, du ungefälliger Kerl«, antwortete Isabel leise.

Sie schauten sich an, sie lachten laut heraus: Seit ihrer Kindheit hatten sie ihren Spaß daran, mit den Wörtern zu spielen oder sie notfalls zu erfinden. Sie hatten begeistert den Erzählungen der Satur gelauscht, nicht nur wegen der Geschichten als solcher, sondern auch, weil die Sprache der Alten eine besondere Würze besaß, ein überraschend reiches Vokabular voller vergessener oder nicht mehr gebräuchlicher Ausdrücke.

Sie lachten, und das Mädchen barg ihr Gesicht an der Schulter ihres Bruders.

Nach dem Frühstück und dem Klatsch und Tratsch mit der Satur und ihrem weiblichen Gefolge in der Küche war Isabel in ihr Zimmer hinaufgegangen, um zu duschen und sich umzuziehen. Jetzt, auf der Galerie, trug sie Jeanshosen und rustikale Stiefel, einen breiten Ledergürtel, der ihre schmale Taille betonte, und ein enges Unterhemd, unter dem sich deutlich ihre kleinen festen Brüste abzeichneten.

Isabel und ihr Zwillingsbruder glichen einander wie ein Wassertropfen dem anderen, und sie versuchte, die Ähnlichkeit noch zu verstärken mit ihrem kurzen, jungenhaften Haar und ihren weiten Männerhemden in Übergrößen, in denen ihr Oberkörper verschwand, so daß sie verborgen wurde, die Wölbung... (Als er zu diesem Wort gelangt, besser gesagt, als dieses Wort zu ihm gelangt, hat der Erzähler den Eindruck, daß es tatsächlich aus einer fernen Vergangenheit zu ihm gelangt, aus einer sehr fernen kindlichen Lektüre; er überläßt sich also den Assonanzen und Resonanzen, die dieses Wort aus einer früheren Zeit in ihm auslöst, und sogleich fügt sich in seinem glücklichen Gedächtnis der Satz oder das Satzfragment zusammen, aus dem es stammt: ›die köstliche Wölbung einer Frauenbrust‹. Mein Gott, wie viele Jahre, wie viele Leben und Tode seither, seit diesem Satz aus einem Wildwestroman von Zane Grey, einem Autor, der neben Emilio Salgari der meistgelesene seiner Kindheit und ersten Jugend war, Verfasser des Romans, an dessen Titel er sich nicht erinnern kann, einer von vielen, in dem ein einsamer, mutiger Cowboy bei einem Hinterhalt oder mitten in einer Schießerei plötzlich entdeckt, daß sein junger Waffengefährte eine Gefährtin ist, und er entdeckt es durch nichts anderes als ›die köstliche Wölbung einer Frauenbrust‹, die ihm ganz plötzlich, mitten im Gefecht, zufällig offenbart wird; und als der Erzähler sich an Zane Grey erinnert, fragt er sich, ob die Gestalt von Isabel Avendaño nicht vielleicht dank der verschütteten, aber unauslöschlichen Erinnerung an jenen Jungen aus einem Wildwestroman in seinem erinnerungsprallen Unterbewußtsein entstanden ist oder mit Adamslehm geformt wurde, ein Junge, der sich im hitzigen Durcheinander einer Schießerei durch die Entdeckung der ›köstlichen Wölbung‹ einer Brust plötzlich als Mädchen entpuppte – und wenn es so wäre? Wenn dieses Wort, das den Erzähler als Kind so verwirrt und erregt hatte, weil es unbekannt war und die Phantasie ansprach, wenn vielleicht dieses Wort in den Bahnen seines Blutes, seines tiefsten Inneren gekreist war, bis es die Gestalt von Isabel erzeugt hätte, die so wirklich war wie die des imaginären Mädchens von Zane Grey, diese Isabel, die jetzt ihr Gesicht an der Schulter ihres Zwillingsbruders birgt, dem sie so sehr gleicht und noch mehr gleichen möchte, mit dem sie verschmelzen oder verwechselt werden möchte, bis beide in einem einzigen Bild zusammenfließen, diese Isabel, die in Lorenzos Armen liegt, androgyne Gestalt mit ihren Jeans und ihrem kurzen Haar, die heute kein zu weites Männerhemd trägt, sondern ein enges Unterhemd, das die köstliche Wölbung ihrer kleinen Frauenbrüste betont.)

Wie auch immer, Isabel und Lorenzo wagen nicht, sich

anzuschauen, sie verbergen den Blick voreinander, den ein dunkles, schuldhaftes Begehren gefährlich leuchten lassen könnte.

Bis zum späten Auftreten des Menstruationsblutes – so spät, daß Mercedes sich schließlich Sorgen machte und ihre Tochter zu einem Spezialisten brachte, der nicht viel zu sagen wußte, alles scheine normal zu sein, man müsse warten und die Natur gewähren lassen, während Isabel, in gewissem Sinne stolz auf diese Art Anormalität, sich über diese Verspätung freute, die ihre Ähnlichkeit mit Lorenzo länger dauern ließ –, bis zu jenem Zeitpunkt hatte Isabel ihre Kindheit wie ein Junge gelebt und alles mit ihrem Zwillingsbruder geteilt: alle Stunden des Tages, die Spiele und den ersten Schulunterricht. Gemeinsam hatten sie später die Bewegungen der Sterne und den Aufgang und Untergang der Imperien entdeckt, das Alphabet der Phantasie; gemeinsam hatten sie die Dichter und Philosophen gelesen – die Bibliothek der Maestranza war schon vor der mehr oder weniger gelungenen Neuordnung durch Benigno eine unerschöpfliche Quelle von Herrlichkeiten gewesen; gemeinsam hatten sie die ersten Cliquen mit ihren Rivalitäten kennengelernt, die ersten abenteuerlichen und stürmischen, mehr oder weniger erlaubten Heimlichkeiten mit anderen Jungen und Mädchen im Retiro-Park vor ihrer Haustür in Madrid oder in Quismondo.

Isabel haßte den radikalen Unterschied, den der Fluß des weiblichen Blutes zwischen ihr und Lorenzo schuf, sie brauchte lange, um sich damit abzufinden. In der ersten Zeit setzte sie alles daran, es zu verbergen, vor ihm zu verbergen. Dann gewöhnte sie sich an, an den Tagen der Menstruation aus Lorenzos Leben zu verschwinden, als schäme sie sich, anders zu sein, so radikal anders, als sei dieser Unterschied ihr zuwider.

Damals entdeckte Isabel, daß die Beziehung zu ihrer Mutter etwas Einzigartiges sein konnte: persönlich, besonders. Nicht nur töchterlich, sondern auch weiblich. Sie führte lange Gespräche mit Mercedes, die ihr entscheidend dabei halfen, sich selbst zu verstehen, nicht nur als Zwilling von Lorenzo, Zwilling eines männlichen Wesens, nach außen hin gleich – und mit dem Wunsch, diese Gleichheit, diese Gleichsetzung so weit wie möglich zu verstärken –, sondern als etwas anderes, als einer anderen Seinsweise zugehörig, einer anderen Form des Menschseins, das sie natürlich mit den Männern teilte, aber als weibliches Wesen, als ein autonomes Mitglied des weiblichen Geschlechts.

Für dieses Geschlecht, das hatte Isabel schließlich akzeptiert, ist das Blut Identitätszeichen, Zeichen eines wesenhaften Unterschieds, das erklärte ihr Mercedes mit Geduld und Taktgefühl: Menstruationsblut, das nur während der Schwangerschaft vorübergehend aussetzt; und endgültig dann in den Wechseljahren; Blut der Fruchtbarkeit also; Blut der Jungfräulichkeit, einem Mann dargebracht, um ihn nicht nur zum Herrn und Gebieter ihres Körpers zu salben, sondern auch zum Gefährten der Seele und der Träume; oder von diesem entrissen in einem Akt der Inbesitznahme, der Gewalt, die, so legitim sie auch erscheinen, soviel Zärtlichkeit auch zirkulieren mochte zwischen den keuchenden Leibern, niemals ganz ausgeschlossen werden könne von der männlichen, phallischen Arroganz.

Bei einer dieser Unterhaltungen im Verlauf der langen Nachmittage in der Maestranza, vielleicht im Orangenhof; oder vielleicht in Madrid, auf der Terrasse der Wohnung in der Calle Alfonso XII., die hoch über der Treppe eines monumentalen Eingangstores zum Retiro lag, am Ende der Calle de Antonio Maura, an einem dieser Nachmittage (aber wer war der Freund von José María, der ihnen am Anfang ihrer

Brautzeit, also 1934 oder 1935, in El Sardinero seine Gedichte vorgetragen hatte? Sie erinnert sich nicht an den Namen dieses Freundes, nein, José María del Río Sainz war es nicht, dagegen erinnert sie sich an einige Verse: »die Nachmittage werden vergehen, aber DER NACHMITTAG bleibt; / der helle und ewige meiner Phantasie, und wenn sie alle hingegangen sind über die Wege, / wird meine Seele – ich weiß nicht wo noch wie – ihn finden«), an einem dieser Nachmittage, bei einer dieser langen Unterhaltungen, erzählte Mercedes Isabel, und nie fühlte sie sich ihrer Tochter so nah, etwas von ihrer Hochzeitsreise durch Italien in jenem weit zurückliegenden Juni 1936.

Sie sagte ihr natürlich nichts von Luciana, dem neapolitanischen Zimmermädchen, auch nichts von der nordischen Schönheit, die sich ihnen in Siena anbot, oder vom jungen Timothy, dem englischen Fotografen in Biarritz, obwohl sie sich an diese Episoden erinnerte, während sie andere dieser Hochzeitsreise erzählte, die weniger erregend, aber ebenso wahrhaftig waren. Sie erzählte Isabel, wie und warum sich das Abenteuer oder die intime Zeremonie der Entjungferung bis zu ihrem Aufenthalt in Neapel verzögert hatte, und enthüllte ihr en passant das facettenreiche Spektrum der körperlichen Liebe ohne Beeinträchtigung der sakrosankten Jungfräulichkeit – sakrosankt vor der Hochzeit, erläuterte Mercedes, zumindest in unseren patriarchalischen Gesellschaften, die mehr auf das Überleben durch Fortpflanzung ausgerichtet sind als auf das lustvolle Leben –, und in diesem Zusammenhang sagte sie Isabel natürlich etwas über den heiligen Augustinus und seine anregenden Ratschläge für die christliche Ehe.

So kam es, daß Lorenzo, als er einmal in den Salon der Wohnung in der Calle Alfonso XII. trat, der auf die Terrasse mit Blick auf den Retiro-Park hinausgeht, auf die Promenade der Statuen und den See, sie dabei überraschte, wie sie gemeinsam, dicht nebeneinander sitzend, in einem Buch lasen, von dem sich herausstellte, daß es ein Werk aus der Reihe der Bibliothek christlicher Autoren war, Band XXXV der Gesamtausgabe der Werke von Augustinus, der den dritten Teil der antipelagianischen Schriften enthielt, namentlich die Abhandlung über *Die Ehe und die Fleischeslust,* und als Lorenzo herantrat und sah, wie sie gemeinsam leise murmelnd lasen, konnte er sich das Lachen nicht verkneifen: »Man könnte ja fast meinen, ihr lest ein erotisches Werk«, und Isabel antwortete ihm: »Da ist was dran«, aber dann errötete sie, und das machte Lorenzo neugierig, und er nahm ihnen den Band aus den Händen und wunderte sich laut, als er feststellte, daß er von Augustinus war, ein Staunen, das sich in spöttische Neugier verwandelte, als er auf dem Einband den Titel einer der Schriften las, eben *Die Ehe und die Fleischeslust,* und dann wollte er sich über sie lustig machen und sagte zu Isabel: »Bestimmt interessiert dich die Fleischeslust mehr als die Ehe«, worauf sie antwortete, um ihn wütend zu machen: »Das werden wir dir sagen, wenn du groß bist, Lorenzo«, und natürlich wurde er wütend.

Wie auch immer, als Mercedes Isabel die Geschichte ihrer Hochzeitsreise erzählte – wenn sie auch einige Episoden ausließ –, wurde ihr bewußt, daß ein dunkler innerer Zusammenhang den Verlauf der Tage jener Reise bestimmt hatte: angefangen bei Artemisia Gentileschis Gemälde im Museum von Capodimonte bis zu García Lorcas Werk *Bernarda Albas Haus,* das Federico selbst ihnen an einem Juliabend zu Hause bei Eusebio Oliver vorgelesen hatte; das heißt von der *Enthauptung des Holofernes durch Judith,* der jüdischen Jungfrau, die das Opfer ihrer Jungfräulichkeit brachte, um ihr Volk zu retten, bis zum Tod Adelas, der jüngsten Tochter Bernardas, die zur Schande der Familie von Pepe el Romano entjungfert worden war – rief die Mutter, Bernarda Alba, nicht verzweifelt wider besseres Wissen, als sie entdeckt, daß ihre jüngste Tochter sich erhängt hat: »Holt sie herunter! Meine Tochter ist als Jungfrau gestorben! Tragt sie in ihr Zimmer und kleidet sie ganz in Weiß! Keine von euch sagt ein Wort! Sie ist unberührt gestorben...«? –, vom Anfang bis zum Ende der Hochzeitsreise war also das weibliche Blut das latente, lastende, unheilvolle Zeichen des Schicksals gewesen.

Aber Isabel ist von ihrem Bruder abgerückt, sie trinkt einen weiteren Schluck Wein.

»Ich sage es dir, Lorenzo«, erklärt sie, »wie in einem russischen Film...«

»Schön, na gut, aber sag nicht, daß sie grauenhaft sind, es gibt alle möglichen.«

Sie hatten die russischen Filme vor zwei Jahren, 1954, entdeckt. Sie waren gerade in ihr achtzehntes Lebensjahr eingetreten, und Mercedes hatte sie nach Paris geschickt, zwei ganze Monate lang, im Sommer, »damit sie etwas lernten« sagte sie, bevor sie auf die Universität gingen.

Natürlich entdeckten sie in Paris nicht nur die russischen Filme, sondern das Kino überhaupt: das klassische und moderne Kino aller Kontinente, das die beschissene spanische Gesellschaft der Zeit mit ihrer heuchlerischen Zensur und ihrem kulturellen Provinzialismus ihnen vorenthalten hatte.

Sie sahen sich Filme an bis zur Erschöpfung, wanderten von den Premieren- zu den Vorstadtkinos, von den Filmreihen in den Filmklubs zu den Vorführungen in der Cinémathèque; sie verbrachten ihre ganze Zeit damit, Veranstaltungskalender und Programme zu studieren.

Ungleich wirkungsvoller als durch die Geschichtsbücher, die in den Jahren vor ihrem Schulabschluß durch ihre Hände gegangen waren, enthüllte sich ihnen die Wirklichkeit der Welt durch eine Reihe von Spielfilmen: *Sein oder Nichtsein* von Lubitsch; *Die Früchte des Zorns* von John Ford; *Panzerkreuzer Potemkin* von Eisenstein; *Die Müßiggänger* von Fellini unter anderen.

Doch Paris war nicht nur das Fest der Filme und Buchhandlungen. Was die Bücher betraf, hatten Isabel und Lorenzo weniger nachzuholen: Die Bibliothek der Maestranza war voller interessanter, das heißt verbotener Autoren; so gab es zum Beispiel in englischen und französischen Ausgaben – auch in deutsch natürlich, ihrer ursprünglichen Sprache – Werke von Marx und der deutschen Marxisten der dreißiger Jahre, nicht zu vergessen die spanischen Übersetzungen einiger zentraler Texte von Marx, die Wenceslao Roces für den Verlag Cénit angefertigt und mit Anmerkungen versehen hatte.

Paris war auch ein offenes Fenster auf die Ereignisse der Zeit, ein Aussichtsturm über der historischen Landschaft.

Stalin war im Jahr zuvor gestorben, und das starre Gefüge des sowjetischen Imperiums begann ins Wanken zu geraten; in Berlin, wenige Monate nach dem Tod des »Vaters der Völker«, hatte die sowjetische Armee eingreifen müssen – es war das erste, aber nicht das letzte Mal –, um gegen die Arbeiterdemonstrationen vorzugehen, die bei der Mehrheit der Bürger Ostdeutschlands Unterstützung fanden. Diese Ereignisse lösten in der europäischen Linken Debatten und selbstkritische Reflexionen aus, aber auch Verwirrung und Mutlosigkeit, kollektives Nachdenken, am stärksten in Paris, wie zu erwarten war, einem der lebendigsten und produktivsten Brennpunkte und Schauplätze.

Als wäre all das noch nicht genug, begann der Anfang vom Ende der Kolonialzeit, was in Frankreich gerade deshalb zu scharfen Konflikten führte, weil das Land mit seiner zentralistischen, etatistischen Tradition sich der Lösung der Probleme der Unabhängigkeit oder Selbständigkeit der verschiedenen Länder des Kolonialreiches so spät zugewandt hatte, einer Lösung, die Großbritannien bereits vor Jahren in Angriff genommen hatte.

1954, wenige Monate bevor Isabel und Lorenzo in Paris Quartier nahmen, hatte das Lager, in dem sich das französische Kolonialheer in Dien-Bien-Phu verschanzt hatte, vor den Truppen des Viet-Minh kapituliert, als Vorspiel zur endgültigen Niederlage Frankreichs in Indochina. Und wenige Wochen nach ihrem Aufenthalt in der französischen Hauptstadt, im November gleichen Jahres, begann die Revolte in Algerien.

In jenen Wochen intensiven intellektuellen Lebens voller Zweifel und gefahrvoller Entscheidungen – Lorenzo kehrte mit dem Entschluß aus Paris zurück, Kontakt zum kommunistischen Untergrund zu suchen, über den Benigno Perales, obwohl nicht organisiert, ihm gegenüber in der letzten Zeit einige Andeutungen gemacht hatte – fand Lorenzo ideologische Stärkung in einer langen Reportage, die Jean-Paul Sartre in jenem Sommer nach seiner Rückkehr aus der UdSSR veröffentlicht hatte.

In seiner Verteidigung und Schilderung der sowjetischen Politik, des notwendigen Bündnisses zwischen Intellektuellen und kommunistischer Partei ging Sartre so weit zu behaupten – ein neuer, wiederauferstandener Pangloss –, daß, »sollte die wirtschaftliche Situation Frankreichs weiterhin stagnieren, der durchschnittliche Lebensstandard der Sowjetunion etwa 1960, aber in jedem Fall vor 1966, den Frankreichs um 30 bis 40% übersteigen wird...«

Doch Isabel ist von ihrem Bruder abgerückt und richtet abermals einen fragenden Blick auf ihn.

»Erinnerst du dich an die Bücher, die wir vor zwei Jahren in Paris gelesen haben?« fragt sie Lorenzo.

»Ich erinnere mich«, sagt er.

»Erinnerst du dich an *Die kleine Zigeunerin* von Cervantes?« fragt sie weiter.

»Erinnerst du dich an den *Quijote*?« gibt er zurück.

Sie lachen erneut, einander verschworen in der leichten, ironischen, zärtlichen Heiterkeit der Erinnerung.

In der Wohnung, die Freunde von Mercedes Pombo ihnen einschließlich Aufwartung zur Verfügung gestellt hatten, gab es eine bemerkenswerte Bibliothek (und der Erzähler fragt sich im Augenblick der Angabe dieses wahren Details seiner Erzählung, ob nicht das Vorhandensein gutbestückter Bibliotheken an allen Orten, an denen Lorenzo zu leben Gelegenheit hatte, ob nicht dieser Umstand eines der größten Privilegien einer in gewissem Sinne äußerst privilegierten Existenz sein mag), und in dieser Bibliothek hatten sie die Werke von Cervantes gefunden, aber seltsamerweise nicht in spanischer Sprache. Lorenzo hatte den *Quijote*, von dem ihn bislang die rituelle, konventionelle akademische Bewunderung ferngehalten hatte, in einer billigen, volkstümlichen, bei Tauchnitz erschienenen deutschen Ausgabe gelesen. Isabel wiederum hatte die *Exemplarischen Novellen* in einer französischen Ausgabe verschlungen: Die *Gitanilla* hieß infolgedessen *La petite Gitane*.

»Also, in *Die kleine Zigeunerin*«, sagte Isabel, »dreht sich alles um die Jungfräulichkeit von Preciosa, die sie als einzigen Schatz in ihrem Besitz bewahren möchte...«

Aber Lorenzo unterbricht sie mit der Deklamation einer Romanze von Lorca:

»Du, laß mich dein Kleid aufheben, / daß ich besser sehen kann. / Öffne meinen alten Fingern / die blaue Blume deines Bauches. / Ins Gebüsch das Tamburin! / Preciosa läuft, so schnell sie kann, / und der Wind mit blauer Klinge / tölpelt hitzig hinterher...«

Isabel klatscht in die Hände vor Freude und Aufregung.

»Genau, du hast recht, Lorenzo. Darauf war ich gar nicht gekommen... Auch bei Lorca heißt die kleine Zigeunerin Preciosa.«

»Und auch sie«, sagt er, »schützt ihre Jungfräulichkeit... Obwohl sie über deren Tausch- und Gebrauchswert nicht soviel weiß wie die bei Cervantes...«

»Erinnerst du dich an das Ende der Romanze?« fragt Isabel.

Lorenzo sagt es ihr mit leiser Stimme und geschlossenen Augen auf, wie man in der Dämmerung Worte der Liebe oder der Sehnsucht murmelt, mit dem ganzen Geschmack des Lebens. Oder des Todes.

> »Voll Entsetzen stürzt Preciosa
> in das Haus, das auf der Höhe
> oberhalb des Pinienwaldes
> Englands Konsul sich gebaut.
> Von dem Engländer bekommt
> Die Zigeunerin ein Glas
> Warme Milch und einen Gin,
> den sie allerdings nicht trinkt...«

Sie verharren eine Weile stumm und lauschen der Musik der Romanze nach.

Dann, nach dem Schweigen, flüstert Isabel nah am Ohr ihres Bruders:

»Du weißt, was ich beschlossen habe, Lorenzo, ich habe es dir heute morgen gesagt: Du mußt mich entjungfern.«

Lorenzo erschrickt nicht; er weiß es in der Tat, Isabel hat es ihm in der ersten Morgenstunde gesagt, als er nach Hause gekommen ist und sie auf ihn gewartet hat.

Mit dieser Deutlichkeit hatte sie es ihm zum ersten Mal an diesem Tag gesagt, aber seit den Zeiten ihres Aufenthalts in Paris, zwei Jahre zuvor, war im Gespräch mit Isabel immer wieder diese Laune, dieser Wunsch aufgetaucht, von ihm defloriert zu werden, wenn sie es auch bisher eher in Anspielungen, eher wie einen privaten, vertraulichen Scherz ausgedrückt hatte.

Ganz im Gegensatz zur Kleinen Zigeunerin von Cervantes, zu jener Preciosa – bei Lorca, Jahrhunderte später, war sie ein poetisches, anrührendes Bild, in dem mit literarischer Perfektion der fast mythische, in jedem Fall mit Faszination vermischte Horror des andalusischen Dichters angesichts des weiblichen Blutes der Fruchtbarkeit, angesichts dieses Zeichens radikaler, vielleicht feindseliger oder zumindest unbegreiflicher Andersheit zum Ausdruck kommt, eine angstvolle Obsession, auf der Lorca die tragische Trilogie seiner Werke *Bluthochzeit*, *Yerma* und *Bernarda Albas Haus* aufbaut –, ganz im Gegensatz also zur Kleinen Zigeunerin von Cervantes, für die die Jungfräulichkeit ein Unterpfand, ein Schatz war, den man sowohl gefühlsmäßig als auch materiell auf die bestmögliche Weise ausbeuten mußte; ganz im Gegenteil auch zur gesellschaftlich vorherrschenden Meinung und Gepflogenheit hatte Isabel beschlossen, man weiß nicht so genau, auf welchen Wegen, aufgrund welcher Erlebnisse (jedenfalls hat der Erzähler nicht die Möglichkeit gehabt, den Ursprung oder die Ursache der entschlossenen Haltung des Mädchens in diesem Punkt herauszufinden, er kann in diesem Fall nicht auf irgendein glaubwürdiges Dokument oder Zeugnis verweisen, kann uns nicht darauf verweisen, wobei in dieser ersten Person Plural alle möglichen Leser eingeschlossen sind), hatte Isabel also schon vor Zeiten beschlossen, sich so bald wie möglich von dieser für sie verfluchten, für andere sakrosankten Jungfräulichkeit zu befreien und durch das freiwillige Opfer ihrer Unberührtheit – wenn lustvoll, um so besser – zu erobern, was sie ihre Unabhängigkeit als Frau nannte.

In Paris hatte sie es vor zwei Jahren versucht, wenn auch erfolglos.

Ihre Mutter hatte Lorenzo und sie dorthin geschickt, »damit sie etwas lernten«, und sie hatten den Rat ernst genommen. Vor allem Isabel, denn seitdem Raquel Lorenzo nach der erregten Reaktion auf seine Rezitation der Verse von Alberti und dem niederschmetternden Anblick seiner Mutter und seines Onkel José Manuel bei ihrer wilden Hurerei in die Wonnen des Fleisches eingeführt hatte, war er weiter bei Raquel in die Lehre gegangen, die erfahren war, fügsam, kühn, eine wunderbare Erzieherin in diesen Verrichtungen, und das betraf nicht nur die körperlichen, sondern auch die Gesten und Tonarten der Seele und der Zärtlichkeit; und so setzte Lorenzo zwei Jahre später in Paris seine Erforschung des *ewig Weiblichen* fort – wie er auf deutsch sagte, wenn ihn das überkam, was seine Schwester »ortegianische Gespreiztheit« nannte –, und er tat es mit der entzückten Hilfe der einen oder anderen Freundin von Mercedes, allesamt verheiratet und vielleicht junge Mütter, aber verwirrt und verführt von der Intelligenz, der fröhlichen Unbekümmertheit und der männlichen Schönheit Lorenzos, eine Anziehungskraft, die im nachhinein durch die phantasievolle Standfestigkeit bestätigt wurde, die der junge Avendaño in den Gefechten der ehebrecherischen Liebe an den Tag legte; Isabel beschloß vor allem, zu lernen, aber ihre Versuche scheiterten.

Einmal glaubte sie, die idealen Bedingungen seien gegeben, um vom Wort zur Tat zu schreiten. Der Kandidat, den sie ausgewählt hatte, um ihm die Blüte ihrer Unschuld zu opfern, war ein etwa dreißigjähriger Argentinier, gutaussehend, intelligent, reich, mit dem Isabel mehrmals ausging, was immer vergnüglich war, aber als die mögliche Stunde der Wahrheit kam, stellte sich heraus, daß der Argentinier ein äußerst konventioneller Mann war, der Isabels Entjungferung – im übrigen eine Aussicht, die ihm wünschenswert erschien, denn er war verliebt – nur innerhalb des strikten Rahmens von Verlobung und Heirat in Betracht zu ziehen gewillt war. Und als das Mädchen nicht locker ließ und ihm klar und deutlich ihren Wunsch vortrug, mit ihm zur Frau zu werden, auch wenn auf keiner Seite, weder auf ihrer noch auf seiner, die Absicht oder Notwendigkeit der Eheschließung bestehe, in einem Akt freier Verbindung zwischen Erwachsenen, reagierte der Argentinier empört auf ein derart skandalöses Ansinnen.

Auf dieser Reise, sagte er Isabel, gehe ich ins Bordell, ich brauche dich nicht, Püppchen, wie kannst du dir nur einbilden, daß ich eine entjungferte, also enthemmte Frau heiraten werde? Aber doch von dir entjungfert, Mann, sei nicht blöd, sagte Isabel. Daß du dich mir hingibst, einfach so, argumentierte dieser Federico mit krankhaftem Ernst, bedeutet, daß du dich jedem hingegeben hättest, du gehörst mir nicht mehr, begreifst du denn nicht, Isabel?, begreifst du nicht, daß du, wenn du mein sein willst, es ganz sein mußt, im Sakrament der Ehe?

Mit einem Wort, es war nichts zu machen.

Die Debatte, die sich in einem Modelokal in Montparnasse mit weichen Sesseln und Sofas, alles Mahagoni und Palisander, abspielte, fand ein jähes Ende. Der Spitzfindigkeiten überdrüssig, schüttete sie ihm ihr Glas Champagner ins Gesicht und ließ ihn dort sitzen.

Das zweite Mal – wir führen hier nur die wirklichen Gelegenheiten an und übergehen die so kurzlebigen wie notwendigen Flirtereien – geriet ebenfalls zum Fiasko, aber aus ganz anderen Gründen. Der junge Mann, ein Madrider aus »bester Familie«, sagte Mercedes, was seltsam war, denn die gesellschaftliche Stellung oder der Status der Eltern, deren Sprößlinge Isabel frequentierte, schienen ihr nie etwas zu bedeuten, dieser junge Mann also wies die Möglichkeit, das junge Mädchen zu deflorieren, sofort zurück, ich will dir nicht, das wäre eine Gemeinheit, diesen Schatz rauben, den deine Jungfräulichkeit in unserer Gesellschaft darstellt. Aber ich schlage dir vor, daß wir gemeinsam die Wege der Lust erkunden, daß ich dir zeige, wie viele lustvolle Dinge man tun kann, ohne daß deine Jungfräulichkeit im geringsten beeinträchtigt wird, ohne daß ich dich im Hinblick auf eine eheliche Verbindung entehre oder entwerte, die deiner familiären Stellung würdig ist.

Aber was ich will, ist ja gerade Beeinträchtigung, antwortete Isabel zornig. Ich will keine Jungfrau mehr sein, auch wenn ich dabei nicht sofort die Lust kennenlerne. Ich will frei über meinen Körper verfügen können, ohne diese Furcht oder dieses Tabu, das mich von euch trennt, das mich anders macht. Was du mir vorschlägst, hört sich zwar kühn an und mag auch angenehm sein, aber es bestätigt nur das Tabu der Jungfräulichkeit. Außerdem weiß ich schon, was es ist, zumindest theoretisch.

Der Madrider wunderte sich, wieso weißt du schon?, ein bißchen perplex oder eher empört. Mach doch nicht so ein dämliches Gesicht, sagte Isabel zu ihm, alle Formen der Liebe, die nicht der Zeugung dienen, stehen bei Augustinus, in seiner Abhandlung über die Ehe und die Fleischeslust.

Dem jungen Mann verschlug es die Sprache, er wußte nicht, was er sagen sollte. Was Augustinus damit zu tun haben sollte, erschien ihm sichtlich unbegreiflich.

Isabel sagte dem potentiellen Liebhaber, der in diesem Augenblick aufhörte, es zu sein – nicht nur wegen der egoistischen Unverfrorenheit seines Vorschlags oder wegen seiner Unkenntnis der Schriften des heiligen Augustinus, sondern auch, das sei klargestellt, weil er sich als Fan von Real Madrid entpuppt hatte, was Lorenzo Isabel mit aller Entschiedenheit verboten hatte, denn er war bedingungsloser Anhänger der zweitrangigen Fußballvereine, egal, ob es Real Sociedad war oder der Barça, so gut die Weißen auch sein mochten, und das waren sie gewöhnlich –, Isabel sagte dem jungen Madrider jedenfalls nicht, daß es ihre eigene Mutter gewesen war, die ihr anhand des heiligen Augustinus detailliert von den erotischen Praktiken erzählt hatte, die nicht der Zeugung dienten.

Kurz, Isabel kehrte aus Paris mit der einen oder anderen neuen Erfahrung zurück, was engumschlungenes Tanzen, Fummeleien und tiefe Küsse betraf, aber so jungfräulich, wie sie angekommen war.

Als Lorenzo am frühen Morgen dieses 18. Juli nach Hause kam, sah er, daß noch Licht brannte. Isabel wartete auf ihn, während sie einen Anis mit Eis und Wasser trank: viel Eis, wenig Wasser. Bestimmt war es nicht der erste.

Lorenzo läßt sich auf ein Sofa fallen und streckt die Glieder.

»›Wen erwartest du, so früh am Morgen, / Mit diesen Augen und diesen Augenschatten, / Eingesperrt wie die wilden Tiere / Hinter den Gitterstäben deines Fensters?‹ Na ja, eine Wilde oder wild bist du schon, aber eingesperrt, nie im Leben...«

»Wo hast du dich herumgetrieben?« fragt Isabel.

Und während sie ihn das fragt, legt sie sich neben ihn und beschnuppert ihn.

»Nein«, befindet sie. »Es sieht nicht so aus, als wärst du mit einer dieser schamlosen Freundinnen von Mama zusammen gewesen. Die hinterlassen bei dir immer einen Geruch nach französischem Parfüm vom Allerteuersten... Reich und geil, wie sie meistens sind.«

»Ich war bei Domingo«, sagt er, »auf der Terrasse in der Calle Ferraz... Es war nett, lustig...«

»Was für eine Neuigkeit«, sagt sie. »Mit ihm ist es doch immer nett und lustig.«

Lorenzo lacht, sie wirft ihm vor, daß er wie ein Dummkopf lacht, ohne Sinn und Verstand.

»Aber es hat Sinn und Verstand«, sagt er und lacht noch mehr. »Weißt du, was mir eingefallen ist?«

Sie weiß es nicht, sie schüttelt den Kopf, sie richtet sich neben ihrem Bruder auf und schaut ihm in die Augen.

»Mir ist eingefallen, daß wir Domingo darum bitten könnten, als einen Gefallen...«

»Ihn worum bitten?«

»Daß er dich entjungfert, er würde es bestimmt tun.«

»Aber ist er denn nicht verheiratet?« wundert sich Isabel.

»Hast du mir nicht gesagt, daß Carmela wunderschön ist und sympathisch?«

»Na klar. Sie müßte es auch erfahren und einverstanden sein. Sie könnte es lustig finden.«

»Aber ich nicht«, sagt Isabel entschieden. »Entzieh dich nicht deiner Verantwortung, Lorenzo.«

Er empört sich, zumindest tut er so.

»Das hat uns noch gefehlt! Ich bin also verantwortlich dafür, daß du noch immer Jungfrau bist...«

»Du«, sagt sie, »nur du. Fällt es dir so schwer, es dir vorzustellen, ist es dir so zuwider?«

Er will es ihr noch einmal erklären. Isabel läßt ihn nicht zu Wort kommen.

»Komm mir nicht mit der ewiggleichen Geschichte, mit dem Verbot des Inzests als Fortschritt im Prozeß der Zivilisation. Auch wenn es so wäre, wir sind hier nicht in einem Lehrgang für Anthropologie oder Psychoanalyse, Lorenzo. Hier gibt es nur dich und mich, gleich und verschieden, und ich werde nie jemanden so lieben wie dich, und dir ergeht es genauso, warum willst du das nicht sehen?, ich bitte dich um einen Gefallen, nur du kannst ihn tun, ohne daß daraus Verletzungen, Ressentiments oder Reue entstehen. Du sagst, es gibt die Gefahr, daß du dich verliebst, aber das macht doch nichts, mein Lieber, verlieb dich, besser, du bist in mich verliebt, ich werde dir alles erlauben, sogar, daß du damit aufhörst, daß du mich vergißt, und ich werde von dir lassen, wenn du es beschließt und es wünschst, besser so, als weiter haufenweise treulose Ehefrauen aus guter Familie und mit schlechtem Lebenswandel zu vernaschen...«

»Sag nicht so verrückte Sachen«, sagt Lorenzo, mit plötzlich heiserer Stimme.

Sie spricht ihm ins Ohr, während sie ihn umarmt, noch enger, noch kühner.

»Du hast recht, ich werde keine verrückten Sachen mehr sagen, ich werde sie tun...«

Sie befinden sich im Salon mit dem Erker, in der Wohnung in der Calle Alfonso XII., wo vor Jahren, als sie noch Kinder waren, die Satur ihnen die volkstümliche Romanze vorgesungen hatte: »Am liebsten mag ich den Pfirsich, er schmeckt mir wie ein Bonbon, und von den Königen Spaniens Alfonsito von Bourbon«, sie befinden sich im Salon mit dem Erker, schon erscheint die aufgehende Sonne über den Bäumen des Retiro, just über dem Denkmal für Alfonsito von Bourbon, das sich über der glänzenden, glatten Oberfläche des Sees erhebt, ihr Licht blitzt in den Fensterscheiben des Erkers, und als Lorenzo vor einer Weile in diesen Salon hinaufgekommen ist, hat er gesehen, daß sämtliche Sofas, Stühle und Sessel der Wohnung, sämtliche Möbel mit ihren zarten Intarsien für den Sommer weiß verhüllt worden sind und der Wohnung etwas Gespenster- oder Geisterhaftes verleihen, aber er konnte sich nicht erinnern, wie sollte er auch, da er noch gar nicht geboren war?, er konnte also nicht wissen, nicht einmal ahnen, daß vor zwanzig Jahren, fast auf den Tag genau, an einem anderen frühen Julimorgen, als sie zu Fuß von Eusebio Oliver zuruckkamen, der in der Nähe wohnte, wo Federico García Lorca ihnen sein letztes Werk vorgelesen hatte, auch Mercedes Pombo und José María Avendaño, seine Eltern, in diesen Salon mit seinen weiß verhüllten Sesseln und Sofas hinaufgegangen waren und Mercedes einen Krug kalte Mandelmilch aus dem Kühlschrank geholt und im Geist vermerkt hatte, daß das Eis am Schmelzen war, daß man es ersetzen müßte, aber Lorenzo kann nichts wissen noch ahnen von dem, was dann geschehen war, von jener lustvollen, schamlosen Liebe in der Morgenfrühe, letzte Liebe der beiden wenige Stunden vor dem wilden Trupp auf der Landstraße von Quismondo, aber...

Aber Benigno kommt gelaufen, eilig, laut rufend.

»Endlich, Lorenzo! Ich habe dich überall gesucht, wir müssen reden.«

Isabel findet die Unterbrechung durch den schwitzenden, drängenden Benigno gerade in diesem Augenblick überhaupt nicht lustig.

Sie waren allein und dachten voll Zärtlichkeit an die herzzerreißende Unbeschwertheit der frühen Morgenstunden dieses Tages. An die Sonne, die hinter den Fensterscheiben des Erkers, über den Bäumen des Retiros, über der zum See führenden Promenade, aufgegangen war, an das heller werdende Sonnenlicht auf den gespensterhaften, in weißes Leinen gehüllten Möbeln (»eine Traurigkeit aus weißem Leinen, um Taschentücher daraus zu machen«, mein Gott!). Und Lorenzo in meinen Armen, erinnerte sich Isabel, kurz davor, sich zu ergeben, und ich, die ich seine Mundwinkel küsse, sein Ohrläppchen mit sanften Bissen, und das Zittern seiner Lenden unter meinen kühnen Fingern. Und diese Erinnerung wird von Benigno brutal unterbrochen, wir sind nicht mehr im Tagtraum meiner Träume, denkt Isabel.

Aber Benigno Perales ist der düstere, feindselige Blick Isabels völlig gleichgültig. Er ist gekommen, um mit Lorenzo über Kommissar Sabuesa zu sprechen, ihn über dessen arglistige Absichten zu informieren, und das wird er tun, ohne Rücksicht auf die Launen Isabels.

»Aber natürlich: Avenarius, Federico Sánchez, jetzt verstehe ich endlich!«

Sie befinden sich in der Bibliothek der Maestranza, nur sie beide, es war nicht einfach, Isabel allein ihrem Groll zu überlassen.

Lorenzo hat Benigno Perales die Broschüren übergeben, die Dominguín ihm am Vorabend in Madrid, in seiner Wohnung in der Calle Ferraz, für ihn mitgegeben hatte. Exemplare der Zeitung *Mundo Obrero* und der Zeitschrift *Nuestra Bandera*. Benigno hat erstere zwischen den Büchern versteckt, die sich auf einem nahen Regal übereinandertürmen, und das Exemplar von *Nuestra Bandera* auf seinen Schreibtisch gelegt, um es durchzublättern, während er mit Lorenzo spricht.

Nuestra Bandera ist ein kleinformatiges Untergrundorgan mit einem Umfang von hundertzehn auf dünnem Papier gedruckten Seiten. *Revista de educación ideológica del Partido Comunista de España*, Zeitschrift für ideologische Erziehung der Kommunistischen Partei Spaniens, lautet ihr Untertitel. Das Exemplar, in dem Benigno blättert, trägt die Nummer 15, sein angezeigter Preis beträgt drei Peseten, und im Druckvermerk heißt es: Madrid, 1956, ohne weitere Angaben.

Diese Nummer von *Nuestra Bandera*, die Dominguín Lorenzo für Benigno Perales mitgegeben hat, ist also, wie man ersehen kann, die gleiche, die Don Roberto Sabuesa am Vortag, dem 17. Juli, examiniert hat; das Inhaltsverzeichnis, das Benigno jetzt entdeckt, wurde bereits vom Kommissar studiert und in seinem persönlichen Notizbuch vermerkt.

Die Verfasser der Artikel dieser Ausgabe sind Bekannte für Benigno; es sind die ewiggleichen, im Ausland sitzenden Parteiführer, deren Namen ihm ein merkwürdiges Gefühl einflößen, eine Mischung aus Respekt und tiefem Mißtrauen: historischer Respekt vor ihrer Leistung im Volkskrieg gegen den Faschismus und tiefes Mißtrauen – mehr noch, schmerzhaft empörte Ablehnung – aufgrund der Haltung derselben Personen gegenüber den internen Angelegenheiten der Partei in Spanien unter der Diktatur. Wie konnte man zum Beispiel die gegen Heriberto Quiñones gerichteten Verleumdungen oder die Ermordung von Gabriel León Trilla vergessen?

Doch unter den traditionellen, sattsam bekannten Namen, die auf dem Titelblatt der Untergrundzeitschrift stehen – Carrillo, Delicado, Ardíaca, Azcárate –, entdeckt Benigno erschrocken den von Federico Sánchez. »Ortega y Gasset oder die Philosophie in Krisenzeiten«, so lautet der Titel des Artikels von Sánchez, der auf dem Deckblatt von *Nuestra Bandera* angekündigt wird.

Es ist nicht der Name Ortega y Gasset oder die etwas hochtrabende Formulierung »die Philosophie in Krisenzeiten«, die Benigno erschrecken lassen. Es ist das unerwartete Wiederauftauchen von Federico Sánchez. José Manuel hat ihm gerade die Notiz von Kommissar Sabuesa vorgelesen, aus der hervorgeht, daß dieser überzeugt ist, besagter Sánchez könne etwas mit Lorenzo Avendaño zu tun haben; aus der auch hervorgeht, daß er entschlossen ist, dem Jungen während seines Aufenthalts auf der Maestranza eine entsprechende Falle zu stellen.

Kurz, dieser Name, der irgendwie aktuell zu sein scheint, birgt eine Gefahr, stellt eine Drohung dar.

Zunächst war es der Name einer neuen, aber phantomhaften Person gewesen. Er war in der Presse des Regimes aus Anlaß der Studentendemonstrationen im Februar aufgetaucht. Und auch in der Pirenaica, als Verfasser des einen oder anderen Beitrags über die kommunistische Strategie an der Universität. Dann hatte Dominguín eines schönen Tages ihm gegenüber diesen Namen erwähnt, als den Namen von jemandem, der auf das Gut La Companza kommen könnte, um ihn zu treffen. Und jetzt stellt sich heraus, daß ein Kommissar der Politischen Polizei, der sich besonders für diesen omnipräsenten, ominösen Sánchez oder wie immer sein wahrer Name lauten mag zu interessieren scheint, nach Quismondo kommt, angeblich, um der idiotischen Bußzeremonie beizuwohnen, in Wirklichkeit jedoch, um in dieser Angelegenheit weiter zu ermitteln.

Deshalb ist Benigno Perales erschrocken und hat sich daran gemacht, in aller Eile den Artikel von Sánchez zu lesen, der in *Nuestra Bandera* steht, bis er zu dem Satz gelangt, der alles erklärt, zumindest alles, was den Ausruf von Sabuesa betrifft.

»Tatsächlich«, schreibt Sánchez in seinem Artikel, »ist diese Lösung des Kernproblems jeder Philosophie seit etwa einem Jahrhundert der Strohhalm, an den sich sämtliche Denker der liberalen Bourgeoisie zu klammern trachten. Schon im Jahre 1894 trat Richard Avenarius an, die Wissenschaft zu *revolutionieren* und mit seiner *berühmten* ›prinzipiellen Koordination‹ – die von Lenin in *Materialismus und Empiriokritizismus* demontiert wurde – den Gegensatz zwischen Materialismus und Idealismus zu überwinden...«

Und Benigno Perales hebt den Blick von dem Papier, das er liest, und ruft aus:

»Aber natürlich: Avenarius, Federico Sánchez, jetzt verstehe ich endlich!«

Lorenzo schaut ihn schulterzuckend an.

»Also, ich nicht.«

Benigno erklärt es ihm: der Aufschrei von Kommissar Sabuesa am Ende des gestrigen Abendessens; das vorausgehende Gespräch, eben über Ortega und Avenarius, mit seinem Onkel, dem Jesuiten, und Leidson, dem amerikanischen Historiker – »der schöne Gringo«, murmelt Lorenzo, und Benigno nickt zustimmend. Dann sagt er: Hier ist die Erklärung.

Er unterstreicht für Lorenzo den Absatz, in dem Federico Sánchez über Avenarius schreibt.

»Bestimmt hat der Kommissar unserem Gespräch über Ortega zugehört«, sagt Benigno. »Dieser Name, Avenarius, den wir drei so oft erwähnt haben, kam ihm irgendwie bekannt vor. Plötzlich erinnerte er sich und ließ einen Schrei los. Er erinnerte sich an den Artikel von Federico Sánchez...«

Lorenzo wundert sich.

»Er erinnerte sich? Du willst also sagen, daß er ihn schon gelesen hatte? Und warum interessiert sich Kommissar Sabuesa für Ortega y Gasset?«

»Ortega interessiert ihn nicht im geringsten, seine Philosophie läßt ihn kalt und seine Wurzeln bei Avenarius erst recht«, sagt Benigno. »Was ihn interessiert, ist Federico Sánchez... Deshalb ist er auf die Maestranza gekommen. Wegen Federico Sánchez und wegen dir.«

Lorenzo zuckt zusammen.

»Er ist überzeugt, daß du Federico Sánchez kennst... Er will sich an deine Fersen heften, Lorenzo, damit du ihn zu ihm hinführst...«

Lorenzo lacht, sehr selbstsicher, etwas großspurig.

»Na, da hat er sich aber übernommen, der Scheißkerl«, erklärt er.

Benigno überzeugt diese Reaktion nicht.

»Was fällt dir zu La Taurina ein?«

Lorenzo wird fast böse.

»Sag mal, ist das ein Verhör?«

»Nein, nur eine Warnung.«

Benigno holt die Notiz von Sabuesa hervor, die Eloy Estrada im Laden entdeckt und auswendig gelernt hat, bevor er sie für José Manuel Avendaño niederschrieb, und legt sie auf den Tisch.

Lorenzo liest die Notiz, während Benigno ihm ihre Herkunft erläutert.

»Da siehst du«, fügt Benigno hinzu. »La Taurina, in der Calle Alcalá, observieren. Und dann das dicke Ende: Die Zeremonie in Quismondo für Nachforschungen nutzen: ihm irgendeine Falle stellen...«

»Ich weiß nicht, was für eine Falle er mir stellen könnte, aber das mit La Taurina macht mir Sorgen«, sagt Lorenzo. »Ich gehe oft in dieses Lokal, das stimmt...«

»Mit Pradera?«

»Nicht nur mit ihm, aber mit ihm auch...«

Als er das letzte Mal mit Javier Pradera in La Taurina war, erinnert sich Lorenzo, geschah etwas Seltsames. Gegen Ende des Mittagessens sagte Javier plötzlich: »An dem Tisch da hinten, dreh dich nicht um, sitzt ein merkwürdiger Typ, der uns nicht aus den Augen läßt. Von Alter und Aussehen her könnte er Polizist oder Militär sein. Wir haben ja schon bezahlt, also hauen wir ab, jetzt sofort.« Sie waren aufgestanden und gegangen und hatten sich dann auf der Straße sofort getrennt, jeder war in ein Taxi gestiegen, und damit hatte es sich. Das letzte, was sie von dem Typen sahen, war, wie er schon im Stehen laut schreiend die Rechnung verlangte, erhitzt, überrumpelt durch die Geschwindigkeit, mit der Pradera den Abgang inszeniert hatte.

Dieser hatte eine Erklärung für den Vorfall, er gab sie ihm beim nächsten Mal. An jenem Tag hatte sich Pradera nämlich für das Mittagessen mit Lorenzo ein Sportjackett aus Tweed und Hosen aus grauem Flanell angezogen, die nicht besonders sorgfältig gebügelt waren, aber weder Hemd noch Krawatte seiner Uniform als Leutnant der Rechtsabteilung der Luftwaffe gewechselt, der er noch immer angehörte, und auch die ordnungsgemäßen schwarzen Schuhe anbehalten. Diesem Typen, wahrscheinlich ein Militär, vermutete Pradera, war also die unkorrekte Form der Kleidung aufgefallen, und deshalb hatte er sie überwacht.

Eine plausible Erklärung, die Sabuesas Notiz jedoch nicht zu bestätigen schien. Eines war jedenfalls sicher: La Taurina würden sie nicht mehr aufsuchen können. Das war schade, denn dort aß man gut und billig.

»Nun sag schon«, fragt Benigno, »kennst du Federico Sánchez?«

Lorenzo schaut ihm in die Augen.

»Ich weiß es nicht«, antwortet er. »Aber auch wenn ich es wüßte, würde ich es dir nicht sagen.«

»Das erscheint mir gut und richtig«, sagt Benigno, sichtlich zufrieden, während er ihm liebevoll auf die Schulter klopft. »Aber wenn der Typ existiert und du die Möglichkeit hast, ihm irgendeine Nachricht zukommen zu lassen, dann erzähl ihm das alles: Er soll auf der Hut sein.«

Lorenzo vermutet, daß es so ist, daß er Federico Sánchez kennt, aber er will Benigno nicht erklären, warum er es vermutet. Er will ihm nicht die Informationen geben, die ihm die Vermutung erlauben, daß er ihn kennt. In Wirklichkeit hat er die innere Gewißheit, wenn auch nicht die Bestätigung, daß es so ist.

Vor etwa zwei Monaten, im Mai, an einem schon sonnigen, fast sommerlichen Nachmittag, war er mit Javier Pradera auf der Terrasse eines Cafés in der Calle del Doctor Esquerdo verabredet gewesen. Mit von der Partie waren auch Rafael Sánchez Ferlosio, ein Student namens Fernando Sánchez Dragó – einer der im Februar Verhafteten –, mit dem Lorenzo sich schon mehrmals unterhalten hatte, sowie ein weiterer junger Mann, der ihm unbekannt war und den Javier Pradera ihm als Clemente Auger vorgestellt hatte, wie er zu verstehen glaubte. Sie sprachen über Gott und die Welt, über alles, was zwischen diesen beiden Polen Platz fand: über Filme, über Bücher, über Stierkampf und sogar über Mädchen, Freundinnen oder nicht.

Irgendwann hatte sich dann ein etwa dreißig Jahre alter Mann zu ihnen gesetzt, den alle zu kennen schienen und dem alle mit einem gewissen Respekt begegneten – nein, das ist nicht das Wort, denkt Lorenzo jetzt: eher mit einem gewissen fraglosen intellektuellen Einverständnis, aufmerksam, aber zuvorkommend –, jedenfalls folgte die Unterhaltung weiter ihrem Lauf, obwohl Lorenzo den vielleicht unbegründeten, aber schwer abzuwehrenden oder ganz zu vergessenden Eindruck hatte, daß dieser Unbekannte ihn, Lorenzo Avendaño, prüfte; den Eindruck, daß er einer Art Examen unterzogen wurde, daß die Fragen über seine Lektüre nicht ganz beliebig oder harmlos waren. Bald wurde ihm klar, daß der Unbekannte – einer der Anwesenden nannte ihn irgendwann Agustín, aber andere redeten ihn mit Federico an, und niemand schien sich über diese Doppelung zu wundern –, daß also der Unbekannte, Agustín oder Federico, wie auch immer, bestens über sein Leben Bescheid wußte, er wußte, daß er seit einigen Monaten in Italien war und nach wenigen Tagen Ferien in Madrid dorthin zurückkehren würde, bis zum Ende der Vorlesungszeit, und das Thema Italien löste plötzlich eine ernsthaftere, weniger sprunghafte Debatte über Gramsci aus, den Lorenzo zu studieren begonnen hatte, den auch Pradera und Auger zumindest teilweise gelesen hatten, und an dieser Debatte beteiligte sich der Unbekannte, Agustín oder Federico, wobei er auf Gramscis These über die Rolle der Intellektuellen in den politisch-sozialen Kämpfen in Spanien im zwanzigsten Jahrhundert einging, eine originelle These, die sie veranlaßte, über die derzeitige Situation in Madrid zu reden.

Mehr oder weniger zu diesem Zeitpunkt des Nachmittags und der Debatte setzte Ferlosio mit ironischem Genuß zu einer begrifflich-semantischen Analyse der Sprache der kommunistischen Partei an – in Wirklichkeit wurde das Wort »Partei« selbst nicht ausgesprochen, aber es war eindeutig die Rede von der Sprache der kommunistischen Organisation – und erklärte spöttisch, aber ohne Aggressivität, es gebe gewissermaßen drei Ausdrucksebenen in der kommunistischen Sprache. Du zum Beispiel, sagte Ferlosio, an diesen Agustín oder Federico gewandt, sprichst in der ersten Person Singular zu uns: »ich habe gedacht«, »ich glaube, daß«, »mir scheint«, um uns eine Meinung oder eine Orientierung zu geben. Auf der zweiten Ebene oder im zweiten verbalen Modus sagst du nicht mehr »ich«, sondern »wir«, du gehst zum Plural über, ich weiß nicht, ob zum *majestatis*: »wir haben gedacht«, »uns scheint«, »wir haben beschlossen«. Die erste Person Plural verleiht euch historische Konsistenz, sie macht euch kenntlich, unterscheidet euch, markiert euer Territorium. So haben wir *Unsere* Fahne, *Unsere* Ideen, *Unser* Volk. Und einer der Anwesenden, vielleicht Pradera, fügte scherzhaft hinzu: *Unsere* Dolores, *Unser* Stalin, nicht wahr? Und zuletzt, schloß Ferlosio, bei den feierlichsten oder heikelsten und damit strittigsten Gelegenheiten, taucht das »man« auf, das Heideggersche »Man«, die höchste Instanz, anonym und pompös, denn dahinter steht der ganze Pomp des Apparates, die ferne Instanz der Macht im Ausland: Paris, Prag, Moskau: »man hat gedacht«, »man hat beschlossen«, »man wird tun...«

Alle hatten sie herzlich gelacht, angefangen bei dem Unbekannten, Agustín Larrea oder Federico Artigas – die Nachnamen kamen schließlich auch aufs Tapet, so unterschiedlich wie die Vornamen, und niemanden schien diese Unstimmigkeit zu bekümmern, so als wären Vor- und Nachname das Allerwenigste, als bedürfe die Identität dieses Unbekannten keiner Benennung, keiner namentlichen Kenntlichmachung, um von ihnen allen akzeptiert und anerkannt zu werden.

Doch er erzählt Benigno nichts von dieser Erinnerung an einen späten Nachmittag, auf einer Caféterrasse in der Calle del Doctor Esquerdo.

Er erzählt ihm auch nicht, daß er die Person, von der anzunehmen ist, daß sie Federico Sánchez ist, wiedergesehen hat, und zwar erst gestern, das heißt, am Vorabend dieses 18. Juli, auf der Terrasse in der Calle Ferraz, bei Domingo Dominguín. An dem Abend nannten ihn alle Agustín oder Larrea, wenn sie seinen vermeintlichen Nachnamen benutzten: alle, Domingo selbst, Carmela, seine Frau, und die beiden großen Kinder, der Junge und das Mädchen, Dominguito und die Patata, die bis in die Puppen auf der Terrasse waren, es war nicht möglich, sie ins Bett zu bekommen, und irgendwann hatte Dominguito diesem Agustín ein freches Liedchen vorgesungen, aber liebevoll, in dem »Larrea« sich auf »brea« reimte, letztes Wort eines Verses, in dem es hieß »und dein Popo, der stinkt nach Teer«, aber wie auch immer, er, Lorenzo, erzählte den Anwesenden, und darunter waren Pradera und seine Freundin, eine Schwester von Ferlosio, eine Blondine aus der Extremadura wie Carmela Oliver, die Frau des Arztes, in dessen Wohnung Lorca vor zwanzig Jahren

Bernarda Albas Haus vorgelesen hatte (aber an diesem Punkt der Erzählung muß der Erzähler die Leser um Verzeihung bitten, denn mit ihm ist die Hand durchgegangen oder die Phantasie oder die Sehnsucht: Lorenzo kann unmöglich irgendeine weibliche Schönheit mit der von Carmela Oliver vergleichen, denn er kann sie nicht gekannt haben, der Erzähler bittet also um Pardon, die Hand ist mit ihm durchgegangen, der Tagtraum, das liegt wohl an der harten Heiterkeit des Schreibens, und er hat einer seiner Figuren eigene Gefühle oder Erinnerungen oder Sehnsüchte unterstellt), jedenfalls, und das konnte Lorenzo sehr wohl feststellen, war die Schwester von Ferlosio, Praderas Freundin an jenem Abend, eine freimütige Schönheit mit adlerhaften Zügen und befand sich auf der Terrasse mit Javier, mit einem gewissen Alberto Machimbarrena, der wenig sprach und viel trank, und mit dem Ehepaar Aldecoa, Josefina und Ignacio, und vielleicht dem einen oder der anderen mehr; und allen Anwesenden erzählte also Lorenzo Avendaño eine Episode seines Aufenthalts in Italien, stellt euch vor, was für ein Zufall, sagte Lorenzo, ich war einmal abends zu Hause bei María Zambrano, in Rom, und da waren einige exilierte Spanier, Republikaner, und einer davon war ein gewisser Semprún Gurrea, ich kannte diesen Namen, denn ein Jahr zuvor hatte ich in der Bibliothek der Maestranza die vollständige Sammlung der Zeitschrift *Cruz y Raya* gelesen, die mein Vater hatte binden lassen, und im Inhaltsverzeichnis mehrerer Nummern erschien dieser Name, Semprún Gurrea, und rein zufällig hatte ich dessen Abhandlungen in der Zeitschrift gelesen, vielleicht weil mir der Titel der zuerst veröffentlichten aufgefallen war – José Bergamín war der Herausgeber, bestimmt erinnert ihr euch –, etwas in der Art wie »Fadrique Furió Ceriol, Ratgeber der Fürsten und Fürst der Ratgeber«, ein Titel wie von Feuerbach oder vom jungen Marx, nicht?, und ich sage ihm, daß ich ihn gelesen habe, und er ist überrascht und gerührt, wie ist das möglich, daß ein kaum zwanzigjähriger Junge, fragt er sich und fragt er mich, im heutigen Spanien *Cruz y Raya* und seine Artikel gelesen hat? Und ich erzähle ihm von der wunderbaren Bibliothek der Maestranza, und dann fragt er mich nach meinem Namen, und als ich ihm antworte: Lorenzo, Lorenzo Avendaño, fällt er beinahe in Ohnmacht – stellt euch vor, er war ein recht guter Freund meines Vaters gewesen und hatte zwei oder drei Tage vor der Erhebung der Militärs in Marokko in der Wohnung von Eusebio Oliver der Lektüre Lorcas beigewohnt, fast wäre er in Ohnmacht gefallen, ja, und wir waren alle erschüttert, und am meisten erschüttert schien dieser Agustín Larrea zu sein, von dem Lorenzo annahm, daß er Federico Sánchez war, wirklich berührt, bewegt, und er hatte den Eindruck, als wollte er etwas sagen, irgend etwas über das, was Lorenzo gerade erzählt hatte, doch nein, er schüttelte nur den Kopf und sagte: »Wahrhaftig, als wäre man in einem Roman.«

Aber wirklich seltsam berührt.

Doch Lorenzo erzählt Benigno nichts davon; er sagt ihm nichts über Federico Sánchez; er sagt ihm nicht, daß er sicher ist, ihn erst gestern gesehen zu haben.

»Wirklich«, sagt Lorenzo, »ich sehe nicht, welche Falle mir dieser Kommissar stellen könnte.«

Daraufhin informiert Benigno ihn über die letzten Ereignisse.

»Sabuesa ist wütend. Er hat heute morgen die Guardia Civil gerufen, damit sie wegen der Meuterei ermittelt, und das war für deinen Onkel José Manuel wie ein Tritt in die Eier, wie eine persönliche Beleidigung. Er hat den Unteroffizier der Guardia Civil höflich, aber bestimmt gebeten, er möge sich mit seinen Männern zurückziehen, denn es gebe hier nichts zu ermitteln, die Bußzeremonie sei eine private und keine gesetzliche Angelegenheit und die Familie Avendaño habe ohnehin gemeinsam beschlossen, sie zum letzten Mal stattfinden zu lassen. Aber danach, als die Guardia Civil abgezogen war, hatte er mit Sabuesa eine hitzige, laute Auseinandersetzung, in diesem Haus befehle ich, hat er ihn angeschnauzt, und Sie haben mich nicht über Loyalität zu belehren, Kommissar, vor drei Wochen war ich noch mit dem Generalissimus auf der Jagd, kurz, das Ganze endete übel, ich weiß nicht, was bei der Messe und beim Mittagessen danach passieren wird ...«

Doch eine Stimme unterbricht ihn, die Stimme von Mercedes Pombo.

»Nichts wird passieren, Benigno. Ich habe gerade mit José Manuel gesprochen ... Nach der religiösen Zeremonie fährt er nach Madrid zurück.«

»Und Sabuesa bleibt?« fragt Lorenzo.

Mercedes schaut ihren Sohn an, mit Augen, die leuchten vor Zuneigung, vor Bewunderung.

»Hallo, Lorenzo. Wir haben uns noch gar nicht gesehen. Danke für die Postkarte aus Florenz. Nein, Sabuesa geht auch. Dein Onkel hat ihn dazu aufgefordert.«

Sie war in die Bibliothek getreten, ohne daß sie es gemerkt hatten. Jetzt steht sie neben dem Schreibtisch und greift nach dem Exemplar von *Nuestra Bandera*.

»*Zeitschrift für ideologische Erziehung der Kommunistischen Partei Spaniens*«, buchstabiert sie, den Untertitel lesend, und fügt kryptisch hinzu: »Was für ein Programm.«

Sie legt die Zeitschrift wieder auf den Tisch und fragt Lorenzo:

»Hast du schon Leidson, den amerikanischen Historiker, kennengelernt?«

»Den schönen Gringo?« fragt Lorenzo frech.

»Ist er kein Gringo, ist er nicht schön?« fragt Mercedes gelassen zurück.

Niemand zieht es in Zweifel, sie fährt fort:

»Sprich mit ihm, Lorenzo. Er ist ein interessanter Typ.«

Dann wendet sie sich an Benigno:

»Der Kommissar hat sich erinnert, wo er dich zum ersten Mal gesehen hat, er hat es mir gerade erzählt. An der Puerta del Sol: Du warst im Zellentrakt, er in seinem Büro.«

Sie schaut beide an, ein leichtes Lächeln um den Mund.

»Schön, jetzt gehen wir zur Messe... Und wir gehen alle... Alle, nicht wahr? Sag deiner Schwester, Lorenzo, sie soll sich wie eine junge Frau anziehen, nicht wie ein Ackerknecht, sonst werfe ich sie aus der Kirche.«

Sie schaut sie abermals an, lächelt noch einmal.

»Es ist das letzte Mal, das wißt ihr ja.«

6

Er hört die Stimme in seinem Rücken, er dreht sich nicht um. Eine gedämpfte Männerstimme nennt ihn bei seinem Namen – das heißt, bei seinem anderen Namen –, aber sie tut es sacht, weder nachdrücklich noch drängend, vielleicht mit einer Spur ausländischem Akzent: angelsächsisch, als wollte der, der in seinem Rücken spricht, ihm zu verstehen geben, daß er ihn erkannt hat, aber seine Einsamkeit, seine Anonymität respektieren wird, wenn er es wünscht.

Jedenfalls dreht er sich nicht um.

»Federico«, hat die sachte, gedämpfte Stimme gesagt, »Federico Sánchez...«

Er dreht sich nicht um, er hält den Blick weiter auf das Bild gerichtet, das er gerade betrachtet hat, als er seinen Namen hörte, diesen alten, längst außer Gebrauch geratenen Namen. Es war im übrigen eher eine Art Appell oder Feststellung als ein Zuruf. Als wollte der Unbekannte, der diesen alten Namen ausgesprochen hat, sanft, mit leiser Stimme – er muß sie ohnehin nicht heben, denn es herrscht tiefe, kompakte Stille an diesem Morgen im Saal des Villahermosa-Palastes –, ihn vor allem wissen lassen, daß er ihn erkannt, ihn identifiziert hat, aber ohne jede Dringlichkeit, ohne jeden Anspruch, sogar ohne das Bedürfnis nach Kommunikation, also ohne eine Antwort zu erwarten.

Federico, Federico Sánchez, ja, aber er dreht sich nicht um, als wäre er nicht gemeint.

Ich bin nicht gemeint? Doch, natürlich, das betrifft mich irgendwie, denkt er. Ich war diese Person. Ich war es wirklich, bis auf den Grund, es hat mit mir zu tun. Es kann sogar sein, daß dieses Pseudonym mehr mit mir zu tun hat als mein eigener Name; na ja, vielleicht übertreibe ich: Man weiß nie im voraus, was die eigene Identität am meisten und am wesentlichsten bestimmt.

Dennoch erfaßt ihn etwas wie Trägheit oder Lustlosigkeit, als er diesen Namen aus früheren Zeiten hört, als er daran denkt, was alles er bedeutet, an die Erinnerungen, die mit ihm verbunden sind, freudige Momente und Enttäuschungen; als er sich vorstellt, was für eine Art Gespräch, womöglich Befragung sich sprungbereit in dieser Anrufung verbergen mag.

Federico Sánchez!

Das letzte Mal, als dieser Ruf an sein Ohr gelangt war, hatte er sich in der Tat umgedreht. Es war José Antonio H. gewesen, der mit zitternder Stimme, bewegt, aber aggressiv, bitter, vielleicht verzweifelt Rechenschaft von ihm gefordert hatte. Fast schreiend: Du bist zu mir nach Hause gekommen, du hast mich überzeugt, deine Botschaft war nicht der Frieden, sondern der Kampf, du kamst, um uns Gefahr zu predigen, Ungewißheit, und wir haben die Gefahr, die Ungewißheit akzeptiert, und eines schönen Tages setzt du dich ab...
Ich setze mich nicht ab, hatte er geantwortet, sie setzen mich ab... Sie setzen dich ab, hatte José Antonio H. gesagt, weil du nicht mehr mit uns kämpfen willst. Das ist nicht wahr, hatte er entgegnet, ich wollte weiter kämpfen, aber anders. Schön, sie gingen in ein Café, sie redeten, vergeblich. Denn im Grunde war es für H. nicht besonders wichtig, wer recht gehabt hatte in jener Debatte am Anfang der sechziger Jahre, ob sie, einige wenige, er oder die Parteiführung – außerdem war diese Diskussion längst überholt: Es war so offensichtlich, daß sie, er recht behalten hatten gegen die Führung, das hatte der Lauf der Geschichte machtvoll und deutlich bewiesen, daß es lächerlich schien, es Jahre später noch einmal zu

diskutieren. Was José Antonio H. noch immer schmerzte, was ihn unverändert schmerzte, war das Gefühl, daß er sie verlassen hatte.

Doch heute dreht er sich nicht um zu dieser anonymen, sanften Stimme mit ihrem leichten angelsächsischen Akzent. Er weiß nicht, er antwortet nicht, er weigert sich.

Er verharrt lieber in seiner konzentrierten Reglosigkeit, in seiner starren Haltung. Er überläßt sich weiterhin der Betrachtung dieses Gemäldes, das im übrigen faszinierend ist.

Natürlich nicht seines Themas wegen. Die Enthauptung des Holofernes ist ein gängiges Exerzitium der Renaissance- und Barockmalerei, ein klassisches, fast schon abgedroschenes Motiv. Einfach so, aus dem Stehgreif, ohne groß nachzudenken oder in seiner Erinnerung zu suchen, fallen ihm mehrere Maler ein, die dieses Thema behandelt haben: von Michelangelo bis Botticelli, von Giorgione bis Caravaggio. Doch dieses Gemälde ist einzigartig, von einer schaudererregenden Schönheit.

An diesem Vormittag im Herbst 1985 war er in den Villahermosa-Palast gegangen, um eine Austellung mit Werken neapolitanischer Malerei zu besuchen und sich vor allem ein Bild von Artemisia Gentileschi anzusehen. Zu diesem Zeitpunkt wußte er nichts von ihr, gerade nur den Namen; er erfuhr alles aus dem Ausstellungskatalog, den er beim Hineingehen kaufte. Er meinte sich zu erinnern, daß ein Bild ihres Vaters, Orazio Gentileschi, im Museum der Schönen Künste in Bilbao hing, weiter reichte sein Wissen nicht.

Doch von dieser Enthauptung des Holofernes hatte jemand vor einigen Tagen bei einem Abendessen gesprochen und dabei ihre schreckliche Schönheit, ihre Besonderheit hervorgehoben. Vielleicht Natalia. Ja, sicher Natalia. Auch Javier hatte sich über die ungewöhnliche, grausame, rauhe

Schönheit des Bildes ausgelassen und ihn gedrängt, es sich in jedem Fall anzusehen.

Er hatte also den Villahermosa-Palast mit der festen Absicht betreten, ausgiebig das Bild der Gentileschi zu betrachten – und natürlich einen allgemeinen Blick auf die Ausstellung neapolitanischer Malerei zu werfen, *Von Caravaggio bis Giordano*, wie der Untertitel des Kataloges lautete –, das Natalia und Javier ihm so ans Herz gelegt hatten.

Mit Recht: Es war schaudererregend.

Das erste, was den Blick anzog, war das Schneeweiß von Judiths Schultern, ihre fast nackten Brüste, deren Schönheit durch das sie umgebende Dunkel betont wurde, das ihre doppelte Rundung vom Rest sonderte und heraushob. Auf diesem Bild glänzte Judith mit einem blauen, tief ausgeschnittenen Kleid. Aber glänzte sie wirklich? Denn das Kleid war von einem wenig prunkvollen, wenig glänzenden Blau, das eher erloschen wirkte, wie eingeschlossen in seine eigene Dichte. Es war kein Blau, das auf das Bild ausstrahlte, es erhellte, sondern ein Blau, das es durchdrang, durchtränkte und auf seiner Oberfläche ein durchscheinendes Nachtdunkel verbreitete, harmonisch abgestimmt auf das stumpfe Rot des Kleides, das Judiths Dienerin trug, züchtig, ohne Ausschnitt oder bloße Schultern, ohne angedeutete Brüste, die bei ihrer Herrin geradezu vorgeführt wurden, aber im Gegensatz zur traditionellen Darstellungsweise – man brauchte nur an ein früheres Bild von Caravaggio zum gleichen Thema, *Judith und Holofernes*, zu denken – war sie, die Dienerin, auf dem Gemälde von Artemisia Gentileschi jung und schön und hielt Holofernes fest, während ihre Herrin ihm sauber die Kehle durchschnitt, das heißt mit einem Hieb ihres kurzen, breiten Schwertes, der als sauber gelten konnte, eben weil er entschieden war, scharf, obwohl er das Blut hervorsprudeln ließ, das die Leintücher der Bettstatt besudelte, die im Feldzelt des Generals und Feindes der Juden aufgestellt war.

Er hatte konzentriert, erschauernd das Bild betrachtet, das trotz der blutigen Brutalität der dargestellten Szene deutlich erotisch aufgeladen war, zweifellos aufgrund der Jugend und Schönheit der beiden weiblichen Gestalten, ihrer sich über dem Körper des Mannes kreuzenden Hände, die ihn, statt ihn zu enthaupten, ebensogut liebkost haben konnten; aufgrund des vergossenen Blutes, das vielleicht den symbolischen Preis für Judiths Jungfräulichkeit bezahlte, die sie dem assyrischen General geopfert hatte, um in seine Nähe zu gelangen, ihn zu töten und ihr Volk vor der Fremdherrschaft zu bewahren.

Er stand also erschauernd vor dem Bild von Artemisia Gentileschi.

In diesem Augenblick geschah es, wie es ihm vor Jahren schon einmal in Den Haag, im Mauritshuis-Museum, vor einem Gemälde Vermeers, *Ansicht von Delft*, widerfahren war, daß plötzlich, sinnlos – das heißt, ohne daß der tiefe Sinn dessen, was ihm widerfuhr, sogleich erkennbar, entzifferbar gewesen wäre – die Nebelwolke aus Geschichten, Sehnsüchten, Situationen, Tatsachen und Fiktionen, Wahrheiten und Erfindungen, die ihm seit einiger Zeit im Kopf herumging, kristallisierte, einen dunklen Zusammenhang erlangte: Die Idee zu einem Roman nahm Gestalt an.

Auf den ersten Blick schien nicht viel Gemeinsamkeit zu bestehen zwischen den Romanthemen, die im Lauf der Zeit diese Nebelwolke gebildet hatten, eine Masse erzählerischer Materie, diffus und leuchtend, und dem Bild von Artemisia Gentileschi, und doch war es so.

So wie das komplexe Handlungsgeflecht des Romans, der schließlich den Titel *Der zweite Tod des Ramón Mercader* erhielt, sich einst in Holland, vor der *Ansicht von Delft*, plötzlich verkettet und verknüpft hatte, ohne daß es dafür eine eindeutige Erklärung gegeben hätte, so geschah es erneut an einem Herbsttag im Jahre 1985, fünfzehn Jahre später, im Villahermosa-Palast vor einem Bild von Artemisia Gentileschi: Wie eine dem mütterlichen Ozean oder dem väterlichen Kopf entstiegene griechische Göttin stieg in seinem Geist plötzlich in voller Gestalt der Roman jenes alten Todes auf.

Abermals erklang die Stimme in seinem Rücken, sacht.

»Federico«, sagte sie. »Federico Sánchez: Ich bin Leidson, der Historiker, der Gringo, du kennst mich.«

Leidson, ja, er hatte ihn einst kennengelernt. In der Calle Ferraz, bei Domingo Dominguín. Später hatte er irgendein Buch von ihm gelesen. Leidson: Seine Anwesenheit, seine Stimme in seinem Rücken, gerade jetzt, war ein unübersehbarer Wink des Schicksals.

Auch Leidson hatte gehört, wie Domingo die Geschichte jenes alten Todes erzählt hatte.

Er drehte sich um: Michael Leidson, in der Tat, der schöne Gringo. Wer hatte ihm diesen Spitznamen gegeben? Vielleicht Carmela, Domingos Frau. Oder das Mädchen, die Patata; eine weibliche Idee, in jedem Fall.

Natürlich würde er eine Figur des Romans sein.

»Nein«, widerspricht Leidson ihm, »das erste Mal war nicht bei Domingo. Es war vorher, in El Callejón: ein Mittagessen mit Hemingway und Leuten aus dem Stierkampfmilieu...«

Sie befanden sich in der Bar des Palace. Es mehrten sich die Getränke, die Erinnerungen, die wehmütigen Gefühle; sie redeten.

»An dem Tag war ich mit Hemingway verabredet, hier, er lud mich dann ein, ihn zu begleiten. Du und ich, wir haben uns damals kennengelernt, erinnerst du dich nicht?«

Doch, er erinnert sich.

Der geneigte Leser, so er es will, kann sich ebenfalls erinnern. Es war bereits die Rede von diesem Mittagessen in El Callejón, obwohl dabei nicht erwähnt wurde, daß der Erzähler an ihm teilgenommen hatte, als eher stiller, aber aufmerksamer Tischgast. Und der Erzähler hat seine Anwesenheit zum Teil aus exemplarischer Bescheidenheit nicht erwähnt, zum Teil aber auch, um der Objektivität der Erzählung nicht mit seinen Ab- und Umwegen in die Quere zu kommen, die er sich nun mal nicht abgewöhnen kann.

Jedenfalls war er zu diesem Mittagessen mit Domingo Dominguín gegangen, und dieser hatte ihn als Agustín Larrea vorgestellt, Freund und Bewerber um einen Lehrstuhl für Soziologie.

»Soziologie?« fragte Hemingway, während er ihm die Hand drückte. »Wissen Sie, was Pepe Bergamín über die Soziologie gesagt hat?«

Larrea wußte es – das heißt ich, der Erzähler, wußte es ganz genau –, er erinnerte sich, wie Bergamíns Definition der Soziologie lautete. Denn Bergamín war schon immer ein Freund der Familie gewesen, schon in der Madrider Kindheit des Erzählers. Aber er machte eine verneinende Kopfbewegung, als wüßte er nicht. Es ist nicht gut, Aufmerksamkeit zu erregen, auf keinen Fall, es ist besser, den Dummen zu spielen, sich nicht hervorzutun, wenn man im politischen Untergrund tätig ist.

Hemingway fuhr fort mit seinem unverwechselbaren Yankee-Akzent, der seinem flüssigen Spanisch jedoch keinen Abbruch tat:

»Na, er sagte, die Soziologie sei eine asoziale Wissenschaft ohne bekannten Wohnsitz.« Hemingway lachte, erheitert über José Bergamíns Definition.

»Asozial und kriminell?« fragte Larrea, den Scherz fortspinnend.

Hemingway lachte noch mehr und tat, als wollte er ihm mit der geschlossenen Faust auf die Schulter schlagen. Aber dann wurde er plötzlich ernst.

»Sind Sie wirklich Soziologe, Larrea, nicht Journalist?«

Denn Hemingway, der einer gewesen war, noch dazu ein brillanter, mißtraute den Journalisten im allgemeinen und haßte im besonderen die meisten Korrespondenten der franquistischen Presse; er wollte nichts mit ihnen zu tun haben.

Daraufhin schaltete sich Dominguín ein, um Hemingway zu versichern, daß Larrea kein Journalist sei.

Wie auch immer, im Verlauf jenes Mittagessens erzählte Dominguín zum ersten Mal die Geschichte der Bußzeremonie.

Jemand hatte eine Episode aus dem Bürgerkrieg geschildert und ihn »unser Krieg« genannt, wie man damals gewöhnlich sagte, und Hemingway hatte diesen Ausdruck kommentiert.

»Unser Krieg«, murmelte er. »Alle sagt ihr das gleiche. Als wäre er das einzige, zumindest das Wichtigste, das ihr teilen könnt. Euer täglich Brot. Der Tod, das ist es, was euch verbindet, der alte Tod des Bürgerkriegs.«

Leidson war kurz davor, Hemingway zu sagen, daß die Spanier in der Erinnerung an den Bürgerkrieg, ihren Krieg, vielleicht nicht nur den Tod teilten, sondern auch die Jugend, das Feuer. Daß der Tod vielleicht nur eines der Gesichter der feurigen Jugend sei, hätte Leidson beinahe gesagt.

Und er merkte, daß Larrea genauso dachte – zumindest ähnlich. Denn er neigte sich zu ihm und murmelte:

»Unser Krieg oder unsere Jugend?«

Dann erzählte Domingo Dominguín die Geschichte jenes alten Todes, die Geschichte der Bußzeremonie der Familie Avendaño.

Doch jetzt, wo er sie schreibt, sie niederschreibt, kann der

Erzähler – der nicht mehr Larrea oder Artigas und natürlich nicht einmal mehr Federico Sánchez heißt, der seinen Namen seither mehrfach gewechselt hat –, kann der Erzähler jedenfalls nicht behaupten, daß der Name jener Familie, Avendaño, das erste Mal in El Callejón erwähnt wurde. Vielleicht fiel er erst beim zweiten Mal, als Domingo die Geschichte jenes alten, gewaltsamen, sinnlosen Todes noch einmal erzählte, und das war auf La Companza, dem Gut der Familie Domínguin in der Nähe von Quismondo.

Der Erzähler hatte Ende der fünfziger Jahre ein Wochenende auf La Companza verbracht. Er hieß noch immer Agustín Larrea und bereitete noch immer seine Bewerbung vor; man weiß ja, daß ein solches Unterfangen Zeit, Fleiß und Geduld erfordert. Eines Abends, beim Abendessen mit der Familie Domínguin in der riesigen Küche, einem wunderbaren Raum voller Herdfeuer, Flaschen, Schinken und köstlicher Gerüche nach ländlichen, redlichen Gerichten, in dem sich die Satur zu schaffen machte, Herrin und Gebieterin der Örtlichkeit, großartige Köchin und lebendiges, lebhaftes, zuweilen bissiges, aber immer liebevolles Gedächtnis der häuslichen Legende (denn die Satur war schon vor dem Krieg, unserem Krieg, auf dem Gut gewesen, als Domingo Domínguin Vater, der Begründer der Dynastie, als Tagelöhner dort gearbeitet hatte, auf diesem Gut, das er später kaufte mit seinem Verdienst als Stierkämpfer und Stierkampfimpresario, parzellenweise, zum Schluß auch das Haus, das war sein großer Traum gewesen, sich das Land zu eigen zu machen, auf dem er von früh bis spät als Tagelöhner geschuftet hatte, und der Erzähler erinnert sich, wie an einem jener Nachmittage, die er Ende der fünfziger Jahre auf La Companza verbrachte, Domínguin Vater, in diesem Fall Großvater, einmal das Gut in seiner ganzen riesigen Ausdehnung abgeritten war, begleitet von Dominguito, dem Enkel, denn in dieser Familie hießen alle erstgeborenen männlichen Nachkommen Domingo, wie er also Dominguito die ganze Schönheit und Weite jenes Grund und Bodens vor Augen geführt hatte; doch die Satur, darum ging es, war bereits auf dem Gut, bevor die Familie Domínguín es kaufte, und erzählte, sehr gut übrigens, die legendäre Chronik der Companza), und eines Abends, beim Abendessen mit der Familie: Don Domingo und Doña Gracia, die in ihrer Jugend eine professionelle Pelota-Spielerin gewesen war und es an der Aufschlagwand des Gutes noch immer mit den meisten Freunden ihres Sohnes aufnehmen konnte – Pedro Portabella verabreichte sie einmal eine denkwürdige Abreibung, indem sie bei einem Spiel mit Schlagholz im wahrsten Sinne des Wortes auf ihn einholzte –, und mit am Tisch saßen auch Domingo Junior, der unsere, und Carmela und die Kinder von beiden, Dominguito und die Patata und zweifellos auch das jüngste, Marta, mit Spitznamen »Yuri«, wegen Gagarin natürlich, wegen der sowjetischen Heldentat, zum ersten Mal einen Menschen in den Weltraum gebracht zu haben, auf die Umlaufbahn, aber Marta, klein, wie sie war, befand sich wohl eher in irgendeinem Schlafzimmer, weit entfernt vom Lärm der Küche: eines Abends also, beim Abendessen mit der Familie, wurde an eine Tür geklopft, die auf die Felder hinausging, und herein trat die Zweierpatrouille der Guardia Civil, die ihre Runde durch die nachtdunkle Gegend machte, und Domingo hatte seinen Spaß daran, daß die Guardia Civil völlig straflos in derselben Küche wie der Erzähler und damalige Führer der Kommunistischen Partei im Untergrund, Federico Sánchez mit Pseudonym, ein paar Gläser Rotwein trank, und er tat, was er konnte, um das Gespräch zu verlängern, und bat die Gendarmen um ihre Meinung über die soziale und politische Lage der ländlichen Regionen der Provinz Toledo.

Später, als die beiden Gendarmen die Küche wieder verlassen hatten, erzählte Domingo, gewiß infolge einer naheliegenden Verknüpfung von Gedanken und Erlebnissen, noch einmal die Geschichte der Bußzeremonie, und dabei erwähnte er den Namen jener Familie, Avendaño: eine Familie aus der Montaña, der Provinz Santander, deren einer Zweig sich im neunzehnten Jahrhundert in Valladolid niedergelassen und später Grundbesitz in der Provinz Toledo erworben hatte, unter ziemlich obskuren, romanhaften Umständen, wie es in den mündlichen Chroniken der umliegenden Dörfer hieß.

Was den letzten Punkt betraf, das heißt die geographische Lage des Gutes, sah Domingo sich jedoch von seinem Bruder Pepe berichtigt, der auf seiner Rückreise nach Madrid, nach irgendeiner auf Kosten der Dynastie unternommenen Tour in Sachen Stierkampf, Station auf der Companza machte. Pepe zufolge, der gleichwohl die Wahrhaftigkeit der Geschichte im großen und ganzen bestätigte – »Dieses eine Mal«, sagte er sarkastisch, »ist es absolut wahr, was dieser Schwindler von Domingo erzählt, auch ich weiß aus sicherer Quelle von dieser Zeremonie« –, befand sich das besagte Gut nicht in der Provinz Toledo, sondern in der Nähe von Coria. Aber Domingo zuckte spöttisch die Schultern und fragte lachend, was für eine Bedeutung zum Teufel dieses Detail haben konnte, wozu verdammt noch mal soviel Genauigkeit.

Letztlich wurde nicht geklärt, ob das Gut, auf dem diese düstere, bedeutungsvolle Zeremonie alljährlich stattfand, in der Nähe von Toledo oder in der Nähe von Coria lag. Aber darauf kam es zweifellos am allerwenigsten an. Die Uneinigkeit der Brüder Dominguín in dieser Hinsicht schien die Kernwahrheit der Erzählung nicht in Frage zu stellen.

Am Ende des Abendessens, als der Moment der Trester- und Anisschnäpse und sonstiger männlicher Branntweine gekommen war und Larrea – um ihn weiterhin bei seinem damaligen Namen zu nennen – vor das Haus trat, um die Kühle der Nacht zu genießen, näherte sich ihm die Satur, leicht verschwörerisch, und erklärte ihm mit leiser Stimme, sie könne ihm die ganze Geschichte erzählen, in Wirklichkeit sei alles hier geschehen, auf der Companza, die derselben Familie Avendaño gehört habe, die an einem Verbrechen im Bürgerkrieg und an einer anderen, noch schlimmeren, noch blutigeren Geschichte zerbrochen sei, daß jedoch Mercedes Pombo, die Dominguín das Gut verkauft habe, die Witwe des Avendaño, der zu Beginn des Bürgerkrieges ermordet worden sei, eine noch immer schöne Frau von etwa fünfundvierzig Jahren, in Madrid lebe und er sie, wenn er wolle, kennenlernen könne.

Leidson unterbricht ihn an diesem Punkt der Erzählung.

»Und ob«, sagt er, »mehr als schön, wunderschön, Federico... Macht es dir etwas aus, wenn ich dich Federico nenne? Von all deinen Namen beeindruckt er mich am meisten... Aber komm, red weiter. Du hast gesagt, daß Domingo dir diese Geschichte dreimal erzählt hat... Erzähl mir das dritte Mal... Dann erzähl ich dir, wie ich Mercedes Pombo kennengelernt habe...«

Das dritte und letzte Mal, daß Domingo Dominguín von jenem alten Tod, von jener Art Mysterienspiel zum reuigen Gedenken gesprochen hatte, war bei einem Abendessen Jahre später in der kleinen Ortschaft Fuencarral gewesen.

Vor nicht allzu langer Zeit – das heißt, fast ein halbes Jahrhundert später –, als der Erzähler bereits dabei war, diese wahrhaftige Geschichte so komplett wie möglich und um dieser Vollständigkeit willen zwangsläufig auch so komplex wie möglich niederzuschreiben, hatte er sich auf die Suche nach dem Lokal gemacht, in dem dieses letzte Abendessen stattgefunden hatte, ohne es zu finden.

In seinem Innern, auf französisch, welches oft die Sprache seines Innern ist, zitiert der Erzähler, der sich nicht einmal mehr erinnert, wenn nicht aus irgendeinem außergewöhnlichen Grund die zwingende Notwendigkeit dazu besteht, daß er einst Agustín Larrea hieß oder so genannt wurde, in seinem Innern, wie gesagt, zitiert er einen Vers von Baudelaire: »*La forme d'une ville change plus vite, hélas!, que le cœur d'un mortel…*« Und es stimmt, daß Madrid sich rascher geändert hat als das alte Herz des Sterblichen, des jede Minute mehr Sterblichen, der diese Geschichte erzählt.

Jedenfalls war dieser, der sich wieder daran erinnert hat, daß er damals Larrea hieß – und warum Larrea? Es war ein Pseudonym, das er selbst gewählt hatte. »Welchen Nachnamen soll ich dir dieses Mal geben?« hatte ihn Domingo Malagón von der Untergrundorganisation der Kommunistischen Partei gefragt, ein großer Künstler im Fälschen von Ausweispapieren, und Artigas hatte geantwortet (auf Artigas lautete damals sein falscher Personalausweis, den es zu ändern galt): »Ach, nenn mich Larrea«, zum Gedenken und zu Ehren von Juan Larrea, einem interessanten, in zwei Sprachen schreibenden Autor des republikanischen Exils, eine persönliche Huldigung –, war also der Erzähler außerstande, das Lokal in Fuencarral wiederzufinden, in dem er mit Domingo Dominguín und Juan Benet zu Abend gegessen hatte und wo ausgezeichnete Lammkoteletts serviert wurden.

Dieses Mal, das dritte und letzte Mal, erzählte Domingo, bestimmt, um vor Juan Benet zu glänzen, der noch kein Buch veröffentlicht hatte, jedoch unter Freunden bereits das Ansehen eines unvermeidlich großen Schriftstellers genoß, die Geschichte jener Zeremonie mit einer Fülle erstaunlicher, pittoresker Begebenheiten, mit einer Reihe hochinteressanter psychologischer Details und einer dramatischen Spannung, wie es ihm zuvor, bei seinen beiden ersten Erzählungen der gleichen Geschichte, nicht gelungen war, vermutlich, weil er es sich nicht vorgenommen hatte.

Das ging so weit, daß Benet fasziniert erklärte, diese Geschichte sei es wert, zu einem Roman verarbeitet zu werden. Und er fügte hinzu, als höchstes Lob, daß er einem Roman von Faulkner gleichen würde.

»Diese Satur, von der du sprichst«, sagte Benet zu Domingo, »könnte eine der Erzählerinnen der Geschichte sein...«

Inzwischen hatte Leidson noch einen Whisky bestellt: den dritten, wenn man richtig mitgezählt hat. Und er unterbrach die Erzählung Larreas (besser, man nennt mich weiter bei diesem Namen, denn er war zu der Zeit, von der hier die Rede ist, unter den Freunden in Madrid gebräuchlich).

»Was für ein Roman, wahrhaftig, wenn ich Romancier wäre! Aber du bist es, Federico, warum nicht?«

Eben, genau: Etwas hatte sich an diesem Vormittag, erst vor einem Augenblick, plötzlich herauskristallisiert, als er das Bild der Enthauptung des Holofernes im Villahermosa-Palast betrachtet hatte. Szenen, Landschaften, Ereignisse, Splitter von Erzählungen, von Erinnerungen hatten eine Art Kohärenz, Konsistenz erlangt. Es war noch zu früh, um zu wissen, ob dieses ganze diffuse erzählerische Material am Ende zu einem konkreten Schreibvorhaben gerinnen würde.

Und doch bewegte sich etwas mit atemberaubender Geschwindigkeit in seinem Kopf. Er sagte es Leidson, er erzählte ihm eine erste, überstürzte, noch chaotische Fassung dieses möglichen Romans.

»Was ich noch nicht verstehe«, sagte Leidson nach einem langen, bewegten Schweigen, »ist, wieso die Betrachtung eines Gemäldes, das von alldem so weit entfernt zu sein scheint, als Katalysator, als Auslöser oder als Kern des erzählerischen Impetus dienen konnte.«

»Tja, mein Lieber«, antwortete Larrea ihm, »ein wenig

Mysterium muß bleiben, muß sogar vorherrschen im literarischen Schaffensprozeß.«

»Juan Benet hatte recht«, sagt Leidson in der Bar des Palace an dem Tag, an dem Artemisia Gentileschi mit einem ihrer Bilder, *Judith und Holofernes*, in ihrer beider Leben trat, in das des Erzählers zumindest, der sich fast nicht mehr erinnern konnte, daß er Agustín Larrea gewesen war, so wie er viele andere, vielleicht vergessene oder aus der Geschichte oder sogar aus der Erinnerung gelöschte Personen gewesen war; doch an jenem Tag im Villahermosa-Palast, im Herbst 1985, wußte der Erzähler nichts über Artemisia Gentileschi, er muß es gestehen, sowenig wie über das Bild; später machte er sich kundig, suchte alles, was über die Malerin veröffentlicht worden war, in allen ihm zugänglichen Sprachen, trug allerlei Material zusammen, Reproduktionen, Postkarten, fotokopierte Seiten aus Enzyklopädien, bis er einige Jahre nach dieser Entdeckung, nach dem Vorzeichen seiner bedeutungsvollen Begegnung mit Leidson im Villahermosa-Palast, in dem am Ende das Museum Thyssen-Bornemisza seinen Sitz fand, vier Jahre später, in New York als allererstes ein gerade erschienenes Buch kaufte, einen umfangreichen, großartig illustrierten Band von Mary D. Garrard, *Artemisia Gentileschi, The Image of the Female Hero in Italian Baroque Art*, ein kaum zu übertreffendes Werk, eine mitreißende Erzählung des Lebens von Artemisia, eine kompetente Analyse ihres künstlerischen Werkes, der dunklen, tragischen und gerade deshalb besonders vieldeutigen Beziehungen zwischen Leben und Werk: Artemisia, eine junge Künstlerin, Tochter eines Künstlers, gewaltsam und hinterlistig von einem Freund ihres Vaters Orazio entjungfert, möglicherweise in Gegenwart und mit Hilfe eines weiteren Bekannten desselben; wie eine ungezähmte Stute für alle Zeit vom glühenden Eisen der Erinnerung gebrandmarkt, trotz der für sie günstigen Entscheidung eines römischen geistlichen Gerichts, das über die Schändung urteilen mußte; Artemisia, die zweifellos ein Selbstporträt malte, als sie Judiths Gestalt auf dem vielbeschworenen Gemälde malte, das Selbstporträt einer Frau, die gewaltsam ihr Recht auf Revolte, auf Rache an Holofernes ausübt, der Verkörperung einer brutalen, tierischen Gewalt, eines arroganten Machismus; doch Leidson hatte gerade gesagt: »Benet hatte recht, er hatte völlig recht, die Satur könnte in der Tat die Erzählerin dieser Geschichte sein; zumindest könnte sie mit der Reihe der Erzählungen beginnen, den legendären Teil dieser Wirklichkeit erzählen.«

Dann verharrte Leidson einen Augenblick stumm, während er einen Schluck von seinem Whisky mit Eis nahm.

»Die Satur«, schloß er, »in diesem Roman, in deinem, hoffentlich! Sie würde die Rolle von Rosa Coldfield in Faulkners *Absalom, Absalom* spielen...«

Larrea unterbrach Leidson erschrocken.

»Hat Domingo dir das erzählt? Hast du es erraten?«

»Was?« fragt Leidson.

»Das mit dem Roman von Faulkner, noch dazu mit diesem: *Absalom, Absalom*.«

In Fuencarral, vor Jahren, nachdem Domingo seine kompletteste, komplexeste und schönste Version jenes alten Todes erzählt hatte, hatte Benet von Faulkner gesprochen, das wurde bereits gesagt. Genau gesagt, von *Absalom, Absalom*. Larrea hatte Juan Benets Monolog hin und wieder nuancierend ergänzt.

Dieser, zur damaligen Zeit Straßenbauingenieur, hatte ihn leicht verwirrt angeschaut. Zumindest überrascht.

Es erschien ihm nicht normal, daß Larrea, über den er nicht viel wußte, jedoch etliche Vermutungen hegte, obwohl er die Fiktion, die Domingo über ihn erzählte, akzeptiert hatte; es erschien ihm jedenfalls nicht normal, daß dieses Mitglied der Untergrundorganisation der Kommunistischen Partei – das wiederum war klar, obwohl er nicht wußte, in welcher Funktion – etwas über Faulkner wissen konnte; genug anscheinend, um sich mit zutreffenden, sogar scharfsinnigen Bemerkungen in das Gespräch einzuschalten, das um *Absalom, Absalom* kreiste.

Natürlich hatte Larrea Juan Benet in Fuencarral nicht erzählt, denn es hätte gegen die Normen des Untergrunds verstoßen, wie, warum und unter welchen Umständen er Faulkner gelesen hatte.

Jetzt dagegen kann er es erzählen.

Heute, in der Bar des Palace, kann er es Michael Leidson erzählen.

Hier, an diesem Ort, vielleicht in derselben Ecke der Bar, hatte die Geschichte begonnen. Na ja, man weiß nie, wann und wo die Geschichten wirklich beginnen. Was jedoch tatsächlich mehr als dreißig Jahre zuvor – das sagt sich leicht – hier begonnen hatte, war die Möglichkeit einer mehr oder weniger vollständigen, mehr oder weniger gelungenen Erzählung jenes alten Todes. Leidson war mit Hemingway verabredet gewesen, dieser hatte ihn zum Mittagessen in El Callejón eingeladen, dort waren Larrea und Dominguín, letzterer erzählte die Geschichte der Bußzeremonie, alle waren beeindruckt, Hemingway sagte nur ein ganz kurzes Wort am Ende, eine einzige zischende Silbe: »*Shit.*«

Das heißt, die Möglichkeit einer Erzählung hat hier ihren Ursprung, ihren Urgrund.

Und dann, da es keinen Anlaß mehr gibt, es zu verbergen, weil es nicht mehr unvorsichtig ist, es zu erzählen, sagt er Leidson, wie er die Romane von William Faulkner entdeckt hat, wie und wann und wer ihm einst zu ihrer Entdeckung verhalf.

Es war ein junges Mädchen, eine Studentin, die er in Paris, an der Sorbonne, kennengelernt hatte – »übrigens, kennst du diese Anekdote eigentlich?, anscheinend glaubte Primo de Rivera Senior, der Diktator der Demokratur, daß die Sorbonne eine Person sei, eine dieser französischen Frauen mit schlechtem Lebenswandel und noch schlimmeren Zauberkünsten, die die edlen jungen Spanier verdarben« –, an der Sorbonne waren sie sich begegnet, während einer Prüfung im Fach Morallehre, das obligatorisch war für die Vorbereitung auf das Staatsexamen in Philosophie, und das Mädchen, Jacqueline B., schenkte ihm einen Roman von Faulkner, *Sartoris*, und er verfiel für alle Zeit dieser Schreibweise, dieser Romankunst, auch diesem Mädchen im übrigen, die wunderschön war, mit Augen von einem durchsichtigen Grün, mit langem Haar, das sie offen trug, wilde und zärtliche Jacqueline B., so nah, so fern, unerreichbar, mit ihr hielt eine unheilvolle Dualität Einzug in seine jugendliche Phantasie, in sein noch junges Begehren, die Dualität zwischen der Liebe, die nur platonisch und gesittet sein kann, und dem körperlichen Verlangen, das sich wegen seines Besitzanspruchs nicht mit verzückter Anbetung vereinbaren läßt, und das Jahr, in dem er Faulkner und die reine Liebe entdeckte, war auch das Jahr, in dem er Sartre, Heidegger und Merleau-Ponty las, das Jahr des Abschieds vom Studium, des politischen Engagements, das mit der Verhaftung durch die Gestapo endete, so daß *Absalom, Absalom* ein Roman war, den er auf deutsch las, denn zufällig gab es ein Exemplar in der Bibliothek in Buchenwald.

Juan Benet hatte er natürlich nichts davon gesagt an jenem Abend mit Lammkoteletts und Rotwein in Fuencarral, an dem die Möglichkeit dieser Erzählung Gestalt anzunehmen begann.

»Soll ich dir das mit der Satur erzählen?« fragt Leidson dann.

»Nur zu«, sagt er.

Sie bestellen noch einen Whisky und Kleinigkeiten zum Essen, Schinken, Käse, Kartoffelchips. Irgendwas.

»Da ich Historiker bin«, sagt Leidson, »werde ich es dir nicht erzählen, wie du erzählst, ungeordnet, in Assoziationen von Gedanken, Bildern oder Augenblicken, rückwärts, vorwärts; ich werde es dir in chronologischer Reihenfolge erzählen; eine große Erfindung, die chronologische Reihenfolge, ein göttlicher Kunstgriff: Am ersten Tag der Schöpfung tat Gott dieses, am zweiten Tag jenes; ein genialer Trick, um die Dinge zu erzählen. Für mich beginnt alles 1954, vor einunddreißig Jahren, begreifst du?, das ist der historische Zeitraum zweier Generationen. Es beginnt am Tag des Mittagessens in El Callejón. Die Erzählung Domingos beeindruckte mich, ich behielt sie im Gedächtnis; zwei Jahre später war ich wieder in Madrid, ein Freijahr, in dem ich mein Buch über die Republik von 1931 zu beenden gedachte, und im Februar passierte das mit den Studenten und tauchtest du auf, Federico, das Phantom Federico Sánchez, zumindest in der Presse des Regimes, im Rundfunk, im Getuschel eines ziemlich weiten – vielleicht zu weiten – Kreises von Madrider Studenten und Intellektuellen. Ich habe nie etwas gesagt, ich habe nichts verlauten lassen, aber ich war so gut wie sicher, daß dieser Agustín Larrea, den Dominguín mir vorgestellt hatte, nicht so soziologisch war, wie behauptet wurde, daß dieser Name in Wirklichkeit ein Pseudonym von Federico Sánchez war – was im übrigen ebenfalls ein Pseudonym war –, und ich fragte mich bisweilen: Wie weiß er bei all diesen Pseudonymen nur, wer er wirklich ist? Schön, im Frühjahr 1956 also sah ich Domingo wieder und fragte ihn, ob diese Bußzeremonie noch immer abgehalten wurde, und er sagte, nein, nicht mehr, aber wenn die Geschichte mich interessierte, könne ich ihn am 18. Juli auf die Companza begleiten, zwanzig Jahre nach jenem ursprünglichen Tod, wo er mir die Satur vorstellen würde, die schon sehr alt war, eine großartige Köchin, die schon auf dem Gut gearbeitet und gelebt hatte, bevor Dominguín Senior es gekauft hatte, und die mir alles erzählen könnte, und so haben wir es gemacht, und die Satur hat es mir erzählt...«

»Ich habe es immer erzählt«, sagte die Satur am Nachmittag des 18. Juli 1956 – und am Vorabend war Larrea zu Hause bei Dominguín gewesen, auf der Terrasse über der Calle Ferraz, aber Leidson war gerade gegangen, nachdem er sich mit Dominguín für den nächsten Morgen verabredet hatte, um mit ihm zusammen im Auto nach Quismondo zu fahren; und an jenem Abend war spät ein mit Pradera befreundeter Student erschienen, frisch von einer Reise durch Italien zurück, und stell dir vor, lieber Gringo, was für ein wundersamer Zufall: Der Junge, ein gewisser Lorenzo, wenn ich mich richtig erinnere, war in Rom bei María Zambrano gewesen, bei einem Abendessen mit einigen republikanischen Exilierten, und unter den Teilnehmern dieser Runde, sagte er, war ein gewisser Semprún Gurrea, und er erklärte uns, er erklärte mir, stell dir vor, wer das war, ein Freund von Bergamín, sagte er, mit dem zusammen er die Zeitschrift *Cruz y Raya* gegründet hatte, er erklärte mir also, wer mein Vater war, stell dir vor, was für eine romanhafte Situation, und von diesem Lorenzo habe ich nie wieder etwas gehört, ich weiß nicht, was aus ihm geworden ist, aber ich werde ihn eines Tages in irgendeinem Buch wieder zum Leben erwecken müssen, damit er mir noch einmal von diesem Abend bei María Zambrano erzählt –, und die Satur sagte am Nachmittag des 18. Juli 1956: »Ich habe es immer erzählt, als wäre es auf einem anderen Gut geschehen, ich weiß nicht, warum, vielleicht, um den bösen Blick nicht herauszufordern, den Fluch der Familie Avendaño, aber alles ist hier geschehen, auf der Compañza, die ihnen gehörte, und ich war auf dem Gut, ich bin hier geboren, als die Bauern den jungen Herrn José María töteten, man hat nie erfahren, warum, sicher war es der Fluch, weil es so geschrieben stand; es wäre erklärlich gewesen, wenn sie den Ältesten getötet hätten, José Manuel, als das Dorf Quismondo erfuhr, daß sich das Afrikakorps erhoben hatte, denn er war sehr reaktionär und sehr hart, er ist es noch immer, aber der Kleine, José María – zwischen beiden gab es einen dritten, einen Jesuiten –, war Republikaner, na ja, Pech, der böse Blick, der Fluch, und die junge Frau Mercedes wurde Witwe, noch dazu schwanger, sie sollte zwei Halbwaisen zur Welt bringen, eine sehr junge und sehr hübsche Witwe, gebrochen durch diesen Tod, sie hatte ihn angebetet, ihren Mann, aber ihr Schwager José Manuel holte sie sich ins Bett, nachdem seine Leute, die Nationalen, den Krieg gewonnen hatten, und schlief mit ihr, sooft er wollte und konnte – auf das Gut kam er immer allein, ohne die rechtmäßige Ehefrau, die im übrigen faul und dünkelhaft war und Madrid nicht verließ, um in ein so langweiliges, so tristes Nest wie Quismondo zu fahren –, so daß also dieser schamlose José Manuel, der bei keiner Sonntagsmesse fehlte und keine Kommunion zu Ostern ausließ, eine Frau in Madrid und eine Geliebte auf der Compañza hatte, und einmal sagte mir die junge Frau Mercedes, das sei bestimmt eine sehr große Sünde, und ich antwortete ihr, nein, es sei keine Sünde, es sei unanständig, aber keine Sünde; jedenfalls war ihr Schwager natürlich ein Tyrann, aber im Bett hat es ihr mit ihm gefallen, er war unermüdlich, sie brauchte ihn für die Bedürfnisse des Fleisches, obwohl seine Seele ihr so fremd war, so fremd waren sich ihre Seelen; aber als die Zwillinge achtzehn Jahre alt waren – denn das Ergebnis ihrer Schwangerschaft, die in Biarritz begonnen hatte, am Ende einer Hochzeitsreise durch Italien, einen Monat vor unserem Krieg, waren Zwillinge, Junge und Mädchen –, entdeckte sie, daß die Geschwister wahnsinnig ineinander verliebt waren, daß sie miteinander schliefen, und Mercedes wollte es verbieten, Schluß machen mit diesem Inzest, sie trennen, und das einzige, was sie damit erreichte, war, daß sie Selbstmord begingen, hier, auf der Companza, eines Abends, im Schlafzimmer der Mutter, beide nackt, er hatte zuerst seine Schwester umgebracht und sich dann einen Schuß in die Schläfe verpaßt, ein furchtbarer Anblick, so jung, so schön, so voller Blut, und sie verkaufte sofort das Gut, an Dominguín Senior, der auf eine Gelegenheit gewartet hatte, besessen von der fixen Idee, es zu kaufen...«

Leidson unterbricht plötzlich die Erzählung der Satur, trinkt den Whisky aus, den er in der Hand hält – den fünften, wenn man sie denn zählen müßte –, merkt, daß er dabei ist, betrunken zu werden, daß er etwas essen muß, und ihm fällt eine Lösung ein.

»Hör mal«, sagt er, »es ist drei Uhr, wir müssen etwas essen. Hier in der Nähe, in der Calle Juan de Mena, gibt es ein Lokal, in dem man guten *cocido* essen kann, laß uns hingehen, wenn du einverstanden bist.«

»Gehen wir«, antwortet er. »Aber das mit dem *cocido* erstaunt mich: Du bist ja urspanisch geworden, alter Gringo!«

»Es ist nicht wegen des *cocido*, Federico. Mercedes Pombo, verwitwete Avendaño, hat nebenan gewohnt...«

»Ich auch«, unterbricht er ihn trocken.

Auch er hat in der Tat gleich neben der Calle Juan de Mena gewohnt, seine ganze Kindheit dort verbracht, man kann sogar sagen, daß er bis Juli 1936 in der Calle Juan de Mena selbst gewohnt hatte, obwohl der Eingang des Hauses auf die Calle Alfonso XI. hinausging, und die Sommerferien jenes Jahres hatten in Lekeitio begonnen, am gleichen Tag, vielleicht zur gleichen Stunde, als der wilde Haufe der Landarbeiter von Quismondo zum Gut La Companza marschiert war, hungrig nach Land vor allem, um am Ende zufällig den einzigen Liberalen der Familie Avendaño zu töten.

»Wo hast du gewohnt?« fragt Leidson.

»In der Calle Alfonso XI.«, antwortet er, »genau Ecke Juan de Mena.«

Sie sind schon auf dem Weg zu dem Lokal, von dem Leidson gesprochen hat.

Als er zum ersten Mal heimlich nach Madrid zurückgekehrt war, im Juni 1953, war er sogleich auf die Straße gestürzt, nachdem er sich in einer Pension in der Calle Santa Cruz de Marcenado installiert hatte. Es dämmerte, er ging mit großen Schritten zum Salamanca-Viertel, lief durch die Straßen der Kindheit, alles war unverändert, alles – fast alles, außer der einen oder anderen kleinen Ausbesserung an den Fassaden, außer dem einen oder anderen Schaufenster, das neu war oder fehlte –, alles glich ganz genau den Bildern seiner Erinnerung, und doch erfaßte ihn allmählich ein unbegreifliches Gefühl von Fremdheit, von vager Unruhe: Nie zuvor hatte er sich so fremd gefühlt wie an jenem Abend, bei der Rückkehr in die bekannte Landschaft seiner Kindheit. Bedrückt, mit einem Gefühl der Verlorenheit, lief er durch die Straßen des Viertels auf der Suche nach einem Bezugspunkt, nach einem Ort, der für Dauer, Verwurzelung, beruhigende Kontinuität stand. Er fand ihn schließlich durch Zufall. Es war in der Calle Serrano, durch die einst die Straßenbahn Nummer 11 gefahren war, eine Linie, die von der Calle Claudio Coello bis zum Paseo de Rosales fuhr; dort war er stehengeblieben, verwirrt, verängstigt durch die absolute Fremdheit dessen, was das Älteste, das Ursprüngliche für ihn war, durch die Fremdheit seiner eigenen Erinnerung, als er plötzlich auf der anderen Straßenseite das erleuchtete

Schaufenster eines Kurzwarengeschäfts sah: Das Paradies der Strümpfe. Aber ja doch, natürlich, endlich, es wurde Zeit: Das Paradies der Strümpfe! Plötzlich, beim Anblick dieses Ladenschildes einer früheren Zeit, dieses rührend hochtrabenden Namens, schien der ganze Wirbel von Gefühlen, von Ängsten, von Fragen sich wieder zu beruhigen, schienen die Fluten einer über die Ufer getretenen Erinnerung wieder in ihr Bett zurückzukehren, sich zu besänftigen im sanften Gewässer der Gewißheit. Das Paradies der Strümpfe war das zugleich unbedeutende, schlichte und ergreifende Symbol dafür, daß die Zeit dicht und gleichförmig dahinströmte: Seit der Kindheit bis zum heutigen Tag zog sich aller Veränderung, allem Tod, allem Exodus und Exil zum Trotz der gleiche rote Faden lebendigen Blutes durch die Irrungen und Wirrungen seines Lebens.

Als sie, die Calle Juan de Mena hinaufgehend, die Calle Alfonso XI. überqueren, beobachtet Leidson ihn, bestimmt in der Erwartung, daß er etwas sagt, wo er gewohnt hat, zum Beispiel. Aber er sagt nichts, ganz in Anspruch genommen von seiner Erinnerung an jenes bescheidene Kurzwarengeschäft, dessen unbescheidener Name, Das Paradies der Strümpfe, seinem Sein aller tiefen, langen Entwurzelung zum Trotz zurückgegeben hatte, was es war, seinem Selbst, wer er war: jener leicht lächerliche, um nicht zu sagen lachhafte Name, der ihn von den Toten hatte wiederauferstehen lassen, indem er ihn aus dem Bann der Verbannung löste.

»Hier ist es«, sagt Leidson, vor dem Eingang des Lokals. »Und dort wohnte Mercedes Pombo«, fügt er hinzu, während er auf die Stelle zeigt, wo die Calle Juan de Mena in die Calle Alfonso XII. mündet, gegenüber dem Retiro.

»Dort? Über der Abflachung?« Und er will sich ausschütten vor Lachen.

Aber Leidson versteht das Wort »Abflachung« nicht und

auch nicht, warum er lacht. Er erklärt es ihm. Er erklärt ihm, was eine »abgeflachte Ecke« ist und warum er darüber lachen muß, daß Mercedes Pombo in diesem Haus gewohnt hat.

»Also wirklich«, ruft er aus, »wenn das nicht romanhaft ist, dann weiß ich nicht, was ein Roman ist. Stell dir vor, in diesem Haus hat ein Onkel von mir mit seiner Familie gelebt. Honorio Maura, einer der Brüder meiner Mutter, nicht ihr Lieblingsbruder, das war Miguel, der Republikaner. Honorio war reaktionär und schrieb Theaterstücke, Verwechslungskomödien, ich habe nie was von ihm gelesen. Einer seiner Söhne, Iván, mein Vetter, hat sich später als Golfspieler hervorgetan. Es gibt ein satirisches Lied aus den dreißiger Jahren, das auf die Melodie der Riego-Hymne gesungen wurde und gegen die Familie Maura gerichtet war. Ich erinnere mich nur noch an den ersten Vers: Familie Maura ist Spaniens Schande, und dieses letzte Wort reimte sich auf Honorios Bande, und die anderen beiden Verse der ersten Strophe waren auf Miguel und Gabriel gemünzt, das heißt, das Liedchen zielte auf die drei Brüder, aber über die Schwestern wurde nichts gesagt, zum Glück, so daß die Ehre meiner Mutter gewahrt blieb.«

Während er ihm das erzählt, hat er Leidson am Arm gefaßt und bis zu der abgeflachten Ecke geführt, wo sich der Eingang zum Wohnhaus von Honorio Maura und Tante Cota öffnet. Auch von Mercedes Pombo.

»Jetzt verstehst du bestimmt«, sagt er zu Leidson, »warum es mir trotz aller Mühe so schwerfällt, Romane zu schreiben, die wirklich Romane sind: weil ich bei jedem Schritt, bei jeder Seite auf die Wirklichkeit meines eigenen Lebens stoße, meiner persönlichen Erfahrung, meiner Erinnerung: Warum erfinden, wenn du ein so romanhaftes Leben gehabt hast, in dem es unendlich viel erzählerisches Material gibt? Der echte Roman ist aber ein Schöpfungsakt, ein falsches Universum, das die Wirklichkeit erhellt, trägt und vielleicht verändert. Man müßte wie Boris Vian sagen können: In diesem Buch ist alles wahr, weil ich alles erfunden habe. Auch ich würde gerne alles erfinden...«

Sie sitzen bereits im Lokal und essen, nicht *cocido*, das hat sich keiner der beiden zugetraut, aber doch etwas sehr Schmackhaftes.

»Und was ist aus Honorio Maura geworden?« fragt Leidson.

»Ist halt gestorben, wie einer, den ich kenne und dessen Namen ich lieber vergesse, immer sagte, wenn er von den standrechtlich Erschossenen unseres Krieges sprach, von den im Morgengrauen aus dem Haus Geholten, von den Toten im Straßengraben, von denen, die »schon geboren werden mit der Wand der Exekutierten im Rücken«. Die Roten brachten ihn um (ich hatte diese Bezeichnung zuerst abgelehnt, weil ich sie sektiererisch, historisch falsch fand, und sie dann schließlich akzeptiert, weil das Exil in der Tat rot war, *rouge espagnol* auf französisch, *Rotspanier* auf deutsch, es gefiel mir dann doch, auf diese Weise rot zu sein, mit all diesen redlichen Leuten, mit dieser schönen Hoffnung, auch wenn sie besiegt wurde), aber gut oder besser gesagt, schlecht, Honorio Maura kam ums Leben, man hat ihn in den ersten Tagen des Krieges in San Sebastián erschossen...«

»In San Sebastián? Also wie den Vater und den Großvater von Pradera.«

Ja, in der Tat, wie den Vater und den Großvater von Pradera, wie die Väter und Großväter so vieler junger Kampfgefährten jener alten Zeiten.

War Pradera am Abend jenes 17. Juli, vor dreißig Jahren, auf der Terrasse über der Calle Ferraz, bei Domingo, gewesen? Das ist nicht unmöglich, denn normalerweise war er da. Aber er erinnert sich nicht. Er, Larrea, war gekommen, um sich für längere Zeit zu verabschieden, denn am nächsten Tag oder vielleicht zwei oder drei Tage später, auch daran erinnert er sich nicht, aber dieses Detail ist unbedeutend, in jedem Fall kurz nach diesem warmen Abend – und das nicht nur des Madrider Juli-Wetters wegen, sondern auch wegen der warmherzigen Brüderlichkeit – mußte er auf Reisen gehen. Man hatte ein Plenum des Zentralkomitees einberufen, auf dem die neue politische Linie debattiert werden sollte, nachdem dank der Standhaftigkeit Claudíns, des taktischen Geschicks Carrillos und vor allem dank der Auswirkungen von Chruschtschows Geheimbericht über die Verbrechen Stalins auf die Führung der Kommunistischen Partei Spaniens die von Dolores Ibárruri und Vicente Uribe vertretene Position mit Ach und Krach eine Niederlage erlitten hatte.

Er verabschiedete sich von den Gefährten, natürlich ohne ihnen zu sagen, daß er fortging, weder wozu noch wohin, aber letzteres hätte er auch dann nicht sagen können, wenn er es gewollt hätte: Er selbst wußte es nicht.

Heute weiß er es: Er weiß, wo er war, in der Nähe von Ost-Berlin, in der Kaderschule Edgar André der deutschen Partei, in einer wunderschönen Landschaft mit Seen und Wäldern. Er weiß, wo er ist: in einem Lokal in der Calle Juan de Mena.

»Also«, sagt er, »erzähl mir, was du über Mercedes Pombo weißt. Das ist das einzige, was mir für den Roman noch fehlt, das letzte Stück des Puzzles...«

»Wirst du ihn wirklich schreiben?« fragt Leidson, sichtlich erfreut.

Er zuckt die Schultern.

»Was weiß ich! Es ist nicht unmöglich, etwas ist da im Entstehen. Aber es kann sein, daß der Prozeß wie andere Male auch unterbrochen wird oder daß ich die Lust verliere, das ist häufig so. Außerdem müßte ich dieses Buch auf spanisch schreiben.«

»Na und?« ruft Leidson aus. »Wie die *Autobiographie*, oder?«

Er nickt zustimmend und sagt kryptisch:

»Eben darum.«

Dann kommt er unbeirrt auf sein Thema zurück.

»Erzähl mir von Mercedes Pombo.«

»Saturnina Seisdedos«, sagt Leidson, »das heißt die Satur, hatte mir die Geschichte von Mercedes damals am 18. Juli 1956, vor dreißig Jahren, fast dreißig Jahren, erzählt, als ich mit Domingo auf der Companza war. Sie hatte mir gesagt, wo Mercedes wohnte, ich hatte Mercedes unzählige Male angerufen, sie wollte mich nicht sehen, sie wollte niemanden sehen. Monate später, eines schönen Tages, besser gesagt, eines schönen Abends, schon ziemlich spät, ruft sie mich an: Sie wolle mich unbedingt, dringend am nächsten Tag sehen. Ich erinnere mich genau, denn an dem Tag mußte ich nach San Diego zurück; ich hatte mein Buch abgeschlossen, auf mich wartete mein Lehrstuhl an der Universität. Aber ich habe den Rückflug annulliert, den Rektor informiert, der einverstanden war, mein Freijahr um drei Tage zu verlängern, und bin zu ihr gegangen, hierher, in ihre Wohnung, im selben Haus, in dem Honorio Maura gewohnt hat – übrigens, wie willst du denn verhindern, daß deine Erinnerung oder deine erzählerische Phantasie ständig in die historische Erinnerung einmündet, wenn beide, zumindest was das zwanzigste Jahrhundert betrifft, untrennbar miteinander verwoben sind?

Mercedes war eine Frau von etwas mehr als vierzig Jahren – als ihr Mann umgebracht wurde, 1936, war sie gerade dreiundzwanzig Jahre alt geworden, das hatte Saturnina Seisdedos mir gesagt, das heißt, sie war also damals dreiundvierzig

Jahre alt –, in gewisser Weise sah man ihr das nicht an. Sie war sehr schön, hatte eine gute, jugendlich schlanke, gepflegte Figur, aber auch einen vom Leben, vom Tod zerstörten, verheerten Blick; besser gesagt, einen tödlichen Blick. Hast du nie erlebt, Federico, wie der Tod, vielleicht in der Maske einer attraktiven, sogar jungen Frau, einen öffentlichen Ort betreten hat?«

Aber ja, das habe ich erlebt, denkt er, und er erzählt es Leidson. Das ist mir zum letzten Mal in Paris passiert, im Herbst 1975, in einem Lokal in der Nähe der Place Victor Hugo. Ich war mit einigen Freunden da, am Nachbartisch ging es sehr laut her: extrovertierte Film- und Theaterleute, die ganz bewußt Aufmerksamkeit erregten, glücklich, Interesse und womöglich Neid oder wenigstens Eifersucht zu wecken; und zu ihnen stieß verspätet und mit Applaus und großem Hallo begrüßt eine junge, attraktive Frau, sehr sexy, in duftige schwarzweiße Seide gehüllt, und alle riefen verzückt: Daisy! Daisy ist da! Rein zufällig, beim Hinsetzen, schaute sie mich an, und ich fing diesen Blick auf: Ich hatte nicht den geringsten Zweifel, sie war der Tod. Und am gleichen Abend rief Javier Pradera mich aus Madrid an, mit einer heiseren, gebrochenen, kaum hörbaren Stimme: Domingo Dominguín war in Guayaquil gestorben, er hatte sich erschossen.

In dem kurzen Schweigen, das daraufhin zwischen Leidson und ihm eintrat, stieg, maßlos und grauenhaft traurig, die Erinnerung an die Lebensfreude, die schamlose, zärtliche, phantasievolle, verzweifelte, großzügige Lebensfreude auf, die Domingo verkörpert hatte.

Nun denn, fährt Leidson fort, an dem sonnigen Winternachmittag damals, Ende 1956, hieß der Tod nicht Daisy, er hieß Mercedes; der Tod kann ja jeden Namen tragen, deshalb ist er unbenennbar. Schon beim Betreten der Wohnung, auf den ersten Blick, verschlug es mir die Sprache – alle Möbel, fast alle, bestimmt die zerbrechlichsten und teuersten, waren weiß verhüllt, wie früher, wenn die Familien der guten Madrider Gesellschaft in ihre lange Sommerfrische aufbrachen. Außerdem war nicht eine einzige Blume oder ein Stück Obst zu sehen, nichts Flüchtiges, nichts Vergängliches, in einem Wort, nichts Lebendiges. Dieser ganze Aufwand aus weißem Leinen wirkte tödlich, wie ein Leichentuch, das die Erinnerung der Familie Avendaño zudeckte.

Mercedes Pombo mußte meine Überraschung, vielleicht mein Unbehagen, bemerkt haben.

»So sah die Wohnung im Juli 1936 aus, als wir aus Biarritz zurückkamen, von der Hochzeitsreise, wenige Tage vor Ausbruch des Krieges...« Sie sah mich an, in ihrem Blick lag so etwas wie Trotz. »So wird sie bis zum Ende bleiben.«

Dann nahm sie die Verhüllungen von zwei Sesseln, und wir setzten uns.

»Sie haben über die amerikanischen Schriftsteller und den Bürgerkrieg geschrieben. Und auch über die spanischen Dichter in diesem Krieg. Welche Meinung haben Sie über Pedro Salinas?«

In diesem Augenblick hatte ich, offen gestanden, überhaupt keine Meinung über Pedro Salinas. Ich wußte nicht, was ich ihr antworten sollte. Aber Mercedes erwartete keine Antwort; sie wollte aus anderen Gründen mit mir über Salinas sprechen.

Sie begann, mit leiser Stimme, einige seiner Verse zu rezitieren. Ich meinte, Gedichte aus *Grund der Liebe* und *Die Stimme, die ich dir verdanke* zu erkennen. Aber das war nicht das Eigentliche, das war nur der Auftakt zu ihrer Erzählung, zu ihrer Obsession: Die Dichtung von Salinas hatte ihre Verlobungszeit mit José María Avendaño begleitet, in Santander, im Sommer 1934, als der Dichter Rektor der Sommeruniversität La Magdalena war. Die Dichtung von Salinas und ein paar argentinische Tangos, die ich nie gehört hatte, *Caminito* und *Cabecita loca*...

Federico unterbricht Leidson mit lauter Stimme:

»Ich bitte dich, Gringo und trotzdem Bruderherz, du kennst diese Tangos nicht? Die gehören doch zum universellen Repertoire der Sehnsucht!«

Und er singt ihm vor: »*Caminito que el tiempo ha borrado*...«

Dieses Mal unterbricht Leidson ihn, empört:

»Den Text magst du ja kennen, Federico... Aber singen tust du ganz schön falsch...«

»Du merkst das auch? Alle sagen mir das... Sie haben mir nie das Singen erlaubt, weder bei Familienfeiern noch bei Parteiversammlungen... Es wird seinen Grund haben...«

Doch an jenem Winternachmittag in Madrid, Ende 1956, erzählte Leidson, stand Mercedes auf, suchte eine uralte Schallplatte heraus, eine von diesen schweren Wachsplatten, und legte sie auf den Teller eines ebenso alten Grammophons, das man mit der Hand ankurbeln mußte. Und dann erklang dieser Tango, und sie forderte mich unverzüglich zum Tanzen auf, gebieterisch, sie tanzte fabelhaft, sehr eng, ihr Blick noch abgestorbener, noch tödlicher als zuvor. Das war einer der sonderbarsten, aber auch einer der bewegendsten Augenblicke meines Lebens, Federico: die Musik, der wie in einen weißen Traum gehüllte Salon, der wunderschöne Frauenkörper dicht an meinem, ihre Brüste, ihre Hüften, ihre Beine, die sich verführerisch zwischen meine drängten, und zugleich die in mir aufsteigende Gewißheit, daß ich mit dem Tod tanzte – diese Beklemmmung, dieses Gefühl von Schwindel, alles zugleich, Federico.

Die Musik hörte auf, und sie verharrte einen Augenblick lang in meinen Armen, doch dann löste sie sich mit einer Art

Schluchzer von mir; wir setzten uns wieder, und sie erzählte mir von ihrer Liebe zum toten Avendaño: ihre Hochzeitsreise, wie sie in Neapel entjungfert wurde, sie sprach über ihr Intimleben mit einer verwirrenden Genauigkeit, aber ohne jede Vulgarität, ohne Obszönität, trotz einiger kruder Abenteuer – ein neapolitanisches Zimmermädchen, eine skandinavische Touristin in Siena, ein junger englischer Fotograf in Biarritz, die an ihren erotischen Spielen teilhatten –, vielleicht weil sie es erzählte, als wäre es anderen passiert, einem anderen jungverheirateten Paar, sachlich, wie eine Erzählung in der dritten Person. Gegen Ende trat eine Frau in den Salon, die in ihrem Alter zu sein schien, vielleicht ein wenig jünger als sie, eine Gesellschafterin oder Haushälterin, eine Vertrauensperson, die sie mir als Raquel vorstellte, schlicht Raquel, aber es war spürbar, daß beide ein langes Einverständnis verband, das ging so weit, daß Mercedes in ihrer Gegenwart, ohne daß Raquel eine Regung zeigte, als hörte sie etwas längst Bekanntes, die Episode mit dem jungen, gutaussehenden englischen Fotografen erzählte, der – zumindest – die Rolle des Voyeurs gespielt hatte, am Ende der Hochzeitsreise in Biarritz.

Eines war klar, schloß Leidson seine Erzählung, Raquel befand sich mit ihnen zusammen auf dem Gut bei Quismondo, La Companza, am 18. Juli, als der Trupp der bewaffneten Landarbeiter eintraf. Sie war es, die mir vom Tod des jungen Herrn José María erzählte, und das war etwas merkwürdig, denn ich hatte den Eindruck, daß sie einen bereits geschriebenen Text rezitierte, so wie ein Schauspieler seine Rolle rezitiert, als wäre die Erzählung jenes alten Todes längst festgelegt, fixiert, kodifiziert...

Dann tritt ein langes Schweigen ein im Lokal in der Calle Juan de Mena, unweit des Hauses, in dem Mercedes Pombo gelebt hatte.

»Und die postumen Kinder von Avendaño?« fragt er Leidson. »Die Zwillinge, der Junge und das Mädchen, die ineinander verliebt waren?«

»Als ich bei ihr zu Hause war«, sagt Leidson, »habe ich etwas getan, was nicht richtig ist, das weiß ich... Aber ich wollte, daß sie frei redete, also habe ich die ganze Unterhaltung auf Band aufgenommen, ohne daß sie es gemerkt hat... Ich habe die Kassetten bei mir zu Hause in San Diego. Ich werde dir alles schicken, die Aufnahmen und ein paar Fotos von Mercedes Pombo und den Kindern... Aber schreib den Roman, bitte... Und die Aufnahme der Satur werde ich dir auch schicken, die von ihrer Erzählung, im Juli 1956...«

»Einverstanden, schick es mir. Vielleicht hilft es mir bei der Entscheidung, diese Geschichte aufzuschreiben...«

»Was ich nicht verstehe«, sagt Leidson, »ist, wie du dieses Bild der Gentileschi in deinem potentiellen Roman verarbeiten willst...«

»Na, nichts leichter als das«, antwortet er ihm lächelnd. »Kinderleicht, lieber Watson... Hast du mir nicht gesagt, daß sie während der Hochzeitsreise in Neapel waren? Hat sie dir nicht gesagt, daß sie in Neapel entjungfert wurde, vor den Augen eines Zimmermädchens des Hotels? Klar also: Vor diesem Augenblick des Vollzugs oder Vollgenusses der Ehe war Mercedes in Capodimonte, wo sie das Bild von Artemisia entdeckte, das ihre Sinne in Aufruhr versetzte...«

Leidson schaut ihn verblüfft an.

»Man merkt, daß ich kein Romancier bin«, sagt er dann mit exemplarischer Bescheidenheit.

7

»Danke für die Postkarte aus Florenz«, sagte Mercedes Pombo an jenem Tag, gegen Mittag, zu ihrem Sohn, nachdem sie die Bibliothek betreten hatte.

Vertieft in ihr Gespräch über Roberto Sabuesa und dessen böswillige Absichten, hatten weder Benigno noch Lorenzo ihr Eintreten bemerkt.

Später, nach der religiösen Zeremonie, nachdem sowohl José Manuel als auch Don Roberto das Gut verlassen hatten – und der Erstgeborene der Familie Avendaño ostentativ gewartet hatte, bis der Wagen des Komissars die Landstraße nach Quismondo in Richtung der Madrider Fernstraße genommen hatte, um dann in sein eigenes Fahrzeug zu steigen –, später, schon spät, während sie warteten, daß Raquel und die Satur das Mittagessen auftrugen, war Mercedes Pombo auf die Sache mit der Postkarte zurückgekommen.

»Ich täusche mich übrigens nicht, Lorenzo, du täuschst dich ... Das Kleid Judiths ist blau, nicht gelb ... Es gibt nämlich zwei Fassungen des Bildes der Gentileschi. Und sie sind nicht genau gleich. Eines hängt in Neapel, in Capodimonte, das, das ich gesehen habe ...«

Sie unterbrach sich, leichte Röte war ihr in die Wangen gestiegen. Ihr Stimme war plötzlich heiser geworden.

»Ich habe es gesehen, ich sehe es vor mir, als wäre es gestern gewesen ...«

Sie verlor sich in ihrer Erinnerung, versonnen, versunken. Was sie mit atemberaubender Genauigkeit sah – als wäre es gestern gewesen, mehr noch, als wäre jetzt damals, als wäre genau jener Augenblick –, war indes nicht das Gemälde von Artemisia Gentileschi, war nicht das Blut der Enthauptung des Holofernes, sondern die Szene ihrer Entjungferung im Schlafzimmer des neapolitanischen Hotels: das Blut ihrer Jungfräulichkeit, unter dem faszinierten, faszinierenden Blick Lucianas, die zu ihnen getreten war, kühn und ergeben, zu allem bereit.

Doch dann kehrte sie wieder in die Wirklichkeit ihrer unmittelbaren Umgebung zurück.

»Es gibt ein anderes Bild von ihr, fast gleich in der Komposition, aber unterschiedlich vor allem in der Farbgebung, in den Uffizien in Florenz: Das hast du gesehen, Lorenzo...«
Ihr entfuhr ein kurzes, nervöses, seltsames Lachen. »Anders als du glaubst, braucht meine Erinnerung an die Hochzeitsreise also weder eine Prüfung noch eine Präzisierung.«

Alle spürten die kaum verhaltene Erregung, die Mercedes Pombos Worte ausdrückten und in ihrer gedämpften Heftigkeit zugleich zu verbergen trachteten.

Benigno Perales sah sie voll Bewunderung an, wie so oft; auch voll Mitgefühl, buchstäblich: Er fühlte mit ihr, fühlte ihre einstigen Gefühle, stellte sie sich vor. Denn Benigno verfügte über alle Angaben, um verstehen zu können, was diese Hochzeitsreise für sie bedeutet hatte, weil er die zwar knappen, aber höchst anschaulichen Notizen des intimen Tagebuchs von José María Avendaño gelesen hatte, die er am Abend zuvor in der Bibliothek der Maestranza entdeckt hatte.

»Du hast recht«, sagte Lorenzo. »Nachdem ich dir die Postkarte geschickt hatte, habe ich alles gelesen, was es in den Bibliotheken in Florenz über die Gentileschi gab... Auch mich hat das Bild sehr beeindruckt, obwohl das Kleid Judiths nicht blau war, wie in Neapel... Was für eine Romangestalt, diese Artemisia!«

Etwas wirr, weil sich seine Worte in seiner Begeisterung

überstürzten, erzählte Lorenzo ihnen, was er über das Leben und die Malerei von Artemisia Gentileschi wußte; er beschrieb andere Bilder von ihr. Er sprach vor allem über eines, das er nicht hatte sehen können, weil es sich in London, im Kensington Palace, befand, da es zu den Sammlungen der Königin von England gehörte, und das er daher nur aus Reproduktionen kannte, ein Selbstporträt in einer Komposition mit dem Titel *Allegorie der Malerei*, ein wunderschönes Bild, nach den Reproduktionen zu urteilen, trotz deren Unvollkommenheiten; und hochinteressant unter kunstgeschichtlichen Gesichtspunkten. »Und was für ein Zufall, geradezu romanhaft. Diego de Velázquez war bei seinem Besuch in Neapel 1630 im Atelier der Gentileschi, die gerade ihre *Allegorie* beendet hatte, er konnte dieses Bild also sehen, wie findet ihr das?«

Mercedes Pombo fand es jedenfalls fabelhaft, daß Lorenzo ein so leidenschaftliches Interesse für die italienische Malerin entwickelt hatte. Sie sprach mit ihm über die schaudererregende Schönheit von *Judith und Holofernes*.

»Über die Gentileschi«, sagte plötzlich José Ignacio, der jesuitische Avendaño, »weiß ich so gut wie nichts. Aber über Judith weiß ich alles, fast alles. Wenn das Mittagessen weiter auf sich warten läßt und wenn es euch amüsiert, erzähle ich es euch.«

Mercedes wurde blaß.

»Vor zwanzig Jahren«, sagte sie zu ihrem Schwager, »in Neapel, hat dein Bruder José María das gleiche verkündet, mit den gleichen Worten: Aber über Judith weiß ich alles, fast alles. Wir waren beim Mittagessen, ich erzählte ihm vom Besuch in Capodimonte, ich fragte ihn, ob er etwas über die Gentileschi wisse, er sagte, nein. Aber über Judith weiß ich alles, fast alles...«

»Klar«, sagt José Ignacio ungerührt.

Alle haben sich ihm zugewandt und warten auf eine Erklärung.

»Klar«, wiederholt der Jesuit in aller Ruhe.

Aber er erklärt es nicht. Zumindest noch nicht. Er begibt sich auf einen Abweg, einen erzählerischen Nebenweg, das tut er gewöhnlich. Das erstaunt niemanden mehr in der Familie, obwohl José Manuel, der pragmatische Erstgeborene, oft die Geduld verliert.

»Ich nehme an, ihr erinnert euch an die *Judith* von Goya, aus der Reihe seiner Schwarzen Gemälde. Ein Bild von erstaunlicher Modernität. Mit dem *Milchmädchen von Bordeaux* kündigt Goya die Frauen der impressionistischen Malerei an. Mit seiner *Judith* kündigt er die Profile Picassos an...«

Doch wir werden den Exkurs von José Ignacio Avendaño, so brillant und anregend er auch sein mag, nicht weiter verfolgen. Worauf es an diesem Punkt der Erzählung ankommt, sowohl im Interesse des Lesers als auch der Lesbarkeit dieser Geschichte überhaupt, ist die Antwort auf die Frage, warum beide Brüder im Abstand von zwanzig Jahren den gleichen Satz über Judith gesagt haben, über die historisch-legendäre, in jedem Fall biblische Gestalt, nicht nur über ihre Darstellung in der Geschichte der abendländischen Malerei.

Reduziert man also José Ignacio Avendaños lange, komplexe Abschweifung auf ihre objektiven Daten, könnte man sagen, daß die drei Brüder Judith als literarische Gestalt gemeinsam entdeckt hatten. Das war Ende Herbst 1931 in Paris, im Pigalle-Theater, das gerade mit einer hochmodernen Bühnenmaschinerie neu eröffnet worden war. Dort wurde im November ein Werk von Jean Giraudoux, *Judith*, aufgeführt, das weder bei der Kritik noch beim Publikum großen Erfolg hatte, José Ignacio jedoch faszinierte. Er war es in der Tat gewesen, der sie in die Premiere geschleppt hatte. Bei den drei von der Tankstelle – so nannten sie sich in Anlehnung an den Titel einer amerikanischen Filmkomödie jener Zeit – war er es, José Ignacio, der sich um die intellektuellen und kulturellen Freuden kümmerte. Seinen Hinweisen oder Ratschlägen folgend, besuchten sie Ausstellungen und gingen ins Kino und ins Theater während der Wochen, die sie ungefähr alle zwei Jahre in Paris verbrachten.

Um die Freuden des Tisches und des Bettes kümmerte sich José Manuel, der Erstgeborene, ein leidenschaftlicher, phantasievoller und unermüdlicher Gourmet und Frauenheld. Er becircte Frauen aller Gesellschaftsschichten, Kellnerinnen ebenso wie Herzoginnen, sogar Bankdirektorsgattinnen, und das erlaubte ihm, generell und generös seinen Brüdern die Frauen zu überlassen, die er übrig hatte oder deren Genuß er materiell nicht bewältigen konnte. Was ihn nicht daran hinderte, daß er sie bisweilen als erster genoß – so etablierte sich, was sie in der Verschworenheit des Clans ironisch José Manuels *Recht der ersten Nacht* nannten –, bevor er sie mit Zustimmung der Opfer an seine Brüder abtrat.

José Manuel besaß außerdem ein ausgezeichnetes Gespür dafür, erstklassige Restaurants oder Bistros zu entdecken, auch wenn sie weder bekannt waren noch in den gastronomischen Führern standen.

José María hatte dagegen keine besondere Aufgabe in der Organisation der gesellschaftlichen Aktivitäten der Bruderschaft, obwohl sein Urteil im nachhinein entscheidend war, wenn es galt, die Sache zu wiederholen, ob es sich nun um Angelegenheiten des Bettes oder des Tisches handelte: Sein Gefallen oder Mißfallen war für die anderen beiden immer ein fragloses Kriterium.

Aber es liegt auf der Hand, daß José Ignacio, während sie an jenem 18. Juli 1956 auf der Maestranza darauf warteten, daß man ihnen das Mittagessen servierte, seine Erinnerungen an Paris nicht in allen Details erzählte, von denen das eine oder andere noch dazu eher pikant, wenn auch pittoresk war. Er beschränkte sich auf die großen Züge: Er erzählte ihnen von *Judith*, dem Werk von Giraudoux, einem seiner französischen Lieblingsautoren, wie er ihnen in wenigen Worten sagte; er erzählte ihnen, wie er die Spuren der Figur Judith im abendländischen Theater verfolgt hatte, er erzählte ihnen von Hebbel, dem Deutschen, und von Bernstein, dem Franzosen.

So bewies er schließlich, daß seine Behauptung richtig gewesen war. Auch wenn er nichts über die Gentileschi wußte, über Judith wußte er alles, fast alles.

Warum sagte José Ignacio Avendaño in diesem Augenblick, der zweifellos geeignet wie kein anderer war, sich anbot wie kein anderer, nichts über den letzten Aufenthalt der Bruderschaft in Paris? Das war im Herbst 1934. Und es waren denkwürdige Wochen. Denn sie feierten mit allem Drum und Dran zwei Junggesellenabschiede zugleich: den des Jüngsten, José María, der vor kurzem Mercedes Pombo kennengelernt – wenn auch nicht im biblischen Sinne erkannt – hatte, mit der er sich nun auf das stürmische Abenteuer einer zweijährigen formellen Verlobungszeit einließ; und auch José Ignacios Abschied vom Junggesellenleben, wie der Erstgeborene sich ironisch ausdrückte, denn er würde demnächst die Gelübde seiner Vermählung mit der Kirche und der Gesellschaft Jesu ablegen.

Wie Gott und die Welt erwartete – zumindest der Gott der Festsäle, Drei-Sterne-Restaurants und Luxusbordelle, denn es gibt einen für jedes Bedürfnis oder Abenteuer, und wo kann ein Gott notwendiger sein als in der letztgenannten Art Etablissement –, kümmerte José Manuel, der Erstgeborene, sich um sämtliche Festivitäten dieser doppelten Abschiedsfeier. Bis vor einigen Jahren gab es bei Lasserre, Lapérouse oder Laurent noch alte *maîtres*, die sich an die verschwenderischen Trinkgelder und an das kapriziöse, freizügige, großspurige Auftreten jener drei spanischen Brüder in den dreißiger Jahren erinnerten oder sie durch mündliche Überlieferung kannten.

Wie auch immer, es kam zu einer nächtlichen Orgie im *Sphinx* – einem der raffiniertesten Vergnügungsorte des spenglerischen Abendlandes, nach der Definition des künftigen Jesuiten, stets kultiviert bis kitschig in seinen Referenzen –, und dort, im großen Fest- und Tanzsaal, als José Manuel aus einem Séparée zurückkam, in das er sich mit zwei sehr jungen, wunderschönen Frauen zurückgezogen hatte – »bei zweien dauert es länger, bis der metaphysische Überdruß eintritt, den der Koitus unvermeidlich auslöst«, pflegte er zu sagen, »es dauert länger, bis meine Seele und mein Penis erschlaffen« –, hatte er plötzlich beiden und natürlich vor allem José María verkündet, daß er bei Mercedes Pombo, seiner künftigen Schwägerin und bislang nur formellen Braut José Marías, sein Recht der ersten Nacht auszuüben gedachte.

Die beiden anderen faßten das zuerst als Scherz auf. Aber nein, es war kein Scherz, es war ernst gemeint.

So ernst, daß sie beinahe handgemein wurden.

José Manuel behauptete, daß es Mercedes, auf den ersten Blick eine höhere, fast kindliche Tochter aus der Provinz, in Wirklichkeit nach Kampf und Abenteuer gelüstete und daß sie deshalb zu ihrer Einführung in das Universum – »Welt, Teufel und Fleisch«, fügte er mit einem Augenzwinkern für seinen theologischen Bruder hinzu – eines richtigen Mannes mit Erfahrung bedurfte, und du, mein kleiner Bruder, lieber José María, kannst sie in vielerlei Dinge einführen, in die Lektüre dieser Schwuchtel von Keynes zum Beispiel, der so mit dir herumgeturtelt hat, als er vor einigen Jahren seine

Vorträge in Madrid hielt und du ihn und den Lockvogel von seiner Frau, diese exaltierte, lesbische russische Tänzerin, begleitet hast; in jede Lektüre und jedes Wissen kannst du Mercedes einführen, außer in die Dinge der nicht platonischen Liebe; das heißt, ich bereite sie für dich vor, ich lerne sie an für die erotischen Schlachten. Du weißt ja, was unsere Satur sagt: Für einen guten Eintopf ein gebrauchter Topf!

Doch wie man sich vorstellen kann, erzählte José Ignacio nichts von jener denkwürdigen doppelten Abschiedsfeier im Jahre 1934, als er erklärte, woher sein Wissen über die Theaterfigur Judith stammte.

Zum einen tat er es nicht aus Rücksicht auf Mercedes, um in seiner Schwägerin keine schmerzhaften Erinnerungen heraufzubeschwören.

Zum anderen deshalb nicht, weil er selbst sich nicht an die bisweilen eklatanten Meinungsverschiedenheiten erinnern wollte, die sich zwischen den Brüdern im Lauf jenes Jahres, 1934, entwickelt hatten, vor allem zwischen dem Erstgeborenen und dem Jüngsten, zwischen José Manuel und José María. Ideologische und politische Meinungsverschiedenheiten natürlich.

José Manuel war zu dem Schluß gekommen, daß eine autoritäre Regierung erforderlich war, um mit harter Hand sowohl in Spanien als auch in Europa Ordnung zu schaffen. Ob einem nun manche Formulierungen der faschistischen Bewegungen behagten oder nicht – den Jungs von der spanischen Falange konnte man eine unerträglich verkitschte Rhetorik vorwerfen, denen Mussolinis die imperialen Gemeinplätze, den Nazis das altgermanische Geschwätz von Blut und Boden, dachte der erstgeborene Avendaño –, es lag auf der Hand, daß das Streben nach nationaler Erneuerung im Kampf gegen die Dekadenz der liberal-kapitalistischen, kosmopolitischen Systeme sich nur in einem alles Kleinkarierte überwindenden Faschismus herausbilden und artikulieren konnte.

Die Entwicklung von José María war genau in die andere Richtung gegangen.

Dieses an historischen Ereignissen so reiche Jahr – angefangen bei den Pariser Februarrevolten, in deren Verlauf die extremistischen Bewegungen der beiden konträren Lager beinahe das korrupte Regime der bürgerlichen Demokratie gestürzt hätten, über die Zerschlagung der sozialdemokratischen Arbeitermilizen in Wien bis hin zur Niederwerfung der revolutionären Bewegung der asturischen Bergarbeiter durch ein Expeditionskorps unter dem Befehl von General Franco – hatte entscheidend zur Radikalisierung der politischen Ideen José Marías beigetragen.

Bislang war er ein treuer Leser der *Revista de Occidente* und gelegentlicher Mitarbeiter ihrer Redaktion gewesen, der er kritische Artikel über Themen der politischen Ökonomie zukommen ließ.

In diesem Zusammenhang hatte er im Juni 1930 John Maynard Keynes kennengelernt und begleitet, als der illustre Brite nach Madrid kam, um einen von dieser Zeitschrift organisierten Vortrag zu halten.

Daß John M. Keynes für José María Avendaños stattliche männliche Erscheinung empfänglich war, ist nicht unmöglich; daß dessen Frau, Lidia Lopokova, Russin, extravagant und Tänzerin war, ist eine unbestreitbare Tatsache; daß sie außerdem lesbisch sein sollte, war eine bösartige Unterstellung von José Manuel, über deren Richtigkeit oder Falschheit im Rahmen jenes Mittagessens auf der Maestranza nicht befunden werden konnte.

Wie auch immer, Keynes und der junge Avendaño verstanden sich gut, und anscheinend begleitete dieser – ein Umstand, der nicht verifiziert werden konnte – das englische

Ehepaar während seines Aufenthalts in Spanien nach dem Vortrag in der *Residencia de Estudiantes*, dem berühmten Studentenwohnheim in Madrid.

Dagegen steht fest, daß Keynes José María im Lauf der folgenden Jahre nicht nur etliche Postkarten und kurze Briefe schickte – allesamt von Benigno Perales archiviert –, sondern ihm auch mit einer herzlichen Widmung ein Exemplar seiner gerade veröffentlichten *General Theory* zukommen ließ, das José María bei seiner Rückkehr von der Hochzeitsreise, im Juli 1936, vorfand und das er mit auf die Maestranza nahm, um es im Verlauf des Sommers zu lesen.

Jedenfalls näherte sich José María in jenem kritischen Jahr 1934, ohne deshalb die Lektüre der Zeitschrift Ortega y Gassets oder die Beziehung zu ihrer Redaktion aufzugeben, der Gruppe von *Cruz y Raya*, die um José Bergamín entstanden war. Er lernte einige ihrer Mitarbeiter kennen, darunter einen gewissen Semprún Gurrea, mit dem ihn schließlich so etwas wie Freundschaft verband, und teilte einen Gutteil der Analysen der Zeitschrift, insbesondere die Ansichten von Eugenio Imaz, der subtile, dichte, entschieden liberal-antifaschistische Artikel publizierte.

»Mercedes«, sagt Benigno, »erinnerst du dich an den Besuch deines Mannes bei Benedetto Croce in Neapel? Warst du dabei, hat er dir was erzählt?«

Mercedes Pombo fällt das Glas Wasser aus der Hand, und die Flüssigkeit ergießt sich über den Tisch. Sofort eilt Raquel herbei, um mit einer Serviette die nasse Decke abzutupfen.

»Croce!« ruft sie aus. »Benedetto Croce, genau!«

Dann erklärt sie angesichts der allgemeinen Verwunderung:

»Gestern morgen, als ich auf dich gewartet habe«, sagt sie, an Leidson gewandt, »habe ich versucht, mich an den Namen der Person zu erinnern, mit der José María in Neapel verabredet war… Ein italienischer Philosoph, so ähnlich wie Ortega y Gasset, hatte er mir gesagt, aber besser, tiefer, wenn auch nicht so brillant… Ich konnte mich einfach nicht an seinen Namen erinnern… Benedetto Croce, genau… Aber ich bin nicht mit José María mitgegangen, ich war an dem Vormittag in Capodimonte.«

Sie schaut Lorenzo zärtlich an.

»Im Museum…, wo ich das Bild der Gentileschi entdeckt habe.«

Auf einmal wird Mercedes bewußt, daß Benigno Perales von etwas spricht, das er gar nicht wissen kann. Niemand hat ihm erzählen können, daß ihr Mann mit Benedetto Croce verabredet war.

»Aber woher weißt du denn das mit Croce, Benigno?«

Benigno und Lorenzo hatten sich nebeneinander an den Eßtisch gesetzt und sich die ganze Zeit miteinander unterhalten. Zuerst über Kommissar Sabuesa, über seine wütende Abreise nach der religiösen Zeremonie. Die Feier war bewegend gewesen, darüber waren sich beide einig, obwohl keiner der beiden auch nur eine Spur von katholischem Glauben besaß.

Doch der Einzug der beiden Särge in die Kapelle war beeindruckend gewesen. Der Sarg mit den sterblichen Überresten José María Avendaños wurde von seinen beiden Brüdern, von Mayoral und von Lorenzo selbst auf den Schultern hereingetragen. Ihnen folgte die Familie, mit Mercedes und Isabel an der Spitze. Diese war dem Befehl ihrer Mutter gefolgt und hatte sich umgezogen; sie trug ein strenges schwarzes Kostüm, Seidenstrümpfe in der gleichen Farbe und hatte sich vermutlich in einem Anflug sarkastischer Perversion wie eine der düsteren, faszinierenden Frauen der Bilder von Romero de Torres geschminkt und frisiert. Die Folge davon war, daß die Gestalt Isabels trotz des Schleiers und der Farbe ihrer Kleidung noch provokanter wirkte als die des androgynen jungen Mädchens am Morgen desselben Tages. Mercedes merkte das sofort, aber sie konnte nicht böse sein, da sich ihre Tochter zumindest der Form nach an ihre Anweisungen gehalten hatte.

Der zweite Sarg, der von Scheelauge Chema, wurde auf den Schultern von Landarbeitern und Tagelöhnern hereingetragen, die sich, steif und feierlich, um ihn drängten, in deutlicher Huldigung zu Ehren dessen, der nach der Niederlage viele Jahre lang Guerrillero in den Bergen von Toledo gewesen war. An der Spitze der Abordnung der Landarbeiter ging ein Mann im blauen Monteuranzug, der jedoch sauber und gebügelt war – ein festlicher oder sonntäglicher Monteuranzug gewissermaßen –, den Lorenzo sogleich als den Traktoristen erkannte, den Anführer der heutigen Meuterei, die Sabuesa so große Sorgen bereitet hatte. Lorenzo betrachtete ihn aufmerksam und stellte fest, daß er ein gutaussehender, gutgebauter Typ war: hochgewachsen, mager, männlich. Hoffentlich schaut Isabel ihn genau jetzt an, denkt Lorenzo mit einem gewissen Zynismus, hoffentlich gefällt er ihr, dann könnten wir das Problem ihrer Jungfräulichkeit mit dem Traktoristen lösen!

In diesem Augenblick wandte sich Mercedes Lorenzo zu und flüsterte ihm ins Ohr: »Dieser kleine Geistliche scheint euer Dokument über die nationale Versöhnung studiert zu haben«, womit sie ihren Sohn sprachlos machte, denn ihm wäre nie in den Sinn gekommen, daß seine Mutter – sie mußte sie unter seinen Papieren gefunden haben – die von der Partei vor einigen Wochen verabschiedete Erklärung kannte.

Nach dem Ende der religiösen Zeremonie wartete Kommissar Sabuesa auf Benigno und Lorenzo, die zusammen aus der Kapelle traten.

»Ich weiß jetzt, wo wir uns vorher gesehen haben, Perales«, warf er Benigno mit barscher Stimme hin. »Wir haben uns an der Puerta del Sol gesehen. Sie standen in den Akten der Partei, nach dem Sturz von Quiñones ...«

Doch Perales blieb ungerührt. Er nahm zur Kenntnis, daß der Kommissar ihn nicht geduzt hatte. Ein gutes Zeichen.

»Es wurde langsam Zeit, Herr Kommissar«, sagte er spöttisch. »Ich glaubte schon fast, Sie hätten abgebaut ...«

Sabuesa zuckte zusammen angesichts einer derartigen Unverschämtheit. Man kommt aus dem Schrecken nicht mehr heraus, dachte er zornig.

Dann wandte er sich an Lorenzo.

»Du hast einen mächtigen Onkel mit einer guten Position, mein Junge. Aber ich werde dir auf der Spur bleiben, und wenn sich als wahr erweist, was ich vermute, dann wird weder dein Onkel noch der liebe Gott, noch sonst jemand dich vor dem Gefängnis in Carabanchel bewahren.«

Lorenzo nickte.

»Ich weiß nicht, was Sie vermuten, Herr Kommissar, aber Sie täuschen sich. Meine Spur führt an keinen verdächtigen Ort. Folgen Sie ihr, so lange Sie wollen und können: Sie wird Sie nur nach Italien führen, in die Museen von Capodimonte und Florenz und zu einer Malerin namens Artemisia Gentileschi, die mich sehr interessiert. Vielleicht schreibe ich was über sie, denn meine Sache, Herr Kommissar, ist das Schreiben ...«

Sabuesa war überzeugt, daß Lorenzo Avendaño sich über ihn lustig machte, aber er konnte es noch nicht beweisen. Er konnte nichts tun.

Er war so wütend, daß er eine Unvorsichtigkeit beging, zum Teil aus Angeberei, um seine momentane Ohnmacht wettzumachen.

»Eines sag ich dir für alle Fälle: Richte deinem Federico Sánchez aus, daß er es nicht mehr lange machen wird... Wir werden ihn kriegen, wenn er es am wenigsten erwartet... Und zwar bald...«

Wie dumm, dachte Sabuesa sofort, was für ein Schwachsinn... Wenn er unschuldig ist, kann er nicht verstehen, was ich ihm gesagt habe, und wenn er versteht, wird er seine Leute warnen.

Gottverdammtescheißeverfluchtekackenochmal..., und er fluchte und schimpfte weiter leise vor sich hin, während er auf seinen Wagen zuging, denn José Manuel hatte ihm untersagt, auf der Maestranza zu bleiben.

»Aber woher weißt du denn das mit Croce, Benigno?« hatte Mercedes gerade beunruhigt, mit argwöhnischer Verwunderung gefragt.

Perales konnte nur einen Teil der Wahrheit sagen, um seine Unvorsichtigkeit wiedergutzumachen. Er entschloß sich sofort, damit Mercedes nicht mißtrauisch wurde. Denn sie weiß mit Sicherheit, wie zu vermuten ist, daß ihr Mann täglich die Begebenheiten der Hochzeitsreise notierte; vielleicht hat José María seiner Frau sogar einige Passagen seines intimen Tagebuchs vorgelesen; und wenn es so war, dann bestimmt die besonders kruden und anregenden, um ihre Erinnerung und ihr erotisches Verlangen zu beleben; und wenn Mercedes weiß, daß dieses Tagebuch existiert hat, dann wird sie sich seit Jahren fragen, ob José María es vor der Abreise aus Biarritz vernichtet hat oder ob er es irgendwo in der Wohnung in der Calle Alfonso XII. oder auf der Maestranza versteckt hat; und jetzt komme ich mit diesem Croce, und Mercedes kann zu Recht denken, daß ich dieses Tagebuch gefunden habe, daß ich daraus mein Wissen von der Episode in Neapel beziehe, und der Gedanke an das, was ich womöglich entdeckt habe, wird sie mit Angst und vermutlich mit Scham erfüllen...

Man muß sie sofort beruhigen.

»Ich habe ein kleines Heft von José María gefunden, in dem er seine Gedanken, seine Lektüre notierte... Er äußert sich über Keynes, über Ortega, über seine Gespräche mit Bergamín und einige Mitarbeiter von *Cruz y Raya*: Eugenio Imaz und Semprún Gurrea... In diesem Zusammenhang gibt es einen Bericht über sein Gespräch mit Benedetto Croce in Neapel, mit dem Datum Juni 1936...«

»Und warum hast du mir nichts gesagt?« fragt Mercedes in eisigem, schneidendem Ton.

»Aber Mercedes, ich habe doch gar keine Zeit dazu gehabt... Ich habe es gestern abend gefunden, in der Bibliothek, durch Zufall... Ich habe bei dem ganzen Trubel weder die Zeit gehabt, es gründlich zu lesen, noch es dir heute morgen zu erzählen...«

Die Erklärung ist plausibel, aber Mercedes ist auf der Hut.

»Geh sofort dieses Heft holen und bring es mir«, sagt sie mit belegter Befehlsstimme.

Benigno zögert einen Augenblick, bestimmt betroffen durch diesen gebieterischen, heftigen, fast verächtlichen Ton. Aber er faßt sich, steht auf und geht aus dem Eßzimmer, gefolgt von den Blicken aller Anwesenden.

Saturnina Seisdedos, die Satur, unterbricht ihre Verrichtungen und schaut Benigno nach, während er hinausgeht.

Sie steht am Vorlegetisch und schneidet ein appetitlich aussehendes Filetstück in Scheiben, damit Raquel jeweils zwei der angerichteten Tellen zu den Tischgästen tragen kann. Als ersten Gang haben sie ihnen mit Kartoffeln garnierte Spiegeleier serviert; als zweiten gebackenen Seekarpfen; und jetzt ist der Fleischgang an der Reihe.

Wie alle anderen hat auch Saturnina Mercedes' beunruhigte, erschrockene Reaktion auf Benignos Ankündigung bemerkt, er habe ein Heft von José María Avendaño gefunden. Sie aber weiß Bescheid, sie weiß, warum Mercedes in so bange Verwirrung geraten ist. Sie kann es zumindest ahnen. Wie Benigno kann sie es ahnen, wenn auch aus anderen Gründen, aufgrund anderer Gegebenheiten, anderer Vertraulichkeiten. Denn die Satur weiß nichts von José Marías intimem Tagebuch, und sie weiß auch nicht, daß Benigno es zufällig gefunden hat. Aber sie weiß genug über die Hochzeitsreise aus Mercedes' stockenden, fragmentarischen Erzählungen, die manchmal von einer sonderbaren, nachgerade masochistischen, in jedem Fall schuldbewußten Genauigkeit waren, manchmal frohlockend, provokant, voller Wehmut; sie weiß genug, um zu ahnen, wovor sie sich wahrscheinlich gefürchtet hat, als sie von der Existenz des gerade gefundenen persönlichen Heftes von José María erfuhr.

Außerdem war Saturnina Zeugin der letzten Begebenheiten selbiger, seliger Hochzeitsreise gewesen: Sie hatte den jungen englischen Fotografen, den gutaussehenden Timothy, in beider Leben auftauchen sehen. Denn der junge Herr José María hatte sie nach Biarritz kommen lassen, um sie in den letzten Wochen der Sommerfrische im Haus der Familie Avendaño unweit des Strandes »La Chambre d'Amour« bei sich – und Mercedes – zu haben.

Trotz der zunehmenden Altersgebrechen, der anstrengenden Reise und des Sommers, der heiß zu werden versprach, reiste die Satur gerne nach Biarritz. Es machte ihr Freude, mit den jungen Herrschaften zusammenzusein, mit allen dreien oder jedem für sich; ihr schmeichelte die Gewißheit, daß sie nicht nur ihre Gerichte, sondern auch ihre Geschichten goutierten. Es freute sie, daß sie ihr mit soviel Vertrauen begegneten, ihr erzählten, was sie beschäftigte und bedrückte, und daß sie ihr Leben in ihrer Gegenwart ganz selbstverständlich und unverstellt lebten.

Hätte man von ihr verlangt, sie solle sagen, wem sie den Vorzug gab, dann hätte sie gesagt, daß sie Respekt und Verehrung für den Erstgeborenen José Manuel empfand, weil er sowohl bei den Frauen als auch in geschäftlichen Dingen so zupackend, entschieden und verwegen war; für den zweiten, José Ignacio, empfand sie Zuneigung, die mit einer Spur Mitleid vermischt war, weil er in ihren Augen ziemlich schwach, zu verfeinert, fast affektiert war, viel zu sehr in seine Bücher vergraben, wenig gerüstet für das harte Leben: Sie habe immer gefürchtet, er werde eines Tages schwul, erklärte sie; doch nein, zum Glück wurde er Priester, besser das, so die Satur, als das andere.

Für den Kleinen – diese Bezeichnung hatte die Kindheit der Jungen überdauert – empfand sie Bewunderung, ihn liebte sie wirklich. Er war der Hübscheste der drei, der Klügste, der Großzügigste, wenn auch vielleicht zu entschlußlos, wohl aus Schüchternheit, aus mangelndem Selbstvertrauen.

Sie reiste also gern nach Biarritz zu Josemari und der wunderschönen Mercedes.

Außerdem war es fast eine Tradition, die Sommerfrische mit den jungen Herrschaften in Biarritz oder wo auch immer zu verbringen. In den Jahren mit geraden Zahlen zumindest, denn in denen mit ungeraden Zahlen – niemand in der Familie Avendaño hat je gewußt, woher diese Gewohnheit kam – gingen sie fast immer auf eine lange Kreuzfahrt durch die arktischen oder tropischen Meere.

Und so war Saturnina 1932 mit den Brüdern in Biarritz. Um den 10. August jenes Sommers drehten sich alle Gespräche im Haus, das immer voller Gäste war, um einen Heiligen, den die Satur nicht kannte, der nicht zum Kreis der von ihr verehrten gehörte, um einen gewissen San Jurjo. Man sprach nur von ihm, und die Brüder führten aus diesem Anlaß hitzige Diskussionen. Wütend über ihr eigenes Unwissen, faßte

Saturnina sich ein Herz und bat José María eines Nachmittags, als sie allein waren, um Erklärungen, sicher, daß er, wer immer dieser verflixte, unbekannte Heilige war, sie nicht auslachen würde. Und in der Tat, José María erklärte ihr, daß dieser Heilige gar keiner war, sondern vielmehr ein General, der sich gegen die Regierung erhoben hatte, obwohl er der Fahne der Republik die Treue geschworen hatte. Und er erklärte es ihr, ohne sich über sie lustig zu machen, ernst und außerdem – und das schätzte Saturnina am allermeisten –, ohne es den anderen zu erzählen und mit dem heiligen Jurjo einen Lacherfolg bei ihnen zu erzielen.

Im nächsten geraden Jahr, also 1934, war die Satur abermals mit den jungen Herrschaften in der Sommerfrische. In der Sommer- und Herbstfrische, müßte man eigentlich sagen. Denn in jenem Jahr begann alles im Juli in Santander, wo José María sich in Mercedes Pombo verliebte und sie sich verlobten; dann waren sie in Biarritz – nach einem kurzen Abstecher auf die Maestranza, wohin Mercedes mit ihrer Mutter als Anstandsdrachen gekommen war, um der Familie Avendaño vorgestellt zu werden –, und im Oktober reisten die drei Brüder, dieses Mal zusammen, nach Paris, wo der Erstgeborene die Abschiedsfeier der beiden Jüngeren von ihrem Junggesellenleben organisierte.

Über den Aufenthalt in Paris konnte die Satur unzählige Anekdoten erzählen, und sie hatte sie Mercedes im Lauf der Jahre erzählt, denn sie war das Objekt der Begierde und der Konfrontation zwischen den Brüdern gewesen.

Zumindest zwischen José Manuel und José María; über die intimen Gedanken des künftigen Jesuiten wußte man wenig.

Jedenfalls bemerkte auch die Satur, aufmerksam, wie sie die Unterhaltung während des Mittagessens verfolgt hatte, daß José Ignacio aus seinem Pariser Bericht sämtliche schlüpfrigen Details getilgt hatte, namentlich alles, was mit der Nacht in der *Esfinge* zu tun hatte – José María hatte, als er ihr von dieser Episode erzählte, den Namen des luxuriösen Pariser Bordells ins Spanische übersetzt, überzeugt, daß die Satur es auf französisch weder aussprechen noch im Gedächtnis behalten könnte –, über die *Esfinge* sagte er also nichts während des Mittagessens, bestimmt aus Diskretion und Höflichkeit Mercedes gegenüber, dem einstigen Zankapfel zwischen den Brüdern. Aber, mein Gott, wenn sie selbst erzählen würde, dachte die Satur, während sie die Bedienung im Eßzimmer überwachte, wenn sie erzählen würde, dann sähe die Sache anders aus. Aber sie wird nichts erzählen, zumindest jetzt wird sie nichts erzählen, sie wird das Mittagessen nicht unterbrechen und nicht um Stille bitten, um zu erzählen, was sie von der Geschichte der Familie Avendaño weiß, aber auch wenn sie jetzt nichts sagen wird, so weiß die Satur, intuitive Meisterin in der schwierigen Kunst, Ordnung in den Erzählungen zu schaffen, doch sehr genau, wo sie anfangen muß: bei jener Nacht im *Esfinge*, bei jener nächtlichen Feier, ja Orgie, genau in dem Augenblick, da José Manuel verkündete, er sei entschlossen, bei Mercedes sein Recht der ersten Nacht auszuüben, sein altes Recht als Erstgeborener; und er sagte es auf französisch, *droit de cuissage*, nicht nur, weil die Brüder, wenn sie in Paris oder Biarritz waren, sich gewöhnlich in dieser Sprache verständigten, die sie perfekt beherrschten, sondern weil die beiden Frauen Französinnen waren, mit denen José Manuel sich gerade in einem Séparée im Dreieck verlustiert und vergnügt hatte und die sich zu ihnen gesetzt hatten, um ein paar Glas Champagner mit ihnen zu trinken, bekleidet nur mit schwarzen Strümpfen und Gesichtsmasken in der gleichen Farbe, und letzteres erklärte sich daraus, daß sie keine Prostituierten waren, sondern Damen der guten Gesellschaft, die regelmäßig, aber anonym ins *Sphinx* kamen, um sich dem Meistbietenden hinzugeben, denn die Käuflichkeit ihrer Akte war für sie ein zusätzlicher Reiz, ebenso wie die ziemlich häufige Tatsache, daß der eine oder andere ihrer gelegentlichen Liebhaber ein Herr war, mit dem sie bei den Abendessen oder Festlichkeiten der gehobenen Pariser Gesellschaft verkehrten und der natürlich nicht wußte, mit wem er hier seiner Lust frönte.

Aber die Satur wird jetzt nichts erzählen. Nicht nur, weil es nicht der richtige Augenblick ist – alle warten sie auf die Rückkehr Benignos und auf das Heft, das er mitbringen wird –, sondern auch, weil sie sich nach dem Mittagessen mit dem schönen Gringo, dem Amerikaner, verabredet hat: Er wird ihre Erzählung auf Band aufnehmen, bevor er am frühen Abend nach Madrid zurückfahren wird.

Mercedes hält das Heft in den Händen, das Benigno ihr soeben überreicht hat. Alle spüren, wie bewegt sie ist, mit welcher Unruhe sie in den handgeschriebenen Seiten blättert.

Niemand sagt etwas.

Mercedes hat nicht lange gebraucht, um festzustellen, daß das von Benigno gefundene Heft nichts mit dem intimen Tagebuch zu tun hat, das ihr Mann während der Hochzeitsreise, zumindest seit Neapel, geführt hatte und aus dem er ihr die eine oder andere Passage vorgelesen hatte, um ihre Erinnerung anzuregen.

Hier werden in der Tat nur ernsthafte Dinge behandelt – aber als sie dieses Wort, ernsthaft, denkt, wird Mercedes von so etwas wie einer tiefen, ironischen Traurigkeit erfaßt: War sie etwa nicht *ernsthaft*, sogar schwerwiegend, jene Lust, die José María und sie gemeinsam in Neapel entdeckt hatten, war sie denn nicht das Ernsthafteste, das ihnen in ihrem so kurzen gemeinsamen Leben widerfahren war? –, kurz, Dinge, die gemeinhin als solche gelten: Ansichten von Keynes und ein Kommentar zu dessen Theorien; Anmerkungen zur Lektüre von Abhandlungen oder Artikeln von Ortega y Gasset, Zusammenfassungen von Debatten mit Eugenio Imaz und José Bergamín und so weiter. Und auch eine ziemlich ausführliche Notiz über das Gespräch mit Benedetto Croce.

Sie schließt die Augen, alle sehen, daß sie die Augen schließt.

Sie erinnert sich an das Museum von Capodimonte, sie erinnert sich an ihre zunächst neutrale, dann zunehmend faszinierte Betrachtung des Gemäldes der Gentileschi. Sie erinnert sich an alles, woran sie sich erinnern kann.

»Lorenzo«, sagt sie dann, als sie die Augen wieder öffnet, als sie allen Tischgästen einen Blick schenkt, der feucht ist vor Rührung, vor Erinnerung, »Lorenzo, mir scheint, dieses Manuskript deines Vaters ist für dich bestimmt: Es gehört dir naturgemäß, es wird dir erlauben, besser zu sehen, wer er war...«

Sie überreicht Lorenzo das Heft.

Dieser blättert seinerseits darin. Und ruft plötzlich aus: »Was für ein Zufall! Geradezu romanhaft. Eine Notiz über Semprún Gurrea im Zusammmenhang mit einer Abhandlung, die er in *Cruz y Raya* veröffentlicht hatte! Ich habe ihn nämlich in Rom kennengelernt, vor kurzem, bei María Zambrano. Und wir haben über diese Abhandlung von 1934 gesprochen, die ich auch gelesen hatte. *Fadrique Furió Ceriol, Ratgeber der Fürsten und Fürst der Ratgeber.*«

»Es war Zambrano? Dein Vater kannte sie... Auf deiner Postkarte stand nur María Z.«, sagt Mercedes.

»Kommissar Sabuesa hat dieses Z sehr mißtrauisch gemacht. Er hätte nur zu gern den vollständigen Namen gewußt«, sagt Benigno.

»Der Kommissar? Was zum Henker hat dieser Scheißsabuesa mit meiner Postkarte zu tun?«

»Red nicht so unflätig daher, Lorenzo. Du kannst mit deinen Freunden so reden, wenn du willst, aber nicht unter meinem Dach«, protestiert Mercedes.

»Schon gut, ich bitte tausendmal um Verzeihung, aber was hat er damit zu tun?«

Benigno erklärt, was er weiß:

»Ich habe gehört, daß er die Postkarte im Laden von Eloy Estrada gesehen hat. Es hat ihn empört, daß du deine Mutter ›herzallerliebste Mercedes‹ genannt hast, und er wollte wissen, wer diese María Z. ist.«

»Na, Zambrano, das hab ich doch schon gesagt.« Er wendet sich seiner Mutter zu. »Das beste ist, daß Semprún Gurrea, wie er mir in Rom erzählt hat, an dem Abend bei Eusebio Oliver war, an dem Lorca sein letztes Werk vorlas.«

Mercedes nickt.

»Ich wollte es dir gerade erzählen. Wenige Tage vor der Erhebung Francos in Melilla waren José María und ich gerade aus Biarritz zurückgekommen. Und dann sind wir nach Quismondo gefahren, wir sind am nächsten Tag hergekommen.«

Carmela Oliver, die blonde Frau Eusebios, des Arztes, hatte ein sommerliches Abendessen für sie zubereitet: Gazpacho und *vichyssoise*, Meeresfrüchtesalat, kalter Seehecht in Essigmarinade, paniertes Kalbsschnitzel, ebenfalls kalt, dazu Weißwein und Sangria. Zu den Gästen dieses Abendessens gehörten, soweit Mercedes sich erinnern kann, außer García Lorca und dem Apotheker Revilla – aber sie ist sicher, daß sie irgendeinen Tischgast vergißt –, Semprún Gurrea und seine Frau; es war seine zweite, eine Deutsche oder Schweizerin, unauffällig, fast nichtssagend, blond, sehr viel jünger als ihr Mann; sie sprach ein flüssiges Spanisch, das jedoch mit seltsamen, kaum hispanisierten Wörtern deutschen Ursprungs gespickt war. Sie sagte zum Beispiel *alotria* für Rummel oder Radau und war das *Fräulein,* das Kindermädchen, seiner

Kinder gewesen, er hatte ich weiß nicht wie viele, sieben, einen Haufen, mit seiner ersten Frau, einer Maura Gamazo, Tochter von Don Antonio, Schwester von Honorio, der im selben Haus wohnte wie wir, in der Calle Alfonso XII. Ecke Juan de Mena.

Mercedes erinnert sich, daß es während des Abendessens zu einer heftigen, hitzigen Auseinandersetzung kam, daß einer der Anwesenden, vielleicht der Hausherr Oliver selbst, mit Stentorstimme verkündete, es sei Zeit, daß die Armee Ordnung schaffe, daß sie angesichts der zahllosen Straßenunruhen, der Morde und revolutionären Streiks mit harter Hand durchgreife; doch José María Avendaño und Semprún Gurrea waren beide absolut gegen das Eingreifen der Armee, und am Ende beruhigten sich die Gemüter wieder, und Lorca konnte das Werk vorlesen, das er gerade beendet hatte.

Und Mercedes wollte es scheinen, als existierte ein dunkler, unerklärlicher Zusammenhang zwischen dem Grundthema von *Bernarda Albas Haus*, das heißt dem Thema des weiblichen Blutes, der Jungfräulichkeit, und ihrer Erfahrung während der Hochzeitsreise.

Von den Tischgästen jenes Abendessens erinnert Mercedes sich besonders gut an Semprún Gurrea, weil ihr Mann und er einer Meinung waren, was die politische Situation Spaniens betraf, aber mehr noch, weil die beiden Ehepaare, als schon der Morgen graute, die Wohnung von Eusebio Oliver gemeinsam verließen, um zu Fuß nach Hause zurückzukehren, sie wohnten nicht weit voneinander entfernt. Begleitet wurden die vier von dem Apotheker Revilla, einem typischen Vertreter des damaligen Madrid, eifriger Stammtischteilnehmer im *Lyon d'Or*, in *La Granja del Henar*, in allen literarischen Cafés, Besucher sämtlicher Theaterpremieren, berühmt dafür, daß er, wenn ihm das Werk nicht gefiel, den Schauspielern oder dem Autor mit tödlicher Ironie Bescheid zu geben pflegte. Als sie aus dem Haus in der Calle Claudio Coello traten, in dem die Familie Oliver wohnte, waren die Angestellten der Firma Granja Poch schon dabei, die Flaschen mit pasteurisierter Milch im Salamanca-Viertel zu verteilen – das war der letzte Schrei der Lieferantenbranche, diese frühmorgendliche Verteilung von Flaschen durch Angestellte in auffälligen Uniformen mit kleinen Wagen, die geräuschlos waren, da sie Gummiräder hatten.

Bevor der Apotheker Revilla sich von den beiden Ehepaaren verabschiedete, die über die Calle de Alcalá und die Plaza de Independencia zur Calle Juan de Mena gingen, verkündete er, im Begriff, die Gegenrichtung einzuschlagen, beim Anblick einer Reihe milchweißer, geräuschloser kleiner Wagen auf der Straße: »Da marschieren die Armeen von Marschall Poch!«

Und ging davon, hocherfreut über seinen Witz.

Semprún Gurrea und seine Frau, Doña Anita, verabschiedeten sich von ihnen vor dem Hauseingang, nach einem letzten müden Kommentar über die heraufziehende Hitze, die schon in der Morgenkühle spürbar war.

Oben waren die Möbel in weißes Leinen gehüllt, für die Sommerferien. Mercedes ging zum Eisschrank, auf der Suche nach einem kühlen Getränk. José Manuel kurbelte das Grammophon an und legte eine Schallplatte auf: den Tango, ihren Tango, die Fetischmusik, die in Santander erklungen war, als sie sich kennenlernten, und in Neapel, als sie einander ganz besaßen: *Caminito que el tiempo ha borrado...*

Sie tanzten eng umschlungen, als José María plötzlich Raquel erblickte, die sich auf einem Sofa aufrichtete, auf dem sie eingeschlafen sein mußte, während sie auf sie gewartet hatte. Wie alt mochte die Enkelin von Saturnina sein? fragte er sich. Sechzehn oder siebzehn. Sein Blick traf sich mit dem des Mädchens. Mercedes hatte nichts gemerkt: Raquel befand sich in ihrem Rücken. Und dann, den Blick weiter fest auf Raquel gerichtet, begann er Mercedes auszuziehen, ihr die Leinenjacke und die Bluse abzustreifen. Mercedes, bisher schläfrig, begriff auf einmal; sie ahnte zumindest. Sie wandte sich um, sah Raquel, fühlte Erregung, beherrschte sich und löste sich dann mit einer Anstrengung von José María, aus den Oberschenkeln, die sie gefangenhielten. Damit ist Schluß, murmelte sie fast schluchzend, damit ist Schluß, José Mari, du hast es mir versprochen, wir haben beschlossen, uns nur noch für uns zu lieben.

Aber er war längst jenseits aller Zurückhaltung, aller Überlegung: besessen, um es in einem Wort zu sagen.

Sicher auch ein wenig betrunken.

»Aber Mercedes, hast du denn nicht gehört? Es wird einen Putsch geben, Massaker, Bürgerkrieg: noch einen, aber grausamer als je zuvor... Einen vorbildlichen hispanischen Bürgerkrieg, ohne Gnade und Erbarmen... Hast du nicht gehört, wie unsere so wohlerzogenen, gebildeten Freunde über die Situation geredet haben? Hast du nicht gehört, wie sie nach dem Tod gerufen haben? Der arme Lorca war ganz erschrocken... Es wird also das letzte Mal sein... Nach Raquel die Sintflut...«

Er lachte auf, tieftraurig, und deklamierte einen Vers von Alberti:

»Die Bauern ziehen vorbei und treten auf unser Blut...«

Dann streifte er die restliche Kleidung von Mercedes' Oberkörper und rief nach Raquel.

Zwanzig Jahre später, im Eßzimmer der Maestranza, hat Mercedes dieses Abendessen bei Eusebio Oliver erzählt.

Sie hat natürlich nicht bis zum Ende erzählt, sie hat ihre Erzählung mit dem Scherz Revillas über den Marschall Poch beendet. Fast niemand hat ihn verstanden, weil fast niemand die Granja Poch kennt; sie hat ihn erklären müssen.

Jedenfalls hat sie nicht das Ende erzählt.

Auch Raquel kennt das Ende.

Sie hat das Eßzimmer durchquert, wie vor zwanzig Jahren, hat den Krug mit kühlem Wasser geholt und das Glas von Mercedes gefüllt.

Die beiden Frauen schauen sich an, sie denken an dasselbe. Doch kann man diese Aufwallung, diesen verzweifelten Aufruhr ihres Blutes Denken nennen?

Isabel rückt näher an Lorenzo heran, sie hat gemeinsam mit ihm das Notizheft ihres Vaters José María Avendaño durchgeblättert, dieses Vaters, der starb, bevor sie auf die Welt kam.

Seit Benigno ihn entziffert hat, ist sie die einzige – weder Mercedes noch Lorenzo haben ihn bemerkt –, die den letzten, kaum leserlichen Eintrag zur Kenntnis genommen hat: »Maestranza, 16. Juli 36; Fotos, Stierkampfenzyklopädie.«

Sie prägt ihn sich ein.

Als die Dämmerung hereinbricht, spielt jemand, bestimmt Isabel, ein melancholisches Stück auf dem Klavier, eine Melodie, deren Töne in der schweren Luft der Abenddämmerung verfliegen wie einzelne Silben eines vergessenen Gedichtes.

Lorenzo bleibt unter dem Vorbau des Hauses stehen und lauscht: Isabel, ohne Zweifel. Sie spielt oft Klavier, wenn sie allein ist.

Er erinnert sich an einige Verse.

Im Morgengrauen – heute, wie seltsam, so viele Dinge an einem einzigen Tag! –, im Morgengrauen des heutigen Tages, in der Calle Alfonso XII., als er von Domingo nach Hause kam, hatte er sich an einige Verse von Blas de Otero erinnert.

Sie hatten sie eigentlich gemeinsam entdeckt, vor zwei Jahren in Paris, als ihre Mutter sie dorthin geschickt hatte, damit sie etwas lernten. In einem gerade herausgekommenen Gedichtband, *Ángel fieramente humano*, der beiden als Neuheit erschien, als ein Werk, das gewissermaßen eine andere Form von Dichtung einleitete. Sie hatten diese Verse eines Nachmittags entdeckt, nachdem sie auf dem Friedhof Montparnasse das Grab Stendhals besucht hatten. Auf der Terrasse eines Cafés an der Place Blanche hatte Lorenzo ihr diese Verse vorgelesen.

»Mademoiselle Isabel«, so lautete der Titel des Gedichts. Aber Lorenzo hat vergesssen, zumindest erinnert er sich nicht wortwörtlich an die ersten Verse des Sonetts. Danach erinnert er sich jedoch Wort für Wort:

> Prinzessin meiner Kindheit, du Prinzessin
> Mir versprochen, mit zwei Nelkenbrüsten;
> Ich, *le livre, le crayon, le, le*... O Isabel,
> Isabel... dein Garten zitternd auf dem Tisch,
> Des Nachts kämmtest du dein Haar,
> Ich schlief und dachte daran
> Und an deinen Rosenkörper; Schmetterling...

Und so weiter bis zum Schluß, ein Terzett weiter.

Isabel, ganz verzückt, tat etwas Gewagtes, aber sie tat es diskret, auch wenn es widersprüchlich klingt, und paßte auf, daß nur er es sehen konnte.

Sie knöpfte die leichte Sommerbluse auf und zeigte ihm die Brüste, frei, offen, golden, unter dem makellosen Leinen der Bluse.

»Isabel, du bist verrückt«, sagte Lorenzo, während er wie geblendet die Augen schloß. Und dann murmelte er: »Zwei Nelkenbrüste...«

Es war in einem Pariser Café, nachdem sie sich vor Stendhals Grab auf dem Friedhof Montparnasse ihren Gedanken hingegeben hatten.

Im Morgengrauen dieses Tages, zwei Jahre später, als er Isabel vorfand, die in der weiß verhüllten Wohnung der Calle Alfonso XII. auf ihn gewartet hatte, mußte Lorenzo wieder an die Verse von Blas de Otero denken.

Seine Schwester hatte sich an ihn gelehnt und streichelte ihn.

Lorenzo versuchte, sich von der Welle des Begehrens abzulenken, die von seinen Lenden emporstieg und ihn unter sich begrub. Er versuchte, bewußt, beharrlich, an etwas zu denken, das ihn ablenkte. Es nützte nichts; weder ein systematischer geistiger Rundgang durch die letzte philosophische Abhandlung, die er gelesen hatte, noch eine Reflexion über ein so unerotisches Thema wie die kürzlich von der Kommunistischen Partei lancierte Politik der nationalen Versöhnung oder eine spirituelle Übung zur Ausschaltung und Beherrschung des Körpers, die er von einem yogageübten Studiengefährten gelernt hatte – nichts konnte ihn ablenken vom wachsenden Begehren.

Er hatte noch einen letzten ironischen Gedankenblitz, bevor er erlag: Kein Jota bringt mich das Yoga weiter, dachte Lorenzo.

Aber vielleicht aus Nervosität, vielleicht aus einem diffusen, unterschwelligen Schuldgefühl heraus, das sein Verlangen hemmte, vielleicht auch aufgrund der Hast einer unerfahrenen Isabel kam Lorenzo sogleich zum Höhepunkt, außerstande, lange genug durchzuhalten, um in Isabel einzudringen und sie zu entjungfern.

Sie schluchzte leise, enttäuscht. Er wurde wütend auf sich selbst und natürlich auch auf sie. Doch bald fanden sie zur Zärtlichkeit einer langen Umarmung zurück.

Während das Sonnenlicht in den Fenstern wuchs, die auf den Retiro hinausgingen, flüsterte Lorenzo Isabel weitere Verse von Blas de Otero ins Ohr:

Komm nicht jetzt.
Flieh.
Es gibt schlechte Tage, Tage die wachsen
In einem Teich von Tränen.
Versteck dich in deinem Zimmer und schließ die Tür
Und mach einen Knoten in den Schlüssel
Und betrachte dich nackt im Spiegel, wie
In einem Teich von Tränen.

Aber sie erhob sich plötzlich, sie wollte nichts mehr hören, sie ging ins Badezimmer, kehrte nach einer halben Stunde zurück, sauber, glatt, unberührbar.

»Ich bin soweit«, sagte sie. »Fahren wir nach Quismondo?«

Sie fuhren.

Jetzt, am frühen Abend dieses 18. Juli, steht Lorenzo unter dem Vorbau der Maestranza. Drinnen erklingen die Töne des Klaviers. Er hat sich gerade von Michael Leidson verabschiedet, der nach Madrid zurückgekehrt ist.

Der amerikanische Historiker ist hoch erfreut abgereist. Was die Saturnina mir erzählt hat, hatte er Lorenzo gesagt, ist ganz wunderbar. Ich nehme an, daß es zu einem Gutteil Erfindung oder Schwindel ist, aber das ist mir egal, es ist großartig. Was für ein natürliches Talent zum Geschichtenerzählen hat diese Greisin! Sie erzählt wie Faulkner, aber ohne jede Anstrengung. Hast du Faulkner gelesen?

Lorenzo zieht die Schultern hoch. Was für eine beleidigende Frage, sagt er sehr ernst.

Und er fügt hinzu, absichtlich provokant, bewußt großspurig:

»Ich habe fast alles gelesen, was in dieser Welt geschrieben wurde. Aber du hast recht: Die Satur erzählt wie Rosa Coldfield in *Absalom, Absalom*... Allerdings lese ich nicht immer in der passenden Sprache. Den *Quijote* habe ich auf deutsch gelesen und diesen Roman von Faulkner auf italienisch... Ich glaube nicht, daß das große Bedeutung hat. Für mich ist die Heimat des Schriftstellers nicht die Sprache, sondern der Sprachstil...«

Leidson läßt einen bewundernden Pfiff vernehmen.

»Da hast du ein Thema für eine Doktorarbeit!« ruft er aus.

Sie lachen.

»Welche der Erzählungen der Satur hat dich eigentlich am meisten beeindruckt?« fragt Lorenzo.

Leidson zögert keine Sekunde; er weiß es.

»Wie sie die Zeremonie heute morgen erzählt hat: den Einzug der Särge von deinem Vater und von Scheelauge Chema in die Kapelle. Zum Schluß dann hat sie sich ein Gespräch zwischen beiden ausgedacht, als sie endlich allein sind, nach der Predigt und dem Responsorium. Die Särge öffnen sich, die Toten steigen heraus, sie sind noch immer jung, wie sie es im Jahre 1936 waren, sie sprechen miteinander, sie erzählen sich die ganze Geschichte ihrer Familien: die Geschichte Spaniens... Wunderbar, ich habe es auf Band. Wenn es dich interessiert, schicke ich dir eine Abschrift...«

»Es interessiert mich«, sagt Lorenzo.

Aber Leidson ist schon fort.

Und auch Mercedes ist fort. Das war nicht vorgesehen, aber plötzlich, am Nachmittag, hat sie Mayoral gebeten, den Wagen fertigzumachen, und ist mit Raquel und Benigno nach Madrid gefahren, ohne weitere Erklärungen.

Er ist mit Isabel allein auf der Maestranza zurückgeblieben.

Es wird geschehen, was seit jeher geschrieben steht: in seinem Blut, in seiner Vorstellung, im trüben Schicksal der Familie.

Er geht auf die melancholische Musik zu, die Isabel spielt. Auf Isabels Körper zu: »zwei Nelkenbrüste«.

Die Fotos, ein Dutzend, liegen aufgereiht auf der glänzenden Oberfläche des Flügels.

Es sind weibliche Akte, und die Aufnahmen sind sehr kontrastreich, wie es in den dreißiger Jahren üblich war. Dieselbe Frau, nackt, in unterschiedlichen Posen, einige gewagt, sogar obszön; stehend, sitzend oder liegend, damit ihre Schenkel, ihre Hüften, ihre Brüste so verführerisch wie möglich zur Geltung kommen.

Auf einigen Fotos verbirgt die Frau ihr Gesicht, indem sie den Kopf wegdreht oder es hinter den Haaren oder den Händen versteckt. Auf anderen zeigt die Frau den Rücken, über die Lehne eines Sofas oder eines Sessels geneigt, so daß die vollkommene Rundung ihrer Hinterbacken hervortritt.

Auf einem der Fotos, auf denen die nackte Frau ihr Gesicht verbirgt, ist deutlich ihr Geschlecht und das seidige, dunkle Dreieck ihres Schamhaars zu sehen.

Aber auf drei oder vier der Aufnahmen ist die Frau von vorn zu sehen, mit ausgebreiteten Armen, sich anbietend, mit sichtbarem Gesicht: Mercedes Pombo.

Lorenzo hat die Fotos gesehen, er hat eines nach dem anderen betrachtet.

Wie geblendet von der Schönheit dieses Frauenkörpers, der grandios ist in seinen Proportionen und Formen, schamlos und zerbrechlich zugleich in der Durchsichtigkeit seines Fleisches. Doch zugleich entsetzt angesichts dessen, was diese Bilder bedeuten: Vor wem und für wen hat seine Mutter nackt posiert?

Lorenzo wendet sich Isabel zu, die weiter Klavier spielt, scheinbar gleichmütig.

»Isabel«, sagt er mit erloschener Stimme. »Was ist das?«

Sie zuckt die Schultern, bricht ihr melancholisches Spiel ab und klappt den Flügel zu.

»Das... Mama, siehst du das nicht?«

»Das sehe ich, Isabel. Aber Mama mit wem, wann, wieso?«

»Mama in Biarritz, am Ende der Hochzeitsreise. Saturnina hatte mir schon etwas erzählt von einem jungen, gutaussehenden englischen Fotografen... Wenn du die Fotos umdrehst, sie sind mit ›Timothy‹ signiert, siehst du? Satur glaubte zuerst, er sei schwul, in Papa verliebt, aber sicher haben beide ihn benutzt; ich habe einige verbrannt, keine Spur oder Erinnerung soll von ihnen bleiben, aber vielleicht werde ich nie das Foto der drei vergessen, *acting*, wie der Brite sagen würde; sehr gut aussehend, in der Tat, ohne Zweifel ein Hurenbock, werd mir nur nicht rot, Lorenzo! Beeindruckende, traurige, erregende, schreckliche, schöne Fotos, es ist besser, sie zu vernichten, das habe ich getan, ich habe nur die aufgehoben, auf denen Mama allein zu sehen ist. Hast du gesehen, was für eine schöne Frau? Wie gern würde ich ihr gleichen...«

Sie gibt etwas wie einen unterdrückten Seufzer von sich, steht auf und küßt Lorenzo zärtlich und sanft.

»Auf Wiedersehen, Lorenzo, ich gehe fort... Ich gehe zum Studium nach England, in die Vereinigten Staaten, irgendwohin... Ich werde dick und als Mutter zurückkehren...«

Sie geht davon, sie dreht sich um, um ihn ein letztes Mal anzuschauen.

»Mayoral nimmt mich mit, ich ruf dich an, behalt die Fotos... ›Adieu, mein Lieb, adieu bis in den Tod‹.«

Jorge Semprún
Unsre allzu kurzen Sommer. Roman

Aus dem Französischen
von Eva Moldenhauer
st 3253. 255 Seiten
ISBN 3-518-39753-2

Herausgerissen aus der Idylle des Sommerferienortes San Sebastián, flieht die Familie Semprun – der katholisch-republikanische Vater und seine sieben Kinder – vor dem Spanischen Bürgerkrieg nach Frankreich. Vorbei ist für den jungen Jorge und seine Geschwister das unbeschwerte Leben der Kindheit, über die allein der frühe Tod der geliebten Mutter einen Schatten warf. Es ist das Jahr 1936; von nun an wird das Leben immer schwieriger werden. Die folgenden drei Jahre, bis zum Ausbruch des Zweiten Weltkriegs, verbringt Jorge Semprun in Paris.
Von den »allzu kurzen Sommern« in Paris handelt also dieses Buch, und es »berichtet von der Entdeckung der Adoleszenz und des Exils, der Geheimnisse von Paris, der Welt, der Weiblichkeit. Die Erfahrung von Buchenwald hat nichts damit zu tun, wirft keinerlei Schatten darauf. Beim Schreiben glaubte ich, die verlorene Freiheit wiederzufinden, als entrisse ich mich der Abfolge von Zufällen und Entscheidungen, die mir am Ende eine Art Schicksal beschert haben. Eine Biographie, wenn man es weniger feierlich sagen will.«

Jorge Semprun

Jorge Semprún
Die Ohnmacht. Roman

Aus dem Französischen
von Eva Moldenhauer
BS 1339. 198 Seiten
ISBN 3-518-22339-9

Am 6. August 1945, drei Monate nach seiner Befreiung aus einem deutschen Lager, ist Manuel unweit Paris aus einem Zug gefallen. Aus der Ohnmacht erwacht, beginnt er sich die Welt und das eigene Leben neu zusammenzusetzen. Bald nach Ausbruch des Spanischen Bürgerkriegs war Manuel mit den Eltern nach Frankreich geflohen. Er hatte sich dem Widerstand angeschlossen, war verhaftet und gefoltert und in ein deutsches Lager deportiert worden. Und hatte überlebt. Und begonnen, für den kommunistischen Untergrund in Spanien zu arbeiten. Jahre später beschwört er den besonderen Zustand nach seinem Zugunfall noch einmal herauf.
Sempruns zweiter Roman läßt sich auch als eine Fortsetzung seines berühmten ersten Romans *Die große Reise* begreifen, der Sempruns Bahntransport 1944 ins Konzentrationslager Buchenwald und was ihm dort widerfuhr, beschreibt.
»Ein faszinierendes Erweckungserlebnis: aus dem Nichts über die Sprache zum Leben und zur Identität.«
Martin Ebel, Neue Zürcher Zeitung

Jorge Semprún
Der Tote mit meinem Namen. Roman

Aus dem Französischen
von Eva Moldenhauer
208 Seiten. Gebunden
ISBN 3-518-41325-2
st 3549
ISBN 3-518-45549-4

Buchenwald, Winter 1944: Als aus Berlin eine Anfrage nach dem Verbleib Jorge Sempruns eintrifft, gelingt es der kommunistischen Organisation des Lagers, einen Häftling ausfindig zu machen, dessen Identität er annehmen kann. Ein Identitätswechsel ist unerläßlich, will man Jorge vor der sofortigen Exekution bewahren, die eine solche Anfrage in der Regel nach sich zieht.
Der Häftling liegt im Sterben und gehört zur Gruppe der »Muselmänner« – dem Personenkreis, der in der internen Lagerhierarchie die unterste Schicht bildet.
Von einer Nacht an der Seite des sterbenden Muselmanen, von seinen vorherigen Begegnungen im Lager mit diesem Todgeweihten, von seinem Zusammentreffen mit anderen Überlebenden Jahrzehnte später erzählt Jorge Semprun in diesem lakonischen Buch, das durch die Engführung von Fiktion und Realität die damalige Situation deutlich vor Augen führt.
»Jorge Semprun steht für die großen Hoffnungen seiner Zeit und für die verlorenen Illusionen. Seine Bücher ragen aus der Literaturgeschichte des 20. Jahrhunderts heraus: als literarischer Ausdruck der Wahrheit einer Zeit.«

Martin Lüdke, Die Zeit